Bel-Ami

Première de couverture : © Akg-images.
Deuxième de couverture : [h] © Akg-images / Erich Lessing ; [b] © Selva / Leemage.
Troisième de couverture : © Bridgeman Giraudon.
Page 388 : © Rue des Archives / Suddeutsche Zeitung.

ISBN 978-2-7011-5158-8
ISSN 2104-9610

CLASSICOLYCÉE

Bel-Ami

GUY DE MAUPASSANT

Dossier par Laure Mangin
Agrégée de lettres modernes

BELIN ■ GALLIMARD

Sommaire

Le tour de l'œuvre en 8 fiches

Groupements de textes

Vers l'écrit du Bac

Fenêtres sur...

Pour entrer dans l'œuvre

« Bel-Ami, c'est moi. » C'est ainsi que, reprenant le mot de Flaubert (« Madame Bovary, c'est moi ! »), mais avec plus d'humour et de recul, Maupassant s'identifiait à son propre personnage. Il a mis en effet beaucoup de lui-même dans son deuxième roman : la Normandie natale, le passage de la vie étriquée d'employé de bureau à la brillante carrière de journaliste, le pouvoir de séduction qui permet de se faire respecter des hommes et aimer des femmes... Si le personnage principal est le reflet de l'auteur, l'ensemble du roman est le reflet de toute une époque. Maupassant y dresse une peinture à la fois fidèle et cruelle de la société de son temps, sous les débuts de la Troisième République. En plaçant son héros dans l'univers du journalisme, il offre un vaste regard sur la vie parisienne, la politique et le monde des affaires. Georges Duroy, jeune provincial ambitieux, en comprend très vite les rouages. Grâce à l'appui des femmes, qu'il séduit sans scrupule et avec aisance, il connaît une ascension fulgurante au sein d'un grand journal parisien et devient, sans véritable compétence, l'une de ces plumes redoutées capables de faire et défaire les gouvernements.

C'est précisément ce qui crée la polémique au moment de la parution de l'œuvre. Publié en feuilleton dans le *Gil Blas* entre le 6 avril et le 30 mai 1885, et la même année en volume chez Havard, le roman fait scandale : on reproche à Maupassant son cynisme et on l'accuse de donner une vision invraisemblable (car trop satirique) du monde du journalisme. Or, c'est justement sa profonde portée satirique qui fait le succès du roman. Même si Maupassant s'en défend, de nombreux personnages ressemblent fort à certaines figures célèbres de son époque, chroniqueurs, duellistes ou hommes politiques. *Bel-Ami* pourrait donc bien être un roman à clefs, c'est-à-dire un roman où derrière les êtres de papier se dissimulent des noms bien réels. Mais la dimension réaliste et la portée critique de *Bel-Ami* n'ont pas séduit que les contemporains de Maupassant. Depuis sa parution, le succès du roman n'a jamais cessé ; *Bel-Ami* a inspiré les cinéastes et les dramaturges. Son audace, son ambition et sa moustache légendaire n'ont pas fini de charmer les lecteurs...

Première partie

Chapitre 1

Quand la caissière lui eut rendu la monnaie de sa pièce de cent sous[1], Georges Duroy sortit du restaurant.

Comme il portait beau[2], par nature et par pose d'ancien sous-officier, il cambra sa taille, frisa sa moustache d'un geste militaire et familier, et jeta sur les dîneurs attardés un regard rapide et circulaire, un de ces regards de joli garçon, qui s'étendent comme des coups d'épervier[3].

Les femmes avaient levé la tête vers lui, trois petites ouvrières, une maîtresse de musique entre deux âges, mal peignée, négligée, coiffée d'un chapeau toujours poussiéreux et vêtue d'une robe toujours de travers, et deux bourgeoises avec leurs maris, habituées de cette gargote[4] à prix fixe.

Lorsqu'il fut sur le trottoir, il demeura un instant immobile, se demandant ce qu'il allait faire. On était au 28 juin, et il lui restait juste en poche trois francs quarante[5] pour finir le mois. Cela représentait deux dîners sans déjeuners, ou deux déjeuners sans dîners, au choix. Il réfléchit que les repas du matin étant de vingt-deux sous, au lieu de trente que coûtaient ceux du soir, il lui resterait, en se contentant des déjeuners, un franc vingt centimes de boni[6], ce qui représentait

1. **Cent sous** : 5 francs, soit 10 euros.
2. **Portait beau** : avait une belle allure, une belle prestance.
3. **Épervier** : filet de pêche qu'on lance à la main.
4. **Gargote** : petit restaurant bon marché. On y sert des plats peu délicats.
5. **Trois francs quarante** : 6,80 euros (un franc de l'époque équivaut à 2 euros).
6. **Boni** : excèdent de recettes ou de revenus par rapport à une somme.

encore deux collations au pain et au saucisson, plus deux bocks[1] sur le boulevard. C'était là sa grande dépense et son grand plaisir des nuits ; et il se mit à descendre la rue Notre-Dame-de-Lorette.

Il marchait ainsi qu'au temps où il portait l'uniforme des hussards[2], la poitrine bombée, les jambes un peu entrouvertes comme s'il venait de descendre de cheval ; et il avançait brutalement dans la rue pleine de monde, heurtant les épaules, poussant les gens pour ne point se déranger de sa route. Il inclinait légèrement sur l'oreille son chapeau à haute forme assez défraîchi, et battait le pavé de son talon. Il avait l'air de toujours défier quelqu'un, les passants, les maisons, la ville entière, par chic de beau soldat tombé dans le civil.

Quoique habillé d'un complet de soixante francs, il gardait une certaine élégance tapageuse, un peu commune, réelle cependant. Grand, bien fait, blond, d'un blond châtain vaguement roussi, avec une moustache retroussée, qui semblait mousser sur sa lèvre, des yeux bleus, clairs, troués d'une pupille toute petite, des cheveux frisés naturellement, séparés par une raie au milieu du crâne, il ressemblait bien au mauvais sujet des romans populaires.

C'était une de ces soirées d'été où l'air manque dans Paris. La ville, chaude comme une étuve, paraissait suer dans la nuit étouffante. Les égouts soufflaient par leurs bouches de granit leurs haleines empestées, et les cuisines souterraines jetaient à la rue, par leurs fenêtres basses, les miasmes infâmes des eaux de vaisselle et des vieilles sauces.

Les concierges, en manches de chemise, à cheval sur des chaises de paille, fumaient la pipe sous les portes cochères, et les passants allaient d'un pas accablé, le front nu, le chapeau à la main.

Quand Georges Duroy parvint au boulevard, il s'arrêta encore, indécis sur ce qu'il allait faire. Il avait envie maintenant de gagner les Champs-Élysées et l'avenue du Bois-de-Boulogne pour trouver

1. **Bocks** : verres de bière.
2. **Hussards** : soldats de la cavalerie légère.

un peu d'air frais sous les arbres; mais un désir aussi le travaillait, celui d'une rencontre amoureuse.

Comment se présenterait-elle? Il n'en savait rien, mais il l'attendait depuis trois mois, tous les jours, tous les soirs. Quelquefois cependant, grâce à sa belle mine et à sa tournure galante, il volait, par-ci par-là, un peu d'amour, mais il espérait toujours plus et mieux.

La poche vide et le sang bouillant, il s'allumait au contact des rôdeuses qui murmurent à l'angle des rues: «Venez-vous chez moi, joli garçon?» mais il n'osait les suivre, ne les pouvant payer; et il attendait aussi autre chose, d'autres baisers, moins vulgaires.

Il aimait cependant les lieux où grouillent les filles publiques, leurs bals, leurs cafés, leurs rues; il aimait les coudoyer, leur parler, les tutoyer, flairer leurs parfums violents, se sentir près d'elles. C'étaient des femmes enfin, des femmes d'amour. Il ne les méprisait point du mépris inné des hommes de famille.

Il tourna vers la Madeleine et suivit le flot de foule qui coulait accablée par la chaleur. Les grands cafés, pleins de monde, débordaient sur le trottoir, étalant leur public de buveurs sous la lumière éclatante et crue de leur devanture illuminée. Devant eux, sur de petites tables carrées ou rondes, les verres contenaient des liquides rouges, jaunes, verts, bruns, de toutes les nuances; et dans l'intérieur des carafes on voyait briller les gros cylindres transparents de glace qui refroidissaient la belle eau claire.

Duroy avait ralenti sa marche et l'envie de boire lui séchait la gorge.

Une soif chaude, une soif de soir d'été le tenait, et il pensait à la sensation délicieuse des boissons froides coulant dans la bouche. Mais s'il buvait seulement deux bocks dans la soirée, adieu le maigre souper du lendemain, et il les connaissait trop les heures affamées de la fin du mois.

Il se dit: «Il faut que je gagne dix heures, et je prendrai mon bock à l'Américain[1]. Nom d'un chien! que j'ai soif tout de même!» Et il regardait tous ces hommes attablés et buvant, tous ces hommes

1. **Américain**: café situé sur les Grands Boulevards à Paris.

qui pouvaient se désaltérer tant qu'il leur plaisait. Il allait, passant devant les cafés d'un air crâne[1] et gaillard, et il jugeait d'un coup d'œil, à la mine, à l'habit, ce que chaque consommateur devait porter d'argent sur lui. Et une colère l'envahissait contre ces gens assis et tranquilles. En fouillant leurs poches, on trouverait de l'or, de la monnaie blanche et des sous. En moyenne, chacun devait avoir au moins deux louis[2] ; ils étaient bien une centaine par café ; cent fois deux louis font quatre mille francs ! Il murmurait : « Les cochons ! » tout en se dandinant avec grâce. S'il avait pu en tenir un au coin d'une rue, dans l'ombre bien noire, il lui aurait tordu le cou, ma foi, sans scrupule, comme il faisait aux volailles des paysans, aux jours de grandes manœuvres.

Et il se rappelait ses deux années d'Afrique, la façon dont il rançonnait les Arabes dans les petits postes du Sud. Et un sourire cruel et gai passa sur ses lèvres au souvenir d'une escapade qui avait coûté la vie à trois hommes de la tribu des Ouled-Alane et qui leur avait valu, à ses camarades et à lui, vingt poules, deux moutons et de l'or, et de quoi rire pendant six mois.

On n'avait jamais trouvé les coupables, qu'on n'avait guère cherchés d'ailleurs, l'Arabe étant un peu considéré comme la proie naturelle du soldat.

À Paris, c'était autre chose. On ne pouvait pas marauder[3] gentiment, sabre au côté et revolver au poing, loin de la justice civile, en liberté. Il se sentait au cœur tous les instincts du sous-off[4] lâché en pays conquis. Certes il les regrettait, ses deux années de désert. Quel dommage de n'être pas resté là-bas ! Mais voilà, il avait espéré mieux en revenant. Et maintenant !... Ah oui, c'était du propre, maintenant !

Il faisait aller sa langue dans sa bouche, avec un petit claquement, comme pour constater la sécheresse de son palais.

---

1. **Crâne** : courageux, audacieux.
2. **Louis** : pièce d'or de 20 francs, soit environ 45 euros.
3. **Marauder** : voler.
4. **Sous-off** : abréviation de sous-officier dans l'argot militaire.

La foule glissait autour de lui, exténuée et lente, et il pensait toujours : « Tas de brutes ; tous ces imbéciles-là ont des sous dans leur gilet. » Il bousculait les gens de l'épaule, et sifflotait des airs joyeux. Des messieurs heurtés se retournaient en grognant ; des femmes prononçaient : « En voilà un animal ! »

Il passa devant le Vaudeville [1], et s'arrêta en face du café Américain, se demandant s'il n'allait pas prendre son bock, tant la soif le torturait. Avant de se décider, il regarda l'heure aux horloges lumineuses, au milieu de la chaussée. Il était neuf heures un quart. Il se connaissait : dès que le verre plein de bière serait devant lui, il l'avalerait. Que ferait-il ensuite, jusqu'à onze heures ?

Il passa : « J'irai jusqu'à la Madeleine, se dit-il, et je reviendrai tout doucement. »

Comme il arrivait au coin de la place de l'Opéra, il croisa un gros jeune homme, dont il se rappela vaguement avoir vu la tête quelque part.

Il se mit à le suivre, en cherchant dans ses souvenirs, et répétant à mi-voix : « Où diable ai-je connu ce particulier-là ? »

Il fouillait dans sa pensée sans parvenir à se le rappeler ; puis, tout d'un coup, par un singulier phénomène de mémoire, le même homme lui apparut, moins gros, plus jeune, vêtu d'un uniforme de hussard. Il s'écria tout haut : « Tiens, Forestier ! » et, allongeant le pas, il alla frapper sur l'épaule du marcheur. L'autre se retourna, le regarda, puis dit : « Qu'est-ce que vous me voulez, monsieur ? »

Duroy se mit à rire : « Tu ne me reconnais pas ?

– Non.

– Georges Duroy, du sixième hussards. »

Forestier tendit les deux mains : « Ah ! mon vieux ! comment vas-tu ?

– Très bien, et toi ?

– Oh ! moi, pas trop ; figure-toi que j'ai une poitrine de papier mâché maintenant ; je tousse six mois sur douze, à la suite d'une

1. **Vaudeville** : théâtre situé boulevard des Capucines.

bronchite que j'ai attrapée à Bougival, l'année de mon retour à Paris, voici quatre ans, maintenant.

– Tiens ! tu as l'air solide, pourtant. »

Et Forestier, prenant le bras de son ancien camarade, lui parla de sa maladie, lui raconta les consultations, les opinions et les conseils des médecins, la difficulté de suivre leurs avis dans sa position. On lui ordonnait de passer l'hiver dans le Midi ; mais le pouvait-il ? Il était marié et journaliste, dans une belle situation.

« Je dirige la politique à *La Vie française*. Je fais le Sénat au *Salut*, et, de temps en temps, des chroniques littéraires pour *La Planète*[1]. Voilà. J'ai fait mon chemin. »

Duroy, surpris, le regardait. Il était bien changé, bien mûri. Il avait maintenant une allure, une tenue, un costume d'homme posé, sûr de lui, et un ventre d'homme qui dîne bien. Autrefois il était maigre, mince et souple, étourdi, casseur d'assiettes, tapageur et toujours en train. En trois ans Paris en avait fait quelqu'un de tout autre, de gros et de sérieux, avec quelques cheveux blancs sur les tempes, bien qu'il n'eût pas plus de vingt-sept ans.

Forestier demanda : « Où vas-tu ? »

Duroy répondit : « Nulle part, je fais un tour avant de rentrer.

– Eh bien, veux-tu m'accompagner à *La Vie française*, où j'ai des épreuves[2] à corriger ; puis nous irons prendre un bock ensemble ?

– Je te suis. »

Et ils se mirent à marcher en se tenant par le bras, avec cette familiarité facile qui subsiste entre compagnons d'école et entre camarades de régiment.

« Qu'est-ce que tu fais à Paris ? » dit Forestier.

Duroy haussa les épaules : « Je crève de faim, tout simplement. Une fois mon temps fini, j'ai voulu venir ici pour... pour faire fortune ou plutôt pour vivre à Paris ; et voilà six mois que je suis

---

1. *La Vie française*, *Salut* et *La Planète* sont des titres de journaux inventés par l'auteur.

2. **Épreuves** : exemplaires d'un texte imprimé une fois qu'il est mis en page.

employé aux bureaux du chemin de fer du Nord, à quinze cents francs par an, rien de plus. »

Forestier murmura : « Bigre, ça n'est pas gras.

– Je te crois. Mais comment veux-tu que je m'en tire ? Je suis seul, je ne connais personne, je ne peux me recommander de personne. Ce n'est pas la bonne volonté qui manque, mais les moyens. »

Son camarade le regarda des pieds à la tête, en homme pratique, qui juge un sujet, puis il prononça d'un ton convaincu : « Vois-tu, mon petit, tout dépend de l'aplomb, ici. Un homme un peu malin devient plus facilement ministre que chef de bureau. Il faut s'imposer et non pas demander. Mais comment diable n'as-tu pas trouvé mieux qu'une place d'employé au Nord ? »

Duroy reprit : « J'ai cherché partout, je n'ai rien découvert. Mais j'ai quelque chose en vue en ce moment, on m'offre d'entrer comme écuyer au manège Pellerin. Là, j'aurai, au bas mot, trois mille francs. »

Forestier s'arrêta net : « Ne fais pas ça, c'est stupide, quand tu devrais gagner dix mille francs. Tu te fermes l'avenir du coup. Dans ton bureau, au moins tu es caché, personne ne te connaît, tu peux en sortir si tu es fort, et faire ton chemin. Mais, une fois écuyer, c'est fini. C'est comme si tu étais maître d'hôtel dans une maison où Tout-Paris va dîner. Quand tu auras donné des leçons d'équitation aux hommes du monde ou à leurs fils, ils ne pourront plus s'accoutumer à te considérer comme leur égal. »

Il se tut, réfléchit quelques secondes, puis demanda :

« Es-tu bachelier ?

– Non. J'ai échoué deux fois.

– Ça ne fait rien, du moment que tu as poussé tes études jusqu'au bout. Si on parle de Cicéron ou de Tibère, tu sais à peu près ce que c'est ?

– Oui, à peu près.

– Bon, personne n'en sait davantage, à l'exception d'une vingtaine d'imbéciles qui ne sont pas fichus de se tirer d'affaire. Ça n'est pas difficile de passer pour fort, va ; le tout est de ne pas se faire pincer en flagrant délit d'ignorance. On manœuvre, on esquive la difficulté, on tourne l'obstacle, et on colle les autres au moyen d'un dictionnaire. Tous les hommes sont bêtes comme des oies et ignorants comme des carpes. »

Il parlait en gaillard tranquille qui connaît la vie, et il souriait en regardant passer la foule. Mais tout d'un coup il se mit à tousser, et s'arrêta pour laisser finir la quinte, puis, d'un ton découragé : « Est-ce pas assommant de ne pouvoir se débarrasser de cette bronchite ? Et nous sommes en plein été. Oh ! cet hiver, j'irai me guérir à Menton. Tant pis, ma foi, la santé avant tout. »

Ils arrivèrent au boulevard Poissonnière, devant une grande porte vitrée, derrière laquelle un journal ouvert était collé sur ses deux faces. Trois personnes arrêtées le lisaient.

Au-dessus de la porte s'étalait, comme un appel, en grandes lettres de feu dessinées par des flammes de gaz[1] : *La Vie française*. Et les promeneurs passant brusquement dans la clarté que jetaient ces trois mots éclatants, apparaissaient tout à coup en pleine lumière, visibles, clairs et nets comme au milieu du jour, puis rentraient aussitôt dans l'ombre.

Forestier poussa cette porte : « Entre », dit-il. Duroy entra, monta un escalier luxueux et sale que toute la rue voyait, parvint dans une antichambre[2], dont les deux garçons de bureau saluèrent son camarade, puis s'arrêta dans une sorte de salon d'attente, poussiéreux et fripé, tendu de faux velours d'un vert pisseux, criblé de taches et rongé par endroits, comme si des souris l'eussent grignoté.

« Assieds-toi, dit Forestier, je reviens dans cinq minutes. »

Et il disparut par une des trois sorties qui donnaient dans ce cabinet.

Une odeur étrange, particulière, inexprimable, l'odeur des salles de rédaction flottait dans ce lieu. Duroy demeurait immobile, un peu intimidé, surpris surtout. De temps en temps des hommes passaient devant lui, en courant, entrés par une porte et partis par l'autre avant qu'il eût le temps de les regarder.

---

1. L'éclairage public et les enseignes lumineuses fonctionnaient au gaz.
2. **Antichambre** : salle d'attente.

C'étaient tantôt des jeunes gens, très jeunes, l'air affairé, et tenant à la main une feuille de papier qui palpitait au vent de leur course ; tantôt des ouvriers compositeurs, dont la blouse de toile tachée d'encre laissait voir un col de chemise bien blanc, et un pantalon de drap pareil à celui des gens du monde ; et ils portaient avec précaution des bandes de papier imprimé, des épreuves fraîches, tout humides. Quelquefois un petit monsieur entrait, vêtu avec une élégance trop apparente, la taille trop serrée dans la redingote, la jambe trop moulée sous l'étoffe, le pied étreint dans un soulier trop pointu, quelque reporter mondain apportant les échos de la soirée.

D'autres encore arrivaient, graves, importants, coiffés de hauts chapeaux à bords plats, comme si cette forme les eût distingués du reste des hommes.

Forestier reparut tenant par le bras un grand garçon maigre, de trente à quarante ans, en habit noir et en cravate blanche, très brun, la moustache roulée en pointes aiguës, et qui avait l'air insolent et content de lui.

Forestier lui dit : « Adieu, cher maître. »

L'autre lui serra la main : « Au revoir, mon cher », et il descendit l'escalier en sifflotant, la canne sous le bras.

Duroy demanda : « Qui est-ce ?

– C'est Jacques Rival, tu sais, le fameux chroniqueur [1], le duelliste [2]. Il vient de corriger ses épreuves. Garin, Montel et lui, sont les trois premiers chroniqueurs d'esprit et d'actualité que nous ayons à Paris. Il gagne ici trente mille francs par an pour deux articles par semaine. »

Et comme ils s'en allaient, ils rencontrèrent un petit homme à longs cheveux, gros, d'aspect malpropre, qui montait les marches en soufflant.

---

1. **Chroniqueur** : journaliste responsable d'une chronique, d'un sujet.
2. **Duelliste** : spécialiste des duels. Le duelliste combat, connaît les règles et l'art des duels, il peut aussi, comme c'est le cas ici, les chroniquer. Jacques Rival a sans doute été inspiré par le baron de Vaux, grand duelliste.

Forestier salua très bas : « Norbert de Varenne, dit-il, le poète, l'auteur des *Soleils morts*, encore un homme dans les grands prix. Chaque conte qu'il nous donne coûte trois cents francs, et les plus longs n'ont pas deux cents lignes. Mais entrons au Napolitain [1], je commence à crever de soif. »

Dès qu'ils furent assis devant la table du café, Forestier cria : « Deux bocks », et il avala le sien d'un seul trait, tandis que Duroy buvait la bière à lentes gorgées, la savourant et la dégustant, comme une chose précieuse et rare.

Son compagnon se taisait, semblait réfléchir, puis tout à coup : « Pourquoi n'essayerais-tu pas du journalisme ? »

L'autre, surpris, le regarda ; puis il dit : « Mais… c'est que… je n'ai jamais rien écrit.

– Bah ! on essaye, on commence. Moi, je pourrais t'employer à aller me chercher des renseignements, à faire des démarches et des visites. Tu aurais, au début, deux cent cinquante francs par mois et tes voitures payées. Veux-tu que j'en parle au directeur ?

– Mais certainement que je veux bien.

– Alors, fais une chose, viens dîner chez moi demain ; j'ai cinq ou six personnes seulement ; le patron, M. Walter, sa femme, Jacques Rival et Norbert de Varenne que tu viens de voir, plus une amie de Mme Forestier. Est-ce entendu ? »

Duroy hésitait, rougissant, perplexe. Il murmura enfin : « C'est que… je n'ai pas de tenue convenable. »

Forestier fut stupéfait : « Tu n'as pas d'habit ? Bigre ! en voilà une chose indispensable pourtant. À Paris, vois-tu, il vaudrait mieux n'avoir pas de lit que pas d'habit. »

Puis tout à coup, fouillant dans la poche de son gilet, il en tira une pincée d'or, prit deux louis, les posa devant son ancien camarade, et, d'un ton cordial et familier : « Tu me rendras ça quand tu pourras. Loue ou achète au mois, en donnant un acompte, les vêtements qu'il te faut ; enfin arrange-toi, mais viens dîner à la maison, demain, sept heures et demie, dix-sept rue Fontaine. »

1. **Napolitain** : café très fréquenté du boulevard des Capucines.

Duroy, troublé, ramassait l'argent en balbutiant : « Tu es trop aimable, je te remercie bien, sois certain que je n'oublierai pas... »

L'autre l'interrompit : « Allons, c'est bon. Encore un bock, n'est-ce pas ? » Et il cria : « Garçon, deux bocks ! »

Puis, quand ils les eurent bus, le journaliste demanda :

« Veux-tu flâner un peu, pendant une heure ?

– Mais certainement. »

Et ils se remirent en marche vers la Madeleine.

« Qu'est-ce que nous ferions bien ? demanda Forestier. On prétend qu'à Paris un flâneur peut toujours s'occuper ; ça n'est pas vrai. Moi, quand je veux flâner, le soir, je ne sais jamais où aller. Un tour au Bois [1] n'est amusant qu'avec une femme, – et on n'en a pas toujours une sous la main ; les cafés-concerts peuvent distraire mon pharmacien et son épouse, mais pas moi. Alors, quoi faire ? Rien. Il devrait y avoir ici un jardin d'été comme le parc Monceau, ouvert la nuit, où on entendrait de la très bonne musique en buvant des choses fraîches sous les arbres. Ce ne serait pas un lieu de plaisir, mais un lieu de flâne ; et on payerait cher pour entrer, afin d'attirer les jolies dames. On pourrait marcher dans les allées bien sablées, éclairées à la lumière électrique, et s'asseoir quand on voudrait pour écouter la musique de près ou de loin. Nous avons eu à peu près ça autrefois chez Musard [2], mais avec un goût de bastringue [3] et trop d'airs de danse, pas assez d'étendue, pas assez d'ombre, pas assez de sombre. Il faudrait un très beau jardin, très vaste. Ce serait charmant. Où veux-tu aller ? »

Duroy, perplexe, ne savait que dire ; enfin, il se décida : « Je ne connais pas les Folies-Bergère [4]. J'y ferais volontiers un tour. »

Son compagnon s'écria : « Les Folies-Bergère, bigre ! Nous y cuirons comme dans une rôtissoire. Enfin, soit, c'est toujours drôle. »

Et ils pivotèrent sur leurs talons pour gagner la rue du Faubourg-Montmartre.

---

1. Il s'agit du bois de Boulogne.
2. **Musard** : organisateur de concerts publics sur les Champs-Élysées.
3. **Bastringue** : bal populaire.
4. **Les Folies-Bergère** : cabaret situé dans le IXe arrondissement de Paris.

La façade illuminée de l'établissement jetait une grande lueur dans les quatre rues qui se joignent devant elle. Une file de fiacres attendait la sortie.

Forestier entrait, Duroy l'arrêta:

« Nous oublions de passer au guichet. »

L'autre répondit d'un ton important:

« Avec moi on ne paye pas. »

Quand il s'approcha du contrôle, les trois contrôleurs le saluèrent. Celui du milieu lui tendit la main. Le journaliste demanda:

« Avez-vous une bonne loge?

– Mais, certainement, monsieur Forestier. »

Il prit le coupon qu'on lui tendait, poussa la porte matelassée à battants garnis de cuir, et ils se trouvèrent dans la salle.

Une vapeur de tabac voilait un peu, comme un très fin brouillard, les parties lointaines, la scène et l'autre côté du théâtre. Et s'élevant sans cesse, en minces filets blanchâtres, de tous les cigares et de toutes les cigarettes que fumaient tous ces gens, cette brume légère montait toujours, s'accumulait au plafond et formait, sous le large dôme, autour du lustre, au-dessus de la galerie du premier chargée de spectateurs, un ciel ennuagé de fumée.

Dans le vaste corridor d'entrée qui mène à la promenade circulaire, où rôde la tribu parée des filles[1], mêlée à la foule sombre des hommes, un groupe de femmes attendait les arrivants devant un des trois comptoirs où trônaient, fardées et défraîchies, trois marchandes de boissons et d'amour.

Les hautes glaces, derrière elles, reflétaient leur dos et les visages des passants[2].

Forestier ouvrait les groupes, avançait vite, en homme qui a droit à la considération.

Il s'approcha d'une ouvreuse: « La loge dix-sept? dit-il.

– Par ici, monsieur. »

---

1. **Filles**: prostituées.
2. La scène fait penser au tableau d'Édouard Manet *Un bar aux Folies-Bergère* (1882).

Et on les enferma dans une petite boîte en bois, découverte, tapissée de rouge, et qui contenait quatre chaises de même couleur, si rapprochées qu'on pouvait à peine se glisser entre elles. Les deux amis s'assirent ; et, à droite comme à gauche, suivant une longue ligne arrondie aboutissant à la scène par les deux bouts, une suite de cases semblables contenait des gens assis également et dont on ne voyait que la tête et la poitrine.

Sur la scène, trois jeunes hommes en maillot collant, un grand, un moyen, un petit, faisaient, tour à tour, des exercices sur un trapèze.

Le grand s'avançait d'abord, à pas courts et rapides, en souriant, et saluait avec un mouvement de la main comme pour envoyer un baiser.

On voyait, sous le maillot, se dessiner les muscles des bras et des jambes ; il gonflait sa poitrine pour dissimuler son estomac trop saillant ; et sa figure semblait celle d'un garçon coiffeur, car une raie soignée ouvrait sa chevelure en deux parties égales, juste au milieu du crâne. Il atteignait le trapèze d'un bond gracieux, et, pendu par les mains, tournait autour comme une roue lancée ; ou bien, les bras roides, le corps droit, il se tenait immobile, couché horizontalement dans le vide, attaché seulement à la barre fixe par la force des poignets.

Puis il sautait à terre, saluait de nouveau en souriant sous les applaudissements de l'orchestre et allait se coller contre le décor en montrant bien, à chaque pas, la musculature de sa jambe.

Le second, moins haut, plus trapu, s'avançait à son tour et répétait le même exercice, que le dernier recommençait encore, au milieu de la faveur plus marquée du public.

Mais Duroy ne s'occupait guère du spectacle, et, la tête tournée, il regardait sans cesse derrière lui le grand promenoir[1] plein d'hommes et de prostituées.

1. **Promenoir** : partie de certaines salles de spectacle située derrière les fauteuils, où les spectateurs se tiennent debout.

Forestier lui dit: « Remarque donc l'orchestre: rien que des bourgeois avec leurs femmes et leurs enfants, de bonnes têtes stupides qui viennent pour voir. Aux loges, des boulevardiers [1], quelques artistes, quelques filles de demi-choix; et, derrière nous, le plus drôle de mélange qui soit dans Paris. Quels sont ces hommes? Observe-les. Il y a de tout, de toutes les professions et de toutes les castes, mais la crapule domine. Voici des employés, employés de banque, de magasin, de ministère, des reporters, des souteneurs, des officiers en bourgeois, des gommeux [2] en habit, qui viennent de dîner au cabaret et qui sortent de l'Opéra avant d'entrer aux Italiens [3], et puis encore tout un monde d'hommes suspects qui défient l'analyse. Quant aux femmes, rien qu'une marque: la soupeuse de l'Américain, la fille à un ou deux louis qui guette l'étranger de cinq louis et prévient ses habitués quand elle est libre. On les connaît toutes depuis dix ans; on les voit tous les soirs, toute l'année, aux mêmes endroits, sauf quand elles font une station hygiénique à Saint-Lazare ou à Lourcine [4]. »

Duroy n'écoutait plus. Une de ces femmes, s'étant accoudée à leur loge, le regardait. C'était une grosse brune à la chair blanchie par la pâte, à l'œil noir, allongé, souligné par le crayon, encadré sous des sourcils énormes et factices. Sa poitrine, trop forte, tendait la soie sombre de sa robe; et ses lèvres peintes, rouges comme une plaie, lui donnaient quelque chose de bestial, d'ardent, d'outré, mais qui allumait le désir cependant.

Elle appela, d'un signe de tête, une de ses amies qui passait, une blonde aux cheveux rouges, grasse aussi, et elle lui dit, d'une voix assez forte pour être entendue: « Tiens v'là un joli garçon: s'il veut de moi pour dix louis je ne dirai pas non. »

---

1. **Boulevardiers**: personnes qui fréquentent les Grands Boulevards de Paris et leurs établissements.
2. **Gommeux**: jeunes hommes élégants, prétentieux et ridicules.
3. Le Théâtre-Italien, situé dans le quartier de l'Opéra, représentait des pièces de théâtre et des opéras.
4. Saint-Lazare et Lourcine sont deux hôpitaux dans lesquels on soignait les maladies sexuellement transmissibles.

Forestier se retourna, et, souriant, il tapa sur la cuisse de Duroy: « C'est pour toi, ça, tu as du succès, mon cher. Mes compliments. »

L'ancien sous-off avait rougi; et il tâtait, d'un mouvement machinal du doigt, les deux pièces d'or dans la poche de son gilet.

Le rideau s'était baissé; l'orchestre maintenant jouait une valse.

Duroy dit: « Si nous faisions un tour dans la galerie[1]?

– Comme tu voudras. »

Ils sortirent, et furent aussitôt entraînés dans le courant des promeneurs. Pressés, poussés, serrés, ballottés, ils allaient, ayant devant les yeux un peuple de chapeaux. Et les filles, deux par deux, passaient dans cette foule d'hommes, la traversaient avec facilité, glissaient entre les coudes, entre les poitrines, entre les dos, comme si elles eussent été bien chez elles, bien à l'aise, à la façon des poissons dans l'eau, au milieu de ce flot de mâles.

Duroy, ravi, se laissait aller, buvait avec ivresse l'air vicié par le tabac, par l'odeur humaine et les parfums des drôlesses[2]. Mais Forestier suait, soufflait, toussait.

« Allons au jardin », dit-il.

Et, tournant à gauche, ils pénétrèrent dans une espèce de jardin couvert, que deux grandes fontaines de mauvais goût rafraîchissaient. Sous des ifs et des thuyas en caisse, des hommes et des femmes buvaient sur des tables de zinc.

« Encore un bock? demanda Forestier.

– Oui, volontiers. »

Ils s'assirent, en regardant passer le public.

De temps en temps, une rôdeuse s'arrêtait, puis demandait avec un sourire banal: « M'offrez-vous quelque chose, monsieur? » Et comme Forestier répondait: « Un verre d'eau à la fontaine », elle s'éloignait en murmurant: « Va donc, mufle! »

Mais la grosse brune qui s'était appuyée tout à l'heure derrière la loge des deux camarades reparut, marchant arrogamment, le

1. **Galerie**: lieu de passage et de promenade, plus long que large, situé sur les côtés du bâtiment.
2. **Drôlesses**: femmes ou filles vulgaires et méprisables.

bras passé sous celui de la grosse blonde. Cela faisait vraiment une belle paire de femmes, bien assorties.

Elle sourit en apercevant Duroy comme si leurs yeux se fussent dit déjà des choses intimes et secrètes ; et, prenant une chaise, elle s'assit tranquillement en face de lui et fit asseoir son amie, puis elle commanda d'une voix claire : « Garçon, deux grenadines ! » Forestier, surpris, prononça : « Tu ne te gênes pas, toi ? »

Elle répondit : « C'est ton ami qui me séduit. C'est vraiment un joli garçon. Je crois qu'il me ferait faire des folies ! »

Duroy, intimidé, ne trouvait rien à dire. Il retroussait sa moustache frisée en souriant d'une façon niaise. Le garçon apporta les sirops que les femmes burent d'un seul trait ; puis elles se levèrent ; et la brune, avec un petit salut amical de la tête et un léger coup d'éventail sur le bras, dit à Duroy : « Merci, mon chat. Tu n'as pas la parole facile. »

Et elles partirent en balançant leur croupe.

Alors Forestier se mit à rire : « Dis donc, mon vieux, sais-tu que tu as vraiment du succès auprès des femmes ? Il faut soigner ça. Ça peut te mener loin. » Il se tut une seconde, puis reprit, avec ce ton rêveur des gens qui pensent tout haut : « C'est encore par elles qu'on arrive le plus vite. »

Et comme Duroy souriait toujours sans répondre, il demanda : « Est-ce que tu restes encore ? moi, je vais rentrer, j'en ai assez. »

L'autre murmura : « Oui, je reste encore un peu. Il n'est pas tard. »

Forestier se leva : « Eh bien, adieu, alors. À demain. N'oublie pas ? Dix-sept rue Fontaine, sept heures et demie.

– C'est entendu ; à demain. Merci. »

Ils se serrèrent la main, et le journaliste s'éloigna.

Dès qu'il eut disparu, Duroy se sentit libre, et de nouveau il tâta joyeusement les deux pièces d'or dans sa poche ; puis, se levant, il se mit à parcourir la foule qu'il fouillait de l'œil.

Il les aperçut bientôt, les deux femmes, la blonde et la brune, qui voyageaient toujours de leur allure fière de mendiantes, à travers la cohue des hommes.

Il alla droit sur elles, et, quand il fut tout près, il n'osa plus.

La brune lui dit : « As-tu retrouvé ta langue ? »

Il balbutia : « Parbleu », sans parvenir à prononcer autre chose que cette parole.

Ils restaient debout tous les trois, arrêtés, arrêtant le mouvement du promenoir, formant un remous autour d'eux.

Alors, tout à coup elle demanda :

« Viens-tu chez moi ? »

Et lui, frémissant de convoitise, répondit brutalement :

« Oui, mais je n'ai qu'un louis dans ma poche. »

Elle sourit avec indifférence : « Ça ne fait rien. »

Et elle prit son bras en signe de possession.

Comme ils sortaient, il songeait qu'avec les autres vingt francs il pourrait facilement se procurer, en location, un costume de soirée pour le lendemain.

Chapitre 2

« Monsieur Forestier, s'il vous plaît?

– Au troisième, la porte à gauche. »

Le concierge avait répondu cela d'une voix aimable où apparaissait une considération pour son locataire. Et Georges Duroy monta l'escalier.

Il était un peu gêné, intimidé, mal à l'aise. Il portait un habit pour la première fois de sa vie, et l'ensemble de sa toilette l'inquiétait. Il la sentait défectueuse en tout, par les bottines non vernies, mais assez fines cependant, car il avait la coquetterie du pied, par la chemise de quatre francs cinquante achetée le matin même au Louvre [1], et dont le plastron trop mince se cassait déjà. Ses autres chemises, celles de tous les jours, ayant des avaries plus ou moins graves, il n'avait pu utiliser même la moins abîmée.

Son pantalon, un peu trop large, dessinait mal la jambe, semblait s'enrouler autour du mollet, avait cette apparence fripée que prennent les vêtements d'occasion sur les membres qu'ils recouvrent par aventure. Seul, l'habit n'allait pas mal, s'étant trouvé à peu près juste pour la taille.

Il montait lentement les marches, le cœur battant, l'esprit anxieux, harcelé surtout par la crainte d'être ridicule; et, soudain, il aperçut en face de lui un monsieur en grande toilette qui le regardait. Ils se trouvaient si près l'un de l'autre que Duroy fit un mouvement en arrière, puis il demeura stupéfait: c'était lui-même, reflété par

---

1. **Le Louvre**: nom d'un grand magasin.

une haute glace en pied qui formait sur le palier du premier une longue perspective de galerie. Un élan de joie le fit tressaillir tant il se jugea mieux qu'il n'aurait cru.

N'ayant chez lui que son petit miroir à barbe, il n'avait pu se contempler entièrement, et comme il n'y voyait que fort mal les diverses parties de sa toilette improvisée, il s'exagérait les imperfections, s'affolait à l'idée d'être grotesque.

Mais voilà qu'en s'apercevant brusquement dans la glace, il ne s'était même pas reconnu ; il s'était pris pour un autre, pour un homme du monde, qu'il avait trouvé fort bien, fort chic, au premier coup d'œil.

Et maintenant, en se regardant avec soin, il reconnaissait que, vraiment, l'ensemble était satisfaisant.

Alors il s'étudia comme font les acteurs pour apprendre leurs rôles. Il se sourit, se tendit la main, fit des gestes, exprima des sentiments : l'étonnement, le plaisir, l'approbation ; et il chercha les degrés du sourire et les intentions de l'œil pour se montrer galant auprès des dames, leur faire comprendre qu'on les admire et qu'on les désire.

Une porte s'ouvrit dans l'escalier. Il eut peur d'être surpris et il se mit à monter fort vite, avec la crainte d'avoir été vu minaudant[1] ainsi, par quelque invité de son ami.

En arrivant au second étage, il aperçut une autre glace et il ralentit sa marche pour se regarder passer. Sa tournure lui parut vraiment élégante. Il marchait bien. Et une confiance immodérée en lui-même emplit son âme. Certes, il réussirait avec cette figure-là et son désir d'arriver, et la résolution qu'il se connaissait et l'indépendance de son esprit. Il avait envie de courir, de sauter en gravissant le dernier étage. Il s'arrêta devant la troisième glace, frisa sa moustache d'un mouvement qui lui était familier, ôta son chapeau pour rajuster sa chevelure, et murmura à mi-voix, comme il faisait souvent : « Voilà une excellente invention. » Puis, tendant la main vers le timbre, il sonna.

---

1. **Minaudant** : faisant des mines, prenant des poses pour séduire.

La porte s'ouvrit presque aussitôt, et il se trouva en présence d'un valet en habit noir, grave, rasé, si parfait de tenue que Duroy se troubla de nouveau sans comprendre d'où lui venait cette vague émotion : d'une inconsciente comparaison peut-être, entre la coupe de leurs vêtements. Ce laquais, qui avait des souliers vernis, demanda, en prenant le pardessus que Duroy tenait sur son bras par peur de montrer les taches :

« Qui dois-je annoncer ? »

Et il jeta le nom derrière une portière soulevée, dans un salon où il fallait entrer.

Mais Duroy, tout à coup, perdant son aplomb, se sentit perclus de crainte, haletant. Il allait faire son premier pas dans l'existence attendue, rêvée. Il s'avança, pourtant. Une jeune femme, blonde, était debout qui l'attendait, toute seule, dans une grande pièce bien éclairée et pleine d'arbustes, comme une serre.

Il s'arrêta net, tout à fait déconcerté. Quelle était cette dame qui souriait ? Puis il se souvint que Forestier était marié ; et la pensée que cette jolie blonde élégante devait être la femme de son ami acheva de l'effarer.

Il balbutia : « Madame, je suis… » Elle lui tendit la main : « Je le sais, monsieur. Charles m'a raconté votre rencontre d'hier soir, et je suis très heureuse qu'il ait eu la bonne inspiration de vous prier de dîner avec nous aujourd'hui. »

Il rougit jusqu'aux oreilles, ne sachant plus que dire ; et il se sentait examiné, inspecté des pieds à la tête, pesé, jugé.

Il avait envie de s'excuser, d'inventer une raison pour expliquer les négligences de sa toilette ; mais il ne trouva rien, et n'osa pas toucher à ce sujet difficile.

Il s'assit sur un fauteuil qu'elle lui désignait, et quand il sentit plier sous lui le velours élastique et doux du siège, quand il se sentit enfoncé, appuyé, étreint par ce meuble caressant dont le dossier et les bras capitonnés le soutenaient délicatement, il lui sembla qu'il entrait dans une vie nouvelle et charmante, qu'il prenait possession de quelque chose de délicieux, qu'il devenait quelqu'un, qu'il était sauvé ; et il regarda Mme Forestier dont les yeux ne l'avaient point quitté.

Elle était vêtue d'une robe de cachemire bleu pâle qui dessinait bien sa taille souple et sa poitrine grasse.

La chair des bras et de la gorge sortait d'une mousse de dentelle blanche dont étaient garnis le corsage et les courtes manches ; et les cheveux relevés au sommet de la tête, frisant un peu sur la nuque, faisaient un léger nuage de duvet blond au-dessus du cou.

Duroy se rassurait sous son regard, qui lui rappelait, sans qu'il sût pourquoi, celui de la fille rencontrée la veille aux Folies-Bergère. Elle avait les yeux gris, d'un gris azuré qui en rendait étrange l'expression, le nez mince, les lèvres fortes, le menton un peu charnu, une figure irrégulière et séduisante, pleine de gentillesse et de malice. C'était un de ces visages de femme dont chaque ligne révèle une grâce particulière, semble avoir une signification, dont chaque mouvement paraît dire ou cacher quelque chose.

Après un court silence, elle lui demanda : « Vous êtes depuis longtemps à Paris ? »

Il répondit, en reprenant peu à peu possession de lui : « Depuis quelques mois seulement, madame. J'ai un emploi dans les chemins de fer ; mais Forestier m'a laissé espérer que je pourrais, grâce à lui, pénétrer dans le journalisme. »

Elle eut un sourire plus visible, plus bienveillant ; et elle murmura, en baissant la voix : « Je sais. »

Le timbre avait tinté de nouveau. Le valet annonça : « Madame de Marelle. »

C'était une petite brune, de celles qu'on appelle des brunettes.

Elle entra d'une allure alerte ; elle semblait dessinée, moulée des pieds à la tête dans une robe sombre toute simple.

Seule une rose rouge, piquée dans ses cheveux noirs, attirait l'œil violemment, semblait marquer sa physionomie, accentuer son caractère spécial, lui donner la note vive et brusque qu'il fallait.

Une fillette en robe courte la suivait. Mme Forestier s'élança : « Bonjour Clotilde.

– Bonjour Madeleine. »

Elles s'embrassèrent. Puis l'enfant tendit son front avec une assurance de grande personne, en prononçant :

« Bonjour, cousine. »

Mme Forestier la baisa ; puis fit les présentations :

– Monsieur Georges Duroy, un bon camarade de Charles.

– Madame de Marelle, mon amie, un peu ma parente. »

Elle ajouta : « Vous savez, nous sommes ici sans cérémonie, sans façon, et sans pose. C'est entendu, n'est-ce pas ? »

Le jeune homme s'inclina.

Mais la porte s'ouvrit de nouveau, et un petit gros monsieur, court et rond, parut, donnant le bras à une grande et belle femme, plus haute que lui, beaucoup plus jeune, de manières distinguées et d'allure grave. C'était M. Walter, député, financier, homme d'argent et d'affaires, juif et méridional, directeur de *La Vie française*, et sa femme, née Basile-Ravalau, fille du banquier de ce nom.

Puis parurent, coup sur coup, Jacques Rival très élégant, et Norbert de Varenne, dont le col d'habit luisait, un peu ciré par le frottement des longs cheveux qui tombaient jusqu'aux épaules, et semaient dessus quelques grains de poussière blanche.

Sa cravate, mal nouée, ne semblait pas à sa première sortie. Il s'avança avec des grâces de vieux beau et, prenant la main de Mme Forestier, mit un baiser sur son poignet. Dans le mouvement qu'il fit en se baissant, sa longue chevelure se répandit comme de l'eau sur le bras nu de la jeune femme.

Et Forestier entra à son tour, en s'excusant d'être en retard. Mais il avait été retenu au journal par l'affaire Morel. M. Morel, député radical, venait d'adresser une question au ministère sur une demande de crédit relative à la colonisation de l'Algérie.

Le domestique cria : « Madame est servie ! »

Et on passa dans la salle à manger.

Duroy se trouvait placé entre Mme de Marelle et sa fille. Il se sentait de nouveau gêné, ayant peur de commettre quelque erreur dans le maniement conventionnel de la fourchette, de la cuiller ou des verres. Il y en avait quatre, dont un légèrement teinté de bleu. Que pouvait-on boire dans celui-là ?

On ne dit rien pendant qu'on mangeait le potage, puis Norbert de Varenne demanda: « Avez-vous lu ce procès Gauthier? Quelle drôle de chose! »

Et on discuta sur ce cas d'adultère compliqué de chantage. On n'en parlait point comme on parle, au sein des familles, des événements racontés dans les feuilles publiques, mais comme on parle d'une maladie entre médecins ou de légumes entre fruitiers. On ne s'indignait pas, on ne s'étonnait pas des faits; on cherchait les causes profondes, secrètes, avec une curiosité professionnelle et une indifférence absolue pour le crime lui-même. On tâchait d'expliquer nettement les origines des actions, de déterminer tous les phénomènes cérébraux dont était né le drame, résultat scientifique d'un état d'esprit particulier. Les femmes aussi se passionnaient à cette poursuite, à ce travail. Et d'autres événements récents furent examinés, commentés, tournés sous toutes leurs faces, pesés à leur valeur, avec ce coup d'œil pratique et cette manière de voir spéciale des marchands de nouvelles, des débitants de comédie humaine à la ligne, comme on examine, comme on retourne et comme on pèse, chez les commerçants, les objets qu'on va livrer au public.

Puis il fut question d'un duel et Jacques Rival prit la parole. Cela lui appartenait; personne autre[1] ne pouvait traiter cette affaire.

Duroy n'osait point placer un mot. Il regardait parfois sa voisine, dont la gorge ronde le séduisait. Un diamant tenu par un fil d'or pendait au bas de l'oreille, comme une goutte d'eau qui aurait glissé sur la chair. De temps en temps, elle faisait une remarque qui éveillait toujours un sourire sur les lèvres. Elle avait un esprit drôle, gentil, inattendu, un esprit de gamine expérimentée qui voit les choses avec insouciance et les juge avec un scepticisme léger et bienveillant.

Duroy cherchait en vain quelque compliment à lui faire, et, ne trouvant rien, il s'occupait de sa fille, lui versait à boire, lui tenait ses plats, la servait. L'enfant, plus sévère que sa mère, remerciait avec une voix grave, faisait de courts saluts de la tête: « Vous êtes

1. Pour « personne d'autre ».

bien aimable, monsieur », et elle écoutait les grandes personnes d'un petit air réfléchi.

Le dîner était fort bon ; et chacun s'extasiait. M. Walter mangeait comme un ogre, ne parlait presque pas, et considérait d'un regard oblique, glissé sous ses lunettes, les mets qu'on lui présentait. Norbert de Varenne lui tenait tête et laissait tomber parfois des gouttes de sauce sur son plastron de chemise.

Forestier, souriant et sérieux, surveillait, échangeait avec sa femme des regards d'intelligence, à la façon de compères accomplissant ensemble une besogne difficile et qui marche à souhait.

Les visages devenaient rouges, les voix s'enflaient. De moment en moment, le domestique murmurait à l'oreille des convives : « Corton – Château-Laroze ? »

Duroy avait trouvé le Corton de son goût et il laissait chaque fois emplir son verre. Une gaieté délicieuse entrait en lui ; une gaieté chaude qui lui montait du ventre à la tête, lui courait dans les membres, le pénétrait tout entier. Il se sentait envahi par un bien-être complet, un bien-être de vie et de pensée, de corps et d'âme.

Et une envie de parler lui venait, de se faire remarquer, d'être écouté, apprécié comme ces hommes dont on savourait les moindres expressions.

Mais la causerie qui allait sans cesse, accrochant les idées les unes aux autres, sautant d'un sujet à l'autre sur un mot, un rien, après avoir fait le tour des événements du jour et avoir effleuré, en passant, mille questions, revint à la grande interpellation de M. Morel sur la colonisation de l'Algérie.

M. Walter, entre deux services, fit quelques plaisanteries, car il avait l'esprit sceptique et gras. Forestier raconta son article du lendemain, Jacques Rival réclama un gouvernement militaire avec des concessions de terres accordées à tous les officiers après trente années de service colonial.

« De cette façon, disait-il, vous créerez une société énergique, ayant appris depuis longtemps à connaître et à aimer le pays, sachant sa langue et au courant de toutes ces graves questions locales auxquelles se heurtent infailliblement les nouveaux venus. »

Norbert de Varenne l'interrompit :

« Oui… ils sauront tout, excepté l'agriculture. Ils parleront l'arabe, mais ils ignoreront comment on repique des betteraves et comment on sème du blé. Ils seront même forts en escrime, mais très faibles sur les engrais. Il faudrait au contraire ouvrir largement ce pays neuf à tout le monde. Les hommes intelligents s'y feront une place, les autres succomberont. C'est la loi sociale. »

Un léger silence suivit. On souriait.

Georges Duroy ouvrit la bouche et prononça, surpris par le son de sa voix, comme s'il ne s'était jamais entendu parler : « Ce qui manque le plus là-bas, c'est la bonne terre. Les propriétés vraiment fertiles coûtent aussi cher qu'en France, et sont achetées, comme placement de fonds, par des Parisiens très riches. Les vrais colons, les pauvres, ceux qui s'exilent faute de pain, sont rejetés dans le désert, où il ne pousse rien, par manque d'eau. »

Tout le monde le regardait. Il se sentit rougir. M. Walter demanda : « Vous connaissez l'Algérie, monsieur ? »

Il répondit : « Oui, monsieur, j'y suis resté vingt-huit mois, et j'ai séjourné dans les trois provinces [1]. »

Et brusquement, oubliant la question Morel, Norbert de Varenne l'interrogea sur un détail de mœurs qu'il tenait d'un officier. Il s'agissait du Mzab [2], cette étrange petite république arabe née au milieu du Sahara, dans la partie la plus desséchée de cette région brûlante.

Duroy avait visité deux fois le Mzab, et il raconta les mœurs de ce singulier pays où les gouttes d'eau ont la valeur de l'or, où chaque habitant est tenu à tous les services publics, où la probité commerciale est poussée plus loin que chez les peuples civilisés.

Il parla avec une certaine verve hâbleuse [3], excité par le vin et par le désir de plaire, il raconta des anecdotes de régiment, des traits de la vie arabe, des aventures de guerre. Il trouva même quelques

---

1. Une ordonnance de 1845 a divisé l'Algérie en trois provinces : Alger, Oran, Constantine.

2. Mzab : région du sud du Sahara algérien.

3. Avec une certaine verve hâbleuse : avec bagout, en exagérant ses mérites.

mots colorés pour exprimer ces contrées jaunes et nues, interminablement désolées sous la flamme dévorante du soleil.

Toutes les femmes avaient les yeux sur lui. Mme Walter murmura de sa voix lente. « Vous feriez avec vos souvenirs une charmante série d'articles. » Alors Walter considéra le jeune homme par-dessus le verre de ses lunettes, comme il faisait pour bien voir les visages. Il regardait les plats par-dessous.

Forestier saisit le moment : « Mon cher patron, je vous ai parlé tantôt de M. Georges Duroy, en vous demandant de me l'adjoindre pour le service des informations politiques. Depuis que Marambot nous a quittés, je n'ai personne pour aller prendre les renseignements urgents et confidentiels ; et le journal en souffre. »

Le père Walter devint sérieux et releva tout à fait ses lunettes pour regarder Duroy bien en face. Puis il dit : « Il est certain que M. Duroy a un esprit original. S'il veut bien venir causer avec moi, demain à trois heures, nous arrangerons ça. » Puis, après un silence, et se tournant tout à fait vers le jeune homme :

« Mais faites-nous tout de suite une petite série fantaisiste sur l'Algérie. Vous raconterez vos souvenirs et vous mêlerez à ça la question de la colonisation, comme tout à l'heure. C'est d'actualité, tout à fait d'actualité, et je suis sûr que ça plaira beaucoup à nos lecteurs. Mais dépêchez-vous ! il me faut le premier article pour demain ou après-demain, pendant qu'on discute à la Chambre[1], afin d'amorcer le public. »

Mme Walter ajouta, avec cette grâce sérieuse qu'elle mettait en tout et qui donnait un air de faveurs à ses paroles : « Et vous avez un titre charmant : *Souvenirs d'un chasseur d'Afrique*, n'est-ce pas, monsieur Norbert ? »

Le vieux poète, arrivé trop tard à la renommée, détestait et redoutait les nouveaux venus. Il répondit d'un air sec : « Oui, excellent, à condition que la suite soit dans la note, car c'est là la grande difficulté ; la note juste, ce qu'en musique on appelle le ton. »

1. **La Chambre** : l'Assemblée nationale, nommée la Chambre des députés.

Mme Forestier couvrait Duroy d'un regard protecteur et souriant, d'un regard de connaisseur qui semblait dire : « Toi, tu arriveras. » Mme de Marelle s'était, à plusieurs reprises, tournée vers lui, et le diamant de son oreille tremblait sans cesse comme si la fine goutte d'eau allait se détacher et tomber.

La petite fille demeurait immobile et grave, la tête baissée sur son assiette.

Mais le domestique faisait le tour de la table, versant dans les verres bleus du vin de Johannisberg ; et Forestier portait un toast en saluant M. Walter : « À la longue prospérité de *La Vie française* ! »

Tout le monde s'inclina vers le Patron qui souriait ; et Duroy, gris de triomphe, but d'un trait. Il aurait vidé de même une barrique entière, lui semblait-il ; il aurait mangé un bœuf, étranglé un lion. Il se sentait dans les membres une vigueur surhumaine, dans l'esprit une résolution invincible et une espérance infinie. Il était chez lui, maintenant, au milieu de ces gens ; il venait d'y prendre position, d'y conquérir sa place. Son regard se posait sur les visages avec une assurance nouvelle, et il osa, pour la première fois, adresser la parole à sa voisine :

« Vous avez, madame, les plus jolies boucles d'oreilles que j'aie jamais vues. »

Elle se tourna vers lui en souriant : « C'est une idée à moi de pendre des diamants comme ça, simplement au bout d'un fil. On dirait vraiment de la rosée, n'est-ce pas ? »

Il murmura, confus de son audace et tremblant de dire une sottise :

« C'est charmant… mais l'oreille aussi fait valoir la chose. »

Elle le remercia d'un regard, d'un de ces clairs regards de femme qui pénètrent jusqu'au cœur.

Et comme il tournait la tête, il rencontra encore les yeux de Mme Forestier, toujours bienveillants, mais il crut y voir une gaieté plus vive, une malice, un encouragement.

Tous les hommes maintenant parlaient en même temps avec des gestes et des éclats de voix ; on discutait le grand projet du chemin de fer métropolitain [1]. Le sujet ne fut épuisé qu'à la fin du dessert, chacun ayant une quantité de choses à dire sur la lenteur des communications dans Paris, les inconvénients des tramways, les ennuis des omnibus et la grossièreté des cochers de fiacre.

Puis on quitta la salle à manger pour aller prendre le café. Duroy, par plaisanterie, offrit son bras à la petite fille. Elle le remercia gravement et se haussa sur la pointe des pieds pour arriver à poser la main sur le coude de son voisin.

En entrant dans le salon, il eut de nouveau la sensation de pénétrer dans une serre. De grands palmiers ouvraient leurs feuilles élégantes dans les quatre coins de la pièce, montaient jusqu'au plafond, puis s'élargissaient en jets d'eau.

Des deux côtés de la cheminée, des caoutchoucs, ronds comme des colonnes, étageaient l'une sur l'autre leurs longues feuilles d'un vert sombre, et sur le piano deux arbustes inconnus, ronds et couverts de fleurs, l'un tout rose et l'autre tout blanc, avaient l'air de plantes factices, invraisemblables, trop belles pour être vraies.

L'air était frais et pénétré d'un parfum vague, doux, qu'on n'aurait pu définir, dont on ne pouvait dire le nom.

Et le jeune homme, plus maître de lui, considéra avec attention l'appartement. Il n'était pas grand ; rien n'attirait le regard en dehors des arbustes ; aucune couleur vive ne frappait ; mais on se sentait à son aise dedans, on se sentait tranquille, reposé : il enveloppait doucement, il plaisait, mettait autour du corps quelque chose comme une caresse.

Les murs étaient tendus avec une étoffe ancienne d'un violet passé, criblée de petites fleurs de soie jaune, grosses comme des mouches.

Des portières [2] en drap bleu-gris, en drap de soldat où l'on avait brodé quelques œillets de soie rouge retombaient sur les portes ; et les sièges, de toutes les formes, de toutes les grandeurs, éparpillés

---

1. **Le chemin de fer métropolitain** : le projet remonte au milieu du XIXe siècle. La première ligne parisienne est inaugurée en 1900 pour l'Exposition universelle.
2. **Portières** : rideaux épais qu'on place devant une porte.

au hasard dans l'appartement, chaises longues, fauteuils énormes ou minuscules, pouf et tabourets, étaient couverts de soie Louis XVI ou de beau velours d'Utrecht, fond crème, à dessins grenat.

« Prenez-vous du café, monsieur Duroy ? »

Et Mme Forestier lui tendait une tasse pleine, avec ce sourire ami qui ne quittait point sa lèvre.

« Oui, madame, je vous remercie. »

Il reçut la tasse, et comme il se penchait plein d'angoisse pour cueillir avec la pince d'argent un morceau de sucre dans le sucrier que portait la petite fille, la jeune femme lui dit à mi-voix :

« Faites donc votre cour à Mme Walter. »

Puis elle s'éloigna avant qu'il eût pu répondre un mot.

Il but d'abord son café qu'il craignait de laisser tomber sur le tapis ; puis, l'esprit plus libre, il chercha un moyen de se rapprocher de la femme de son nouveau directeur et d'entamer une conversation.

Tout à coup il s'aperçut qu'elle tenait à la main sa tasse vide ; et, comme elle se trouvait loin d'une table, elle ne savait où la poser. Il s'élança.

« Permettez, madame.

– Merci, monsieur. »

Il emporta la tasse, puis il revint : « Si vous saviez, madame, quels bons moments m'a fait passer *La Vie française*, quand j'étais là-bas dans le désert. C'est vraiment le seul journal qu'on puisse lire hors de France, parce qu'il est plus littéraire, plus spirituel et moins monotone que tous les autres. On trouve de tout là-dedans. »

Elle sourit, avec une indifférence aimable, et répondit gravement :

« M. Walter a eu bien du mal pour créer ce type de journal qui répondait à un besoin nouveau. »

Et ils se mirent à causer. Il avait la parole facile et banale, du charme dans la voix, beaucoup de grâce dans le regard et une séduction irrésistible dans la moustache. Elle s'ébouriffait sur sa lèvre, crépue, frisée, jolie, d'un blond teinté de roux avec une nuance plus pâle dans les poils hérissés des bouts.

Ils parlèrent de Paris, des environs, des bords de la Seine, des villes d'eaux, des plaisirs de l'été, de toutes les choses courantes sur lesquelles on peut discourir indéfiniment sans se fatiguer l'esprit.

Puis, comme M. Norbert de Varenne s'approchait, un verre de liqueur à la main, Duroy s'éloigna par discrétion.

Mme de Marelle, qui venait de causer avec Mme Forestier, l'appela : « Eh bien ! monsieur, lui dit-elle brusquement, vous voulez donc tâter du journalisme ? »

Alors il parla de ses projets, en termes vagues, puis recommença avec elle la conversation qu'il venait d'avoir avec Mme Walter ; mais, comme il possédait mieux son sujet, il s'y montra supérieur, répétant comme de lui des choses qu'il venait d'entendre. Et sans cesse il regardait dans les yeux sa voisine, comme pour donner à ce qu'il disait un sens profond.

Elle lui raconta à son tour des anecdotes, avec un entrain facile de femme qui se sait spirituelle et qui veut toujours être drôle ; et, devenant familière, elle posait la main sur son bras, baissait la voix pour dire des riens qui prenaient ainsi un caractère d'intimité. Il s'exaltait intérieurement à frôler cette jeune femme qui s'occupait de lui. Il aurait voulu tout de suite se dévouer pour elle, la défendre, montrer ce qu'il valait ; et les retards qu'il mettait à lui répondre indiquaient la préoccupation de sa pensée.

Mais tout à coup, sans raison, Mme de Marelle appela : « Laurine ! » et la petite fille s'en vint.

« Assieds-toi là, mon enfant, tu aurais froid près de la fenêtre. »

Et Duroy fut pris d'une envie folle d'embrasser la fillette, comme si quelque chose de ce baiser eût dû retourner à la mère.

Il demanda, d'un ton galant et paternel : « Voulez-vous me permettre de vous embrasser, mademoiselle ? »

L'enfant leva les yeux sur lui d'un air surpris. Mme de Marelle dit en riant : « Réponds : "Je veux bien, monsieur, pour aujourd'hui ; mais ce ne sera pas toujours comme ça." »

Duroy, s'asseyant aussitôt, prit sur son genou Laurine, puis effleura des lèvres les cheveux ondés et fins de son front.

La mère s'étonna : « Tiens, elle ne s'est pas sauvée ; c'est stupéfiant. Elle ne se laisse d'ordinaire embrasser que par les femmes. Vous êtes irrésistible, monsieur Duroy. »

Il rougit, sans répondre, et d'un mouvement léger il balançait la petite fille sur sa jambe.

Mme Forestier s'approcha et, poussant un cri d'étonnement : « Tiens, voilà Laurine apprivoisée, quel miracle ! »

Jacques Rival aussi s'en venait, un cigare à la bouche, et Duroy se leva pour partir, ayant peur de gâter par quelque mot maladroit la besogne faite, son œuvre de conquête commencée.

Il salua, prit et serra doucement la petite main tendue des femmes, puis secoua avec force la main des hommes. Il remarqua que celle de Jacques Rival était sèche et chaude et répondait cordialement à sa pression ; celle de Norbert de Varenne humide et froide et fuyait en glissant entre les doigts ; celle du père Walter froide et molle, sans énergie, sans expression ; celle de Forestier, grasse et tiède. Son ami lui dit à mi-voix :

« Demain, trois heures, n'oublie pas.

– Oh non ! ne crains rien. »

Quand il se retrouva sur l'escalier, il eut envie de descendre en courant, tant sa joie était véhémente, et il s'élança, enjambant les marches deux par deux ; mais tout à coup il aperçut, dans la grande glace du second étage, un monsieur pressé qui venait en gambadant à sa rencontre et il s'arrêta net, honteux comme s'il venait d'être surpris en faute.

Puis il se regarda longuement, émerveillé d'être vraiment aussi joli garçon ; puis il se sourit avec complaisance ; puis, prenant congé de son image, il se salua très bas, avec cérémonie, comme on salue les grands personnages.

Chapitre 3

Quand Georges Duroy se retrouva dans la rue, il hésita sur ce qu'il ferait. Il avait envie de courir, de rêver, d'aller devant lui en songeant à l'avenir et en respirant l'air doux de la nuit; mais la pensée de la série d'articles demandés par le père Walter le poursuivait, et il se décida à rentrer tout de suite pour se mettre au travail.

Il revint à grands pas, gagna le boulevard extérieur, et le suivit jusqu'à la rue Boursault[1] qu'il habitait. Sa maison, haute de six étages, était peuplée par vingt petits ménages ouvriers et bourgeois, et il éprouva, en montant l'escalier, dont il éclairait avec des allumettes-bougies les marches sales où traînaient des bouts de papiers, des bouts de cigarettes, des épluchures de cuisine, une écœurante sensation de dégoût et une hâte de sortir de là, de loger comme les hommes riches, en des demeures propres, avec des tapis. Une odeur lourde de nourriture, de fosse d'aisances et d'humanité, une odeur stagnante de crasse et de vieille muraille, qu'aucun courant d'air n'eût pu chasser de ce logis, l'emplissait du haut en bas.

La chambre du jeune homme, au cinquième étage, donnait, comme sur un abîme profond, sur l'immense tranchée du chemin de fer de l'Ouest, juste au-dessus de la sortie du tunnel, près de la gare des Batignolles. Duroy ouvrit sa fenêtre et s'accouda sur l'appui de fer rouillé.

Au-dessous de lui, dans le fond du trou sombre, trois signaux rouges immobiles avaient l'air de gros yeux de bête; et plus loin

1. **Rue Boursault**: située dans le quartier populaire des Batignolles.

on en voyait d'autres, et encore d'autres, encore plus loin. À tout instant des coups de sifflet prolongés ou courts passaient dans la nuit, les uns proches, les autres à peine perceptibles, venus de là-bas, du côté d'Asnières. Ils avaient des modulations comme des appels de voix. Un d'eux se rapprochait, poussant toujours son cri plaintif qui grandissait de seconde en seconde, et bientôt une grosse lumière jaune apparut, courant avec un grand bruit; et Duroy regarda le long chapelet des wagons s'engouffrer sous le tunnel.

Puis il se dit: « Allons, au travail ! » Il posa sa lumière sur sa table; mais au moment de se mettre à écrire, il s'aperçut qu'il n'avait chez lui qu'un cahier de papier à lettres.

Tant pis, il l'utiliserait en ouvrant la feuille dans toute sa grandeur. Il trempa sa plume dans l'encre et écrivit en tête, de sa plus belle écriture:

Souvenirs d'un chasseur d'Afrique.

Puis il chercha le commencement de la première phrase.

Il restait le front dans sa main, les yeux fixés sur le carré blanc déployé devant lui.

Qu'allait-il dire ? Il ne trouvait plus rien maintenant de ce qu'il avait raconté tout à l'heure, pas une anecdote, pas un fait, rien. Tout à coup, il pensa: « Il faut que je débute par mon départ. » Et il écrivit: « C'était en 1874, aux environs du 15 mai, alors que la France épuisée se reposait après les catastrophes de l'année terrible… »

Et il s'arrêta net, ne sachant comment amener ce qui suivrait, son embarquement, son voyage, ses premières émotions.

Après dix minutes de réflexion il se décida à remettre au lendemain la page préparatoire du début, et à faire tout de suite une description d'Alger.

Et il traça sur son papier: « Alger est une ville toute blanche… » sans parvenir à énoncer autre chose. Il revoyait en souvenir la jolie cité claire, dégringolant, comme une cascade de maisons plates, du haut de sa montagne dans la mer, mais il ne trouvait plus un mot pour exprimer ce qu'il avait vu, ce qu'il avait senti.

Après un grand effort, il ajouta: « Elle est habitée en partie par des Arabes… » Puis il jeta sa plume sur la table et se leva.

Sur son petit lit de fer, où la place de son corps avait fait un creux, il aperçut ses habits de tous les jours jetés là, vides, fatigués, flasques, vilains comme des hardes [1] de la Morgue. Et, sur une chaise de paille, son chapeau de soie, son unique chapeau semblait ouvert pour recevoir l'aumône.

Ses murs, tendus d'un papier gris à bouquets bleus, avaient autant de taches que de fleurs, des taches anciennes, suspectes, dont on n'aurait pu dire la nature, bêtes écrasées ou gouttes d'huile, bouts de doigts graissés de pommade ou écume de la cuvette projetée pendant les lavages. Cela sentait la misère honteuse, la misère en garni [2] de Paris. Et une exaspération le souleva contre la pauvreté de sa vie. Il se dit qu'il fallait sortir de là, tout de suite, qu'il fallait en finir dès le lendemain avec cette existence besogneuse [3].

Une ardeur de travail l'ayant soudain ressaisi, il se rassit devant sa table et recommença à chercher des phrases pour bien raconter la physionomie étrange et charmante d'Alger, cette antichambre de l'Afrique mystérieuse et profonde, l'Afrique des Arabes vagabonds et des nègres inconnus, l'Afrique inexplorée et tentante, dont on nous montre parfois, dans les jardins publics, les bêtes invraisemblables qui semblent créées pour des contes de fées, les autruches, ces poules extravagantes, les gazelles, ces chèvres divines, les girafes surprenantes et grotesques, les chameaux graves, les hippopotames monstrueux, les rhinocéros informes, et les gorilles, ces frères effrayants de l'homme.

Il sentait vaguement des pensées lui venir; il les aurait dites, peut-être, mais il ne les pouvait point formuler avec des mots écrits. Et son impuissance l'enfiévrant, il se leva de nouveau, les mains humides de sueur et le sang battant aux tempes.

Et ses yeux étant tombés sur la note de sa blanchisseuse, montée, le soir même, par le concierge, il fut saisi brusquement par un désespoir éperdu. Toute sa joie disparut en une seconde, avec sa

1. **Hardes**: vêtements usés.
2. **Garni**: chambre ou appartement loué meublé.
3. **Besogneuse**: pénible et mal payée.

confiance en lui et sa foi dans l'avenir. C'était fini ; tout était fini, il ne ferait rien, il ne serait rien ; il se sentait vide, incapable, inutile, condamné.

Et il retourna s'accouder à la fenêtre, juste au moment où un train sortait du tunnel avec un bruit subit et violent. Il s'en allait là-bas, à travers les champs et les plaines, vers la mer. Et le souvenir de ses parents entra au cœur de Duroy.

Il allait passer près d'eux, ce convoi, à quelques lieues seulement de leur maison. Il la revit, la petite maison, au haut de la côte, dominant Rouen et l'immense vallée de la Seine, à l'entrée du village de Canteleu[1].

Son père et sa mère tenaient un petit cabaret, une guinguette[2] où les bourgeois des faubourgs venaient déjeuner le dimanche : À la Belle-Vue. Ils avaient voulu faire de leur fils un monsieur, et l'avaient mis au collège. Ses études finies et son baccalauréat manqué, il était parti pour le service avec l'intention de devenir officier, colonel, général. Mais, dégoûté de l'état militaire bien avant d'avoir fini ses cinq années, il avait rêvé de faire fortune à Paris.

Il y était venu, son temps expiré malgré les prières du père et de la mère, qui, leur songe envolé, voulaient le garder maintenant. À son tour, il espérait un avenir ; il entrevoyait le triomphe au moyen d'événements encore confus dans son esprit, qu'il saurait assurément faire naître et seconder.

Il avait eu au régiment des succès de garnison, des bonnes fortunes faciles et même des aventures dans un monde plus élevé, ayant séduit la fille d'un percepteur qui voulait tout quitter pour le suivre, et la femme d'un avoué qui avait tenté de se noyer par désespoir d'être délaissée.

---

1. **Canteleu** : village de Haute-Normandie situé près de Rouen et du Croisset où Flaubert habitait.
2. **Guinguette** : petit cabaret populaire, souvent situé en plein air, où l'on peut danser et consommer.

Ses camarades disaient de lui : « C'est un malin, c'est un roublard[1], c'est un débrouillard qui saura se tirer d'affaire. » Et il s'était promis en effet d'être un malin, un roublard et un débrouillard.

Sa conscience native de Normand, frottée par la pratique quotidienne de l'existence de garnison, distendue par les exemples de maraudages en Afrique, de bénefs illicites, de supercheries suspectes, fouettée aussi par les idées d'honneur qui ont cours dans l'armée, par les bravades militaires, les sentiments patriotiques, les histoires magnanimes racontées entre sous-off. Et par la gloriole[2] du métier, était devenue une sorte de boîte à triple fond où l'on trouvait de tout.

Mais le désir d'arriver y régnait en maître.

Il s'était remis, sans s'en apercevoir, à rêvasser, comme il faisait chaque soir. Il imaginait une aventure d'amour magnifique qui l'amenait, d'un seul coup, à la réalisation de son espérance. Il épousait la fille d'un banquier ou d'un grand seigneur rencontrée dans la rue et conquise à première vue.

Le sifflet strident d'une locomotive qui, sortie toute seule du tunnel, comme un gros lapin de son terrier, et courant à toute vapeur sur les rails, filait vers le garage des machines où elle allait se reposer, le réveilla de son songe.

Alors, ressaisi par l'espoir confus et joyeux qui hantait toujours son esprit, il jeta, à tout hasard, un baiser dans la nuit, un baiser d'amour vers l'image de la femme attendue, un baiser de désir vers la fortune convoitée. Puis il ferma sa fenêtre et commença à se dévêtir en murmurant :

« Bah, je serai mieux disposé demain matin. Je n'ai pas l'esprit libre ce soir. Et puis, j'ai peut-être aussi un peu trop bu. On ne travaille pas bien dans ces conditions-là. »

Il se mit au lit, souffla sa lumière, et s'endormit presque aussitôt.

---

1. **Roublard** : habile et rusé, et souvent indélicat.
2. **Gloriole** : vanité dérisoire.

Il se réveilla de bonne heure, comme on s'éveille aux jours d'espérance vive ou de souci, et, sautant du lit, il alla ouvrir sa fenêtre pour avaler une bonne tasse d'air frais, comme il disait.

Les maisons de la rue de Rome, en face, de l'autre côté du large fossé du chemin de fer, éclatantes dans la lumière du soleil levant, semblaient peintes avec de la clarté blanche. Sur la droite, au loin, on apercevait les coteaux d'Argenteuil, les hauteurs de Sannois et les moulins d'Orgemont dans une brume bleuâtre et légère, semblable à un petit voile flottant et transparent qui aurait été jeté sur l'horizon.

Duroy demeura quelques minutes à regarder la campagne lointaine, et il murmura : « Il ferait bougrement bon, là-bas, un jour comme ça. » Puis, il songea qu'il lui fallait travailler, et tout de suite, et aussi envoyer, moyennant dix sous, le fils de sa concierge dire à son bureau qu'il était malade.

Il s'assit devant sa table, trempa sa plume dans l'encrier, prit son front dans sa main et chercha des idées. Ce fut en vain. Rien ne venait.

Il ne se découragea pas cependant. Il pensa : « Bah, je n'en ai pas l'habitude. C'est un métier à apprendre comme tous les métiers. Il faut qu'on m'aide les premières fois. Je vais trouver Forestier, qui me mettra mon article sur pied en dix minutes. »

Et il s'habilla.

Quand il fut dans la rue, il jugea qu'il était encore trop tôt pour se présenter chez son ami qui devait dormir tard. Il se promena donc, tout doucement, sous les arbres du boulevard extérieur.

Il n'était pas encore neuf heures, et il gagna le parc Monceau tout frais de l'humidité des arrosages.

S'étant assis sur un banc, il se remit à rêver. Un jeune homme allait et venait devant lui, très élégant, attendant une femme sans doute.

Elle parut, voilée, le pied rapide, et, ayant pris son bras, après une courte poignée de main, ils s'éloignèrent.

Un tumultueux besoin d'amour entra au cœur de Duroy, un besoin d'amours distinguées, parfumées, délicates. Il se leva et se remit en route en songeant à Forestier. Avait-il de la chance, celui-là !

Il arriva devant sa porte au moment où son ami sortait.

« Te voilà ! à cette heure-ci ! Que me voulais-tu ? »

Duroy, troublé de le rencontrer ainsi comme il s'en allait, balbutia :

« C'est que… c'est que… je ne peux pas arriver à faire mon article, tu sais, l'article que M. Walter m'a demandé sur l'Algérie. Ça n'est pas bien étonnant, étant donné que je n'ai jamais écrit. Il faut de la pratique pour ça comme pour tout. Je m'y ferai bien vite, j'en suis sûr, mais, pour débuter, je ne sais pas comment m'y prendre. J'ai bien les idées, je les ai toutes, et je ne parviens pas à les exprimer. »

Il s'arrêta, hésitant un peu. Forestier souriait, avec malice :

« Je connais ça. »

Duroy reprit : « Oui, ça doit arriver à tout le monde en commençant. Eh bien, je venais… je venais te demander un coup de main… En dix minutes, tu me mettrais ça sur pied, toi, tu me montrerais la tournure qu'il faut prendre. Tu me donnerais là une bonne leçon de style, et sans toi je ne m'en tirerai pas. »

L'autre souriait toujours d'un air gai. Il tapa sur le bras de son ancien camarade et lui dit :

« Va-t'en trouver ma femme, elle t'arrangera ton affaire aussi bien que moi. Je l'ai dressée à cette besogne-là. Moi, je n'ai pas le temps ce matin, sans quoi je l'aurais fait bien volontiers. »

Duroy, intimidé soudain, hésitait, n'osait point :

« Mais, à cette heure-ci, je ne peux pas me présenter devant elle ?…

– Si, parfaitement. Elle est levée. Tu la trouveras dans mon cabinet de travail, en train de mettre en ordre des notes pour moi. »

L'autre refusait de monter.

« Non… ça n'est pas possible… »

Forestier le prit par les épaules, le fit pivoter sur ses talons, et le poussant vers l'escalier : « Mais, va donc, grand serin, quand je te dis d'y aller. Tu ne vas pas me forcer à regrimper mes trois étages pour te présenter et expliquer ton cas. »

Alors Duroy se décida : « Merci, j'y vais. Je lui dirai que tu m'as forcé, absolument forcé à venir la trouver.

– Oui. Elle ne te mangera pas, sois tranquille. Surtout n'oublie pas, tantôt, trois heures.

– Oh ! ne crains rien. »

Et Forestier s'en alla de son air pressé tandis que Duroy se mit à monter lentement, marche à marche, cherchant ce qu'il allait dire et inquiet de l'accueil qu'il recevrait.

Le domestique vint lui ouvrir. Il avait un tablier bleu et tenait un balai dans ses mains.

« Monsieur est sorti », dit-il, sans attendre la question.

Duroy insista : « Demandez à Mme Forestier si elle peut me recevoir, et prévenez-la que je viens de la part de son mari que j'ai rencontré dans la rue. »

Puis il attendit. L'homme revint, ouvrit une porte à droite, et annonça : « Madame attend monsieur. »

Elle était assise sur un fauteuil de bureau, dans une petite pièce dont les murs se trouvaient entièrement cachés par des livres bien rangés sur des planches de bois noir. Les reliures, de tons différents, rouges, jaunes, vertes, violettes et bleues, mettaient de la couleur et de la gaieté dans cet alignement monotone de volumes.

Elle se retourna, souriant toujours, enveloppée d'un peignoir blanc garni de dentelle ; et elle tendit sa main, montrant son bras nu dans la manche largement ouverte.

« Déjà ? » dit-elle. Puis elle reprit : « Ce n'est point un reproche, c'est une simple question. »

Il balbutia : « Oh ! madame, je ne voulais pas monter ; mais votre mari, que j'ai rencontré en bas, m'y a forcé. Je suis tellement confus que je n'ose pas dire ce qui m'amène. »

Elle montrait un siège : « Asseyez-vous et parlez. »

Elle maniait entre deux doigts une plume d'oie en la tournant agilement ; et, devant elle, une grande page de papier demeurait écrite à moitié, interrompue à l'arrivée du jeune homme.

Elle avait l'air chez elle devant cette table de travail, à l'aise comme dans son salon, occupée à sa besogne ordinaire. Un parfum léger s'envolait du peignoir, le parfum frais de la toilette récente. Et Duroy cherchait à deviner, croyait voir le corps jeune et clair, gras et chaud, doucement enveloppé dans l'étoffe moelleuse.

Elle reprit, comme il ne parlait pas : « Eh bien, dites, qu'est-ce que c'est ? »

Il murmura, en hésitant : « Voilà... mais vraiment... je n'ose pas... C'est que j'ai travaillé hier soir très tard... et ce matin... très tôt... pour faire cet article sur l'Algérie que M. Walter m'a demandé... et je n'arrive à rien de bon... j'ai déchiré tous mes essais... Je n'ai pas l'habitude de ce travail-là, moi ; et je venais demander à Forestier de m'aider... pour une fois... »

Elle l'interrompit, en riant de tout son cœur, heureuse, joyeuse, et flattée : « Et il vous a dit de venir me trouver... ? C'est gentil, ça...

– Oui, madame. Il m'a dit que vous me tireriez d'embarras mieux que lui... mais, moi, je n'osais pas, je ne voulais pas. Vous comprenez ? »

Elle se leva : « Ça va être charmant de collaborer comme ça. Je suis ravie de votre idée. Tenez, asseyez-vous à ma place, car on connaît mon écriture au journal. Et nous allons vous tourner un article, mais là, un article à succès. »

Il s'assit, prit une plume, étala devant lui une feuille de papier, et attendit.

Mme Forestier, restée debout, le regardait faire ses préparatifs ; puis elle atteignit une cigarette sur la cheminée et l'alluma :

« Je ne puis pas travailler sans fumer, dit-elle, voyons, qu'allez-vous raconter ? »

Il leva la tête vers elle avec étonnement.

« Mais je ne sais pas, moi, puisque je suis venu vous trouver pour ça. »

Elle reprit : « Oui, je vous arrangerai la chose. Je ferai la sauce, mais il me faut le plat. »

Il demeurait embarrassé ; enfin il prononça, avec hésitation : « Je voudrais raconter mon voyage depuis le commencement... »

Alors elle s'assit, en face de lui, de l'autre côté de la grande table, et, le regardant dans les yeux :

« Eh bien, racontez-le-moi d'abord, pour moi toute seule, vous entendez, bien doucement, sans rien oublier, et je choisirai ce qu'il faut prendre. »

Mais comme il ne savait pas par où commencer, elle se mit à l'interroger comme aurait fait un prêtre au confessionnal, posant des questions précises qui lui rappelaient des détails oubliés, des personnages rencontrés, des figures seulement aperçues.

Quand elle l'eut contraint à parler ainsi pendant un petit quart d'heure, elle l'interrompit tout à coup : « Maintenant nous allons commencer. D'abord, nous supposons que vous adressez à un ami vos impressions, ce qui vous permet de dire un tas de bêtises, de faire des remarques de toute espèce, d'être naturel et drôle, si nous pouvons. Commencez :

« Mon cher Henry, tu veux savoir ce que c'est que l'Algérie, tu le sauras. Je vais t'envoyer, n'ayant rien à faire dans la petite case de boue sèche qui me sert d'habitation, une sorte de journal de ma vie, jour par jour, heure par heure. Ce sera un peu vif, quelquefois, tant pis, tu n'es pas obligé de le montrer aux dames de ta connaissance… »

Elle s'interrompit pour rallumer sa cigarette éteinte ; et, aussitôt, le petit grincement criard de la plume d'oie sur le papier s'arrêta.

« Nous continuons », dit-elle.

« L'Algérie est un grand pays français [1] sur la frontière des grands pays inconnus qu'on appelle le désert, le Sahara, l'Afrique centrale, etc., etc.

« Alger est la porte, la porte blanche et charmante de cet étrange continent.

« Mais d'abord il faut y aller, ce qui n'est pas rose pour tout le monde. Je suis, tu le sais, un excellent écuyer, puisque je dresse les chevaux du colonel, mais on peut être bon cavalier et mauvais marin. C'est mon cas.

---

1. Ce territoire n'est pourtant conquis que depuis 1830, mais il est considéré comme totalement français par les colonisateurs.

« Te rappelles-tu le major Simbretas, que nous appelions le docteur Ipéca[1] ? Quand nous nous jugions mûrs pour vingt-quatre heures d'infirmerie, pays béni, nous passions à la visite.

« Il était assis sur sa chaise, avec ses grosses cuisses ouvertes dans son pantalon rouge, ses mains sur ses genoux, les bras formant pont, le coude en l'air, et il roulait ses gros yeux de loto en mordillant sa moustache blanche.

« Tu te rappelles sa prescription :

« "Ce soldat est atteint d'un dérangement d'estomac. Administrez-lui le vomitif nº 3 selon ma formule, puis douze heures de repos ; il ira bien."

« Il était souverain, ce vomitif, souverain et irrésistible. On l'avalait donc, puisqu'il le fallait. Puis, quand on avait passé par la formule du docteur Ipéca, on jouissait de douze heures de repos bien gagné.

« Eh bien, mon cher, pour atteindre l'Afrique, il faut subir, pendant quarante heures, une autre sorte de vomitif irrésistible, selon la formule de la Compagnie Transatlantique… »

Elle se frottait les mains, tout à fait heureuse de son idée.

Elle se leva et se mit à marcher, après avoir allumé une autre cigarette, et elle dictait, en soufflant des filets de fumée qui sortaient d'abord tout droit d'un petit trou rond au milieu de ses lèvres serrées, puis s'élargissant, s'évaporaient en laissant par places, dans l'air, des lignes grises, une sorte de brume transparente, une buée pareille à des fils d'araignée. Parfois, d'un coup de sa main ouverte, elle effaçait ces traces légères et plus persistantes ; parfois aussi elle les coupait d'un mouvement tranchant de l'index et regardait ensuite, avec une attention grave, les deux tronçons d'imperceptible vapeur disparaître lentement.

Et Duroy, les yeux levés, suivait tous ses gestes, toutes ses attitudes, tous les mouvements de son corps et de son visage occupés à ce jeu vague qui ne prenait point sa pensée.

Elle imaginait maintenant les péripéties de la route, portraiturait des compagnons de voyage inventés par elle, et ébauchait une

1. **Ipéca** : plante dont on extrait un médicament qui fait vomir.

aventure d'amour avec la femme d'un capitaine d'infanterie qui allait rejoindre son mari.

Puis, s'étant assise, elle interrogea Duroy sur la topographie de l'Algérie qu'elle ignorait absolument. En dix minutes, elle en sut autant que lui, et elle fit un petit chapitre de géographie politique et coloniale pour mettre le lecteur au courant et le bien préparer à comprendre les questions sérieuses qui seraient soulevées dans les articles suivants.

Puis elle continua par une excursion dans la province d'Oran, une excursion fantaisiste, où il était surtout question des femmes, des Mauresques[1], des Juives, des Espagnoles.

« Il n'y a que ça qui intéresse », disait-elle.

Elle termina par un séjour à Saïda, au pied des hauts plateaux, et par une jolie petite intrigue entre le sous-officier Georges Duroy et une ouvrière espagnole employée à la manufacture d'alfa[2] de Aïn-el-Hadjar. Elle racontait les rendez-vous, la nuit, dans la montagne pierreuse et nue, alors que les chacals, les hyènes et les chiens arabes crient, aboient et hurlent au milieu des rocs.

Et elle prononça d'une voix joyeuse : « La suite à demain ! » Puis, se relevant : « C'est comme ça qu'on écrit un article, mon cher monsieur. Signez, s'il vous plaît. »

Il hésitait.

« Mais signez donc ! »

Alors il se mit à rire et écrivit au bas de la page : « GEORGES DUROY. »

Elle continuait à fumer en marchant ; et il la regardait toujours, ne trouvant rien à dire pour la remercier, heureux d'être près d'elle, pénétré de reconnaissance et du bonheur sensuel de cette intimité naissante. Il lui semblait que tout ce qui l'entourait faisait partie d'elle, tout, jusqu'aux murs couverts de livres. Les sièges, les meubles, l'air

---

1. **Mauresques** : femmes d'Afrique du Nord.
2. **Alfa** : plante dont les feuilles servent à la fabrication de certains papiers et de cordages.

où flottait l'odeur du tabac, avaient quelque chose de particulier, de bon, de doux, de charmant, qui venait d'elle.

Brusquement elle demanda :

« Qu'est-ce que vous pensez de mon amie, Mme de Marelle ? »

Il fut surpris : « Mais… je la trouve… je la trouve très séduisante.

– N'est-ce pas ?

– Oui, certainement. »

Il avait envie d'ajouter : « Mais pas autant que vous. » Il n'osa point.

Elle reprit : « Et si vous saviez comme elle est drôle, originale, intelligente ! C'est une bohème, par exemple, une vraie bohème. C'est pour cela que son mari ne l'aime guère. Il ne voit que le défaut et n'apprécie point les qualités. »

Duroy fut stupéfait d'apprendre que Mme de Marelle était mariée. C'était bien naturel, pourtant.

Il demanda : « Tiens… elle est mariée ? Et qu'est-ce que fait son mari ? »

Mme Forestier haussa tout doucement les épaules et les sourcils, d'un seul mouvement plein de significations incompréhensibles.

« Oh ! il est inspecteur de la ligne du Nord. Il passe huit jours par mois à Paris. Ce que sa femme appelle "le service obligatoire" ou encore "la corvée de semaine", ou encore "la semaine sainte". Quand vous la connaîtrez mieux, vous verrez comme elle est fine et gentille. Allez donc la voir un de ces jours. »

Duroy ne pensait plus à partir ; il lui semblait qu'il allait rester toujours, qu'il était chez lui.

Mais la porte s'ouvrit sans bruit, et un grand monsieur s'avança, qu'on n'avait point annoncé.

Il s'arrêta en voyant un homme. Mme Forestier parut gênée une seconde, puis elle dit, de sa voix naturelle, bien qu'un peu de rose lui fût monté des épaules au visage :

« Mais entrez donc, mon cher. Je vous présente un bon camarade de Charles, M. Georges Duroy, un futur journaliste. »

Puis, sur un ton différent, elle annonça : « Le meilleur et le plus intime de nos amis, le comte de Vaudrec. »

Les deux hommes se saluèrent en se regardant au fond des yeux, et Duroy tout aussitôt se retira.

On ne le retint pas. Il balbutia quelques remerciements, serra la main tendue de la jeune femme, s'inclina encore devant le nouveau venu qui gardait un visage froid et sérieux d'homme du monde, et il sortit tout à fait troublé, comme s'il venait de commettre une sottise.

En se retrouvant dans la rue, il se sentit triste, mal à l'aise, obsédé par l'obscure sensation d'un chagrin voilé. Il allait devant lui, se demandant pourquoi cette mélancolie subite lui était venue; il ne trouvait point, mais la figure sévère du comte de Vaudrec, un peu vieux déjà, avec des cheveux gris, l'air tranquille et insolent d'un particulier très riche et sûr de lui, revenait sans cesse dans son souvenir.

Et il s'aperçut que l'arrivée de cet inconnu, brisant un tête-à-tête charmant où son cœur s'accoutumait déjà, avait fait passer en lui cette impression de froid et de désespérance qu'une parole entendue, une misère entrevue, les moindres choses parfois suffisent à nous donner.

Et il lui semblait aussi que cet homme, sans qu'il devinât pourquoi, avait été mécontent de le trouver là.

Il n'avait plus rien à faire jusqu'à trois heures; et il n'était pas encore midi. Il lui restait en poche six francs cinquante: il alla déjeuner au bouillon Duval[1]. Puis il rôda sur le boulevard; et comme trois heures sonnaient, il monta l'escalier-réclame[2] de *La Vie française.*

Les garçons de bureau, assis sur une banquette, les bras croisés, attendaient, tandis que, derrière une sorte de petite chaire[3] de professeur, un huissier classait la correspondance qui venait d'arriver. La mise en scène était parfaite pour en imposer aux visiteurs. Tout le monde avait de la tenue, de l'allure, de la dignité, du chic, comme il convenait dans l'antichambre d'un grand journal.

1. **Bouillon Duval**: chaîne de restaurants bon marché.
2. **Réclame**: ancêtre de la publicité.
3. **Chaire** : tribune d'où un professeur s'adresse à son auditoire.

Duroy demanda : « M. Walter, s'il vous plaît ? »

L'huissier répondit : « M. le directeur est en conférence. Si monsieur veut bien s'asseoir un peu. » Et il indiqua le salon d'attente, déjà plein de monde.

On voyait là des hommes graves, décorés, importants, et des hommes négligés au linge invisible, dont la redingote, fermée jusqu'au col, portait sur la poitrine des dessins de taches rappelant les découpures des continents et des mers sur les cartes de géographie. Trois femmes étaient mêlées à ces gens. Une d'elles était jolie, souriante, parée, et avait l'air d'une cocotte ; sa voisine, au masque tragique, ridée, parée aussi d'une façon sévère, portait en elle ce quelque chose de fripé, d'artificiel qu'ont, en général, les anciennes actrices, une sorte de fausse jeunesse éventée, comme un parfum d'amour ranci.

La troisième femme, en deuil, se tenait dans un coin, avec une allure de veuve désolée. Duroy pensa qu'elle venait demander l'aumône.

Cependant on ne faisait entrer personne, et plus de vingt minutes s'étaient écoulées.

Alors Duroy eut une idée, et, retournant trouver l'huissier : « M. Walter m'a donné rendez-vous à trois heures, dit-il. En tout cas, voyez si mon ami M. Forestier n'est pas ici. »

Alors on le fit passer par un long corridor qui l'amena dans une grande salle où quatre messieurs écrivaient autour d'une large table verte.

Forestier, debout devant la cheminée, fumait une cigarette en jouant au bilboquet[1]. Il était très adroit à ce jeu et piquait à tous coups la bille énorme en buis jaune sur la petite pointe de bois. Il comptait : « Vingt-deux, – vingt-trois, – vingt-quatre, – vingt-cinq. »

Duroy prononça : « Vingt-six. » Et son ami leva les yeux, sans arrêter le mouvement régulier de son bras : « Tiens, te voilà ! – Hier j'ai fait cinquante-sept coups de suite. Il n'y a que Saint-Potin qui soit plus fort que moi ici. As-tu vu le patron ? Il n'y a rien de plus drôle que

1. **Bilboquet** : jeu d'adresse en bois, très en vogue dans les années 1880.

de regarder cette vieille bedole[1] de Norbert jouer au bilboquet. Il ouvre la bouche comme pour avaler la boule. »

Un des rédacteurs tourna la tête vers lui :

« Dis donc, Forestier, j'en connais un à vendre, un superbe en bois des Îles. Il a appartenu à la reine d'Espagne, à ce qu'on dit. On en réclame soixante francs. Ça n'est pas cher. »

Forestier demanda : « Où loge-t-il ? » et comme il avait manqué son trente-septième coup, il ouvrit une armoire où Duroy aperçut une vingtaine de bilboquets superbes, rangés et numérotés comme des bibelots dans une collection. Puis ayant posé son instrument à sa place ordinaire, il répéta : « Où loge-t-il, ce joyau ? »

Le journaliste répondit : « Chez un marchand de billets du Vaudeville. Je t'apporterai la chose demain, si tu veux.

– Oui, c'est entendu. S'il est vraiment beau, je le prends ; on n'a jamais trop de bilboquets. »

Puis se tournant vers Duroy : « Viens avec moi, je vais t'introduire chez le patron, sans quoi tu pourrais moisir jusqu'à sept heures du soir. »

Ils retraversèrent le salon d'attente, où les mêmes personnes demeuraient dans le même ordre. Dès que Forestier parut, la jeune femme et la vieille actrice se levant vivement, vinrent à lui.

Il les emmena, l'une après l'autre, dans l'embrasure de la fenêtre, et, bien qu'ils prissent soin de causer à voix basse, Duroy remarqua qu'il les tutoyait l'une et l'autre.

Puis, ayant poussé deux portes capitonnées, ils pénétrèrent chez le directeur.

La conférence, qui durait depuis une heure, était une partie d'écarté[2] avec quelques-uns de ces messieurs à chapeaux plats que Duroy avait remarqués la veille.

M. Walter tenait les cartes et jouait avec une attention concentrée et des mouvements cauteleux[3], tandis que son adversaire abattait,

1. **Bedole** : personne âgée et stupide.
2. **Écarté** : jeu de cartes.
3. **Cauteleux** : sournois et hypocrites.

relevait, maniait les légers cartons coloriés avec une souplesse, une adresse et une grâce de joueur exercé. Norbert de Varenne écrivait un article, assis dans le fauteuil directorial, et Jacques Rival, étendu tout au long sur un divan, fumait un cigare, les yeux fermés.

On sentait là-dedans le renfermé, le cuir des meubles, le vieux tabac et l'imprimerie ; on sentait cette odeur particulière des salles de rédaction que connaissent tous les journalistes.

Sur la table en bois noir aux incrustations de cuivre, un incroyable amas de papiers gisait : lettres, cartes, journaux, revues, notes de fournisseurs, imprimés de toute espèce.

Forestier serra les mains des parieurs debout derrière les joueurs, et sans dire un mot regarda la partie ; puis, dès que le père Walter eut gagné, il présenta :

« Voici mon ami Duroy. »

Le directeur considéra brusquement le jeune homme de son coup d'œil glissé par-dessus le verre des lunettes, puis il demanda :

« M'apportez-vous mon article ? Ça irait très bien aujourd'hui, en même temps que la discussion Morel. »

Duroy tira de sa poche les feuilles de papier pliées en quatre : « Voici, monsieur. »

Le patron parut ravi, et, souriant : « Très bien, très bien. Vous êtes de parole. Il faudra me revoir ça, Forestier ? »

Mais Forestier s'empressa de répondre :

« Ce n'est pas la peine, monsieur Walter, j'ai fait la chronique avec lui pour lui apprendre le métier. Elle est très bonne. »

Et le directeur, qui recevait à présent les cartes données par un grand monsieur maigre, un député du centre gauche, ajouta avec indifférence : « C'est parfait, alors. »

Forestier ne le laissa pas commencer sa nouvelle partie ; et, se baissant vers son oreille. « Vous savez que vous m'avez promis d'engager Duroy pour remplacer Marambot. Voulez-vous que je le retienne aux mêmes conditions ?

– Oui, parfaitement. »

Et prenant le bras de son ami, le journaliste l'entraîna pendant que M. Walter se remettait à jouer.

Norbert de Varenne n'avait pas levé la tête, il semblait n'avoir pas vu ou reconnu Duroy. Jacques Rival, au contraire, lui avait serré la main avec une énergie démonstrative et voulue de bon camarade sur qui on peut compter en cas d'affaire.

Ils retraversèrent le salon d'attente, et comme tout le monde levait les yeux, Forestier dit à la plus jeune des femmes, assez haut pour être entendu des autres patients : « Le directeur va vous recevoir tout à l'heure. Il est en conférence en ce moment avec deux membres de la commission du budget. »

Puis il passa vivement, d'un air important et pressé, comme s'il allait rédiger aussitôt une dépêche de la plus extrême gravité.

Dès qu'ils furent rentrés dans la salle de rédaction, Forestier retourna prendre immédiatement son bilboquet, et, tout en se remettant à jouer, et en coupant ses phrases pour compter les coups, il dit à Duroy : « Voilà. Tu viendras ici tous les jours à trois heures et je te dirai les courses et les visites qu'il faudra faire, soit dans le jour, soit dans la soirée, soit dans la matinée. – Un, – je vais te donner d'abord une lettre d'introduction pour le chef du premier bureau de la préfecture de police, – deux, – qui te mettra en rapport avec un de ses employés. Et tu t'arrangeras avec lui pour toutes les nouvelles importantes, – trois, – du service de la préfecture, les nouvelles officielles et quasi officielles, bien entendu. Pour tout le détail, tu t'adresseras à Saint-Potin, qui est au courant, – quatre, – tu le verras tout à l'heure ou demain. Il faudra surtout t'accoutumer à tirer les vers du nez des gens que je t'enverrai voir, – cinq, – et à pénétrer partout malgré les portes fermées, – six. – Tu toucheras pour cela deux cents francs par mois de fixe, plus deux sous la ligne pour les échos[1] intéressants de ton cru, – sept, – plus deux sous la ligne également pour les articles qu'on te commandera sur des sujets divers, – huit. »

1. **Échos** : les échos, qui rassemblaient divers articles et chroniques sur la vie mondaine, culturelle et politique, passionnaient les lecteurs. De nos jours, cette forme légère de journalisme n'apparaît plus dans les grands quotidiens d'information mais dans des revues spécialisées.

Puis il ne fit plus attention qu'à son jeu, et il continua à compter lentement, – neuf, – dix, – onze, – douze, – treize. – Il manqua le quatorzième et, jurant: « Nom de dieu de treize; il me porte toujours la guigne [1], ce bougre-là. Je mourrai un treize certainement. »

Un des rédacteurs qui avait fini sa besogne, prit à son tour un bilboquet dans l'armoire; c'était un tout petit homme qui avait l'air d'un enfant, bien qu'il fût âgé de trente-cinq ans; et plusieurs autres journalistes étant entrés, ils allèrent l'un après l'autre chercher le joujou qui leur appartenait. Bientôt ils furent six, côte à côte, le dos au mur, qui lançaient en l'air, d'un mouvement pareil et régulier, les boules rouges, jaunes ou noires, suivant la nature du bois. Et une lutte s'étant établie, les deux rédacteurs qui travaillaient encore se levèrent pour juger les coups.

Forestier gagna de onze points. Alors le petit homme à l'air enfantin, qui avait perdu, sonna le garçon de bureau et commanda: « Neuf bocks. » Et ils se remirent à jouer en attendant les rafraîchissements.

Duroy but un verre de bière avec ses nouveaux confrères, puis il demanda à son ami:

« Que faut-il que je fasse? » L'autre répondit: « Je n'ai rien pour toi aujourd'hui. Tu peux t'en aller si tu veux.

– Et… notre… notre article… est-ce ce soir qu'il passera?

– Oui, mais ne t'en occupe pas, je corrigerai les épreuves. Fais la suite pour demain, et viens ici à trois heures, comme aujourd'hui. »

Et Duroy ayant serré toutes les mains sans savoir même le nom de leurs possesseurs, redescendit le bel escalier, le cœur joyeux et l'esprit allègre.

1. **Guigne**: malchance.

Chapitre 4

Georges Duroy dormit mal, tant l'excitait le désir de voir imprimé son article. Dès que le jour parut, il fut debout et il rôdait dans la rue bien avant l'heure où les porteurs de journaux vont, en courant, de kiosque en kiosque.

Alors il gagna la gare Saint-Lazare, sachant bien que *La Vie française* y arriverait avant de parvenir dans son quartier. Comme il était encore trop tôt, il erra sur le trottoir.

Il vit arriver la marchande qui ouvrit sa boutique de verre, puis il aperçut un homme portant sur sa tête un tas de grands papiers pliés. Il se précipita : c'étaient *Le Figaro*, le *Gil Blas*, *Le Gaulois*, *L'Événement*[1], et deux ou trois autres feuilles du matin ; mais *La Vie française* n'y était pas.

Une peur le saisit : « Si on avait remis au lendemain les *Souvenirs d'un chasseur d'Afrique*, ou si, par hasard, la chose n'avait pas plu, au dernier moment, au père Walter ? »

En redescendant vers le kiosque, il s'aperçut qu'on vendait le journal sans qu'il l'eût vu apporter. Il se précipita, le déplia après avoir jeté les trois sous, et parcourut les titres de la première page. – Rien. – Son cœur se mit à battre ; il ouvrit la feuille, et il eut une forte émotion en lisant, au bas d'une colonne, en grosses lettres : « Georges Duroy. » Ça y était ! quelle joie !

---

1. *Le Figaro*, *Gil Blas*, *Le Gaulois*, *L'Événement* sont les principaux quotidiens de l'époque. Maupassant a collaboré aux trois premiers.

Il se mit à marcher, sans penser, le journal à la main, le chapeau sur le côté, avec une envie d'arrêter les passants pour leur dire: «Achetez ça – achetez ça! Il y a un article de moi.» Il aurait voulu pouvoir crier de tous ses poumons, comme font certains hommes, le soir, sur les boulevards: «Lisez *La Vie française*, lisez l'article de Georges Duroy: *Les Souvenirs d'un chasseur d'Afrique*!» Et, tout à coup, il éprouva le désir de lire lui-même cet article, de le lire dans un endroit public, dans un café, bien en vue. Et il chercha un établissement qui fût déjà fréquenté. Il lui fallut marcher longtemps. Il s'assit enfin devant une espèce de marchand de vin où plusieurs consommateurs étaient déjà installés et il demanda: «Un rhum», comme il aurait demandé: «Une absinthe [1]», sans songer à l'heure. Puis il appela: «Garçon, donnez-moi *La Vie française.*»

Un homme à tablier blanc accourut:

«Nous ne l'avons pas, monsieur, nous ne recevons que *Le Rappel*, *Le Siècle*, *La Lanterne* et *Le Petit Parisien.*»

Duroy déclara, d'un ton furieux et indigné: «En voilà une boîte! Alors, allez me l'acheter.» Le garçon y courut, la rapporta. Duroy se mit à lire son article; et plusieurs fois il dit, tout haut: «*Très bien, très bien!*» pour attirer l'attention des voisins et leur inspirer le désir de savoir ce qu'il y avait dans cette feuille. Puis il la laissa sur la table en s'en allant. Le patron s'en aperçut, le rappela:

«Monsieur, monsieur, vous oubliez votre journal!»

Et Duroy répondit: «Je vous le laisse, je l'ai lu. Il y a d'ailleurs, aujourd'hui, dedans, une chose très intéressante.»

Il ne désigna pas la chose, mais il vit, en s'en allant, un de ses voisins prendre *La Vie française* sur la table où il l'avait laissée.

Il pensa: «Que vais-je faire, maintenant?» Et il se décida à aller à son bureau toucher son mois et donner sa démission. Il tressaillit d'avance de plaisir à la pensée de la tête que feraient son chef et ses collègues. L'idée de l'effarement du chef, surtout, le ravissait.

Il marchait lentement pour ne pas arriver avant neuf heures et demie, la caisse n'ouvrant qu'à dix heures.

---

1. **Absinthe**: liqueur verte, très alcoolisée, très à la mode à la fin du XIXe siècle.

Son bureau était une grande pièce sombre, où il fallait tenir le gaz allumé presque tout le jour en hiver. Elle donnait sur une cour étroite, en face d'autres bureaux. Ils étaient huit employés là-dedans, plus un sous-chef dans un coin, caché derrière un paravent.

Duroy alla d'abord chercher ses cent dix-huit francs vingt-cinq centimes, enfermés dans une enveloppe jaune et déposés dans le tiroir du commis chargé des payements, puis il pénétra d'un air vainqueur dans la vaste salle de travail où il avait déjà passé tant de jours.

Dès qu'il fut entré, le sous-chef, M. Potel, l'appela :

« Ah ! c'est vous M. Duroy ? Le chef vous a déjà demandé plusieurs fois. Vous savez qu'il n'admet pas qu'on soit malade deux jours de suite sans attestation du médecin. »

Duroy, qui se tenait debout au milieu du bureau, préparant son effet, répondit d'une voix forte :

« Je m'en fiche un peu, par exemple. »

Il y eut parmi les employés un mouvement de stupéfaction, et la tête de M. Potel apparut, effarée, au-dessus du paravent qui l'enfermait comme une boîte.

Il se barricadait là-dedans, par crainte des courants d'air, car il était rhumatisant. Il avait seulement percé deux trous dans le papier pour surveiller son personnel.

On entendait voler les mouches. Le sous-chef, enfin, demanda avec hésitation :

« Vous avez dit ?

– J'ai dit que je m'en fichais un peu. Je ne viens aujourd'hui que pour donner ma démission. Je suis entré comme rédacteur à *La Vie française* avec cinq cents francs par mois, plus les lignes. J'y ai même débuté ce matin. »

Il s'était pourtant promis de faire durer le plaisir ; mais il n'avait pu résister à l'envie de tout lâcher d'un seul coup.

L'effet, du reste, était complet. Personne ne bougeait.

Alors Duroy déclara : « Je vais prévenir M. Perthuis, puis je viendrai vous faire mes adieux. » Et il sortit pour aller trouver le chef, qui s'écria en l'apercevant :

« Ah ! vous voilà. Vous savez que je ne veux pas… »

L'employé lui coupa la parole :

« Ce n'est pas la peine de gueuler comme ça… »

M. Perthuis, un gros homme rouge comme une crête de coq, demeura suffoqué par la surprise.

Duroy reprit : « J'en ai assez de votre boutique. J'ai débuté ce matin dans le journalisme, où on me fait une très belle position. J'ai bien l'honneur de vous saluer. »

Et il sortit. Il était vengé.

Il alla en effet serrer la main de ses anciens collègues qui osaient à peine lui parler, par peur de se compromettre, car on avait entendu sa conversation avec le chef, la porte étant restée ouverte.

Et il se retrouva dans la rue avec son traitement dans sa poche. Il se paya un déjeuner succulent dans un bon restaurant à prix modérés, qu'il connaissait ; puis, ayant encore acheté et laissé *La Vie française* sur la table où il avait mangé, il pénétra dans plusieurs magasins où il acheta de menus objets, rien que pour les faire livrer chez lui et donner son nom : « Georges Duroy ». Il ajoutait : « Je suis le rédacteur de *La Vie française.* »

Puis il indiquait la rue et le numéro, en ayant soin de stipuler : « Vous laisserez chez le concierge. »

Comme il avait encore du temps, il entra chez un lithographe [1] qui fabriquait des cartes de visite à la minute, sous les yeux des passants ; et il s'en fit faire immédiatement une centaine, qui portaient, imprimée sous son nom, sa nouvelle qualité.

Puis il se rendit au journal.

Forestier le reçut de haut, comme on reçoit un inférieur : « Ah ! te voilà, très bien. J'ai justement plusieurs affaires pour toi. Attends-moi dix minutes. Je vais d'abord finir ma besogne. » Et il continua une lettre commencée.

À l'autre bout de la grande table, un petit homme très pâle, bouffi, très gras, chauve, avec un crâne tout blanc et luisant, écrivait, le nez sur son papier, par suite d'une myopie excessive.

---

1. **Lithographe** : graveur.

Forestier lui demanda: « Dis donc, Saint-Potin, à quelle heure vas-tu interviewer nos gens?

– À quatre heures.

– Tu emmèneras avec toi le jeune Duroy ici présent et tu lui dévoileras les arcanes[1] du métier.

– C'est entendu. »

Puis, se tournant vers son ami, Forestier ajouta:

« As-tu apporté la suite sur l'Algérie? Le début de ce matin a eu beaucoup de succès. »

Duroy, interdit, balbutia: « Non, – j'avais cru avoir le temps dans l'après-midi, – j'ai eu un tas de choses à faire, – je n'ai pas pu... »

L'autre leva les épaules d'un air mécontent: « Si tu n'es pas plus exact que ça, tu rateras ton avenir, toi. Le père Walter comptait sur ta copie. Je vais lui dire que ce sera pour demain. Si tu crois que tu seras payé pour ne rien faire, tu te trompes. »

Puis, après un silence, il ajouta: « On doit battre le fer quand il est chaud, que diable. »

Saint-Potin se leva: « Je suis prêt », dit-il.

Alors Forestier, se renversant sur sa chaise, prit une pose presque solennelle pour donner ses instructions, et, se tournant vers Duroy: « Voilà. Nous avons à Paris depuis deux jours le général chinois Li-Theng-Fao[2], descendu au Continental, et le rajah Taposahib Ramaderao Pali, descendu à l'hôtel Bristol. Vous allez leur prendre une conversation. »

Puis, se tournant vers Saint-Potin: « N'oublie point les principaux points que je t'ai indiqués. Demande au général et au rajah leur opinion sur les menées de l'Angleterre dans l'Extrême-Orient, leurs idées sur son système de colonisation et de domination, leurs espérances relatives à l'intervention de l'Europe, et de la France en particulier, dans leurs affaires. »

---

1. **Arcanes**: secrets.
2. Le nom est inventé mais renvoie à une situation politique exacte. La France avait des relations tendues avec la Chine à cette époque.

Il se tut, puis il ajouta, parlant à la cantonade : « Il sera on ne peut plus intéressant pour nos lecteurs de savoir en même temps ce qu'on pense en Chine et dans les Indes sur ces questions, qui passionnent si fort l'opinion publique en ce moment. »

Il ajouta, pour Duroy : « Observe comment Saint-Potin s'y prendra, c'est un excellent reporter, et tâche d'apprendre les ficelles pour vider un homme en cinq minutes. »

Puis il recommença à écrire avec gravité, avec l'intention évidente de bien établir les distances, de bien mettre à sa place son ancien camarade et nouveau confrère.

Dès qu'ils eurent franchi la porte, Saint-Potin se mit à rire et dit à Duroy : « En voilà un faiseur[1] ! Il nous la fait à nous-mêmes. On dirait vraiment qu'il nous prend pour ses lecteurs. »

Puis ils descendirent sur le boulevard et le reporter demanda :

« Buvez-vous quelque chose ?

– Oui, volontiers. Il fait très chaud. »

Ils entrèrent dans un café et se firent servir des boissons fraîches. Et Saint-Potin se mit à parler. Il parla de tout le monde et du journal avec une profusion de détails surprenants.

« Le patron ? Un vrai juif ! Et vous savez, les juifs, on ne les changera jamais. Quelle race[2] ! » Et il cita des traits étonnants d'avarice, de cette avarice particulière aux fils d'Israël, des économies de dix centimes, des marchandages de cuisinière, des rabais honteux demandés et obtenus, toute une manière d'être d'usurier, de prêteur à gages.

« Et avec ça, pourtant, un bon zig qui ne croit à rien et roule tout le monde. Son journal qui est officieux, catholique, libéral, républicain, orléaniste[3], tarte à la crème et boutique à treize[4], n'a été fondé que pour soutenir ses opérations de bourse et ses entre-

---

1. **Faiseur** : qui cherche à se faire valoir.
2. On assiste dans les années 1880-1890 à une montée de l'antisémitisme en France, qui éclatera dans l'affaire Dreyfus entre 1896 et 1906.
3. **Orléaniste** : partisans des princes de la famille d'Orléans.
4. **Boutique à treize** : boutique ou bazar ambulant où l'on vendait des objets de peu de valeur à prix fixe (treize sous).

prises de toute sorte. Pour ça il est très fort, et il gagne des millions au moyen de sociétés qui n'ont pas quatre sous de capital... »

Il allait toujours, appelant Duroy « mon cher ami ».

« Et il a des mots à la Balzac[1], ce grigou. Figurez-vous que l'autre jour, je me trouvais dans son cabinet avec cette antique bedole de Norbert, et ce Don Quichotte de Rival, quand Montelin, notre administrateur, arrive avec sa serviette en maroquin sous le bras, cette serviette que tout Paris connaît. Walter leva le nez et demanda : "Quoi de neuf ?"

« Montelin répondit avec naïveté : "Je viens de payer les seize mille francs que nous devions au marchand de papier."

« Le patron fit un bond, un bond étonnant.

« "Vous dites ?

« – Que je viens de payer M. Privas.

« – Mais vous êtes fou !

« – Pourquoi ?

« – Pourquoi... pourquoi... pourquoi..."

« Il ôta ses lunettes, les essuya. Puis il sourit, d'un drôle de sourire qui court autour de ses grosses joues chaque fois qu'il va dire quelque chose de malin ou de fort, et avec un ton gouailleur[2] et convaincu, il prononça : "Pourquoi ? Parce que nous pouvions obtenir là-dessus une réduction de quatre à cinq mille francs."

« Montelin, étonné, reprit : "Mais, monsieur le directeur, tous les comptes étaient réguliers, vérifiés pour moi et approuvés par vous..."

« Alors le patron, redevenu sérieux, déclara : "On n'est pas naïf comme vous. Sachez, monsieur Montelin, qu'il faut toujours accumuler ses dettes pour transiger. »

Et Saint-Potin ajouta, avec un hochement de tête de connaisseur : « Hein ? Est-il à la Balzac, celui-là ? »

Duroy n'avait pas lu Balzac, mais il répondit avec conviction : « Bigre, oui. »

---

1. **À la Balzac** : dans les romans de Balzac, de nombreux personnages sont rusés en affaires.
2. **Gouailleur** : moqueur.

Puis le reporter parla de Mme Walter, une grande dinde, de Norbert de Varenne, un vieux raté, de Rival, une resucée de Fervaques[1]. Puis il en vint à Forestier. « Quant à celui-là, il a de la chance d'avoir épousé sa femme, voilà tout. »

Duroy demanda :

« Qu'est-ce au juste que sa femme ? »

Saint-Potin se frotta les mains : « Oh ! une rouée[2], une fine mouche[3]. C'est la maîtresse d'un vieux viveur nommé Vaudrec, le comte de Vaudrec, qui l'a dotée et mariée… »

Duroy sentit brusquement une sensation de froid, une sorte de crispation nerveuse, un besoin d'injurier et de gifler ce bavard. Mais il l'interrompit simplement pour lui demander :

« C'est votre nom, Saint-Potin ? »

L'autre répondit avec simplicité :

« Non, je m'appelle Thomas. C'est au journal qu'on m'a surnommé Saint-Potin. »

Et Duroy, payant les consommations, reprit : « Mais il me semble qu'il est tard et que nous avons deux nobles seigneurs à visiter. »

Saint-Potin se mit à rire : « Vous êtes encore naïf, vous ! Alors vous croyez comme ça que je vais aller demander à ce Chinois et à cet Indien ce qu'ils pensent de l'Angleterre. Comme si je ne le savais pas mieux qu'eux, ce qu'ils doivent penser pour les lecteurs de *La Vie française*. J'en ai déjà interviewé cinq cents de ces Chinois, Persans, Hindous, Chiliens, Japonais et autres. Ils répondent tous la même chose, d'après moi. Je n'ai qu'à reprendre mon article sur le dernier venu et à le copier mot pour mot. Ce qui change, par exemple, c'est leur tête, leur nom, leurs titres, leur âge, leur suite. Oh ! là-dessus, il ne faut pas d'erreur, parce que je serais relevé raide par *Le Figaro* ou *Le Gaulois*. Mais sur ce sujet le concierge de l'hôtel Bristol et celui du Continental m'auront renseigné en cinq minutes. Nous irons à pied jusque-là en fumant un cigare. Total : cent sous

---

1. **Fervaques** : nom de journaliste fictif qui remplace l'allusion directe dans le manuscrit à un véritable journaliste et chroniqueur du XIXe siècle, Aurélien Scholl.
2. **Rouée** : rusée et dénuée de scrupules.
3. **Fine mouche** : rusée et habile.

de voiture à réclamer au journal. Voilà, mon cher, comment on s'y prend, quand on est pratique. »

Duroy demanda : « Ça doit rapporter bon d'être reporter dans ces conditions-là ? »

Le journaliste répondit avec mystère : « Oui, mais rien ne rapporte autant que les échos, à cause des réclames déguisées. »

Ils s'étaient levés et suivaient le boulevard, vers la Madeleine. Et Saint-Potin, tout à coup, dit à son compagnon : « Vous savez, si vous avez à faire quelque chose, je n'ai pas besoin de vous, moi. »

Duroy lui serra la main, et s'en alla.

L'idée de son article à écrire dans la soirée le tracassait, et il se mit à y songer. Il emmagasina des idées, des réflexions, des jugements, des anecdotes, tout en marchant, et il monta jusqu'au bout de l'avenue des Champs-Élysées, où on ne voyait que de rares promeneurs, Paris étant vide par ces jours de chaleur.

Ayant dîné chez un marchand de vin[1] auprès de l'arc de triomphe de l'Étoile, il revint lentement à pied chez lui par les boulevards extérieurs, et il s'assit devant sa table, pour travailler.

Mais dès qu'il eut sous les yeux la grande feuille de papier blanc, tout ce qu'il avait amassé de matériaux s'envola de son esprit, comme si sa cervelle se fût évaporée. Il essayait de ressaisir des bribes de souvenirs et de les fixer : ils lui échappaient à mesure qu'il les reprenait, ou bien ils se précipitaient pêle-mêle, et il ne savait comment les présenter, les habiller, ni par lequel commencer.

Après une heure d'efforts, et cinq pages de papier noircies par des phrases de début qui n'avaient point de suite, il se dit : « Je ne suis pas encore assez rompu[2] au métier. Il faut que je prenne une nouvelle leçon. » Et tout de suite la perspective d'une autre matinée de travail avec Mme Forestier, l'espoir de ce long tête-à-tête intime, cordial, si doux, le firent tressaillir de désir. Il se coucha bien vite,

---

1. **Marchand de vin** : tout comme les brasseries, les marchands de vin ont diversifié leurs activités pour servir des « plats du jour ».
2. **Rompu** : expérimenté.

ayant presque peur à présent de se remettre à la besogne et de réussir tout à coup.

Il ne se leva, le lendemain, qu'un peu tard, éloignant et savourant d'avance le plaisir de cette visite.

Il était dix heures passées quand il sonna chez son ami.

Le domestique répondit:

« C'est que monsieur est en train de travailler. »

Duroy n'avait point songé que le mari pouvait être là. Il insista cependant: « Dites-lui que c'est moi, pour une affaire pressante. »

Après cinq minutes d'attente on le fit entrer dans le cabinet où il avait passé une si bonne matinée.

À la place occupée par lui, Forestier maintenant était assis et écrivait, en robe de chambre, les pieds dans ses pantoufles, la tête couverte d'une petite toque anglaise; tandis que sa femme, enveloppée du même peignoir blanc, et accoudée à la cheminée, dictait, une cigarette à la bouche.

Duroy, s'arrêtant sur le seuil, murmura: « Je vous demande bien pardon, je vous dérange? »

Et son ami, ayant tourné la tête, une tête furieuse, grogna: « Qu'est-ce que tu veux encore? Dépêche-toi, nous sommes pressés. »

L'autre, interdit, balbutiait: « Non, ce n'est rien, pardon. »

Mais Forestier, se fâchant: « Allons, sacrebleu! ne perds pas de temps, tu n'as pourtant pas forcé ma porte pour le plaisir de nous dire bonjour. »

Alors Duroy fort troublé, se décida: « Non… voilà… c'est que… je n'arrive pas encore à faire mon article… et tu as été… vous avez été si… si… si gentils la dernière fois que… que j'espérais… que j'ai osé venir… »

Forestier lui coupa la parole:

« Tu te fiches du monde, à la fin. Alors tu t'imagines que je vais faire ton métier, et que tu n'auras qu'à passer à la caisse au bout du mois. Non! Elle est bonne, celle-là! »

La jeune femme continuait à fumer, sans dire un mot, souriant toujours d'un vague sourire qui semblait un masque aimable sur l'ironie de sa pensée.

Et Duroy, rougissant, bégayait: « Excusez-moi… j'avais cru… j'avais pensé… » Puis brusquement, d'une voix claire : « Je vous demande mille fois pardon, madame, en vous adressant encore mes remerciements les plus vifs pour la chronique si charmante que vous m'avez faite hier. »

Puis il salua, dit à Charles : « Je serai à trois heures au journal », et il sortit.

Il retourna chez lui, à grands pas, en grommelant : « Eh bien, je m'en vais la faire celle-là, et tout seul, et ils verront… »

À peine rentré, la colère l'excitant, il se mit à écrire.

Il continua l'aventure commencée par Mme Forestier, accumulant des détails de roman-feuilleton, des péripéties surprenantes et des descriptions ampoulées, avec une maladresse de style de collégien et des formules de sous-officier. En une heure, il eut terminé une chronique qui ressemblait à un chaos de folies, et il la porta, avec assurance, à *La Vie française*.

La première personne qu'il rencontra fut Saint-Potin qui, lui serrant la main avec une énergie de complice, demanda :

« Vous avez lu ma conversation avec le Chinois et avec l'Hindou. Est-ce assez drôle ? Ça a amusé tout Paris. Et je n'ai pas vu seulement le bout de leur nez. »

Duroy, qui n'avait rien lu, prit aussitôt le journal, et il parcourut de l'œil un long article intitulé : « Inde et Chine », pendant que le reporter lui indiquait et soulignait les passages les plus intéressants.

Forestier survint, soufflant, pressé, l'air affairé :

« Ah bon, j'ai besoin de vous deux. »

Et il leur indiqua une série d'informations politiques qu'il fallait se procurer pour le soir même.

Duroy lui tendit son article.

« Voici la suite sur l'Algérie.

– Très bien, donne, je vais la remettre au patron. »

Ce fut tout.

Saint-Potin entraîna son nouveau confrère, et lorsqu'ils furent dans le corridor, il lui dit :

« Avez-vous passé à la caisse ?

– Non. Pourquoi ?

– Pourquoi ? Pour vous faire payer. Voyez-vous, il faut toujours prendre un mois d'avance. On ne sait pas ce qui peut arriver.

– Mais… je ne demande pas mieux.

– Je vais vous présenter au caissier. Il ne fera point de difficulté. On paye bien ici. »

Et Duroy alla toucher ses deux cents francs, plus vingt-huit francs pour son article de la veille, qui, joints à ce qui lui restait de son traitement du chemin de fer, lui faisait trois cent quarante francs en poche.

Jamais il n'avait tenu pareille somme ; et il se crut riche pour des temps indéfinis.

Puis Saint-Potin l'emmena bavarder dans les bureaux de quatre ou cinq feuilles rivales, espérant que les nouvelles qu'on l'avait chargé de recueillir avaient été prises déjà par d'autres, et qu'il saurait bien les leur souffler, grâce à l'abondance et à l'astuce de sa conversation.

Le soir venu, Duroy, qui n'avait plus rien à faire, songea à retourner aux Folies-Bergère, et, payant d'audace, il se présenta au contrôle :

« Je m'appelle Georges Duroy, rédacteur à *La Vie française*. Je suis venu l'autre jour avec M. Forestier, qui m'avait promis de demander mes entrées. Je ne sais s'il y a songé. »

On consulta un registre. Son nom ne s'y trouvait pas inscrit. Cependant le contrôleur, homme très affable, lui dit : « Entrez toujours, monsieur, et adressez vous-même votre demande à M. le directeur qui y fera droit assurément. »

Il entra, et presque aussitôt il rencontra Rachel, la femme emmenée le premier soir.

Elle vint à lui : « Bonjour, mon chat. Tu vas bien ?

– Très bien, et toi ?

– Moi, pas mal. Tu ne sais pas, j'ai rêvé deux fois de toi depuis l'autre jour. »

Duroy sourit, flatté : « Ah ! ah ! et qu'est-ce que ça prouve ?

– Ça prouve que tu m'as plu, gros serin, et que nous recommencerons quand ça te dira.

– Aujourd'hui si tu veux.

– Oui, je veux bien.

– Bon, mais écoute… » Il hésitait, un peu confus de ce qu'il allait faire : « C'est que, cette fois, je n'ai pas le sou, je viens du cercle[1] où j'ai tout claqué. »

Elle le regardait au fond des yeux, flairant le mensonge avec son instinct et sa pratique de fille habituée aux roueries[2] et aux marchandages des hommes. Elle dit : « Blagueur ! Tu sais, ça n'est pas gentil avec moi cette manière-là. »

Il eut un sourire embarrassé : « Si tu veux dix francs, c'est tout ce qui me reste. »

Elle murmura avec un désintéressement de courtisane[3] qui se paye un caprice :

« Ce qui te plaira, mon chéri, je ne veux que toi. »

Et levant ses yeux séduits vers la moustache du jeune homme, elle prit son bras et s'appuya dessus amoureusement :

« Allons boire une grenadine d'abord. Et puis nous ferons un tour ensemble. Moi je voudrais aller à l'Opéra, comme ça, avec toi, pour te montrer. Et puis nous rentrerons de bonne heure, n'est-ce pas ? »

*

Il dormit tard, chez cette fille. Il faisait jour quand il sortit, et la pensée lui vint aussitôt d'acheter *La Vie française*. Il ouvrit le journal d'une main fiévreuse ; sa chronique n'y était pas ; et il demeurait debout sur le trottoir, parcourant anxieusement de l'œil les colonnes imprimées avec l'espoir d'y trouver, enfin, ce qu'il cherchait.

Quelque chose de pesant tout à coup accablait son cœur, car après la fatigue d'une nuit d'amour, cette contrariété tombant sur sa lassitude avait le poids d'un désastre.

---

1. **Cercle** : club de joueurs très fermé.
2. **Roueries** : ruses et perfidies.
3. **Courtisane** : prostituée de luxe.

Il remonta chez lui et s'endormit tout habillé sur son lit.

En entrant quelques heures plus tard dans les bureaux de la rédaction, il se présenta devant M. Walter. « J'ai été tout surpris ce matin, monsieur, de ne pas trouver mon second article sur l'Algérie. »

Le directeur leva la tête, et d'une voix sèche : « Je l'ai donné à votre ami Forestier, en le priant de le lire ; il ne l'a pas trouvé suffisant ; il faudra me le refaire. »

Duroy, furieux, sortit sans répondre un mot, et, pénétrant brusquement dans le cabinet de son camarade : « Pourquoi n'as-tu pas fait paraître, ce matin, ma chronique ? »

Le journaliste fumait une cigarette, le dos au fond de son fauteuil et les pieds sur sa table, salissant de ses talons un article commencé. Il articula tranquillement avec un son de voix ennuyé et lointain, comme s'il parlait du fond d'un trou : « Le patron l'a trouvé mauvais, et m'a chargé de te le remettre pour le recommencer. Tiens, le voilà. » Et il indiquait du doigt les feuilles dépliées sous un presse-papiers.

Duroy, confondu, ne trouva rien à dire, et, comme il mettait sa prose dans sa poche, Forestier reprit : « Aujourd'hui tu vas te rendre d'abord à la préfecture… »

Et il indiqua une série de courses d'affaires, de nouvelles à recueillir. Duroy s'en alla, sans avoir pu découvrir le mot mordant qu'il cherchait.

Il rapporta son article le lendemain. Il lui fut rendu de nouveau. L'ayant refait une troisième fois, et le voyant refusé, il comprit qu'il allait trop vite et que la main de Forestier pouvait seule l'aider dans sa route.

Il ne parla donc plus des *Souvenirs d'un chasseur d'Afrique*, en se promettant d'être souple et rusé, puisqu'il le fallait, et de faire, en attendant mieux, son métier de reporter avec zèle.

Il connut les coulisses des théâtres et celles de la politique, les corridors et le vestibule des hommes d'État et de la Chambre des députés, les figures importantes des attachés de cabinet et les mines renfrognées des huissiers endormis.

Il eut des rapports continus avec des ministres, des concierges, des généraux, des agents de police, des princes, des souteneurs[1], des courtisanes, des ambassadeurs, des évêques, des proxénètes, des rastaquouères[2], des hommes du monde, des Grecs[3], des cochers de fiacre, des garçons de café et bien d'autres, étant devenu l'ami intéressé et indifférent de tous ces gens, les confondant dans son estime, les toisant à la même mesure, les jugeant avec le même œil, à force de les voir tous les jours, à toute heure, sans transition d'esprit, et de parler avec eux tous des mêmes affaires concernant son métier. Il se comparait lui-même à un homme qui goûterait, coup sur coup, les échantillons de tous les vins et ne distinguerait bientôt plus le Château-Margaux de l'Argenteuil[4].

Il devint en peu de temps un remarquable reporter, sûr de ses informations, rusé, rapide, subtil, une vraie valeur pour le journal, comme disait le père Walter, qui s'y connaissait en rédacteurs.

Cependant, comme il ne touchait que dix centimes la ligne, plus ses deux cents francs de fixe, et comme la vie de boulevard, la vie de café, la vie de restaurant coûte cher, il n'avait jamais le sou et se désolait de sa misère.

C'est un truc à saisir, pensait-il, en voyant certains confrères aller la poche pleine d'or, sans jamais comprendre quels moyens secrets ils pouvaient bien employer pour se procurer cette aisance. Et il soupçonnait avec envie des procédés inconnus et suspects, des services rendus, toute une contrebande acceptée et consentie. Or, il lui fallait pénétrer le mystère, entrer dans l'association tacite, s'imposer aux camarades qui partageaient sans lui.

Et il rêvait souvent le soir, en regardant de sa fenêtre passer les trains, aux procédés qu'il pourrait employer.

---

1. **Souteneurs** : hommes qui vivent de la prostitution d'une ou plusieurs femmes qu'ils prétendent protéger.
2. **Rastaquouères** : étrangers d'allure suspecte.
3. **Grecs** : tricheurs professionnels (en argot).
4. Alors que le Château-Margaux est un grand cru bordelais, l'Argenteuil est un petit vin bon marché ayant mauvaise réputation.

Arrêt sur lecture 1

Pour comprendre l'essentiel

L'ouverture du roman

❶ Le début d'un roman (*incipit*) est un passage très important car il doit susciter immédiatement l'intérêt du lecteur. Relisez le début du chapitre 1 et étudiez les choix de Maupassant pour plonger le lecteur instantanément dans l'histoire.

❷ Le début du roman présente un jeune séducteur sans argent. Définissez les éléments que le lecteur peut attendre de la suite du roman à la lecture de l'*incipit*.

❸ Les premières pages de *Bel-Ami* se caractérisent d'emblée par leur réalisme. Relevez tous les éléments qui permettent d'ancrer la fiction dans un contexte bien réel (lieux, situations, allusions à l'actualité de l'époque…).

Georges Duroy, un héros ambitieux

❹ Le héros du roman est présenté dès le début de l'histoire. Identifiez les caractéristiques qui lui sont attribuées dans le premier chapitre (son aspect physique, son statut social, son comportement).

❺ Georges Duroy se révèle très vite être un véritable séducteur. Analysez le rapport qu'il entretient avec chacune des femmes qu'il rencontre (la prostituée des Folies-Bergère, Madeleine Forestier, Clotilde de Marelle, Laurine, Mme Walter).

❻ On peut considérer *Bel-Ami* comme un roman d'apprentissage: le héros fait son entrée dans la société parisienne, aidé par de nombreux personnages. Étudiez l'évolution de Georges Duroy dans ces quatre premiers chapitres.

L'univers du journalisme

❼ Maupassant dresse une satire amère du journalisme dès le début du roman. En vous appuyant sur les chapitres 3 et 4, montrez qu'il s'agit d'un univers où règnent les apparences plus que les compétences.

❽ Deux personnages initient Georges Duroy à son nouveau métier: Mme Forestier et Saint-Potin. Relevez les conseils qu'ils lui donnent et montrez qu'ils discréditent encore un peu plus l'univers du journalisme.

Rappelez-vous!

• En lisant les premières pages de *Bel-Ami*, le lecteur découvre un jeune homme ambitieux, soucieux de progression sociale et de reconnaissance. Il s'attend donc à lire un **roman d'apprentissage**, c'est-à-dire un roman qui va raconter l'entrée dans la vie et l'évolution d'un jeune héros, jusqu'à ce qu'il trouve sa place dans la société.

• Le romancier s'attache à construire un univers romanesque cohérent et réaliste: il accumule les **effets de réel**, c'est-à-dire les détails qui permettent de donner au lecteur l'impression que l'histoire est la réalité (noms de rues ou de monuments parisiens, descriptions précises des lieux et des personnages donnant du relief à l'univers du roman). Ce processus qui consiste à faire oublier au lecteur que le texte est une fiction se nomme l'**illusion référentielle**.

Vers l'oral du Bac

Analyse du chapitre 1, lignes 1-54, p. 11-13

☛ Montrer que l'*incipit* de *Bel-Ami* contient déjà les clefs du roman

Conseils pour la lecture à voix haute

– Distinguez par des variations de rythme les passages descriptifs des passages narratifs : prenez votre temps pour lire les descriptions, accélérez quand il s'agit des gestes ou des pensées de Duroy.
– Vous trouverez un ton adéquat pour mettre en relief le caractère du personnage principal présenté dans ces premières pages : arrogance, suffisance...
– Veillez à bien mettre en évidence les passages qui livrent les pensées de Duroy. Votre examinateur doit presque avoir l'impression d'entendre parler le personnage.

Analyse du texte

■ *Introduction rédigée*

Publié en 1885, *Bel-Ami* place la fiction dans un univers très proche de celui des lecteurs, le Paris des années 1880. Le héros, Georges Duroy, est un jeune provincial ambitieux établi à Paris en quête de fortune et de réussite sociale. Nous allons étudier l'*incipit* du roman qui a pour fonction de présenter le cadre de l'histoire, les personnages et quelques éléments de l'intrigue permettant d'éveiller la curiosité du lecteur. Nous montrerons ainsi que cet *incipit* contient déjà les clefs du roman, en nous penchant sur son caractère réaliste, puis en étudiant le portrait du héros, et enfin en analysant le regard critique du romancier.

Analyse guidée

I. Un *incipit* réaliste

a. Un roman réaliste s'attache à construire un cadre spatio-temporel précis. Relevez toutes les indications qui permettent de situer le lieu et le temps de l'action.

b. Maupassant présente une scène typique de la vie parisienne, avec ses habitants, ses cafés, ses rues... Relevez les passages qui décrivent les Parisiens et leurs activités.

c. Pour plonger le lecteur dans l'histoire, Maupassant fait alterner récit et description, et adopte plusieurs points de vue. Étudiez l'effet produit par ces différentes variations.

II. La présentation du héros

a. Maupassant brosse un portrait physique (vêtements, allure, visage) de Duroy. Étudiez-le et montrez qu'il met en évidence à la fois l'origine sociale du personnage et l'arrogance qui lui permettra de la dépasser. Relevez les indices (gestes, pensées) qui permettent de dresser un portrait moral du personnage.

b. Dès les premières lignes du roman, Duroy regarde et est regardé par les femmes. Montrez que cet *incipit* le présente déjà comme un séducteur.

III. Le regard critique du romancier

a. Dans *Bel-Ami*, Maupassant fait une sévère critique du règne des apparences. Relevez et analysez les quelques formules qui permettent au romancier de présenter son héros comme un acteur qui joue son propre rôle.

b. Un décalage se crée entre les préoccupations purement matérielles de Duroy et ses grands espoirs amoureux. Montrez que ce décalage accentue la distance critique du romancier à l'égard de son personnage.

Conclusion rédigée

L'*incipit* de *Bel-Ami* contient donc bien toutes les clefs de l'œuvre. La présentation du personnage principal en fait un parfait héros de roman d'apprentissage. Les nombreux détails concernant le cadre et les descriptions des personnages et des situations donnent à la fiction un caractère très réaliste. Les principaux thèmes du roman sont déjà évoqués : l'argent, la belle allure de Georges Duroy et sa brutalité, l'intérêt que lui portent les femmes, l'univers des grands boulevards parisiens… Derrière la variation de points de vue qui permet de plonger le lecteur dans la fiction, on distingue le regard distancié du romancier sur son personnage : ce refus d'idéaliser son personnage, comme l'auraient fait les auteurs romantiques, évoluera en un profond pessimisme tout au long du roman.

Les trois questions de l'examinateur

Question 1. Rassemblez les critiques implicites que le romancier porte sur son personnage. Les retrouvera-t-on dans la suite du roman ?

Question 2. En comparant les descriptions de Paris dans le roman et les documents reproduits au verso de la couverture, caractérisez le Paris haussmannien du XIXe siècle.

Question 3. Replacez Maupassant dans son contexte littéraire. En vous appuyant sur les œuvres que vous avez étudiées pendant l'année et sur vos lectures personnelles, citez d'autres auteurs qui appartiennent au même courant littéraire que Maupassant.

Chapitre 5

Deux mois s'étaient écoulés ; on touchait à septembre, et la fortune rapide que Duroy avait espérée lui semblait bien lente à venir. Il s'inquiétait surtout de la médiocrité morale de sa situation et ne voyait point par quelle voie il escaladerait les hauteurs où l'on trouve la considération, la puissance et l'argent.

Il se sentait enfermé dans ce métier médiocre de reporter, muré là-dedans à n'en pouvoir sortir. On l'appréciait, mais on l'estimait selon son rang. Forestier même, à qui il rendait mille services, ne l'invitait plus à dîner, le traitait en tout comme un inférieur, bien qu'il le tutoyât comme un ami.

De temps en temps, il est vrai, Duroy, saisissant une occasion, plaçait un bout d'article, et ayant acquis par ses échos une souplesse de plume et un tact qui lui manquaient lorsqu'il avait écrit sa seconde chronique sur l'Algérie, il ne courait plus aucun risque de voir refuser ses actualités. Mais de là à faire des chroniques au gré de sa fantaisie ou à traiter, en juge, les questions politiques, il y avait autant de différence qu'à conduire dans les avenues du Bois, étant cocher, ou à conduire, étant maître. Ce qui l'humiliait surtout, c'était de sentir fermées les portes du monde, de n'avoir pas de relations à traiter en égal, de ne pas entrer dans l'intimité des femmes, bien que plusieurs actrices connues l'eussent parfois accueilli avec une familiarité intéressée.

Il savait d'ailleurs, par expérience, qu'elles éprouvaient pour lui, toutes, mondaines ou cabotines[1], un entraînement singulier, une

1. **Cabotines** : qui cherchent à se mettre en valeur par un comportement artificiel.

sympathie instantanée, et il ressentait, de ne point connaître celles dont pourrait dépendre son avenir, une impatience de cheval entravé.

Bien souvent il avait songé à faire une visite à Mme Forestier; mais la pensée de leur dernière rencontre l'arrêtait, l'humiliait; et il attendait, en outre, d'y être engagé par le mari. Alors le souvenir lui vint de Mme de Marelle, et, se rappelant qu'elle l'avait prié de la venir voir, il se présenta chez elle, un après-midi qu'il n'avait rien à faire.

«J'y suis toujours jusqu'à trois heures», avait-elle dit.

Il sonnait à sa porte, à deux heures et demie.

Elle habitait rue de Verneuil[1], au quatrième.

Au bruit du timbre, une bonne vint ouvrir, une petite servante dépeignée qui nouait son bonnet en répondant: «Oui, madame est là, mais je ne sais pas si elle est levée.»

Et elle poussa la porte du salon qui n'était point fermée.

Duroy entra. La pièce était assez grande, peu meublée et d'aspect négligé. Les fauteuils, défraîchis et vieux, s'alignaient le long des murs, selon l'ordre établi par la domestique, car on ne sentait en rien le soin élégant d'une femme qui aime le chez-soi. Quatre pauvres tableaux, représentant une barque sur un fleuve, un navire sur la mer, un moulin dans une plaine et un bûcheron dans un bois, pendaient au milieu des quatre panneaux, au bout de cordons inégaux, et tous les quatre accrochés de travers. On devinait que depuis longtemps ils restaient penchés ainsi sous l'œil négligent d'une indifférente.

Duroy s'assit et attendit. Il attendit longtemps. Puis une porte s'ouvrit et Mme de Marelle entra en courant, vêtue d'un peignoir japonais en soie rose où étaient brodés des paysages d'or, des fleurs bleues et des oiseaux blancs et elle s'écria:

«Figurez-vous que j'étais encore couchée. Que c'est gentil à vous de venir me voir. J'étais persuadée que vous m'aviez oubliée.»

---

1. **Rue de Verneuil**: située dans le quartier de Saint-Germain-des-Prés. C'est le seul lieu du roman situé sur la rive gauche.

Elle tendit ses deux mains d'un geste ravi, et Duroy, que l'aspect médiocre de l'appartement mettait à son aise, les ayant prises, en baisa une, comme il avait vu faire à Norbert de Varenne.

Elle le pria de s'asseoir ; puis, le regardant des pieds à la tête : « Comme vous êtes changé ! Vous avez gagné de l'air. Paris vous fait du bien. Allons, racontez-moi les nouvelles. »

Et ils se mirent à bavarder tout de suite, comme s'ils eussent été d'anciennes connaissances, sentant naître entre eux une familiarité instantanée, sentant s'établir un de ces courants de confiance, d'intimité et d'affection qui font amis, en cinq minutes, deux êtres de même caractère et de même race.

Tout à coup, la jeune femme s'interrompit, et s'étonnant : « C'est drôle comme je suis avec vous. Il me semble que je vous connais depuis dix ans. Nous deviendrons, sans doute, bons camarades. Voulez-vous ? »

Il répondit : « Mais, certainement », avec un sourire qui en disait plus.

Il la trouvait tout à fait tentante, dans son peignoir éclatant et doux, moins fine que l'autre dans son peignoir blanc, moins chatte, moins délicate, mais plus excitante, plus poivrée.

Quand il sentait près de lui Mme Forestier, avec son sourire immobile et gracieux qui attirait et arrêtait en même temps, qui semblait dire : « Vous me plaisez » et aussi : « Prenez garde », dont on ne comprenait jamais le sens véritable, il éprouvait surtout le désir de se coucher à ses pieds, ou de baiser la fine dentelle de son corsage et d'aspirer lentement l'air chaud et parfumé qui devait sortir de là, glissant entre les seins. Auprès de Mme de Marelle, il sentait en lui un désir plus brutal, plus précis, un désir qui frémissait dans ses mains devant les contours soulevés de la soie légère.

Elle parlait toujours, semant en chaque phrase cet esprit facile dont elle avait pris l'habitude, comme un ouvrier saisit le tour de main qu'il faut pour accomplir une besogne réputée difficile et dont s'étonnent les autres. Il l'écoutait, pensant : « C'est bon à retenir tout ça. On écrirait des chroniques parisiennes charmantes en la faisant bavarder sur les événements du jour. »

Mais on frappa doucement, tout doucement à la porte par laquelle elle était venue; et elle cria: « Tu peux entrer, mignonne. » La petite fille parut, alla droit à Duroy et lui tendit la main.

La mère étonnée murmura: « Mais c'est une conquête. Je ne la reconnais plus. » Le jeune homme ayant embrassé l'enfant, la fit asseoir à côté de lui, et lui posa, avec un air sérieux, des questions gentilles sur ce qu'elle avait fait depuis qu'ils ne s'étaient vus. Elle répondait de sa petite voix de flûte, avec son air grave de grande personne.

La pendule sonna trois heures. Le journaliste se leva.

« Venez souvent, demanda Mme de Marelle, nous bavarderons comme aujourd'hui, vous me ferez toujours plaisir. Mais pourquoi ne vous voit-on plus chez les Forestier? »

Il répondit: « Oh! pour rien. J'ai eu beaucoup à faire. J'espère bien que nous nous y retrouverons un de ces jours. »

Et il sortit, le cœur plein d'espoir, sans savoir pourquoi.

Il ne parla pas à Forestier de cette visite.

Mais il en garda le souvenir, les jours suivants, plus que le souvenir, une sorte de sensation de la présence irréelle et persistante de cette femme. Il lui semblait avoir pris quelque chose d'elle, l'image de son corps restée dans ses yeux et la saveur de son être moral restée en son cœur. Il demeurait sous l'obsession de son image, comme il arrive quelquefois quand on a passé des heures charmantes auprès d'un être. On dirait qu'on subit une possession étrange, intime, confuse, troublante et exquise, parce qu'elle est mystérieuse.

Il fit une seconde visite au bout de quelques jours.

La bonne l'introduisit dans le salon, et Laurine parut aussitôt. Elle tendit, non plus sa main, mais son front, et dit: « Maman m'a chargée de vous prier de l'attendre. Elle en a pour un quart d'heure, parce qu'elle n'est pas habillée. Je vous tiendrai compagnie. »

Duroy, qu'amusaient les manières cérémonieuses de la fillette, répondit: « Parfaitement, mademoiselle, je serai enchanté de passer un quart d'heure avec vous; mais je vous préviens que je ne suis pas sérieux du tout, moi, je joue toute la journée; je vous propose donc de faire une partie de chat perché. »

La gamine demeura saisie, puis elle sourit, comme aurait fait une femme, de cette idée qui la choquait un peu et l'étonnait aussi, et elle murmura :

« Les appartements ne sont pas faits pour jouer. »

Il reprit : « Ça m'est égal. Moi, je joue partout. Allons, attrapez-moi. » Et il se mit à tourner autour de la table, en l'excitant à le poursuivre, tandis qu'elle s'en venait derrière lui, souriant toujours avec une sorte de condescendance polie, et étendant parfois la main pour le toucher, mais sans s'abandonner jusqu'à courir.

Il s'arrêtait, se baissait, et lorsqu'elle approchait, de son petit pas hésitant, il sautait en l'air comme les diables enfermés en des boîtes, puis il s'élançait d'une enjambée à l'autre bout du salon. Elle trouvait ça drôle, finissait par rire, et, s'animant, commençait à trottiner derrière lui, avec de légers cris joyeux et craintifs, quand elle avait cru le saisir. Il déplaçait les chaises, en faisait des obstacles, la forçait à pivoter pendant une minute autour de la même, puis, quittant celle-là, en saisissait une autre. Laurine courait maintenant, s'abandonnait tout à fait au plaisir de ce jeu nouveau et, la figure rose, elle se précipitait d'un grand élan d'enfant ravie, à chacune des fuites, à chacune des ruses, à chacune des feintes de son compagnon.

Brusquement, comme elle s'imaginait l'atteindre, il la saisit dans ses bras, et, l'élevant jusqu'au plafond, il cria : « Chat perché ! »

La fillette enchantée agitait ses jambes pour s'échapper et riait de tout son cœur.

Mme de Marelle entra et, stupéfaite : « Ah ! Laurine… Laurine qui joue… Vous êtes un ensorceleur, monsieur. »

Il reposa par terre la gamine, baisa la main de la mère, et ils s'assirent, l'enfant entre eux. Ils voulurent causer ; mais Laurine, grisée, si muette d'ordinaire, parlait tout le temps, et il fallut l'envoyer à sa chambre.

Elle obéit sans répondre, mais avec des larmes dans les yeux.

Dès qu'ils furent seuls, Mme de Marelle baissa la voix : « Vous ne savez pas, j'ai un grand projet, et j'ai pensé à vous. Voilà : comme je dîne toutes les semaines chez les Forestier, je leur rends ça, de temps en temps, dans un restaurant. Moi, je n'aime pas à avoir du monde chez moi, je ne suis pas organisée pour ça, et, d'ailleurs, je n'entends rien aux choses de la maison, rien à la cuisine, rien à rien. J'aime vivre à la diable[1]. Donc je les reçois de temps en temps au restaurant, mais ça n'est pas gai quand nous ne sommes que nous trois, et mes connaissances à moi ne vont guère avec eux. Je vous dis ça pour vous expliquer une invitation peu régulière. Vous comprenez, n'est-ce pas, que je vous demande d'être des nôtres samedi, au café Riche[2], sept heures et demie. Vous connaissez la maison ? »

Il accepta avec bonheur. Elle reprit : « Nous serons tous les quatre seulement, une vraie partie carrée. C'est très amusant ces petites fêtes-là, pour nous autres femmes qui n'y sommes pas habituées. »

Elle portait une robe marron foncé, qui moulait sa taille, ses hanches, sa gorge, ses bras d'une façon provocante et coquette ; et Duroy éprouvait un étonnement confus, presque une gêne dont il ne saisissait pas bien la cause, du désaccord de cette élégance soignée et raffinée avec l'insouci visible pour le logis qu'elle habitait.

Tout ce qui vêtait son corps, tout ce qui touchait intimement et directement sa chair, était délicat et fin, mais ce qui l'entourait ne lui importait plus.

Il la quitta, gardant, comme l'autre fois, la sensation de sa présence continuée dans une sorte d'hallucination de ses sens. Et il attendit le jour du dîner avec une impatience grandissante.

Ayant loué pour la seconde fois un habit noir, ses moyens ne lui permettant point encore d'acheter un costume de soirée, il arriva le premier au rendez-vous, quelques minutes avant l'heure.

On le fit monter au second étage, et on l'introduisit dans un petit salon de restaurant, tendu de rouge et ouvrant sur le boulevard son unique fenêtre.

---

1. **À la diable** : sans soin, de façon désordonnée.
2. Le café Riche était un restaurant réputé situé sur le boulevard des Italiens. Zola décrit lui aussi ce restaurant dans *La Curée*.

Une table carrée, de quatre couverts, étalait sa nappe blanche, si luisante qu'elle semblait vernie; et les verres, l'argenterie, le réchaud brillaient gaiement sous la flamme de douze bougies portées par deux hauts candélabres.

Au-dehors on apercevait une grande tache d'un vert clair que faisaient les feuilles d'un arbre, éclairées par la lumière vive des cabinets particuliers[1].

Duroy s'assit sur un canapé très bas, rouge comme les tentures des murs, et dont les ressorts fatigués, s'enfonçant sous lui, lui donnèrent la sensation de tomber dans un trou. Il entendait dans toute cette vaste maison une rumeur confuse, ce bruissement des grands restaurants fait du bruit des vaisselles et des argenteries heurtées, du bruit des pas rapides des garçons, adoucis par le tapis des corridors, du bruit des portes un moment ouvertes et qui laissent échapper le son des voix de tous ces étroits salons où sont enfermés des gens qui dînent. Forestier entra et lui serra la main avec une familiarité cordiale, qu'il ne lui témoignait jamais dans les bureaux de *La Vie française.*

« Ces deux dames vont arriver ensemble, dit-il; c'est très gentil ces dîners-là ! »

Puis il regarda la table, fit éteindre tout à fait un bec de gaz qui brûlait en veilleuse, ferma un battant de la fenêtre, à cause du courant d'air, et choisit sa place bien à l'abri, en déclarant: « Il faut que je fasse grande attention; j'ai été mieux pendant un mois, et me voici repris depuis quelques jours. J'aurai attrapé froid mardi en sortant du théâtre. »

On ouvrit la porte et les deux jeunes femmes parurent, suivies d'un maître d'hôtel, voilées, cachées, discrètes, avec cette allure de mystère charmant, qu'elles prennent en ces endroits où les voisinages et les rencontres sont suspects.

---

1. **Cabinets particuliers**: salles privées qui favorisent les amours illégitimes. C'est dans un cabinet particulier du café Riche que commence la relation incestueuse entre Renée et son beau-fils Maxime dans *La Curée* de Zola.

Comme Duroy saluait Mme Forestier, elle le gronda fort de n'être pas revenu la voir, puis elle ajouta, avec un sourire vers son amie : « C'est ça, vous me préférez Mme de Marelle, vous trouvez bien le temps pour elle. »

Puis on s'assit, et le maître d'hôtel ayant présenté à Forestier la carte des vins, Mme de Marelle s'écria : « Donnez à ces messieurs ce qu'ils voudront ; quant à nous, du champagne frappé, du meilleur, du champagne doux par exemple, rien autre chose. » Et l'homme étant sorti, elle annonça avec un rire excité : « Je veux me pocharder[1] ce soir, nous allons faire une noce[2], une vraie noce. »

Forestier, qui paraissait n'avoir point entendu, demanda : « Cela ne vous ferait-il rien qu'on fermât la fenêtre ? J'ai la poitrine un peu prise depuis quelques jours.

– Non, rien du tout. »

Il alla donc pousser le battant resté entrouvert et il revint s'asseoir avec un visage rasséréné[3], tranquillisé.

Sa femme ne disait rien, paraissait absorbée ; et, les yeux baissés vers la table, elle souriait aux verres, de ce sourire vague qui semblait promettre toujours pour ne jamais tenir.

Les huîtres d'Ostende furent apportées, mignonnes et grasses, semblables à de petites oreilles enfermées en des coquilles, et fondant entre le palais et la langue ainsi que des bonbons salés.

Puis, après le potage, on servit une truite rose comme de la chair de jeune fille ; et les convives commencèrent à causer.

On parla d'abord d'un cancan qui courait les rues, l'histoire d'une femme du monde surprise, par un ami de son mari, soupant avec un prince étranger en cabinet particulier.

Forestier riait beaucoup de l'aventure ; les deux femmes déclaraient que le bavard indiscret n'était qu'un goujat et qu'un lâche. Duroy fut de leur avis et proclama bien haut qu'un homme a le devoir d'apporter en ces sortes d'affaires, qu'il soit acteur, confident

1. **Me pocharder** : m'enivrer (familier).
2. **Faire une noce** : faire la fête, en mangeant et en buvant avec excès.
3. **Rasséréné** : redevenu serein.

ou simplement témoin, un silence de tombeau. Il ajouta : « Comme la vie serait pleine de choses charmantes si nous pouvions compter sur la discrétion absolue les uns des autres. Ce qui arrête souvent, bien souvent, presque toujours les femmes, c'est la peur du secret dévoilé. »

Puis il ajouta, souriant : « Voyons, n'est-ce pas vrai ? Combien y en a-t-il qui s'abandonneraient à un rapide désir, au caprice brusque et violent d'une heure, à une fantaisie d'amour, si elles ne craignaient de payer par un scandale irrémédiable et par des larmes douloureuses un court et léger bonheur ! »

Il parlait avec une conviction contagieuse, comme s'il avait plaidé une cause, sa cause, comme s'il eût dit : « Ce n'est pas avec moi qu'on aurait à craindre de pareils dangers. Essayez pour voir. »

Elles le contemplaient toutes les deux, l'approuvant du regard, trouvant qu'il parlait bien et juste, confessant par leur silence ami que leur morale flexible de Parisiennes n'aurait pas tenu longtemps devant la certitude du secret.

Et Forestier, presque couché sur le canapé, une jambe repliée sous lui, la serviette glissée dans son gilet pour ne point maculer[1] son habit, déclara tout à coup, avec un rire convaincu de sceptique : « Sacristi oui, on s'en payerait si on était sûr du silence. Bigre de bigre ! les pauvres maris ! »

Et on se mit à parler d'amour. Sans l'admettre éternel, Duroy le comprenait durable, créant un lien, une amitié tendre, une confiance ! L'union des sens n'était qu'un sceau à l'union des cœurs. Mais il s'indignait des jalousies harcelantes, des drames, des scènes, des misères qui, presque toujours, accompagnent les ruptures.

Quand il se tut, Mme de Marelle soupira : « Oui, c'est la seule bonne chose de la vie, et nous la gâtons souvent par des exigences impossibles. »

Mme Forestier, qui jouait avec un couteau, ajouta : « Oui… oui… c'est bon d'être aimée… »

---

1. **Maculer** : tacher.

Et elle semblait pousser plus loin son rêve, songer à des choses qu'elle n'osait point dire.

Et comme la première entrée n'arrivait pas, ils buvaient de temps en temps une gorgée de champagne en grignotant des croûtes arrachées sur le dos des petits pains ronds. Et la pensée de l'amour, lente et envahissante, entrait en eux, enivrait peu à peu leur âme, comme le vin clair, tombé goutte à goutte en leur gorge, échauffait leur sang et troublait leur esprit.

On apporta des côtelettes d'agneau, tendres, légères, couchées sur un lit épais et menu de pointes d'asperges.

« Bigre ! la bonne chose ! » s'écria Forestier. Et ils mangeaient avec lenteur, savourant la viande fine et le légume onctueux comme une crème.

Duroy reprit : « Moi, quand j'aime une femme, tout disparaît du monde autour d'elle. »

Il disait cela avec conviction, s'exaltant à la pensée de cette jouissance d'amour, dans le bien-être de la jouissance de table qu'il goûtait.

Mme Forestier murmura, avec son air de n'y point toucher : « Il n'y a pas de bonheur comparable à la première pression des mains, quand l'une demande : "M'aimez-vous ?" et quand l'autre répond : "Oui, je t'aime." »

Mme de Marelle, qui venait de vider d'un trait une nouvelle flûte de champagne, dit gaiement, en reposant son verre : « Moi, je suis moins platonique. »

Et chacun se mit à ricaner, l'œil allumé, en approuvant cette parole.

Forestier s'étendit sur le canapé, ouvrit les bras, les appuya sur des coussins et d'un ton sérieux : « Cette franchise vous honore et prouve que vous êtes une femme pratique. Mais peut-on vous demander quelle est l'opinion de M. de Marelle ? »

Elle haussa les épaules lentement, avec un dédain infini, prolongé, puis d'une voix nette : « M. de Marelle n'a pas d'opinion en cette matière. Il n'a que des… que des abstentions. »

Et la causerie, descendant des théories élevées sur la tendresse, entra dans le jardin fleuri des polissonneries distinguées.

Ce fut le moment des sous-entendus adroits, des voiles levés par des mots, comme on lève des jupes, le moment des ruses de langage, des audaces habiles et déguisées, de toutes les hypocrisies impudiques, de la phrase qui montre des images dévêtues avec des expressions couvertes, qui fait passer dans l'œil et dans l'esprit la vision rapide de tout ce qu'on ne peut pas dire, et permet aux gens du monde une sorte d'amour subtil et mystérieux, une sorte de contact impur des pensées par l'évocation simultanée, troublante et sensuelle comme une étreinte, de toutes les choses secrètes, honteuses et désirées de l'enlacement. On avait apporté le rôti, des perdreaux flanqués de cailles, puis des petits pois, puis une terrine de foies gras accompagnée d'une salade aux feuilles dentelées, emplissant comme une mousse verte un grand saladier en forme de cuvette. Ils avaient mangé de tout cela sans y goûter, sans s'en douter, uniquement préoccupés de ce qu'ils disaient, plongés dans un bain d'amour.

Les deux femmes, maintenant, en lançaient de roides[1], Mme de Marelle avec une audace naturelle qui ressemblait à une provocation, Mme Forestier avec une réserve charmante, une pudeur dans le ton, dans la voix, dans le sourire, dans toute l'allure, qui soulignait, en ayant l'air de les atténuer, les choses hardies sorties de sa bouche.

Forestier, tout à fait vautré sur les coussins, riait, buvait, mangeait sans cesse et jetait parfois une parole tellement osée ou tellement crue que les femmes, un peu choquées par la forme et pour la forme, prenaient un petit air gêné qui durait deux ou trois secondes. Quand il avait lâché quelque polissonnerie trop grosse, il ajoutait : « Vous allez bien, mes enfants. Si vous continuez comme ça, vous finirez par faire des bêtises. »

Le dessert vint, puis le café ; et les liqueurs versèrent dans les esprits excités un trouble plus lourd et plus chaud.

Comme elle l'avait annoncé en se mettant à table, Mme de Marelle était pocharde, et elle le reconnaissait, avec une grâce gaie et bavarde

1. **Roides** : propos osés.

de femme qui accentue, pour amuser ses convives, une pointe d'ivresse très réelle.

Mme Forestier se taisait maintenant, par prudence peut-être ; et Duroy, se sentant trop allumé pour ne pas se compromettre, gardait une réserve habile.

On alluma des cigarettes, et Forestier, tout à coup, se mit à tousser.

Ce fut une quinte terrible qui lui déchirait la gorge ; et, la face rouge, le front en sueur, il étouffait dans sa serviette. Lorsque la crise fut calmée, il grogna, d'un air furieux : « Ça ne me vaut rien, ces parties-là ; c'est stupide. » Toute sa bonne humeur avait disparu dans la terreur du mal qui hantait sa pensée.

« Rentrons chez nous », dit-il.

Mme de Marelle sonna le garçon et demanda l'addition. On la lui apporta presque aussitôt. Elle essaya de la lire, mais les chiffres tournaient devant ses yeux, et elle passa le papier à Duroy : « Tenez, payez pour moi, je n'y vois plus, je suis trop grise [1]. »

Et elle lui jeta en même temps sa bourse dans les mains.

Le total montait à cent trente francs. Duroy contrôla et vérifia la note, puis donna deux billets, et reprit la monnaie, en demandant à mi-voix : « Combien faut-il laisser aux garçons ?

– Ce que vous voudrez, je ne sais pas. »

Il mit cinq francs sur l'assiette, puis rendit la bourse à la jeune femme, en lui disant :

« Voulez-vous que je vous reconduise à votre porte ?

– Mais certainement. Je suis incapable de retrouver mon adresse. »

On serra les mains des Forestier ; et Duroy se trouva seul avec Mme de Marelle dans un fiacre qui roulait.

Il la sentait contre lui, si près, enfermée avec lui dans cette boîte noire, qu'éclairaient brusquement, pendant un instant, les becs de gaz des trottoirs. Il sentait à travers sa manche, la chaleur de son épaule, et il ne trouvait rien à lui dire, absolument rien, ayant

1. **Grise** : légèrement ivre.

l'esprit paralysé par le désir impérieux de la saisir dans ses bras. « Si j'osais, que ferait-elle ? » pensait-il. Et le souvenir de toutes les polissonneries chuchotées pendant le dîner l'enhardissait, mais la peur du scandale le retenait en même temps.

Elle ne disait rien non plus, immobile, enfoncée en son coin. Il eût pensé qu'elle dormait s'il n'avait vu briller ses yeux chaque fois qu'un rayon de lumière pénétrait dans la voiture.

« Que pensait-elle ? » Il sentait bien qu'il ne fallait point parler, qu'un mot, un seul mot, rompant le silence, emporterait ses chances ; mais l'audace lui manquait, l'audace de l'action brusque et brutale.

Tout à coup il sentit remuer son pied. Elle avait fait un mouvement, un mouvement sec, nerveux, d'impatience ou d'appel peut-être. Ce geste, presque insensible, lui fit courir, de la tête aux pieds, un grand frisson sur la peau, et, se tournant vivement, il se jeta sur elle, cherchant la bouche avec ses lèvres et la chair nue avec ses mains.

Elle jeta un cri, un petit cri, voulut se dresser, se débattre, le repousser, puis elle céda, comme si la force lui eût manqué pour résister plus longtemps.

Mais la voiture s'étant arrêtée bientôt devant la maison qu'elle habitait, Duroy, surpris, n'eut point à chercher des paroles passionnées pour la remercier, la bénir et lui exprimer son amour reconnaissant. Cependant elle ne se levait pas, elle ne remuait point, étourdie par ce qui venait de se passer. Alors il craignit que le cocher n'eût des doutes, et il descendit le premier pour tendre la main à la jeune femme.

Elle sortit enfin du fiacre en trébuchant et sans prononcer une parole. Il sonna, et, comme la porte s'ouvrait, il demanda en tremblant : « Quand vous reverrai-je ? »

Elle murmura si bas qu'il entendit à peine : « Venez déjeuner avec moi demain. » Et elle disparut dans l'ombre du vestibule en repoussant le lourd battant qui fit un bruit de coup de canon.

Il donna cent sous au cocher et se mit à marcher devant lui, d'un pas rapide et triomphant, le cœur débordant de joie.

Il en tenait une, enfin, une femme mariée ! une femme du monde ! du vrai monde ! du monde parisien ! Comme ça avait été facile et inattendu !

Il s'était imaginé jusque-là que pour aborder et conquérir une de ces créatures tant désirées, il fallait des soins infinis, des attentes interminables, un siège habile fait de galanteries, de paroles d'amour, de soupirs et de cadeaux. Et voilà que tout d'un coup à la moindre attaque, la première qu'il rencontrait s'abandonnait à lui, si vite qu'il en demeurait stupéfait.

« Elle était grise, pensait-il ; demain ce sera une autre chanson. J'aurai les larmes. » Cette idée l'inquiéta, puis il se dit : « Ma foi, tant pis. Maintenant que je la tiens, je saurai bien la garder. »

Et, dans le mirage confus où s'égaraient ses espérances, espérances de grandeur, de succès, de renommée, de fortune et d'amour, il aperçut tout à coup, pareilles à ces guirlandes de figurantes qui se déroulent dans le ciel des apothéoses, une procession de femmes élégantes, riches, puissantes, qui passaient en souriant pour disparaître l'une après l'autre au fond du nuage doré de ses rêves.

Et son sommeil fut peuplé de visions.

Il était un peu ému, le lendemain, en montant l'escalier de Mme de Marelle. Comment allait-elle le recevoir ? Et si elle ne le recevait pas ? Si elle avait défendu l'entrée de sa demeure ? Si elle racontait… ? Mais non, elle ne pouvait rien dire sans laisser deviner la vérité tout entière. Donc il était maître de la situation.

La petite bonne ouvrit la porte. Elle avait son visage ordinaire. Il se rassura, comme s'il se fût attendu à ce que la domestique lui montrât une figure bouleversée.

Il demanda : « Madame va bien ? »

Elle répondit : « Oui, monsieur, comme toujours. »

Et elle le fit entrer dans le salon.

Il alla droit à la cheminée pour constater l'état de ses cheveux et de sa toilette ; et il rajustait sa cravate devant la glace, quand il aperçut dedans la jeune femme qui le regardait, debout sur le seuil de sa chambre.

Il fit semblant de ne l'avoir point vue, et ils se considérèrent quelques secondes, au fond du miroir, s'observant, s'épiant, avant de se trouver face à face.

Il se retourna. Elle n'avait point bougé, et semblait attendre. Il s'élança, balbutiant: « Comme je vous aime! Comme je vous aime! » Elle ouvrit les bras et tomba sur sa poitrine; puis, ayant levé la tête vers lui, ils s'embrassèrent longtemps.

Il pensait: « C'est plus facile que je n'aurais cru. Ça va très bien. » Et, leurs lèvres s'étant séparées, il souriait, sans dire un mot, en tâchant de mettre dans son regard une infinité d'amour.

Elle aussi souriait, de ce sourire qu'elles ont pour offrir leur désir, leur consentement, leur volonté de se donner. Elle murmura: « Nous sommes seuls. J'ai envoyé Laurine déjeuner chez une camarade. »

Il soupira, en lui baisant les poignets: « Merci, je vous adore. »

Alors elle lui prit le bras, comme s'il eût été son mari, pour aller jusqu'au canapé où ils s'assirent côte à côte.

Il lui fallait un début de causerie habile et séduisant; ne le découvrant point à son gré, il balbutia:

« Alors, vous ne m'en voulez pas trop? »

Elle lui mit une main sur la bouche:

« Tais-toi! »

Ils demeurèrent silencieux, les regards mêlés, les doigts enlacés et brûlants.

« Comme je vous désirais! » dit-il.

Elle répéta: « Tais-toi! »

On entendait la bonne remuer les assiettes dans la salle, derrière le mur.

Il se leva: « Je ne veux pas rester si près de vous. Je perdrais la tête. »

La porte s'ouvrit: « Madame est servie. »

Et il offrit son bras avec gravité.

Ils déjeunèrent face à face, se regardant et se souriant sans cesse, occupés uniquement d'eux, tout enveloppés par le charme si doux d'une tendresse qui commence. Ils mangeaient sans savoir quoi. Il sentit un pied, un petit pied, qui rôdait sous la table. Il le prit entre les siens et l'y garda, le serrant de toute sa force.

La bonne allait, venait, apportait et enlevait les plats d'un air nonchalant, sans paraître rien remarquer.

Quand ils eurent fini de manger, ils rentrèrent dans le salon, et reprirent leur place sur le canapé, côte à côte.

Peu à peu, il se serrait contre elle, essayant de l'étreindre. Mais elle le repoussait avec calme : « Prenez garde, on pourrait entrer. »

Il murmura : « Quand pourrai-je vous voir bien seule pour vous dire comme je vous aime ? »

Elle se pencha vers son oreille, et prononça tout bas : « J'irai vous faire une petite visite chez vous un de ces jours. »

Il se sentit rougir : « C'est que… chez moi… c'est… c'est bien modeste… »

Elle sourit : « Ça ne fait rien. C'est vous que j'irai voir et non pas l'appartement. »

Alors il la pressa pour savoir quand elle viendrait. Elle fixa un jour éloigné de la semaine suivante, et il la supplia d'avancer la date, avec des paroles balbutiées, des yeux luisants, en lui maniant et lui broyant les mains, le visage rouge, enfiévré, ravagé de désir, de ce désir impétueux qui suit les repas en tête à tête.

Elle s'amusait de le voir l'implorer avec cette ardeur, et cédait un jour, de temps en temps. Mais il répétait : « Demain… dites… demain. »

Elle y consentit à la fin : « Oui. Demain. Cinq heures. »

Il poussa un long soupir de joie ; et ils causèrent presque tranquillement, avec des allures d'intimité, comme s'ils se fussent connus depuis vingt ans.

Un coup de timbre les fit tressaillir ; et, d'une secousse, ils s'éloignèrent l'un de l'autre.

Elle murmura : « Ce doit être Laurine. »

L'enfant parut, puis s'arrêta interdite, puis courut vers Duroy en battant des mains, transportée de plaisir en l'apercevant, et elle cria : « Ah ! Bel-Ami ! »

Mme de Marelle se mit à rire :

« Tiens ! Bel-Ami ! Laurine vous a baptisé ! C'est un bon petit nom d'amitié pour vous, ça ; moi aussi je vous appellerai Bel-Ami ! »

Il avait pris sur ses genoux la fillette, et il dut jouer avec elle à tous les petits jeux qu'il lui avait appris.

Il se leva à trois heures moins vingt minutes, pour se rendre au journal ; et, sur l'escalier, par la porte entrouverte il murmura encore, du bout des lèvres : « Demain. Cinq heures. »

La jeune femme répondit : « Oui », d'un sourire, et disparut.

Dès qu'il eut fini sa besogne journalière, il songea à la façon dont il arrangerait sa chambre pour recevoir sa maîtresse et dissimuler le mieux possible la pauvreté du local. Il eut l'idée d'épingler sur les murs de menus bibelots japonais, et il acheta pour cinq francs toute une collection de crépons [1], de petits éventails et de petits écrans, dont il cacha les taches trop visibles du papier. Il appliqua sur les vitres de la fenêtre des images transparentes représentant des bateaux sur des rivières, des vols d'oiseaux à travers des ciels rouges, des dames multicolores sur des balcons et des processions de petits bonshommes noirs dans des plaines remplies de neige.

Son logis, grand tout juste pour y dormir et s'y asseoir, eut bientôt l'air de l'intérieur d'une lanterne de papier peint. Il jugea l'effet satisfaisant, et il passa la soirée à coller sur le plafond des oiseaux découpés dans des feuilles coloriées qui lui restaient.

Puis il se coucha, bercé par le sifflet des trains.

Il rentra de bonne heure le lendemain, portant un sac de gâteaux et une bouteille de madère achetée chez l'épicier. Il dut ressortir pour se procurer deux assiettes et deux verres ; et il disposa cette collation sur sa table de toilette, dont le bois sale fut caché par une serviette ; la cuvette et le pot à l'eau étant dissimulés par-dessous.

Puis il attendit.

Elle arriva vers cinq heures un quart et, séduite par le papillotement coloré des dessins, elle s'écria : « Tiens, c'est gentil, chez vous. Mais il y a bien du monde dans l'escalier. »

Il l'avait prise dans ses bras, et il baisait ses cheveux avec emportement, entre le front et le chapeau, à travers le voile.

---

1. **Crépons** : estampes japonaises. L'art japonais est à la mode et fascine alors les artistes européens, notamment certains peintres impressionnistes.

Une heure et demie plus tard, il la reconduisit à la station de fiacres de la rue de Rome. Lorsqu'elle fut dans la voiture, il murmura : « Mardi, à la même heure. »

Elle dit : « À la même heure, mardi. » Et, comme la nuit était venue, elle attira sa tête dans la portière et le baisa sur les lèvres. Puis, le cocher ayant fouetté sa bête, elle cria : « Adieu, Bel-Ami ! » et le vieux coupé[1] s'en alla au trot fatigué d'un cheval blanc.

Pendant trois semaines, Duroy reçut ainsi Mme de Marelle tous les deux ou trois jours, tantôt le matin, tantôt le soir.

Comme il l'attendait, un après-midi, un grand bruit dans l'escalier l'attira sur sa porte. Un enfant hurlait. Une voix furieuse, celle d'un homme, cria : « Qu'est-ce qu'il a encore à gueuler, ce bougre-là ? » La voix glapissante et exaspérée d'une femme répondit : « C'est c'te sale cocotte[2] qui vient chez l'journaliste d'en haut qu'a renversé Nicolas sur l'palier. Comme si on devrait laisser des roulures[3] comme ça qui n'font seulement pas attention aux éfans[4] dans les escaliers ! »

Duroy, éperdu, se recula, car il entendait un rapide frôlement de jupes et un pas précipité gravissant l'étage au-dessous de lui.

On frappa bientôt à sa porte, qu'il venait de refermer. Il ouvrit, et Mme de Marelle se jeta dans la chambre, essoufflée, affolée, balbutiant :

« As-tu entendu ? »

Il fit semblant de ne rien savoir.

« Non, quoi ?

– Comme ils m'ont insultée ?

– Qui ça ?

– Les misérables qui habitent au-dessous.

– Mais non, qu'est-ce qu'il y a, dis-moi ? »

Elle se mit à sangloter sans pouvoir prononcer un mot.

1. **Coupé** : voiture à cheval fermée, à quatre roues et à deux places.
2. **Cocotte** : femme de mœurs légères.
3. **Roulures** : femmes de mauvaise vie, prostituées.
4. **Éfans** : prononciation populaire du mot « enfants ».

Il dut la décoiffer, la délacer, l'étendre sur le lit, lui tapoter les tempes avec un linge mouillé : elle suffoquait ; puis quand son émotion se fut un peu calmée, toute sa colère indignée éclata.

Elle voulait qu'il descendît tout de suite, qu'il se battît, qu'il les tuât.

Il répétait : « Mais ce sont des ouvriers, des rustres. Songe qu'il faudrait aller en justice, que tu pourrais être reconnue, arrêtée, perdue. On ne se commet pas avec des gens comme ça. »

Elle passa à une autre idée : « Comment ferons-nous, maintenant ? Moi, je ne peux pas rentrer ici. » Il répondit : « C'est bien simple, je vais déménager. »

Elle murmura :

« Oui, mais ce sera long. » Puis, tout d'un coup, elle imagina une combinaison, et, rassérénée brusquement :

« Non, écoute, j'ai trouvé, laisse-moi faire, ne t'occupe de rien. Je t'enverrai un petit bleu demain matin. »

Elle appelait des « petits bleus » les télégrammes fermés circulant dans Paris.

Elle souriait maintenant, ravie de son invention, qu'elle ne voulait pas révéler ; et elle fit mille folies d'amour.

Elle était bien émue cependant, en redescendant l'escalier, et elle s'appuyait de toute sa force sur le bras de son amant, tant elle sentait fléchir ses jambes.

Ils ne rencontrèrent personne.

Comme il se levait tard, il était encore au lit, le lendemain vers onze heures, quand le facteur du télégraphe lui apporta le petit bleu promis.

Duroy l'ouvrit et lut :

Rendez-vous tantôt, cinq heures, rue de Constantinople, 127. Tu te feras ouvrir l'appartement loué par M. Duroy.

Clo *t'embrasse.*

À cinq heures précises, il entrait chez le concierge d'une grande maison meublée et demandait : « C'est ici que M. Duroy a loué un appartement ?

– Oui, monsieur.

– Voulez-vous m'y conduire, s'il vous plaît. »

L'homme, habitué sans doute aux situations délicates où la prudence est nécessaire, le regardait dans les yeux, puis, choisissant dans la longue file de clefs :

« Vous êtes bien M. Duroy ?

– Mais oui, parfaitement. »

Et il ouvrit un petit logement composé de deux pièces et situé au rez-de-chaussée, en face de la loge.

Le salon, tapissé de papier ramagé [1], assez frais, possédait un meuble d'acajou recouvert en reps [2] verdâtre à dessins jaunes, et un maigre tapis à fleurs, si mince que le pied sentait le bois pardessous.

La chambre à coucher était si exiguë que le lit l'emplissait aux trois quarts. Il tenait le fond, allant d'un mur à l'autre, un grand lit de maison meublée, enveloppé de rideaux bleus et lourds, également en reps, et écrasé sous un édredon de soie rouge maculé de taches suspectes.

Duroy, inquiet et mécontent, pensait : « Ça va me coûter un argent fou, ce logis-là. Il va falloir que j'emprunte encore. C'est idiot, ce qu'elle a fait. »

La porte s'ouvrit, et Clotilde se précipita en coup de vent, avec un grand bruit de robe, les bras ouverts. Elle était enchantée : « Est-ce gentil, dis, est-ce gentil ? Et pas à monter, c'est sur la rue, au rez-de-chaussée ! On peut entrer et sortir par la fenêtre sans que le concierge vous voie. Comme nous nous aimerons là-dedans ! »

Il l'embrassait froidement, n'osant faire la question qui lui venait aux lèvres.

Elle avait posé un gros paquet sur le guéridon, au milieu de la pièce. Elle l'ouvrit et en tira un savon, une bouteille d'eau de Lubin [3], une éponge, une boîte d'épingles à cheveux, un tire-bouton

1. **Ramagé** : orné de motifs végétaux.
2. **Reps** : étoffe d'ameublement bordée de côtes perpendiculaires.
3. **Eau de Lubin** : eau de toilette portant le nom d'un célèbre parfumeur.

et un petit fer à friser pour rajuster les mèches de son front qu'elle défaisait toutes les fois.

Et elle joua à l'installation, cherchant la place de chaque chose, s'amusant énormément.

Elle parlait tout en ouvrant les tiroirs : « Il faudra que j'apporte un peu de linge, pour pouvoir en changer à l'occasion. Ce sera très commode. Si je reçois une averse, par hasard, en faisant des courses, je viendrai me sécher ici. Nous aurons chacun notre clef, outre celle laissée dans la loge pour le cas où nous oublierions les nôtres. J'ai loué pour trois mois, à ton nom, bien entendu, puisque je ne pouvais donner le mien. »

Alors il demanda :

« Tu me diras quand il faudra payer ? »

Elle répondit simplement : « Mais c'est payé, mon chéri ! »

Il reprit : « Alors, c'est à toi que je le dois ?

– Mais non, mon chat, ça ne te regarde pas, c'est moi qui veux faire cette petite folie. »

Il eut l'air de se fâcher : « Ah ! mais non, par exemple. Je ne le permettrai point. »

Elle vint à lui suppliante, et, posant les mains sur ses épaules : « Je t'en prie, Georges, ça me fera tant de plaisir, tant de plaisir que ce soit à moi, notre nid, rien qu'à moi ! Ça ne peut pas te froisser ? En quoi ? Je voudrais apporter ça dans notre amour. Dis que tu veux bien, mon petit Géo, dis que tu veux bien ?… » Elle l'implorait du regard, de la lèvre, de tout son être.

Il se fit prier, refusant avec des mines irritées, puis il céda, trouvant cela juste, au fond.

Et quand elle fut partie, il murmura, en se frottant les mains et sans chercher dans les replis de son cœur d'où lui venait, ce jour-là, cette opinion : « Elle est gentille, tout de même. »

Il reçut quelques jours plus tard un autre petit bleu qui lui disait :

Mon mari arrive ce soir, après six semaines d'inspection. Nous aurons donc relâche huit jours. Quelle corvée, mon chéri !

Ta CLO.

Duroy demeura stupéfait. Il ne songeait vraiment plus qu'elle était mariée. En voilà un homme dont il aurait voulu voir la tête, rien qu'une fois, pour le connaître.

Il attendit avec patience cependant le départ de l'époux, mais il passa aux Folies-Bergère deux soirées qui se terminèrent chez Rachel.

Puis, un matin, nouveau télégramme contenant quatre mots: « Tantôt, cinq heures. – CLO. »

Ils arrivèrent tous les deux en avance au rendez-vous. Elle se jeta dans ses bras avec un grand élan d'amour, le baisant passionnément à travers le visage; puis elle lui dit: « Si tu veux, quand nous nous serons bien aimés, tu m'emmèneras dîner quelque part. Je me suis faite libre. »

On était justement au commencement du mois, et bien que son traitement fût escompté longtemps d'avance, et qu'il vécût au jour le jour d'argent cueilli de tous les côtés, Duroy se trouvait par hasard en fonds; et il fut content d'avoir l'occasion de dépenser quelque chose pour elle.

Il répondit: « Mais oui, ma chérie, où tu voudras. »

Ils partirent donc vers sept heures et gagnèrent le boulevard extérieur. Elle s'appuyait fortement sur lui et lui disait, dans l'oreille: « Si tu savais comme je suis contente de sortir à ton bras, comme j'aime te sentir contre moi. »

Il demanda: « Veux-tu aller chez le Père Lathuile [1] ? »

Elle répondit: « Oh non, c'est trop chic. Je voudrais quelque chose de drôle, de commun, comme un restaurant où vont les employés et les ouvrières; j'adore les parties dans les guinguettes! Oh! si nous avions pu aller à la campagne! »

Comme il ne connaissait rien en ce genre dans le quartier, ils errèrent le long du boulevard, et ils finirent par entrer chez un marchand de vin qui donnait à manger dans une salle à part. Elle

1. **Le Père Lathuile**: restaurant, situé près de la place Clichy, fréquenté par les impressionnistes.

avait vu, à travers la vitre, deux fillettes en cheveux[1] attablées en face de deux militaires.

Trois cochers de fiacre dînaient dans le fond de la pièce étroite et longue, et un personnage, impossible à classer dans aucune profession, fumait sa pipe, les jambes allongées, les mains dans la ceinture de sa culotte, étendu sur sa chaise et la tête renversée en arrière par-dessus la barre. Sa jaquette semblait un musée de taches, et dans les poches gonflées comme des ventres on apercevait le goulot d'une bouteille, un morceau de pain, un paquet enveloppé dans un journal, et un bout de ficelle qui pendait. Il avait des cheveux épais, crépus, mêlés, gris de saleté; et sa casquette était par terre, sous sa chaise.

L'entrée de Clotilde fit sensation par l'élégance de sa toilette. Les deux couples cessèrent de chuchoter, les trois cochers cessèrent de discuter, et le particulier qui fumait, ayant ôté sa pipe de sa bouche et craché devant lui, regarda en tournant un peu la tête.

Mme de Marelle murmura: « C'est très gentil! Nous serons très bien; une autre fois, je m'habillerai en ouvrière. » Et elle s'assit sans embarras et sans dégoût en face de la table de bois vernie par la graisse des nourritures, lavées par les boissons répandues et torchée d'un coup de serviette par le garçon. Duroy, un peu gêné, un peu honteux, cherchait une patère pour y pendre son haut chapeau. N'en trouvant point, il le déposa sur une chaise.

Ils mangèrent un ragoût de mouton, une tranche de gigot et une salade. Clotilde répétait: « Moi, j'adore ça. J'ai des goûts canailles. Je m'amuse mieux ici qu'au café Anglais[2]. » Puis elle dit: « Si tu veux me faire tout à fait plaisir, tu me mèneras dans un bastringue. J'en connais un très drôle près d'ici qu'on appelle la Reine-Blanche[3]. »

Duroy, surpris, demanda: « Qui est-ce qui t'a menée là? »

---

1. **En cheveux**: sans chapeau. Elles appartiennent donc à la classe populaire.
2. **Anglais**: autre grand restaurant très fréquenté situé près du café Riche, boulevard des Italiens.
3. **La Reine-Blanche**: bal populaire situé boulevard de Clichy, qui deviendra quelques années plus tard le Moulin-Rouge.

Il la regardait et il la vit rougir, un peu troublée, comme si cette question brusque eût éveillé en elle un souvenir délicat. Après une de ces hésitations féminines si courtes qu'il les faut deviner, elle répondit: « C'est un ami… » puis, après un silence, elle ajouta… « qui est mort. »

Et elle baissa les yeux avec une tristesse bien naturelle. Et Duroy, pour la première fois, songea à tout ce qu'il ne savait point dans la vie passée de cette femme, et il rêva. Certes elle avait eu des amants, déjà, mais de quelle sorte? de quel monde? Une vague jalousie, une sorte d'inimitié s'éveillait en lui contre elle, une inimitié pour tout ce qu'il ignorait, pour tout ce qui ne lui avait point appartenu dans ce cœur et dans cette existence. Il la regardait, irrité du mystère enfermé dans cette tête jolie et muette et qui songeait, en ce moment-là même peut-être, à l'autre, aux autres, avec des regrets. Comme il eût aimé regarder dans ce souvenir, y fouiller, et tout savoir, tout connaître…

Elle répéta: « Veux-tu me conduire à la Reine-Blanche? Ce sera une fête complète. »

Il pensa: « Bah! qu'importe le passé? Je suis bien bête de me troubler de ça. » Et, souriant, il répondit: « Mais certainement, ma chérie. »

Lorsqu'ils furent dans la rue, elle reprit, tout bas, avec ce ton mystérieux dont on fait les confidences: « Je n'osais point te demander ça, jusqu'ici; mais tu ne te figures pas comme j'aime ces escapades de garçon dans tous ces endroits où les femmes ne vont pas. Pendant le carnaval je m'habillerai en collégien. Je suis drôle comme tout, en collégien. »

Quand ils pénétrèrent dans la salle de bal, elle se serra contre lui, effrayée et contente, regardant d'un œil ravi les filles et les souteneurs et, de temps en temps, comme pour se rassurer contre un danger possible, elle disait, en apercevant un municipal grave et immobile: « Voilà un agent qui a l'air solide. » Au bout d'un quart d'heure, elle en eut assez, et il la reconduisit chez elle.

Alors commença une série d'excursions dans tous les endroits louches où s'amuse le peuple; et Duroy découvrit dans sa maîtresse un goût passionné pour ce vagabondage d'étudiants en goguette[1].

Elle arrivait au rendez-vous habituel vêtue d'une robe de toile, la tête couverte d'un bonnet de soubrette, de soubrette[2] de vaudeville ; et, malgré la simplicité élégante et cherchée de la toilette, elle gardait ses bagues, ses bracelets et ses boucles d'oreilles en brillants, en donnant cette raison, quand il la suppliait de les ôter : « Bah ! on croira que ce sont des cailloux du Rhin[3]. »

Elle se jugeait admirablement déguisée, et, bien qu'elle fût en réalité cachée, à la façon des autruches, elle allait dans les tavernes les plus mal famées.

Elle avait voulu que Duroy s'habillât en ouvrier ; mais il résista et garda sa tenue correcte de boulevardier sans vouloir même changer son haut chapeau contre un chapeau de feutre mou.

Elle s'était consolée de son obstination, par ce raisonnement : « On pense que je suis une femme de chambre en bonne fortune avec un jeune homme du monde. » Et elle trouvait délicieuse cette comédie.

Ils entraient ainsi dans les caboulots[4] populaires et allaient s'asseoir au fond du bouge[5] enfumé, sur des chaises boiteuses, devant une vieille table de bois. Un nuage de fumée âcre où restait une odeur de poisson frit du dîner emplissait la salle ; des hommes en blouse gueulaient en buvant des petits verres ; et le garçon étonné dévisageait ce couple étrange, en posant devant lui deux cerises à l'eau-de-vie.

Elle, tremblante, apeurée et ravie, se mettait à boire le jus rouge des fruits, à petits coups, en regardant autour d'elle d'un œil inquiet et allumé. Chaque cerise avalée lui donnait la sensation d'une faute commise, chaque goutte du liquide brûlant et poivré descendant

1. **En goguette** : de bonne humeur, sous l'effet du vin et de la bonne chère.
2. **Soubrette** : servante de comédie.
3. **Cailloux du Rhin** : cristal de roche roulé et coloré, à partir duquel on fait des bijoux fantaisie.
4. **Caboulot** : petit café de dernier ordre à la clientèle populaire.
5. **Bouge** : café mal fréquenté.

en sa gorge lui procurait un plaisir âcre, la joie d'une jouissance scélérate et défendue.

Puis elle disait à mi-voix : « Allons-nous-en. » Et ils partaient. Elle filait vivement, la tête basse, d'un pas menu, d'un pas d'actrice qui quitte la scène, entre les buveurs accoudés aux tables qui la regardaient passer d'un air soupçonneux et mécontent ; et quand elle avait franchi la porte, elle poussait un grand soupir, comme si elle venait d'échapper à quelque terrible danger.

Quelquefois elle demandait à Duroy, en frissonnant :

« Si on m'injuriait dans ces endroits-là, qu'est-ce que tu ferais ? »

Il répondait d'un ton crâne :

« Je te défendrais, parbleu ! »

Et elle lui serrait le bras avec bonheur, avec le désir confus peut-être d'être injuriée et défendue, de voir des hommes se battre pour elle, même ces hommes-là, avec son bien-aimé.

Mais ces excursions, se renouvelant deux ou trois fois par semaine, commençaient à fatiguer Duroy, qui avait grand mal d'ailleurs, depuis quelque temps, à se procurer le demi-louis qu'il lui fallait pour payer la voiture et les consommations.

Il vivait maintenant avec une peine infinie, avec plus de peine qu'aux jours où il était employé du Nord, car, ayant dépensé largement, sans compter, pendant ses premiers mois de journalisme, avec l'espoir constant de gagner de grosses sommes le lendemain, il avait épuisé toutes ses ressources et tous les moyens de se procurer de l'argent.

Un procédé fort simple, celui d'emprunter à la caisse, s'était trouvé bien vite usé, et il devait déjà au journal quatre mois de son traitement, plus six cents francs sur ses lignes. Il devait, en outre, cent francs à Forestier, trois cents francs à Jacques Rival, qui avait la bourse large, et il était rongé par une multitude de petites dettes inavouables, de vingt francs ou de cent sous.

Saint-Potin, consulté sur les méthodes à employer pour trouver encore cent francs, n'avait découvert aucun expédient, bien qu'il fût un homme d'invention ; et Duroy s'exaspérait de cette misère plus sensible maintenant qu'autrefois, parce qu'il avait plus de besoins. Une colère sourde contre tout le monde couvait en lui, et une irritation incessante, qui se manifestait à tout propos, à tout moment, pour les causes les plus futiles.

Il se demandait parfois comment il avait fait pour dépenser une moyenne de mille livres par mois, sans aucun excès, ni aucune fantaisie ; et il constatait qu'en additionnant un déjeuner de huit francs avec un dîner de douze pris dans un grand café quelconque du boulevard, il arrivait tout de suite à un louis, qui, joint à une dizaine de francs d'argent de poche, de cet argent qui coule, sans qu'on sache comment, formait un total de trente francs. Or, trente francs par jour donnent neuf cents francs à la fin du mois. Et il ne comptait pas là-dedans tous les frais d'habillement, de chaussure, de linge, de blanchissage, etc.

Donc, le 14 décembre, il se trouva sans un sou dans sa poche et sans un moyen dans l'esprit pour obtenir quelque monnaie.

Il fit, comme il avait fait souvent jadis, il ne déjeuna point et il passa l'après-midi au journal à travailler, rageant et préoccupé.

Vers quatre heures, il reçut un petit bleu de sa maîtresse, qui lui disait : « Veux-tu que nous dînions ensemble ? nous ferons ensuite une escapade. »

Il répondit aussitôt : « Impossible dîner. » Puis il réfléchit qu'il serait bien bête de se priver des moments agréables qu'elle pourrait lui donner, et il ajouta : « Mais je t'attendrai, à neuf heures, dans notre logis. »

Et ayant envoyé un des garçons porter ce mot, afin d'économiser le prix du télégramme, il réfléchit à la façon dont il s'y prendrait pour se procurer le repas du soir.

À sept heures, il n'avait encore rien inventé ; et une faim terrible lui creusait le ventre. Alors il eut recours à un stratagème de désespéré. Il laissa partir tous ses confrères, l'un après l'autre, et, quand il fut seul, il sonna vivement. L'huissier du patron, resté pour garder les bureaux, se présenta.

Duroy debout, nerveux, fouillait ses poches, et d'une voix brusque : « Dites donc, Foucart, j'ai oublié mon porte-monnaie chez moi et il faut que j'aille dîner au Luxembourg. Prêtez-moi cinquante sous pour payer ma voiture. »

L'homme tira trois francs de son gilet, en demandant : « Monsieur Duroy ne veut pas davantage ?

– Non, non, cela me suffit. Merci bien. »

Et, ayant saisi les pièces blanches, Duroy descendit en courant l'escalier, puis alla dîner dans une gargote où il échouait aux jours de misère.

À neuf heures, il attendait sa maîtresse, les pieds au feu dans le petit salon.

Elle arriva, très animée, très gaie, fouettée par l'air froid de la rue : « Si tu veux, dit-elle, nous ferons d'abord un tour, puis nous rentrerons ici à onze heures. Le temps est admirable pour se promener. »

Il répondit d'un ton grognon : « Pourquoi sortir ? On est très bien ici. »

Elle reprit, sans ôter son chapeau : « Si tu savais, il fait un clair de lune merveilleux. C'est un vrai bonheur de se promener, ce soir.

– C'est possible, mais moi je ne tiens pas à me promener. »

Il avait dit cela d'un air furieux. Elle en fut saisie, blessée, et demanda : « Qu'est-ce que tu as ? Pourquoi prends-tu ces manières-là ? J'ai le désir de faire un tour, je ne vois pas en quoi cela peut te fâcher. »

Il se leva, exaspéré : « Cela ne me fâche pas. Cela m'embête. Voilà ! »

Elle était de celles que la résistance irrite et que l'impolitesse exaspère.

Elle prononça, avec dédain, avec une colère froide : « Je n'ai pas l'habitude qu'on me parle ainsi. Je m'en irai seule, alors ; adieu ! »

Il comprit que c'était grave, et s'élançant vivement vers elle, il lui prit les mains, les baisa, en balbutiant :

« Pardonne-moi, ma chérie, pardonne-moi. Je suis très nerveux, ce soir, très irritable. C'est que j'ai des contrariétés, des ennuis, tu sais, des affaires de métier. »

Elle répondit, un peu adoucie, mais non calmée.

« Cela ne me regarde pas, moi ; et je ne veux point supporter le contrecoup de votre mauvaise humeur. »

Il la prit dans ses bras, l'attira vers le canapé :

« Écoute, ma mignonne, je ne voulais point te blesser ; je n'ai pas songé à ce que je disais. »

Il l'avait forcée à s'asseoir, et s'agenouillant devant elle : « M'as-tu pardonné ? Dis-moi que tu m'as pardonné. »

Elle murmura, d'une voix froide : « Soit, mais ne recommence pas. »

Et, s'étant relevée, elle ajouta :

« Maintenant, allons faire un tour. »

Il était demeuré à genoux, entourant les hanches de ses deux bras ; il balbutia : « Je t'en prie, restons ici. Je t'en supplie. Accorde-moi cela. J'aimerais tant à te garder, ce soir, pour moi tout seul, là, près du feu. Dis "oui", je t'en supplie, dis "oui". »

Elle répliqua nettement, durement : « Non. Je tiens à sortir, et je ne céderai pas à tes caprices. »

Il insista : « Je t'en supplie, j'ai une raison, une raison très sérieuse. »

Elle dit de nouveau : « Non. Et si tu ne veux pas sortir avec moi, je m'en vais. Adieu ! »

Elle s'était dégagée d'une secousse, et gagnait la porte. Il courut vers elle, l'enveloppa dans ses bras :

« Écoute, Clo, ma petite Clo, écoute, accorde-moi cela… » Elle faisait non, de la tête, sans répondre, évitant ses baisers et cherchant à sortir de son étreinte pour s'en aller.

Il bégayait : « Clo, ma petite Clo, j'ai une raison. »

Elle s'arrêta, le regardant en face : « Tu mens… Laquelle ? »

Il rougit, ne sachant que dire. Et elle reprit, indignée : « Tu vois bien que tu mens… sale bête… »

Et avec un geste rageur, les larmes aux yeux, elle lui échappa.

Il la prit encore une fois par les épaules, et désolé, prêt à tout avouer pour éviter cette rupture, il déclara avec un accent désespéré : « Il y a que je n'ai pas le sou… Voilà. »

Elle s'arrêta net, et le regardant au fond des yeux pour y lire la vérité : « Tu dis ? »

Il avait rougi jusqu'aux cheveux : « Je dis que je n'ai pas le sou. Comprends-tu ? Mais pas vingt sous, pas dix sous, pas de quoi payer un verre de cassis dans le café où nous entrerons. Tu me forces à confesser des choses honteuses. Il ne m'était pourtant pas possible de sortir avec toi, et quand nous aurions été attablés devant deux consommations, de te raconter tranquillement que je ne pouvais pas les payer… »

Elle le regardait toujours en face : « Alors… c'est bien vrai… ça ? »

En une seconde, il retourna toutes ses poches, celles du pantalon, celles du gilet, celles de la jaquette, et il murmura : « Tiens… es-tu contente… maintenant ? »

Brusquement, ouvrant ses deux bras avec un élan passionné, elle lui sauta au cou, en bégayant : « Oh ! mon pauvre chéri, mon pauvre chéri… si j'avais su ! Comment cela t'est-il arrivé ? »

Elle le fit asseoir, et s'assit elle-même sur ses genoux, puis le tenant par le cou, le baisant à tout instant, baisant sa moustache, sa bouche, ses yeux, elle le força à raconter d'où lui venait cette infortune.

Il inventa une histoire attendrissante. Il avait été obligé de venir en aide à son père qui se trouvait dans l'embarras. Il lui avait donné non seulement toutes ses économies, mais il s'était même endetté gravement.

Il ajouta : « J'en ai pour six mois au moins à crever de faim, car j'ai épuisé toutes mes ressources. Tant pis, il y a des moments de crise dans la vie. L'argent, après tout, ne vaut pas qu'on s'en préoccupe. »

Elle lui souffla dans l'oreille : « Je t'en prêterai, veux-tu ? »

Il répondit avec dignité : « Tu es bien gentille, ma mignonne, mais ne parlons plus de ça, je te prie. Tu me blesserais. »

Elle se tut ; puis, le serrant dans ses bras, elle murmura : « Tu ne sauras jamais comme je t'aime. »

Ce fut une de leurs meilleures soirées d'amour.

Comme elle allait partir, elle reprit en souriant :

« Hein ! quand on est dans ta situation, comme c'est amusant de retrouver de l'argent oublié dans une poche, une pièce qui avait glissé dans la doublure. »

Il répondit avec conviction : « Ah ! ça oui, par exemple. »

Elle voulut rentrer à pied sous prétexte que la lune était admirable, et elle s'extasiait en la regardant.

C'était une nuit froide et sereine du commencement de l'hiver. Les passants et les chevaux allaient vite, piqués par une claire gelée. Les talons sonnaient sur les trottoirs.

En le quittant, elle demanda : « Veux-tu nous revoir après-demain ?

– Mais oui, certainement.

– À la même heure ?

– À la même heure.

– Adieu, mon chéri. »

Et ils s'embrassèrent tendrement.

Puis il revint à grands pas, se demandant ce qu'il inventerait le lendemain, afin de se tirer d'affaire. Mais, comme il ouvrait la porte de sa chambre, il fouilla dans la poche de son gilet pour y trouver des allumettes, et il demeura stupéfait de rencontrer une pièce de monnaie qui roulait sous son doigt.

Dès qu'il eut de la lumière, il saisit cette pièce pour l'examiner. C'était un louis de vingt francs !

Il se pensa devenu fou.

Il le tourna, le retourna, cherchant par quel miracle cet argent se trouvait là. Il n'avait pourtant pas pu tomber du ciel dans sa poche.

Puis, tout à coup, il devina, et une colère indignée le saisit. Sa maîtresse avait parlé, en effet, de monnaie glissée dans la doublure et qu'on retrouvait aux heures de pauvreté. C'était elle qui lui avait fait cette aumône. Quelle honte !

Il jura : « Ah bien ! je vais la recevoir, après-demain ! Elle en passera un joli quart d'heure ! »

Et il se mit au lit, le cœur agité de fureur et d'humiliation.

Il s'éveilla tard. Il avait faim. Il essaya de se rendormir pour ne se lever qu'à deux heures ; puis il se dit : « Cela ne m'avancera à rien, il faut toujours que je finisse par découvrir de l'argent. » Puis il sortit, espérant qu'une idée lui viendrait dans la rue.

Il ne lui en vint pas, mais en passant devant chaque restaurant un désir ardent de manger lui mouillait la bouche de salive. À midi, comme il n'avait rien imaginé, il se décida brusquement : « Bah ! je vais déjeuner sur les vingt francs de Clotilde. Cela ne m'empêchera pas de les lui rendre demain. »

Il déjeuna donc dans une brasserie pour deux francs cinquante. En entrant au journal il remit encore trois francs à l'huissier. « Tenez, Foucart, voici ce que vous m'avez prêté hier soir pour ma voiture. »

Et il travailla jusqu'à sept heures. Puis il alla dîner et prit de nouveau trois francs sur le même argent. Les deux bocks de la soirée portèrent à neuf francs trente centimes sa dépense du jour.

Mais comme il ne pouvait se refaire un crédit ni se recréer des ressources en vingt-quatre heures, il emprunta encore six francs cinquante le lendemain sur les vingt francs qu'il devait rendre le soir même, de sorte qu'il vint au rendez-vous convenu avec quatre francs vingt dans sa poche.

Il était d'une humeur de chien enragé et se promettait bien de faire nette tout de suite la situation. Il dirait à sa maîtresse : « Tu sais, j'ai trouvé les vingt francs que tu as mis dans ma poche l'autre jour. Je ne te les rends pas aujourd'hui parce que ma position n'a point changé, et que je n'ai pas eu le temps de m'occuper de la question d'argent. Mais je te les remettrai la première fois que nous nous verrons. »

Elle arriva, tendre, empressée, pleine de craintes. Comment allait-il la recevoir ? Et elle l'embrassa avec persistance pour éviter une explication dans les premiers moments.

Il se disait, de son côté : « Il sera bien temps tout à l'heure d'aborder la question. Je vais chercher un joint[1]. »

Il ne trouva pas de joint et ne dit rien, reculant devant les premiers mots à prononcer sur ce sujet délicat.

Elle ne parla point de sortir et fut charmante de toute façon.

Ils se séparèrent vers minuit, après avoir pris rendez-vous seulement pour le mercredi de la semaine suivante, car Mme de Marelle avait plusieurs dîners en ville de suite.

---

1. **Chercher un joint** : chercher un moyen de résoudre un problème.

Le lendemain, en payant son déjeuner, comme Duroy cherchait les quatre pièces de monnaie qui devaient lui rester, il s'aperçut qu'elles étaient cinq, dont une en or.

Au premier moment il crut qu'on lui avait rendu, la veille, vingt francs par mégarde ; puis il comprit, et il sentit une palpitation de cœur sous l'humiliation de cette aumône persévérante.

Comme il regretta de n'avoir rien dit ! S'il avait parlé avec énergie, cela ne serait point arrivé.

Pendant quatre jours il fit des démarches et des efforts aussi nombreux qu'inutiles pour se procurer cinq louis, et il mangea le second de Clotilde.

Elle trouva moyen – bien qu'il lui eût dit, d'un air furieux : « Tu sais, ne recommence pas la plaisanterie des autres soirs, parce que je me fâcherais » – de glisser encore vingt francs dans la poche de son pantalon, la première fois qu'ils se rencontrèrent.

Quand il les découvrit, il jura « Nom de Dieu ! » et il les transporta dans son gilet pour les avoir sous la main, car il se trouvait sans un centime.

Il apaisait sa conscience par ce raisonnement : « Je lui rendrai le tout en bloc. Ce n'est en somme que de l'argent prêté. »

Enfin le caissier du journal, sur ses prières désespérées, consentit à lui donner cent sous par jour. C'était tout juste assez pour manger, mais pas assez pour restituer soixante francs.

Or, comme Clotilde fut reprise de sa rage pour les excursions nocturnes dans tous les lieux suspects de Paris, il finit par ne plus s'irriter outre mesure de trouver un jaunet[1] dans une de ses poches, un jour même dans sa bottine, et un autre jour dans la boîte de sa montre, après leurs promenades aventureuses.

Puisqu'elle avait des envies qu'il ne pouvait satisfaire dans le moment, n'était-il pas naturel qu'elle les payât plutôt que de s'en priver ?

Il tenait compte d'ailleurs de tout ce qu'il recevait ainsi, pour le lui restituer un jour.

---

1. **Jaunet** : louis d'or (en argot).

Un soir elle lui dit : « Croirais-tu que je n'ai jamais été aux Folies-Bergère ? Veux-tu m'y mener ? » Il hésita, dans la crainte de rencontrer Rachel. Puis il pensa : « Bah ! je ne suis pas marié après tout. Si l'autre me voit, elle comprendra la situation et ne me parlera pas. D'ailleurs nous prendrons une loge. »

Une raison aussi le décida. Il était bien aise de cette occasion d'offrir à Mme de Marelle une loge au théâtre sans rien payer. C'était là une sorte de compensation.

Il laissa d'abord Clotilde dans la voiture pour aller chercher le coupon afin qu'elle ne vît pas qu'on le lui offrait, puis il la vint prendre et ils entrèrent, salués par les contrôleurs.

Une foule énorme encombrait le promenoir. Ils eurent grand-peine à travers la cohue des hommes et des rôdeuses. Ils atteignirent enfin leur case et s'installèrent, enfermés entre l'orchestre immobile et le remous de la galerie.

Mais Mme de Marelle ne regardait guère la scène, uniquement préoccupée des filles qui circulaient derrière son dos ; et elle se retournait sans cesse pour les voir, avec une envie de les toucher, de palper leur corsage, leurs joues, leurs cheveux, pour savoir comment c'était fait, ces êtres-là.

Elle dit soudain : « Il y en a une grosse brune qui nous regarde tout le temps. J'ai cru tout à l'heure qu'elle allait nous parler. L'as-tu vue ? »

Il répondit : « Non. Tu dois te tromper. » Mais il l'avait aperçue depuis longtemps déjà. C'était Rachel qui rôdait autour d'eux avec une colère dans les yeux et des mots violents sur les lèvres.

Duroy l'avait frôlée tout à l'heure en traversant la foule, et elle lui avait dit « Bonjour » tout bas avec un clignement d'œil qui signifiait : « Je comprends. » Mais il n'avait point répondu à cette gentillesse dans la crainte d'être vu par sa maîtresse, et il avait passé froidement, le front haut, la lèvre dédaigneuse. La fille, qu'une jalousie inconsciente aiguillonnait déjà, revint sur ses pas, le frôla de nouveau et prononça d'une voix plus forte : « Bonjour, Georges. »

Il n'avait encore rien répondu. Alors elle s'était obstinée à être reconnue, saluée, et elle revenait sans cesse derrière la loge, attendant un moment favorable.

Dès qu'elle s'aperçut que Mme de Marelle la regardait elle toucha du bout du doigt l'épaule de Duroy: « Bonjour. Tu vas bien ? »

Mais il ne se retourna pas.

Elle reprit: « Eh bien ? es-tu devenu sourd depuis jeudi ? »

Il ne répondit point, affectant un air de mépris qui l'empêchait de se compromettre, même par un mot, avec cette drôlesse.

Elle se mit à rire, d'un rire de rage et dit: « Te voilà donc muet? Madame t'a peut-être mordu la langue ? »

Il fit un geste furieux, et d'une voix exaspérée:

« Qui est-ce qui vous permet de parler? Filez ou je vous fais arrêter. »

Alors, le regard enflammé, la gorge gonflée, elle gueula: « Ah ! c'est comme ça ! Va donc, mufle ! Quand on couche avec une femme, on la salue au moins. C'est pas une raison parce que t'es avec une autre pour ne pas me reconnaître aujourd'hui. Si tu m'avais seulement fait un signe quand j'ai passé contre toi, tout à l'heure, je t'aurais laissé tranquille. Mais t'as voulu faire le fier, attends, va ! Je vas te servir[1], moi ! Ah ! tu ne me dis seulement pas bonjour quand je te rencontre… »

Elle aurait crié longtemps, mais Mme de Marelle avait ouvert la porte de la loge, et elle se sauvait, à travers la foule, cherchant éperdument la sortie.

Duroy s'était élancé derrière elle et s'efforçait de la rejoindre.

Alors Rachel, les voyant fuir, hurla, triomphante:

« Arrêtez-la ! Arrêtez-la ! Elle m'a volé mon amant. »

Des rires coururent dans le public. Deux messieurs, pour plaisanter, saisirent par les épaules la fugitive et voulurent l'emmener en cherchant à l'embrasser. Mais Duroy l'ayant rattrapée, la dégagea violemment et l'entraîna dans la rue.

1. **Te servir**: te dénoncer (en argot).

Elle s'élança dans un fiacre vide arrêté devant l'établissement. Il y sauta derrière elle, et comme le cocher demandait : « Où faut-il aller, bourgeois ? », il répondit : « Où vous voudrez. »

La voiture se mit en route lentement, secouée par les pavés. Clotilde, en proie à une sorte de crise nerveuse, les mains sur sa face, étouffait, suffoquait ; et Duroy ne savait que faire ni que dire.

À la fin, comme il l'entendait pleurer, il bégaya : « Écoute, Clo, ma petite Clo, laisse-moi t'expliquer ! Ce n'est pas ma faute… J'ai connu cette femme-là autrefois… dans les premiers temps… »

Elle dégagea brusquement son visage, et, saisie par une rage de femme amoureuse et trahie, une rage furieuse qui lui rendit la parole, elle balbutia, par phrases rapides, hachées, en haletant : « Ah !… misérable… misérable… quel gueux tu fais !… Est-ce possible ?… quelle honte… Oh ! mon Dieu !… quelle honte !… »

Puis, s'emportant de plus en plus, à mesure que les idées s'éclaircissaient en elle et que les arguments lui venaient : « C'est avec mon argent que tu la payais, n'est-ce pas ? Et je lui donnais de l'argent… pour cette fille… Oh ! le misérable !… »

Elle sembla chercher, pendant quelques secondes, un autre mot plus fort qui ne venait point, puis soudain, elle expectora, avec le mouvement qu'on fait pour cracher : « Oh !… cochon… cochon… cochon… Tu la payais avec mon argent… cochon… cochon !… »

Elle ne trouvait plus autre chose et répétait : « Cochon… cochon… »

Tout à coup, elle se pencha dehors, et, saisissant le cocher par sa manche : « Arrêtez ! » puis, ouvrant la portière, elle sauta dans la rue.

Georges voulut la suivre, mais elle cria : « Je te défends de descendre », d'une voix si forte que les passants se massèrent autour d'elle ; et Duroy ne bougea point par crainte d'un scandale.

Alors elle tira sa bourse de sa poche et chercha de la monnaie à la lueur de la lanterne, puis ayant pris deux francs cinquante elle les mit dans la main du cocher, en lui disant d'un ton vibrant : « Tenez… voilà votre heure… C'est moi qui paye… – Et reconduisez-moi ce salop-là rue Boursault, aux Batignolles. »

Une gaieté s'éleva dans le groupe qui l'entourait. Un monsieur dit : « Bravo, la petite ! » et un jeune voyou arrêté entre les roues du fiacre, enfonçant sa tête dans la portière ouverte, cria avec un accent suraigu : « Bonsoir, Bibi[1]. »

Puis la voiture se remit en marche, poursuivie par des rires.

1. **Bibi** : terme affectueux généralement adressé à une femme ou un enfant.

Chapitre 6

Georges Duroy eut le réveil triste, le lendemain.

Il s'habilla lentement, puis s'assit devant sa fenêtre et se mit à réfléchir. Il se sentait dans tout le corps, une espèce de courbature, comme s'il avait reçu, la veille, une volée de coups de bâton.

Enfin, la nécessité de trouver de l'argent l'aiguillonna et il se rendit d'abord chez Forestier.

Son ami le reçut, les pieds au feu, dans son cabinet.

« Qu'est-ce qui t'a fait lever si tôt ?

– Une affaire très grave, j'ai une dette d'honneur.

– De jeu ? »

Il hésita, puis avoua : « De jeu.

– Grosse ?

– Cinq cents francs ! »

Il n'en devait que deux cent quatre-vingts.

Forestier, sceptique, demanda :

« À qui dois-tu ça ? »

Duroy ne put pas répondre tout de suite.

– … Mais à… à… à un Monsieur de Carleville.

– Ah ! Et où demeure-t-il ?

– Rue… rue… »

Forestier se mit à rire. « Rue du cherche-midi à quatorze heures, n'est-ce pas ? Je connais ce monsieur-là, mon cher. Si tu veux vingt francs, j'ai encore ça à ta disposition, mais pas davantage. »

Duroy accepta la pièce d'or.

Puis il alla de porte en porte, chez toutes les personnes qu'il connaissait, et il finit par réunir, vers cinq heures, quatre-vingts francs.

Comme il lui en fallait trouver encore deux cents, il prit son parti résolument et, gardant ce qu'il avait recueilli, il murmura : « Zut, je ne vais pas me faire de bile pour cette garce-là. Je la payerai quand je pourrai. »

Pendant quinze jours il vécut d'une vie économe, réglée et chaste, l'esprit plein de résolutions énergiques. Puis il fut pris d'un grand désir d'amour. Il lui semblait que plusieurs années s'étaient écoulées depuis qu'il n'avait tenu une femme dans ses bras, et, comme le matelot qui s'affole en revoyant la terre, toutes les jupes rencontrées le faisaient frissonner.

Alors, il retourna, un soir, au Folies-Bergère, avec l'esprit d'y trouver Rachel. Il l'aperçut en effet, dès l'entrée, car elle ne quittait guère cet établissement.

Il alla vers elle souriant, la main tendue. Mais elle le toisa de la tête aux pieds : « Qu'est-ce que vous me voulez ? »

Il essaya de rire : « Allons, ne fais pas ta poire. »

Elle lui tourna les talons en déclarant : « Je ne fréquente pas les dos verts[1]. »

Elle avait cherché la plus grossière injure. Il sentit le sang lui empourprer la face, et il rentra seul.

Forestier, malade, affaibli, toussant toujours, lui faisait, au journal, une existence pénible, semblait se creuser l'esprit pour lui trouver des corvées ennuyeuses. Un jour même dans un moment d'irritation nerveuse, et après une longue quinte d'étouffement, comme Duroy ne lui apportait pas un renseignement demandé, il grogna : « Cristi, tu es plus bête que je n'aurais cru. »

L'autre faillit le gifler, mais il se contint et s'en alla en murmurant : « Toi, je te rattraperai. » Une pensée rapide lui traversa l'esprit, et il ajouta : « Je te vas faire cocu, mon vieux[2]. » Et il s'en alla en se frottant les mains, réjoui par ce projet.

---

1. **Dos verts** : souteneurs, les maquereaux (l'image renvoie au dos vert rayé de noir du poisson).
2. Duroy parle ici en patois, ce qui rappelle ses origines normandes.

Il voulut, dès le jour suivant, en commencer l'exécution. Il fit à Mme Forestier une visite en éclaireur.

Il la trouva qui lisait un livre, étendue tout au long sur son canapé.

Elle lui tendit la main, sans bouger, tournant seulement la tête, et elle dit: « Bonjour, Bel-Ami ! » Il eut la sensation d'un soufflet reçu: « Pourquoi m'appelez-vous ainsi ? »

Elle répondit en souriant: « J'ai vu Mme de Marelle l'autre semaine, et j'ai su comment on vous avait baptisé chez elle. »

Il se rassura devant l'air aimable de la jeune femme. Comment aurait-il pu craindre, d'ailleurs ?

Elle reprit: « Vous la gâtez ! Quant à moi, on me vient voir quand on y pense, les trente-six du mois, ou peu s'en faut ? »

Il s'était assis près d'elle et il la regardait avec une curiosité nouvelle, une curiosité d'amateur qui bibelote [1]. Elle était charmante, blonde d'un blond tendre et chaud, faite pour les caresses; et il pensa: « Elle est mieux que l'autre certainement. » Il ne doutait point du succès, il n'aurait qu'à allonger la main, lui semblait-il, et à la prendre, comme on cueille un fruit.

Il dit résolument: « Je ne venais point vous voir parce que cela valait mieux. »

Elle demanda, sans comprendre: « Comment ? Pourquoi ?

– Pourquoi ? Vous ne devinez pas ?

– Non, pas du tout.

– Parce que je suis amoureux de vous… oh ! un peu, rien qu'un peu… et que je ne veux pas le devenir tout à fait… »

Elle ne parut ni étonnée, ni choquée, ni flattée; elle continuait à sourire du même sourire indifférent, et elle répondit avec tranquillité :

« Oh ! vous pouvez venir tout de même. On n'est jamais amoureux de moi longtemps. »

---

1. **Bibelote**: collectionne des bibelots.

Il fut surpris du ton plus encore que des paroles, et il demanda: « Pourquoi ?

– Parce que c'est inutile et que je le fais comprendre tout de suite. Si vous m'aviez raconté plus tôt votre crainte je vous aurais rassuré et engagé au contraire à venir le plus possible. »

Il s'écria, d'un ton pathétique: « Avec ça qu'on peut commander aux sentiments ! »

Elle se tourna vers lui: « Mon cher ami, pour moi un homme amoureux est rayé du nombre des vivants. Il devient idiot, pas seulement idiot, mais dangereux. Je cesse, avec les gens qui m'aiment d'amour ou qui le prétendent, toute relation intime, parce qu'ils m'ennuient d'abord, et puis parce qu'ils me sont suspects comme un chien enragé qui peut avoir une crise. Je les mets donc en quarantaine morale jusqu'à ce que leur maladie soit passée. Ne l'oubliez point. Je sais bien que chez vous l'amour n'est autre chose qu'une espèce d'appétit, tandis que chez moi ce serait, au contraire, une espèce de… de… de communion des âmes qui n'entre pas dans la religion des hommes ! Vous en comprenez la lettre, et moi l'esprit. Mais… regardez-moi bien en face… »

Elle ne souriait plus. Elle avait un visage calme et froid, et elle dit en appuyant sur chaque mot: « Je ne serai jamais, jamais votre maîtresse, entendez-vous. Il est donc absolument inutile, il serait même mauvais pour vous de persister dans ce désir… Et maintenant que… l'opération est faite… voulez-vous que nous soyons amis, bons amis, mais là, de vrais amis, sans arrière-pensée ?… »

Il avait compris que toute tentative resterait stérile devant cette sentence sans appel. Il en prit son parti tout de suite, franchement, et, ravi de pouvoir se faire cette alliée dans l'existence, il lui tendit les deux mains:

« Je suis à vous, madame, comme il vous plaira. »

Elle sentit la sincérité de la pensée dans la voix, et elle donna ses mains.

Il les baisa, l'une après l'autre, puis il dit simplement en relevant la tête: « Cristi, si j'avais trouvé une femme comme vous, avec quel bonheur je l'aurais épousée ! »

Elle fut touchée, cette fois, caressée par cette phrase comme les femmes le sont par les compliments qui trouvent leur cœur, et elle lui jeta un de ces regards rapides et reconnaissants qui nous font leurs esclaves.

Puis, comme il ne trouvait pas de transition pour reprendre la conversation, elle prononça, d'une voix douce, en posant un doigt sur son bras :

« Et je vais commencer tout de suite mon métier d'amie. Vous êtes maladroit, mon cher… »

Elle hésita, et demanda : « Puis-je parler librement ?

– Oui.

– Tout à fait ?

– Tout à fait.

– Eh bien ! allez donc voir Mme Walter, qui vous apprécie beaucoup, et plaisez-lui. Vous trouverez à placer par là vos compliments, bien qu'elle soit honnête, entendez-moi bien, tout à fait honnête. Oh ! pas d'espoir de… de maraudage non plus de ce côté. Vous y pourrez trouver mieux, en vous faisant bien voir. Je sais que vous occupez encore dans le journal une place inférieure. Mais ne craignez rien, ils reçoivent tous leurs rédacteurs avec la même bienveillance. Allez-y, croyez-moi. »

Il dit, en souriant : « Merci, vous êtes un ange… un ange gardien. » Puis ils parlèrent de choses et d'autres.

Il resta longtemps, voulant prouver qu'il avait plaisir à se trouver près d'elle ; et, en la quittant, il demanda encore :

« C'est entendu, nous sommes des amis ?

– C'est entendu. »

Comme il avait senti l'effet de son compliment, tout à l'heure, il l'appuya, ajoutant :

« Et si vous devenez jamais veuve. Je m'inscris. »

Puis il se sauva bien vite pour ne point lui laisser le loisir de se fâcher.

Une visite à Mme Walter gênait un peu Duroy, car il n'avait point été autorisé à se présenter chez elle, et il ne voulait pas commettre de maladresse. Le patron lui témoignait de la bienveillance, appréciait ses services, l'employait de préférence aux besognes difficiles; pourquoi ne profiterait-il pas de cette faveur pour pénétrer dans la maison?

Un jour donc, s'étant levé de bonne heure, il se rendit aux halles au moment des ventes, et il se procura, moyennant une dizaine de francs, une vingtaine d'admirables poires. Les ayant ficelées avec soin dans une bourriche[1] pour faire croire qu'elles venaient de loin, il les porta chez le concierge de la patronne avec sa carte où il avait écrit:

Georges Duroy

Prie humblement Mme Walter d'accepter ces quelques fruits qu'il a reçus ce matin de Normandie.

Il trouva le lendemain dans sa boîte aux lettres, au journal, une enveloppe contenant, en retour, la carte de Mme Walter « qui remerciait bien vivement M. Georges Duroy, et restait chez elle tous les samedis ».

Le samedi suivant, il se présenta.

M. Walter habitait, boulevard Malesherbes, une maison double lui appartenant, et dont une partie était louée, procédé économique de gens pratiques. Un seul concierge, gîté entre les deux portes cochères, tirait le cordon pour le propriétaire et pour le locataire, et donnait à chacune des entrées un grand air d'hôtel riche et comme il faut par sa belle tenue de suisse[2] d'église, ses gros mollets emmaillotés en des bas blancs, et son vêtement de représentation à boutons d'or et à revers écarlates.

Les salons de réception étaient au premier étage, précédés d'une antichambre tendue de tapisseries et enfermée par des portières. Deux valets sommeillaient sur des sièges. Un d'eux prit le pardessus de Duroy, et l'autre s'empara de sa canne, ouvrit une porte, devança de quelques pas le visiteur, puis, s'effaçant, le laissa passer, en criant son nom dans un appartement vide.

1. **Bourriche**: panier de forme oblongue.
2. **Suisse**: personnel d'église vêtu d'un uniforme semblable à ceux des gardes suisses.

Le jeune homme, embarrassé, regardait de tous les côtés, quand il aperçut dans une glace des gens assis et qui semblaient fort loin. Il se trompa d'abord de direction, le miroir ayant égaré son œil, puis il traversa encore deux salons vides pour arriver dans une sorte de petit boudoir[1] tendu de soie bleue à boutons d'or où quatre dames causaient à mi-voix autour d'une table ronde qui portait des tasses de thé.

Malgré l'assurance qu'il avait gagnée dans son existence parisienne et surtout dans son métier de reporter qui le mettait incessamment en contact avec des personnages marquants, Duroy se sentait un peu intimidé par la mise en scène de l'entrée et par la traversée des salons déserts.

Il balbutia : « Madame, je me suis permis… » en cherchant de l'œil la maîtresse de la maison.

Elle lui tendit la main qu'il prit en s'inclinant, et lui ayant dit : « Vous êtes fort aimable, monsieur, de venir me voir », elle lui montra un siège où, voulant s'asseoir, il se laissa tomber, l'ayant cru beaucoup plus haut.

On s'était tu. Une des femmes se remit à parler. Il s'agissait du froid qui devenait violent, pas assez cependant pour arrêter l'épidémie de fièvre typhoïde ni pour permettre de patiner. Et chacune donna son avis sur cette entrée en scène de la gelée à Paris ; puis elles exprimèrent leurs préférences dans les saisons, avec toutes les raisons banales qui traînent dans les esprits comme la poussière dans les appartements.

Un bruit léger de porte fit retourner la tête de Duroy, et il aperçut, à travers deux glaces sans tain, une grosse dame qui s'en venait. Dès qu'elle apparut dans le boudoir une des visiteuses se leva, serra les mains, puis partit ; et le jeune homme suivit du regard, par les autres salons, son dos noir où brillaient des perles de jais[2].

Quand l'agitation de ce changement de personnes se fut calmée, on parla spontanément, sans transition, de la question du Maroc

1. **Boudoir** : petit salon intime traditionnellement réservé aux dames.
2. **Jais** : pierre d'un noir luisant.

et de la guerre en Orient[1], et aussi des embarras de l'Angleterre à l'extrémité de l'Afrique[2].

Ces dames discutaient ces choses de mémoire, comme si elles eussent récité une comédie mondaine et convenable, répétée bien souvent.

Une nouvelle entrée eut lieu, celle d'une petite blonde frisée, qui détermina la sortie d'une grande personne sèche entre deux âges.

Et on parla des chances qu'avait M. Linet pour entrer à l'Académie. La nouvelle venue pensait fermement qu'il serait battu par M. Cabanon-Lebas, l'auteur de la belle adaptation en vers français de *Don Quichotte* pour le théâtre.

« Vous savez que ce sera joué à l'Odéon l'hiver prochain ?

– Ah ! vraiment. J'irai certainement voir cette tentative très littéraire. »

Mme Walter répondait gracieusement, avec calme et indifférence, sans hésiter jamais sur ce qu'elle devait dire, son opinion étant toujours prête d'avance.

Mais elle s'aperçut que la nuit venait et elle sonna pour les lampes, tout en écoutant la causerie qui coulait comme un ruisseau de guimauve, et en pensant qu'elle avait oublié de passer chez le graveur pour les cartes d'invitation du prochain dîner.

Elle était un peu trop grasse, belle encore, à l'âge dangereux où la débâcle est proche. Elle se maintenait à force de soins, de précautions, d'hygiène et de pâtes pour la peau. Elle semblait sage en tout, modérée et raisonnable, une de ces femmes dont l'esprit est aligné comme un jardin français. On y circule sans surprise, tout en y trouvant un certain charme. Elle avait de la raison, une raison fine, discrète et sûre qui lui tenait lieu de fantaisie, de la bonté, du dévouement, et une bienveillance tranquille, large pour tout le monde et pour tout.

---

1. La guerre en Orient peut renvoyer aux difficultés de la France en Égypte à la fin de l'année 1881.
2. Les embarras de l'Angleterre font référence à la révolte des Boers en Afrique du Sud.

Elle remarqua que Duroy n'avait rien dit, qu'on ne lui avait point parlé, et qu'il semblait un peu contraint; et comme ces dames n'étaient point sorties de l'Académie, ce sujet préféré les retenant toujours longtemps, elle demanda: « Et vous qui devez être renseigné mieux que personne, monsieur Duroy, pour qui sont vos préférences? »

Il répondit sans hésiter: « Dans cette question, madame, je n'envisagerais jamais le mérite, toujours contestable, des candidats, mais leur âge et leur santé. Je ne demanderais point leurs titres, mais leur mal. Je ne rechercherais point s'ils ont fait une traduction rimée de Lope de Vega, mais j'aurais soin de m'informer de l'état de leur foie, de leur cœur, de leurs reins et de leur moelle épinière. Pour moi, une bonne hypertrophie[1], une bonne albuminurie[2], et surtout un bon commencement d'ataxie[3] locomotrice vaudraient cent fois mieux que quarante volumes de digressions sur l'idée de patrie dans la poésie barbaresque[4]. »

Un silence étonné suivit cette opinion.

Mme Walter, souriant, reprit: « Pourquoi donc? » Il répondit: « Parce que je ne cherche jamais que le plaisir qu'une chose peut causer aux femmes. Or, madame, l'Académie n'a vraiment d'intérêt pour vous que lorsqu'un académicien meurt. Plus il en meurt, plus vous devez être heureuses. Mais pour qu'ils meurent vite, il faut les nommer vieux et malades. »

Comme on demeurait un peu surpris, il ajouta: « Je suis comme vous d'ailleurs et j'aime beaucoup lire dans les échos de Paris le décès d'un académicien. Je me demande tout de suite: "Qui va le remplacer?" Et je fais ma liste. C'est un jeu, un petit jeu très gentil auquel on joue dans tous les salons parisiens à chaque trépas d'immortel: "Le jeu de la mort et des quarante vieillards" ».

---

1. **Hypertrophie**: gonflement anormal d'un organe.
2. **Albuminurie**: présence anormale d'albumine dans les urines.
3. **Ataxie**: trouble de la coordination des mouvements à la suite d'une atteinte du système nerveux.
4. **Barbaresque**: nord-africaine.

Ces dames, un peu déconcertées encore, commençaient cependant à sourire, tant était juste sa remarque.

Il conclut, en se levant : « C'est vous qui les nommez, mesdames, et vous ne les nommez que pour les voir mourir. Choisissez-les donc vieux, très vieux, le plus vieux possible, et ne vous occupez jamais du reste. »

Puis il s'en alla, avec beaucoup de grâce.

Dès qu'il fut parti, une des femmes déclara : « Il est drôle, ce garçon. Qui est-ce ? » Mme Walter répondit : « Un de nos rédacteurs, qui ne fait encore que la menue besogne du journal, mais je ne doute pas qu'il n'arrive vite. »

Duroy descendait le boulevard Malesherbes gaiement, à grands pas dansants, content de sa sortie et murmurant : « Bon départ. »

Il se réconcilia avec Rachel, ce soir-là.

La semaine suivante lui apporta deux événements. Il fut nommé chef des Échos et invité à dîner chez Mme Walter. Il vit tout de suite un lien entre les deux nouvelles.

La Vie française était avant tout un journal d'argent, le patron étant un homme d'argent à qui la presse et la députation [1] avaient servi de leviers. Se faisant de la bonhomie une arme, il avait toujours manœuvré sous un masque souriant de brave homme, mais il n'employait à ses besognes, quelles qu'elles fussent, que des gens qu'il avait tâtés, éprouvés, flairés, qu'il sentait retors, audacieux et souples. Duroy, nommé chef des Échos, lui semblait un garçon précieux.

Cette fonction avait été remplie jusque-là par le secrétaire de la rédaction, M. Boisrenard, un vieux journaliste correct, ponctuel et méticuleux comme un employé. Depuis trente ans il avait été secrétaire de la rédaction de onze journaux différents, sans modifier en rien sa manière de faire ou de voir. Il passait d'une rédaction dans une autre comme on change de restaurant, s'apercevant à peine que la cuisine n'avait pas tout à fait le même goût. Les opinions politiques et religieuses lui demeuraient étrangères. Il était dévoué

1. **Députation** : fonction de député.

au journal quel qu'il fût, entendu dans la besogne, et précieux par son expérience. Il travaillait comme un aveugle qui ne voit rien, comme un sourd qui n'entend rien, et comme un muet qui ne parle jamais de rien. Il avait cependant une grande loyauté professionnelle, et ne se fût point prêté à une chose qu'il n'aurait pas jugée honnête, loyale et correcte, au point de vue spécial de son métier.

M. Walter, qui l'appréciait cependant, avait souvent désiré un autre homme pour lui confier les Échos, qui sont, disait-il, la moelle du journal. C'est par eux qu'on lance les nouvelles, qu'on fait courir les bruits, qu'on agit sur le public et sur la rente. Entre deux soirées mondaines il faut savoir glisser, sans avoir l'air de rien, la chose importante, plutôt insinuée que dite. Il faut, par des sous-entendus, laisser deviner ce qu'on veut, démentir de telle sorte que la rumeur s'affirme, ou affirmer de telle manière que personne ne croie au fait annoncé. Il faut que, dans les échos, chacun trouve, chaque jour, une ligne au moins qui l'intéresse, afin que tout le monde les lise. Il faut penser à tout et à tous, à tous les mondes, à toutes les professions, à Paris et à la Province, à l'Armée et aux Peintres, au Clergé et à l'Université, aux Magistrats et aux Courtisanes.

L'homme qui les dirige et qui commande au bataillon des reporters doit être toujours en éveil, et toujours en garde, méfiant, prévoyant, rusé, alerte et souple, armé de toutes les astuces et doué d'un flair infaillible pour découvrir la nouvelle fausse du premier coup d'œil, pour juger ce qui est bon à dire et bon à celer [1], pour deviner ce qui portera sur le public, et il doit savoir le présenter de telle façon que l'effet en soit multiplié.

M. Boisrenard qui avait pour lui une longue pratique manquait de maîtrise et de chic ; il manquait surtout de la rouerie native qu'il fallait pour pressentir chaque jour les idées secrètes du patron.

Duroy devait faire l'affaire en perfection, et il complétait admirablement la rédaction de cette feuille « qui naviguait sur les fonds de l'État et sur les bas-fonds de la politique », selon l'expression de Norbert de Varenne.

---

1. **Celer** : cacher, tenir secret.

Les inspirateurs et véritables rédacteurs de *La Vie française* étaient une demi-douzaine de députés intéressés dans toutes les spéculations que lançait ou que soutenait le directeur. On les nommait à la Chambre « la bande à Walter » et on les enviait parce qu'ils devaient gagner de l'argent avec lui et par lui.

Forestier, rédacteur politique, n'était que l'homme de paille[1] de ces hommes d'affaires ; l'exécuteur des intentions, suggérées, par eux. Ils lui soufflaient ses articles de fond qu'il allait toujours écrire chez lui pour être tranquille, disait-il.

Mais, afin de donner au journal une allure littéraire et parisienne, on y avait attaché deux écrivains célèbres en des genres différents. Jacques Rival, chroniqueur d'actualité, et Norbert de Varenne, poète et chroniqueur fantaisiste, ou plutôt conteur, suivant la nouvelle école.

Puis on s'était procuré, à bas prix, des critiques d'art, de peinture, de musique, de théâtre, un rédacteur criminaliste et un rédacteur hippique, parmi la grande tribu mercenaire des écrivains à tout faire. Deux femmes du monde, « Domino rose » et "Patte blanche", envoyaient des variétés mondaines, traitaient les questions de mode, de vie élégante, d'étiquette, de savoir-vivre, et commettaient des indiscrétions sur les grandes dames.

Et *La Vie française* « naviguait sur les fonds et bas-fonds », manœuvrée par toutes ces mains différentes.

Duroy était dans toute la joie de sa nomination aux fonctions de chef des Échos quand il reçut un petit carton gravé, où il lut : « M. et Mme Walter prient monsieur Georges Duroy de leur faire le plaisir de venir dîner chez eux le jeudi 20 janvier. »

Cette nouvelle faveur, tombant sur l'autre, l'emplit d'une telle joie qu'il baisa l'invitation comme il eût fait d'une lettre d'amour. Puis il alla trouver le caissier pour traiter la grosse question des fonds.

Un chef des Échos a généralement son budget sur lequel il paye ses reporters et les nouvelles, bonnes ou médiocres, apportées par

1. **Homme de paille** : qui sert de prête-nom dans une affaire douteuse.

l'un ou par l'autre, comme les jardiniers apportent leurs fruits chez un marchand de primeurs.

Douze cents francs par mois, au début, étaient alloués à Duroy, qui se proposait bien d'en garder une forte partie.

Le caissier, sur ses représentations pressantes, avait fini par lui avancer quatre cents francs. Il eut, au premier moment, l'intention formelle de renvoyer à Mme de Marelle les deux cent quatre-vingts francs qu'il lui devait, mais il réfléchit presque aussitôt qu'il ne lui resterait plus entre les mains que cent vingt francs, somme tout à fait insuffisante pour faire marcher, d'une façon convenable, son nouveau service, et il remit cette restitution à des temps plus éloignés.

Pendant deux jours, il s'occupa de son installation, car il héritait d'une table particulière et de casiers à lettres, dans la vaste pièce commune à toute la rédaction. Il occupait un bout de cette pièce, tandis que Boisrenard, dont les cheveux d'un noir d'ébène malgré son âge étaient toujours penchés sur une feuille de papier, tenait l'autre bout.

La longue table du centre appartenait aux rédacteurs volants. Généralement elle servait de banc pour s'asseoir, soit les jambes pendantes le long des bords, soit à la turque sur le milieu. Ils étaient quelquefois cinq ou six accroupis sur cette table, et jouant au bilboquet avec persévérance, dans une pose de magots chinois[1].

Duroy avait fini par prendre goût à ce divertissement et il commençait à devenir fort, sous la direction et grâce aux conseils de Saint-Potin.

Forestier, de plus en plus souffrant, lui avait confié son beau bilboquet en bois des Îles, le dernier acheté, qu'il trouvait un peu lourd, et Duroy manœuvrait d'un bras vigoureux la grosse boule noire au bout de sa corde, en comptant tout bas : « Un – deux – trois – quatre – cinq – six. »

Il arriva justement, pour la première fois, à faire vingt points de suite, le jour même où il devait dîner chez Mme Walter. « Bonne

1. **Magots chinois** : figurines importées ou imitées d'Extrême-Orient, représentant un vieil homme plus ou moins grotesque assis en tailleur à la mode orientale.

journée, pensa-t-il, j'ai tous les succès. » Car l'adresse au bilboquet conférait vraiment une sorte de supériorité, dans les bureaux de *La Vie française*.

Il quitta la rédaction de bonne heure pour avoir le temps de s'habiller, et il remontait la rue de Londres, quand il vit trotter devant lui une petite femme qui avait la tournure de Mme de Marelle. Il sentit une chaleur lui monter au visage, et son cœur se mit à battre. Il traversa la rue pour la regarder de profil. Elle s'arrêta pour traverser aussi. Il s'était trompé ; il respira.

Il s'était souvent demandé comment il devrait se comporter en la rencontrant face à face. La saluerait-il ou bien aurait-il l'air de ne la point voir ?

« Je ne la verrais pas », pensa-t-il.

Il faisait froid, les ruisseaux gelés gardaient des empâtements de glace. Les trottoirs étaient secs et gris sous la lueur du gaz.

Quand le jeune homme entra chez lui, il songea : « Il faut que je change de logement. Cela ne me suffit plus maintenant. » Il se sentait nerveux et gai, capable de courir sur les toits, et il répétait tout haut, en allant de son lit à la fenêtre : « C'est la fortune qui arrive ! c'est la fortune ! Il faudra que j'écrive à papa. »

De temps en temps il lui écrivait, à son père ; et la lettre apportait toujours une joie vive dans le petit cabaret normand, au bord de la route, au haut de la grande côte d'où l'on domine Rouen et la large vallée de la Seine.

De temps en temps aussi il recevait une enveloppe bleue dont l'adresse était tracée d'une grosse écriture tremblée, et il lisait infailliblement les mêmes lignes au début de la lettre paternelle :

« Mon cher fils, la présente est pour te dire que nous allons bien, ta mère et moi. Pas grand-chose de nouveau dans le pays. Je t'apprendrai cependant… »

Et il gardait au cœur un intérêt pour les choses du village, pour les nouvelles des voisins et pour l'état des terres et des récoltes.

Il se répétait, en nouant sa cravate blanche devant sa petite glace : « Il faut que j'écrive à papa dès demain. S'il me voyait, ce soir, dans la maison où je vais, serait-il épaté, le vieux ! Sacristi, je ferai tout à l'heure un dîner comme il n'en a jamais fait. » Et il revit brusquement la cuisine noire de là-bas, derrière la salle du café vide, les casseroles jetant des lueurs jaunes le long des murs, le chat dans la cheminée, le nez au feu, avec sa pose de Chimère accroupie, la table de bois graissée par le temps et par les liquides répandus, une soupière fumant au milieu, et une chandelle allumée entre deux assiettes. Et il les aperçut aussi, l'homme et la femme, le père et la mère, les deux paysans aux gestes lents, mangeant la soupe à petites gorgées. Il connaissait les moindres plis de leurs vieilles figures, les moindres mouvements de leurs bras et de leur tête. Il savait même ce qu'ils se disaient, chaque soir, en soupant face à face.

Il pensa encore : « Il faudra pourtant que je finisse par aller les voir. » Mais comme sa toilette était terminée, il souffla sa lumière et descendit.

Le long du boulevard extérieur des filles l'accostèrent.

Il leur répondait en dégageant son bras : « Fichez-moi donc la paix ! » avec un dédain violent, comme si elles l'eussent insulté, méconnu... Pour qui le prenaient-elles ? Ces rouleuses-là[1] ne savaient donc point distinguer les hommes ? La sensation de son habit noir endossé pour aller dîner chez des gens très riches, très connus, très importants, lui donnait le sentiment d'une personnalité nouvelle, la conscience d'être devenu un autre homme, un homme du monde, du vrai monde.

Il entra avec assurance dans l'antichambre éclairée par les hautes torchères[2] de bronze et il remit, d'un geste naturel, sa canne et son pardessus aux deux valets qui s'étaient approchés de lui.

Tous les salons étaient illuminés. Mme Walter recevait dans le second, le plus grand. Elle l'accueillit avec un sourire charmant, et il serra la main des deux hommes arrivés avant lui, M. Firmin et M. Laroche-Mathieu[3], députés rédacteurs anonymes de *La Vie française*. M. Laroche-Mathieu avait dans le journal une autorité

1. **Rouleuses** : prostituées.
2. **Torchères** : grands chandeliers.
3. **Laroche-Mathieu** : pour les contemporains, ce nom évoque celui de Laroche-Joubert, député d'Angoulême.

spéciale provenant d'une grande influence sur la Chambre. Personne ne doutait qu'il ne fût ministre un jour.

Puis arrivèrent les Forestier, la femme en rose, et ravissante. Duroy fut stupéfait de la voir intime avec les deux représentants du pays. Elle causa tout bas, au coin de la cheminée, pendant plus de cinq minutes, avec M. Laroche-Mathieu. Charles paraissait exténué. Il avait maigri beaucoup depuis un mois, et il toussait sans cesse en répétant: «Je devrais me décider à aller finir l'hiver dans le Midi.»

Norbert de Varenne et Jacques Rival apparurent ensemble. Puis une porte s'étant ouverte au fond de l'appartement, M. Walter entra avec deux grandes jeunes filles de seize et dix-huit ans, une laide et l'autre jolie.

Duroy savait pourtant que le patron était père de famille, mais il fut saisi d'étonnement. Il n'avait jamais songé aux filles de son directeur que comme on songe aux pays lointains qu'on ne verra jamais. Et puis il se les était figurées toutes petites et il voyait des femmes. Il en ressentait le léger trouble moral que produit un changement à vue.

Elles lui tendirent la main, l'une après l'autre, après la présentation, et elles allèrent s'asseoir à une petite table qui leur était sans doute réservée, où elles se mirent à remuer un tas de bobines de soie dans une bannette[1].

On attendait encore quelqu'un et on demeurait silencieux, dans cette sorte de gêne qui précède les dîners entre gens qui ne se trouvent pas dans la même atmosphère d'esprit, après les occupations différentes de leur journée.

Duroy ayant levé par désœuvrement les yeux vers le mur, M. Walter lui dit, de loin, avec un désir visible de faire valoir son bien: «Vous regardez mes tableaux?»

Le *mes* sonna. «Je vais vous les montrer.» Et il prit une lampe pour qu'on pût distinguer tous les détails.

«Ici les paysages», dit-il.

---

1. **Bannette**: petit panier, souvent en osier.

Au centre du panneau on voyait une grande toile de Guillemet, une plage de Normandie sous un ciel d'orage. Au-dessous, un bois de Harpignies, puis une plaine d'Algérie, par Guillaumet, avec un chameau à l'horizon, un grand chameau sur ses hautes jambes, pareil à un étrange monument.

M. Walter passa au mur voisin et annonça, avec un ton sérieux, comme un maître des cérémonies : « La grande peinture. » C'étaient quatre toiles : *Une visite d'hôpital*, par Gervex ; *Une moissonneuse*, par Bastien-Lepage ; *Une veuve*, par Bouguereau, et *Une exécution*, par Jean-Paul Laurens. Cette dernière œuvre représentait un prêtre vendéen fusillé contre le mur de son église par un détachement de Bleus[1].

Un sourire passa sur la figure grave du patron en indiquant le panneau suivant : « Ici les fantaisistes. » On apercevait d'abord une petite toile de Jean Béraud, intitulée : *Le Haut et le Bas*. C'était une jolie Parisienne montant l'escalier d'un tramway en marche. Sa tête apparaissait au niveau de l'impériale[2], et les messieurs assis sur les bancs découvraient, avec une satisfaction avide, le jeune visage qui venait vers eux, tandis que les hommes debout sur la plate-forme du bas considéraient les jambes de la jeune femme avec une expression différente de dépit et de convoitise.

M. Walter tenait la lampe à bout de bras, et répétait en riant d'un rire polisson : « Hein ? Est-ce drôle ? est-ce drôle ? »

Puis il déclara : « *Un sauvetage* par Lambert. »

Au milieu d'une table desservie, un jeune chat, assis sur son derrière, examinait avec étonnement et perplexité une mouche se noyant dans un verre d'eau. Il avait une patte levée, prêt à cueillir l'insecte d'un coup rapide. Mais il n'était point décidé. Il hésitait. Que ferait-il ?

---

1. La toile représente une scène de la guerre de Vendée, qui opposa les soldats de la République, les Bleus, aux Vendéens, les Blancs, au cours de la Révolution française, et plus particulièrement pendant la Première République.

2. **Impériale** : partie supérieure d'un véhicule public, pouvant accueillir des voyageurs.

Puis le patron montra un Detaille : *La Leçon*, qui représentait un soldat dans une caserne, apprenant à un caniche à jouer du tambour, et il déclara : « En voilà de l'esprit ! »

Duroy riait d'un rire approbateur et s'extasiait : « Comme c'est charmant, comme c'est charmant, char... » Il s'arrêta net, en entendant derrière lui la voix de Mme de Marelle qui venait d'entrer.

Le patron continuait à éclairer les toiles, en les expliquant.

Il montrait maintenant une aquarelle de Maurice Leloir[1] : *L'Obstacle*. C'était une chaise à porteurs arrêtée, la rue se trouvant barrée par une bataille entre deux hommes du peuple, deux gaillards luttant comme des hercules. Et on voyait sortir par la fenêtre de la chaise un ravissant visage de femme qui regardait... qui regardait... sans impatience, sans peur, et avec une certaine admiration le combat de ces deux brutes.

M. Walter disait toujours : « J'en ai d'autres dans les pièces suivantes, mais ils sont de gens moins connus, moins classés. Ici c'est mon Salon carré. J'achète des jeunes en ce moment, des tout jeunes, et je les mets en réserve dans les appartements intimes, en attendant le moment où les auteurs seront célèbres. » Puis il prononça, tout bas : « C'est l'instant d'acheter des tableaux, Les peintres crèvent de faim. Ils n'ont pas le sou, pas le sou... »

Mais Duroy ne voyait rien, entendait sans comprendre. Mme de Marelle était là, derrière lui. Que devait-il faire ? S'il la saluait n'allait-elle point lui tourner le dos ou lui jeter quelque insolence ? S'il ne s'approchait pas d'elle, que penserait-on ?

---

1. Tous les peintres cités ici sont des valeurs sûres du marché de l'art. Maupassant en connaissait trois personnellement : Guillemet, Gervex, et Leloir. Antoine Guillemet (1841-1918) et Henri Harpignies (1819-1916), peintres paysagistes ; Gustave Guillaumet (1840-1882), également journaliste, peintre et écrivain du désert algérien ; Henri Gervex (1852-1929), impressionniste ; Jules Bastien-Lepage (1848-1884), naturaliste ; William Bouguereau (1825-1905) et Jean-Paul Laurens (1838-1931), emblématiques de l'art académique ; Jean Béraud (1849-1936), peintre de la vie parisienne ; Eugène Lambert (1825-1900), peintre animalier ; Édouard Detaille (1848-1912), peintre de la guerre de 1870 ; Maurice Leloir (1853-1940), illustrateur français.

Il se dit : « Je vais toujours gagner du temps. » Il était tellement ému qu'il eut l'idée un moment de simuler une indisposition subite qui lui permettrait de s'en aller.

La visite des murs était finie. Le patron alla reposer sa lampe et saluer la dernière venue, tandis que Duroy recommençait tout seul l'examen des toiles comme s'il ne se fût pas lassé de les admirer.

Il avait l'esprit bouleversé. Que devait-il faire ? Il entendait les voix, il distinguait la conversation. Mme Forestier l'appela : « Dites donc, monsieur Duroy. » Il courut vers elle. C'était pour lui recommander une amie qui donnait une fête et qui aurait bien voulu une citation dans les Échos de *La Vie française*.

Il balbutiait : « Mais certainement, madame, certainement… »

Mme de Marelle se trouvait maintenant tout près de lui. Il n'osait point se retourner pour s'en aller.

Tout à coup, il se crut devenu fou ; elle avait dit, à haute voix : « Bonjour, Bel-Ami. Vous ne me reconnaissez donc plus ? »

Il pivota sur ses talons avec rapidité. Elle se tenait debout devant lui, souriante, l'œil plein de gaieté et d'affection. Et elle lui tendit la main.

Il la prit en tremblant, craignant encore quelque ruse et quelque perfidie. Elle ajouta, avec sérénité : « Que devenez-vous ? On ne vous voit plus. »

Il bégayait, sans parvenir à reprendre son sang-froid : « Mais j'ai eu beaucoup à faire, madame, beaucoup à faire. M. Walter m'a confié un nouveau service qui me donne énormément d'occupation. »

Elle répondit, en le regardant toujours en face, sans qu'il pût découvrir dans son œil autre chose que de la bienveillance : « Je le sais. Mais ce n'est pas une raison pour oublier vos amis. »

Ils furent séparés par une grosse dame qui entrait, une grosse dame décolletée, aux bras rouges, aux joues rouges, vêtue et coiffée avec prétention, et marchant si lourdement qu'on sentait, à la voir aller, le poids et l'épaisseur de ses cuisses.

Comme on paraissait la traiter avec beaucoup d'égards, Duroy demanda à Mme Forestier :

« Quelle est cette personne ?

– La vicomtesse de Percemur, celle qui signe : “Patte blanche”. »

Il fut stupéfait et saisi par une envie de rire : « Patte blanche ! Patte blanche ! Moi qui voyais, en pensée, une jeune femme comme vous ! C'est ça, Patte blanche ? Ah ! elle est bien bonne ! bien bonne ! »

Un domestique apparut dans la porte et annonça : « Madame est servie. »

Le dîner fut banal et gai, un de ces dîners où l'on parle de tout sans rien dire. Duroy se trouvait entre la fille aînée du patron, la laide, Mlle Rose, et Mme de Marelle. Ce dernier voisinage le gênait un peu, bien qu'elle eût l'air fort à l'aise et causât avec son esprit ordinaire. Il se troubla d'abord, contraint, hésitant, comme un musicien qui a perdu le ton. Peu à peu, cependant, l'assurance lui revenait, et leurs yeux, se rencontrant sans cesse, s'interrogeaient, mêlaient leurs regards, d'une façon intime, presque sensuelle, comme autrefois.

Tout à coup, il crut sentir, sous la table, quelque chose effleurer son pied. Il avança doucement la jambe et rencontra celle de sa voisine qui ne recula point à ce contact. Ils ne parlaient pas, en ce moment, tournés tous deux vers leurs autres voisins.

Duroy, le cœur battant, poussa un peu plus son genou. Une pression légère lui répondit. Alors il comprit que leurs amours recommençaient.

Que dirent-ils ensuite ? Pas grand-chose ; mais leurs lèvres frémissaient chaque fois qu'ils se regardaient.

Le jeune homme, cependant, voulant être aimable pour la fille de son patron, lui adressait une phrase de temps en temps. Elle y répondait, comme l'aurait fait sa mère, n'hésitant jamais sur ce qu'elle devait dire.

À la droite de M. Walter, la vicomtesse de Percemur prenait des allures de princesse ; et Duroy, s'égayant à la regarder, demanda tout bas à Mme de Marelle :

« Est-ce que vous connaissez l'autre, celle qui signe : “Domino rose” ?

– Oui, parfaitement : la baronne de Livar ?

– Est-elle du même cru ?

– Non, mais aussi drôle. Une grande sèche, soixante ans, frisons faux, dents à l'anglaise, esprit de la Restauration [1], toilettes même époque.

– Où ont-ils déniché ces phénomènes de lettres ?

– Les épaves de la noblesse sont toujours recueillies par les bourgeois parvenus.

– Pas d'autre raison ?

– Aucune autre. »

Puis une discussion politique commença entre le patron, les deux députés, Norbert de Varenne et Jacques Rival ; et elle dura jusqu'au dessert.

Quand on fut retourné dans le salon, Duroy s'approcha de nouveau de Mme de Marelle, et, la regardant au fond des yeux : « Voulez-vous que je vous reconduise, ce soir ?

– Non.

– Pourquoi ?

– Parce que M. Laroche-Mathieu, qui est mon voisin, me laisse à ma porte chaque fois que je dîne ici.

– Quand vous verrai-je ?

– Venez déjeuner avec moi, demain. »

Et ils se séparèrent sans rien dire de plus.

Duroy ne resta pas tard, trouvant monotone la soirée. Comme il descendait l'escalier, il rattrapa Norbert de Varenne qui venait aussi de partir. Le vieux poète lui prit le bras. N'ayant plus à redouter de rivalité dans le journal, leur collaboration étant essentiellement différente, il témoignait maintenant au jeune homme une bienveillance d'aïeul.

« Eh bien, vous allez me reconduire un bout de chemin ? » dit-il.

Duroy répondit : « Avec joie, cher maître. »

Et ils se mirent en route, en descendant le boulevard Malesherbes, à petits pas.

---

1. **Restauration** : période qui va du règne de Louis XVIII (1814-1824) à celui de Charles X (1824-1830).

Paris était presque désert cette nuit-là, une nuit froide, une de ces nuits qu'on dirait plus vastes que les autres, où les étoiles sont plus hautes, où l'air semble apporter dans ses souffles glacés quelque chose venu de plus loin que les astres.

Les deux hommes ne parlèrent point dans les premiers moments. Puis Duroy, pour dire quelque chose, prononça:

« Ce M. Laroche-Mathieu a l'air fort intelligent et fort instruit. »

Le vieux poète murmura: « Vous trouvez? »

Le jeune homme, surpris, hésitait: « Mais oui; il passe d'ailleurs pour un des hommes les plus capables de la Chambre.

– C'est possible. Dans le royaume des aveugles les borgnes sont rois. Tous ces gens-là, voyez-vous, sont des médiocres, parce qu'ils ont l'esprit entre deux murs, – l'argent et la politique. – Ce sont des cuistres [1], mon cher, avec qui il est impossible de parler de rien; de rien de ce que nous aimons. Leur intelligence est à fond de vase, ou plutôt à fond de dépotoir, comme la Seine à Asnières.

« Ah! c'est qu'il est difficile de trouver un homme qui ait de l'espace dans la pensée, qui vous donne la sensation de ces grandes haleines du large qu'on respire sur les côtes de la mer. J'en ai connu quelques-uns, ils sont morts. »

Norbert de Varenne parlait d'une voix claire, mais retenue, qui aurait sonné dans le silence de la nuit s'il l'avait laissée s'échapper. Il semblait surexcité et triste, d'une de ces tristesses qui tombent parfois sur les âmes et les rendent vibrantes comme la terre sous la gelée.

Il reprit: « Qu'importe, d'ailleurs, un peu plus ou un peu moins de génie, puisque tout doit finir! »

Et il se tut. Duroy, qui se sentait le cœur gai, ce soir-là, dit, en souriant: « Vous avez du noir, aujourd'hui, cher maître. »

Le poète répondit: « J'en ai toujours, mon enfant, et vous en aurez autant que moi dans quelques années. La vie est une côte. Tant qu'on monte, on regarde le sommet, et on se sent heureux; mais, lorsqu'on arrive en haut, on aperçoit tout d'un coup la descente,

1. **Cuistres**: individus pédants et vaniteux.

et la fin, qui est la mort. Ça va lentement quand on monte, mais ça va vite quand on descend. À votre âge, on est joyeux. On espère tant de choses, qui n'arrivent jamais, d'ailleurs. Au mien, on n'attend plus rien… que la mort. »

Duroy se mit à rire : « Bigre, vous me donnez froid dans le dos. »

Norbert de Varenne reprit : « Non, vous ne me comprenez pas aujourd'hui, mais vous vous rappellerez plus tard ce que je vous dis en ce moment.

« Il arrive un jour, voyez-vous, et il arrive de bonne heure pour beaucoup, où c'est fini de rire, comme on dit, parce que derrière tout ce qu'on regarde c'est la mort qu'on aperçoit.

« Oh ! vous ne comprenez même pas ce mot-là, vous, la mort. À votre âge, ça ne signifie rien. Au mien, il est terrible.

« Oui, on le comprend tout d'un coup, on ne sait pas pourquoi ni à propos de quoi, et alors tout change d'aspect, dans la vie. Moi, depuis quinze ans, je la sens qui me travaille comme si je portais en moi une bête rongeuse. Je l'ai sentie peu à peu, mois par mois, heure par heure, me dégrader ainsi qu'une maison qui s'écroule. Elle m'a défiguré si complètement que je ne me reconnais pas. Je n'ai plus rien de moi, de moi l'homme radieux, frais et fort, que j'étais à trente ans. Je l'ai vue teindre en blanc mes cheveux noirs, et avec quelle lenteur savante et méchante ! Elle m'a pris ma peau ferme, mes muscles, mes dents, tout mon corps de jadis, ne me laissant qu'une âme désespérée qu'elle enlèvera bientôt aussi.

« Oui, elle m'a émietté, la gueuse, elle a accompli doucement et terriblement la longue destruction de mon être, seconde par seconde. Et maintenant je me sens mourir en tout ce que je fais. Chaque pas m'approche d'elle, chaque mouvement, chaque souffle hâte son odieuse besogne. Respirer, dormir, boire, manger, travailler, rêver, tout ce que nous faisons, c'est mourir. Vivre enfin, c'est mourir !

« Oh ! vous saurez cela ! Si vous réfléchissiez seulement un quart d'heure, vous la verriez.

« Qu'attendez-vous ? De l'amour ? Encore quelques baisers, et vous serez impuissant.

« Et puis, après ? De l'argent ? Pour quoi faire ? Pour payer des femmes ? Joli bonheur ! Pour manger beaucoup, devenir obèse et crier des nuits entières sous les morsures de la goutte [1] ?

« Et puis encore ? De la gloire ? À quoi cela sert-il quand on ne peut plus la cueillir sous forme d'amour ?

« Et puis, après ? Toujours la mort pour finir.

« Moi, maintenant, je la vois de si près que j'ai souvent envie d'étendre les bras pour la repousser. Elle couvre la terre et emplit l'espace. Je la découvre partout. Les petites bêtes écrasées sur les routes, les feuilles qui tombent, le poil blanc aperçu dans la barbe d'un ami, me ravagent le cœur et me crient : "La voilà !"

« Elle me gâte tout ce que je fais, tout ce que je vois, ce que je mange et ce que je bois, tout ce que j'aime, les clairs de lune, les levers de soleil, la grande mer, les belles rivières, et l'air des soirs d'été, si doux à respirer ! »

Il allait doucement, un peu essoufflé, rêvant tout haut, oubliant presque qu'on l'écoutait.

Il reprit : « Et jamais un être ne revient, jamais… On garde les moules des statues, les empreintes qui refont toujours des objets pareils ; mais mon corps, mon visage, mes pensées, mes désirs ne reparaîtront jamais. Et pourtant il naîtra des millions, des milliards d'êtres qui auront dans quelques centimètres carrés un nez, des yeux, un front, des joues et une bouche comme moi, et aussi une âme comme moi, sans que jamais je revienne, moi, sans que jamais même quelque chose de moi reconnaissable reparaisse dans ces créatures innombrables et différentes, indéfiniment différentes, bien que pareilles à peu près.

« À quoi se rattacher ? Vers qui jeter des cris de détresse ? À quoi pouvons-nous croire ?

« Toutes les religions sont stupides avec leur morale puérile et leurs promesses égoïstes, monstrueusement bêtes.

« La mort seule est certaine. »

---

1. **Goutte** : maladie affectant les articulations.

Il s'arrêta, prit Duroy par les deux extrémités du col de son pardessus, et, d'une voix lente :

« Pensez à tout cela, jeune homme, pensez-y pendant des jours, des mois et des années, et vous verrez l'existence d'une autre façon. Essayez donc de vous dégager de tout ce qui vous enferme, faites cet effort surhumain de sortir vivant de votre corps, de vos intérêts, de vos pensées et de l'humanité tout entière, pour regarder ailleurs, et vous comprendrez combien ont peu d'importance les querelles des romantiques et des naturalistes[1], et la discussion du budget. »

Il se remit à marcher d'un pas plus rapide.

« Mais aussi vous sentirez l'effroyable détresse des désespérés. Vous vous débattrez, éperdu, noyé, dans les incertitudes. Vous crierez "à l'aide" de tous les côtés, et personne ne vous répondra. Vous tendrez les bras, vous appellerez pour être secouru, aimé, consolé, sauvé ! Et personne ne viendra.

« Pourquoi souffrons-nous ainsi ? C'est que nous étions nés sans doute pour vivre davantage selon la matière et moins selon l'esprit ; mais, à force de penser, une disproportion s'est faite entre l'état de notre intelligence agrandie et les conditions immuables de notre vie.

« Regardez les gens médiocres ; à moins de grands désastres tombant sur eux, ils se trouvent satisfaits, sans souffrir du malheur commun. Les bêtes non plus ne le sentent pas. »

Il s'arrêta encore, réfléchit quelques secondes, puis d'un air las et résigné :

« Moi, je suis un être perdu. Je n'ai ni père, ni mère, ni frère, ni sœur, ni femme, ni enfants, ni Dieu. »

Il ajouta, après un silence : « Je n'ai que la rime. »

Puis, levant la tête vers le firmament, où luisait la face pâle de la pleine lune, il déclama :

Et je cherche le mot de cet obscur problème
Dans le ciel noir et vide où flotte un astre blême.

1. Norbert de Varenne évoque ici les deux courants littéraires majeurs de son siècle. Les écrivains réalistes et naturalistes s'opposaient à l'idéalisation romantique.

Ils arrivaient au pont de la Concorde, ils le traversèrent en silence, puis ils longèrent le Palais-Bourbon. Norbert de Varenne se remit à parler : « Mariez-vous, mon ami, vous ne savez pas ce que c'est que de vivre seul, à mon âge. La solitude, aujourd'hui, m'emplit d'une angoisse horrible : la solitude dans le logis, auprès du feu, le soir. Il me semble alors que je suis seul sur la terre, affreusement seul, mais entouré de dangers vagues, de choses inconnues et terribles ; et la cloison qui me sépare de mon voisin que je ne connais pas, m'éloigne de lui autant que des étoiles aperçues par ma fenêtre. Une sorte de fièvre m'envahit, une fièvre de douleur et de crainte, et le silence des murs m'épouvante. Il est si profond et si triste, le silence de la chambre où l'on vit seul. Ce n'est pas seulement un silence autour du corps, mais un silence autour de l'âme, et, quand un meuble craque, on tressaille jusqu'au cœur, car aucun bruit n'est attendu dans ce morne logis. »

Il se tut encore une fois, puis ajouta : « Quand on est vieux, ce serait bon, tout de même, des enfants ! »

Ils étaient arrivés vers le milieu de la rue de Bourgogne. Le poète s'arrêta devant une haute maison, sonna, serra la main de Duroy, et lui dit : « Oubliez tout ce rabâchage de vieux, jeune homme, et vivez selon votre âge ; adieu ! »

Et il disparut dans le corridor noir.

Duroy se remit en route, le cœur serré. Il lui semblait qu'on venait de lui montrer quelque trou plein d'ossements, un trou inévitable où il lui faudrait tomber un jour. Il murmura : « Bigre, ça ne doit pas être gai, chez lui. Je ne voudrais pas un fauteuil de balcon pour assister au défilé de ses idées, nom d'un chien ! »

Mais, s'étant arrêté pour laisser passer une femme parfumée qui descendait de voiture et rentrait chez elle, il aspira d'un grand souffle avide la senteur de verveine et d'iris envolée dans l'air. Ses poumons et son cœur palpitèrent brusquement d'espérance et de joie ; et le souvenir de Mme de Marelle qu'il reverrait le lendemain l'envahit des pieds à la tête.

Tout lui souriait, la vie l'accueillait avec tendresse. Comme c'était bon, la réalisation des espérances !

Il s'endormit dans l'ivresse et se leva de bonne heure pour faire un tour à pied, dans l'avenue du Bois-de-Boulogne, avant d'aller à son rendez-vous.

Le vent ayant changé, le temps s'était adouci pendant la nuit, et il faisait une tiédeur et un soleil d'avril. Tous les habitués du Bois étaient sortis ce matin-là, cédant à l'appel du ciel clair et doux.

Duroy marchait lentement, buvant l'air léger, savoureux comme une friandise de printemps. Il passa l'arc de triomphe de l'Étoile et s'engagea dans la grande avenue, du côté opposé aux cavaliers. Il les regardait, trottant ou galopant, hommes et femmes, les riches du monde, et c'est à peine s'il les enviait maintenant. Il les connaissait presque tous de nom, savait le chiffre de leur fortune et l'histoire secrète de leur vie, ses fonctions ayant fait de lui une sorte d'almanach des célébrités et des scandales parisiens.

Les amazones passaient, minces et moulées dans le drap sombre de leur taille, avec ce quelque chose de hautain et d'inabordable qu'ont beaucoup de femmes à cheval ; et Duroy s'amusait à réciter à mi-voix, comme on récite des litanies dans une église, les noms, titres et qualités des amants qu'elles avaient eus ou qu'on leur prêtait ; et, quelquefois même au lieu de dire :

Baron de Tanquelet
Prince de la Tour-Enguerrand ;

il murmurait : Côté Lesbos [1]

Louise Michot, du Vaudeville
Rose Marquetin, de l'Opéra.

Ce jeu l'amusait beaucoup, comme s'il eût constaté, sous les sévères apparences, l'éternelle et profonde infamie de l'homme, et que cela l'eût réjoui, excité, consolé.

---

1. **Lesbos** : île grecque où vécut la poétesse Sappho (au VIIe siècle av. J.-C.), emblème de l'homosexualité féminine, très en vogue en cette fin de siècle. Voir *La Fille aux yeux d'or* de Balzac, *La Curée* de Zola, mais aussi certains poèmes de Baudelaire : le premier titre envisagé pour *Les Fleurs du Mal* était *Les Lesbiennes*.

Puis il prononça tout haut : « Tas d'hypocrites ! » et chercha de l'œil les cavaliers sur qui couraient les plus grosses histoires.

Il en vit beaucoup soupçonnés de tricher au jeu, pour qui les cercles, en tout cas, étaient la grande ressource, la seule ressource, ressource suspecte à coup sûr.

D'autres, fort célèbres, vivaient uniquement des rentes de leurs femmes, c'était connu ; d'autres des rentes de leurs maîtresses, on l'affirmait. Beaucoup avaient payé leurs dettes (acte honorable) sans qu'on eût jamais deviné d'où leur était venu l'argent nécessaire (mystère bien louche). Il vit des hommes de finance dont l'immense fortune avait un vol pour origine, et qu'on recevait partout, dans les plus nobles maisons, puis des hommes si respectés que les petits bourgeois se découvraient sur leur passage, mais dont les tripotages[1] effrontés, dans les grandes entreprises nationales, n'étaient un mystère pour aucun de ceux qui savaient les dessous du monde.

Tous avaient l'air hautain, la lèvre fière, l'œil insolent, ceux à favoris[2] et ceux à moustaches.

Duroy riait toujours, répétant : « C'est du propre, tas de crapules, tas d'escarpes[3] ! »

Mais une voiture passa, découverte, basse et charmante, traînée au grand trot par deux minces chevaux blancs dont la crinière et la queue voltigeaient, et conduite par une petite jeune femme blonde, une courtisane connue qui avait deux grooms assis derrière. elle. Duroy s'arrêta, avec une envie de saluer et d'applaudir cette parvenue de l'amour qui étalait avec audace dans cette promenade et à cette heure des hypocrites aristocrates, le luxe crâne[4] gagné sur ses draps. Il sentait peut-être vaguement qu'il y avait quelque chose de commun entre eux, un lien de nature, qu'ils étaient de même race, de même âme, et que son succès aurait des procédés audacieux de même ordre.

---

1. **Tripotages** : arrangements, opérations plus ou moins louches.
2. **Favoris** : touffes de barbe qu'on laisse pousser devant les joues.
3. **Escarpes** : bandits qui assassinent pour voler (en argot).
4. **Crâne** : vaniteux, prétentieux.

Il revint plus doucement, le cœur chaud de satisfaction, et il arriva, un peu avant l'heure, à la porte de son ancienne maîtresse.

Elle le reçut, les lèvres tendues, comme si aucune rupture n'avait eu lieu, et elle oublia même, pendant quelques instants, la sage prudence qu'elle opposait, chez elle, à leurs caresses. Puis elle lui dit, en baisant les bouts frisés de ses moustaches : « Tu ne sais pas l'ennui qui m'arrive, mon chéri ? J'espérais une bonne lune de miel, et voilà mon mari qui me tombe sur le dos pour six semaines ; il a pris un congé. Mais je ne veux pas rester six semaines sans te voir, surtout après notre petite brouille, et voilà comment j'ai arrangé les choses. Tu viendras me demander à dîner lundi, je lui ai déjà parlé de toi. Je te présenterai. »

Duroy hésitait, un peu perplexe, ne s'étant jamais trouvé encore en face d'un homme dont il possédait la femme. Il craignait que quelque chose le trahît, un peu de gêne, un regard, n'importe quoi. Il balbutiait : « Non, j'aime mieux ne pas faire la connaissance de ton mari. » Elle insista, fort étonnée, debout devant lui et ouvrant des yeux naïfs. « Mais pourquoi ? quelle drôle de chose ? Ça arrive tous les jours, ça ! Je ne t'aurais pas cru si nigaud, par exemple. »

Il fut blessé : « Eh bien, soit, je viendrai dîner lundi. »

Elle ajouta : « Pour que ce soit bien naturel, j'aurai les Forestier. Ça ne m'amuse pourtant pas, de recevoir du monde chez moi. »

Jusqu'au lundi, Duroy ne pensa plus guère à cette entrevue ; mais, voilà qu'en montant l'escalier de Mme de Marelle, il se sentit étrangement troublé, non pas qu'il lui répugnât de prendre la main de ce mari, de boire son vin et de manger son pain, mais il avait peur de quelque chose, sans savoir de quoi.

On le fit entrer dans le salon, et il attendit, comme toujours. Puis la porte de la chambre s'ouvrit, et il aperçut un grand homme à barbe blanche, décoré, grave et correct, qui vint à lui avec une politesse minutieuse : « Ma femme m'a souvent parlé de vous, monsieur, et je suis charmé de faire votre connaissance. »

Duroy s'avança en tâchant de donner à sa physionomie un air de cordialité expressive, et il serra avec une énergie exagérée la main tendue de son hôte. Puis, s'étant assis, il ne trouva rien à lui dire.

M. de Marelle remit un morceau de bois au feu, et demanda: « Voici longtemps que vous vous occupez de journalisme ? »

Duroy répondit: « Depuis quelques mois seulement.

– Ah ! vous avez marché vite.

– Oui, assez vite » ; et il se mit à parler au hasard, sans trop songer à ce qu'il disait, débitant toutes les banalités en usage entre gens qui ne se connaissent point. Il se rassurait maintenant et commençait à trouver la situation fort amusante. Il regardait la figure sérieuse et respectable de M. de Marelle, avec une envie de rire sur les lèvres, en pensant: « Toi, je te fais cocu, mon vieux, je te fais cocu. » Et une satisfaction intime, vicieuse, le pénétrait, une joie de voleur qui a réussi et qu'on ne soupçonne pas, une joie fourbe, délicieuse. Il avait envie, tout à coup, d'être l'ami de cet homme, de gagner sa confiance, de lui faire raconter les choses secrètes de sa vie.

Mme de Marelle entra brusquement, et les ayant couverts d'un coup d'œil souriant et impénétrable, elle alla vers Duroy qui n'osa point, devant le mari, lui baiser la main, ainsi qu'il le faisait toujours.

Elle était tranquille et gaie comme une personne habituée à tout, qui trouvait cette rencontre naturelle et simple, en sa rouerie native et franche. Laurine apparut, et vint, plus sagement que de coutume, tendre son front à Georges, la présence de son père l'intimidant. Sa mère lui dit: « Eh bien, tu ne l'appelles plus Bel-Ami, aujourd'hui. » Et l'enfant rougit, comme si on venait de commettre une grosse indiscrétion, de révéler une chose qu'on ne devait pas dire, de dévoiler un secret intime et un peu coupable de son cœur.

Quand les Forestier arrivèrent, on fut effrayé de l'état de Charles. Il avait maigri et pâli affreusement en une semaine et il toussait sans cesse. Il annonça d'ailleurs qu'ils partaient pour Cannes le jeudi suivant, sur l'ordre formel du médecin.

Ils se retirèrent de bonne heure, et Duroy dit en hochant la tête:

« Je crois qu'il file un bien mauvais coton. Il ne fera pas de vieux os. » Mme de Marelle affirma avec sérénité: « Oh ! il est perdu ! En voilà un qui avait eu de la chance de trouver une femme comme la sienne. »

Duroy demanda: « Elle l'aide beaucoup ?

– C'est-à-dire qu'elle fait tout. Elle est au courant de tout, elle connaît tout le monde sans avoir l'air de voir personne ; elle obtient ce qu'elle veut, comme elle veut, et quand elle veut. Oh ! elle est fine, adroite et intrigante[1] comme aucune, celle-là. En voilà un trésor, pour un homme qui veut parvenir. »

Georges reprit : « Elle se remariera bien vite, sans doute ? »

Mme de Marelle répondit : « Oui. Je ne serais même pas étonnée qu'elle eût en vue quelqu'un… un député… à moins que… qu'il ne veuille pas…, car… car… il y aurait peut-être de gros obstacles… moraux… Enfin, voilà. Je ne sais rien. »

M. de Marelle grommela avec une lente impatience : « Tu laisses toujours soupçonner un tas de choses que je n'aime pas. Ne nous mêlons jamais des affaires des autres. Notre conscience nous suffit à gouverner. Ce devrait être une règle pour tout le monde. »

Duroy se retira, le cœur troublé et l'esprit plein de vagues combinaisons.

Il alla le lendemain faire une visite aux Forestier et il les trouva terminant leurs bagages. Charles, étendu sur un canapé, exagérait la fatigue de sa respiration et répétait : « Il y a un mois que je devrais être parti » ; puis il fit à Duroy une série de recommandations pour le journal, bien que tout fût réglé et convenu avec M. Walter.

Quand Georges s'en alla, il serra énergiquement les mains de son camarade : « Eh bien, mon vieux, à bientôt ! » Mais, comme Mme Forestier le reconduisait jusqu'à la porte, il lui dit vivement : « Vous n'avez pas oublié notre pacte ? Nous sommes des amis et des alliés, n'est-ce pas ? Donc, si vous avez besoin de moi, en quoi que ce soit, n'hésitez point. Une dépêche ou une lettre et j'obéirai. »

Elle murmura : « Merci, je n'oublierai pas. » Et son œil aussi lui dit : « Merci », d'une façon plus profonde et plus douce.

Comme Duroy descendait l'escalier, il rencontra, montant à pas lents, M. de Vaudrec, qu'une fois déjà il avait vu chez elle. Le comte semblait triste – de ce départ, peut-être ?

---

1. **Intrigante** : qui crée des intrigues pour parvenir à ses fins.

Voulant se montrer homme du monde, le journaliste le salua avec empressement.

L'autre rendit avec courtoisie, mais d'une manière un peu fière.

Le ménage Forestier partit le jeudi soir.

Chapitre 7

La disparition de Charles donna à Duroy une importance plus grande dans la rédaction de *La Vie française*. Il signa quelques articles de fond, tout en signant aussi ses échos, car le patron voulait que chacun gardât la responsabilité de sa copie. Il eut quelques polémiques dont il se tira avec esprit; et ses relations constantes avec les hommes d'État le préparaient peu à peu à devenir à son tour un rédacteur politique adroit et perspicace.

Il ne voyait qu'une tache dans tout son horizon. Elle venait d'un petit journal frondeur qui l'attaquait constamment, ou plutôt qui attaquait en lui le chef des Échos de *La Vie française*, le chef des Échos à surprises de M. Walter, disait le rédacteur anonyme de cette feuille appelée: *La Plume*. C'étaient, chaque jour, des perfidies, des traits mordants, des insinuations de toute nature.

Jacques Rival dit un jour à Duroy: « Vous êtes patient. »

L'autre balbutia: « Que voulez-vous, il n'y a pas d'attaque directe. »

Or, un après-midi, comme il entrait dans la salle de rédaction, Boisrenard lui tendit le numéro de *La Plume*:

« Tenez, il y a encore une note désagréable pour vous.

– Ah! à propos de quoi?

– À propos de rien, de l'arrestation d'une dame Aubert par un agent des mœurs. »

Georges prit le journal qu'on lui tendait, et lut, sous ce titre: *Duroy s'amuse*:

« L'illustre reporter de *La Vie française* nous apprend aujourd'hui que la dame Aubert, dont nous avons annoncé l'arrestation par un agent de l'odieuse brigade des mœurs, n'existe que dans notre imagination. Or, la personne en question demeure 18, rue de l'Écureuil, à Montmartre. Nous comprenons trop, d'ailleurs, quel intérêt ou quels intérêts peuvent avoir les agents de la banque Walter à soutenir ceux du préfet de police qui tolère leur commerce. Quant au reporter dont il s'agit, il ferait mieux de nous donner quelqu'une de ces bonnes nouvelles à sensation dont il a le secret : nouvelles de morts démenties le lendemain, nouvelles de batailles qui n'ont pas eu lieu, annonce de paroles graves prononcées par des souverains qui n'ont rien dit, toutes les informations enfin qui constituent les "Profits Walter", ou même quelqu'une des petites indiscrétions sur des soirées de femmes à succès, ou sur l'excellence de certains produits qui sont d'une grande ressource à quelques-uns de nos confrères. »

Le jeune homme demeurait interdit, plus qu'irrité, comprenant seulement qu'il y avait là-dedans quelque chose de fort désagréable pour lui.

Boisrenard reprit : « Qui vous a donné cet écho ? »

Duroy cherchait, ne se rappelant plus. Puis, tout à coup, le souvenir lui revint :

« Ah ! oui, c'est Saint-Potin. » Puis il relut l'alinéa de *La Plume*, et il rougit brusquement, révolté par l'accusation de vénalité [1].

Il s'écria : « Comment, on prétend que je suis payé pour… »

Boisrenard l'interrompit : « Dame, oui. C'est embêtant pour vous. Le patron est fort sur l'œil à ce sujet. Ça pourrait arriver si souvent dans les échos… »

Saint-Potin, justement, entrait. Duroy courut à lui :

« Vous avez lu la note de *La Plume* ?

– Oui, et je viens de chez la dame Aubert. Elle existe parfaitement, mais elle n'a pas été arrêtée. Ce bruit n'a aucun fondement. »

---

1. **Vénalité** : caractère d'une personne prête à se vendre pour de l'argent, facilement corruptible.

Alors Duroy s'élança chez le patron qu'il trouva un peu froid, avec un œil soupçonneux. Après avoir écouté le cas, M. Walter répondit : « Allez vous-même chez cette dame et démentez de façon qu'on n'écrive plus de pareilles choses sur vous. Je parle de ce qui suit. C'est fort ennuyeux pour le journal, pour moi et pour vous. Pas plus que la femme de César, un journaliste ne doit être soupçonné. »

Duroy monta en fiacre avec Saint-Potin pour guide, et il cria au cocher : « 18, rue de l'Écureuil, à Montmartre. »

C'était dans une immense maison dont il fallut escalader les six étages. Une vieille femme en caraco[1] de laine vint leur ouvrir : « Qu'est-ce que vous me r'voulez ? » dit-elle en apercevant Saint-Potin.

Il répondit : « Je vous amène monsieur, qui est inspecteur de police et qui voudrait bien savoir votre affaire. »

Alors elle les fit entrer, en racontant : « Il en est encore r'venu deux d'puis vous pour un journal, je n'sais point l'quel. » Puis, se tournant vers Duroy : « Donc, c'est monsieur qui désire savoir ?

– Oui. Est-ce que vous avez été arrêtée par un agent des mœurs ? »

Elle leva les bras : « Jamais d'la vie, mon bon monsieur, jamais d'la vie. Voilà la chose. J'ai un boucher qui sert bien, mais qui pèse mal. Je m'en ai aperçu souvent sans rien dire, mais l'autre jour, comme je lui demandais deux livres de côtelettes, vu que j'aurais ma fille et mon gendre, je m'aperçois qu'il me pèse des os de déchet, des os de côtelettes, c'est vrai, mais pas des miennes. J'aurais pu en faire du ragoût, c'est encore vrai, mais quand je demande des côtelettes, c'est pas pour avoir le déchet des autres. Je refuse donc, alors y me traite de vieux rat, je lui réplique vieux fripon ; bref, de fil en aiguille, nous nous sommes tant chamaillés, qu'il y avait plus de cent personnes devant la boutique et qui riaient, qui riaient ! Tant qu'enfin un agent fut attiré et nous invita à nous expliquer chez le commissaire. Nous y fûmes, et on nous renvoya dos à dos.

1. **Caraco** : blouse ample et droite tombant sur la jupe.

Moi, depuis, je m'sers ailleurs, et je n'passe même pu devant la porte, pour éviter des esclandres[1]. »

Elle se tut. Duroy demanda : « C'est tout ?

– C'est toute la vérité, mon cher monsieur », et lui ayant offert un verre de cassis qu'il refusa de boire, la vieille insista pour qu'on parlât dans le rapport des fausses pesées du boucher.

De retour au journal, Duroy rédigea sa réponse :

« Un écrivaillon anonyme de *La Plume*, s'en étant arraché une, me cherche noise[2] au sujet d'une vieille femme qu'il prétend avoir été arrêtée par un agent des mœurs, ce que je nie. J'ai vu moi-même la dame Aubert, âgée de soixante ans au moins, et elle m'a raconté par le menu sa querelle avec un boucher, au sujet d'une pesée de côtelettes, ce qui nécessita une explication devant le commissaire de police.

« Voilà toute la vérité.

« Quant aux autres insinuations du rédacteur de *La Plume*, je les méprise. On ne répond pas, d'ailleurs, à de pareilles choses, quand elles sont écrites sous le masque.

GEORGES DUROY. »

M. Walter et Jacques Rival, qui venait d'arriver, trouvèrent cette note suffisante, et il fut décidé qu'elle passerait le jour même, à la suite des échos.

Duroy rentra tôt chez lui, un peu agité, un peu inquiet. Qu'allait répondre l'autre ? Qui était-il ? Pourquoi cette attaque brutale ? Avec les mœurs brusques des journalistes, cette bêtise pouvait aller loin, très loin. Il dormit mal.

Quand il relut sa note dans le journal, le lendemain, il la trouva plus agressive imprimée que manuscrite. Il aurait pu, lui semblait-il, atténuer certains termes.

---

1. **Esclandres** : disputes violentes et bruyantes qui font scandale.
2. **Me cherche noise** : me cherche querelle.

Il fut fiévreux tout le jour et il dormit mal encore la nuit suivante. Il se leva dès l'aurore pour chercher le numéro de *La Plume* qui devait répondre à sa réplique.

Le temps s'était remis au froid ; il gelait dur. Les ruisseaux, saisis comme ils coulaient encore, déroulaient le long des trottoirs deux rubans de glace.

Les journaux n'étaient point arrivés chez les marchands et Duroy se rappela le jour de son premier article : *Les Souvenirs d'un chasseur d'Afrique.* Ses mains et ses pieds s'engourdissaient, devenaient douloureux, au bout des doigts surtout ; et il se mit à courir en rond autour du kiosque vitré, où la vendeuse, accroupie sur sa chaufferette[1], ne laissait voir, par la petite fenêtre, qu'un nez et des joues rouges dans un capuchon de laine.

Enfin le distributeur de feuilles publiques passa le paquet attendu par l'ouverture du carreau, et la bonne femme tendit à Duroy *La Plume* grande ouverte. Il chercha son nom d'un coup d'œil et ne vit rien d'abord. Il respirait déjà quand il aperçut la chose enfermée entre deux tirets.

« Le sieur Duroy, de *La Vie française*, nous donne un démenti ; et, en nous démentant, il ment. Il avoue cependant qu'il existe une femme Aubert, et qu'un agent l'a conduite à la police. Il ne reste donc qu'à ajouter deux mots : "des mœurs" après le mot "agent" et c'est dit.

« Mais la conscience de certains journalistes est au niveau de leur talent.

« Et je signe : LOUIS LANGREMONT. »

Alors le cœur de Georges se mit à battre violemment, et il rentra chez lui pour s'habiller, sans trop savoir ce qu'il faisait. Donc, on l'avait insulté, et d'une telle façon, qu'aucune hésitation n'était

---

1. **Chaufferette** : boîte à couvercle percée de trous et remplie de braises que l'on utilisait pour se chauffer les pieds.

possible. Pourquoi ? Pour rien. À propos d'une vieille femme qui s'était querellée avec son boucher.

Il s'habilla bien vite et se rendit chez M. Walter, quoiqu'il fût à peine huit heures du matin.

M. Walter, déjà levé, lisait *La Plume.* « Eh bien, dit-il avec un visage grave, en apercevant Duroy, vous ne pouvez pas reculer ? »

Le jeune homme ne répondit rien. Le directeur reprit : « Allez tout de suite trouver Rival qui se chargera de vos intérêts. »

Duroy balbutia quelques mots vagues et sortit pour se rendre chez le chroniqueur, qui dormait encore. Il sauta du lit, au coup de sonnette, puis ayant lu l'écho : « Bigre, il faut y aller. Qui voyez-vous comme autre témoin ?

– Mais, je ne sais pas, moi.

– Boisrenard ? Qu'en pensez-vous ?

– Oui, Boisrenard.

– Êtes-vous fort aux armes ?

– Pas du tout.

– Ah ! diable ! Et au pistolet ?

– Je tire un peu.

– Bon. Vous allez vous exercer pendant que je m'occuperai de tout. Attendez-moi une minute. »

Il passa dans son cabinet de toilette et reparut bientôt, lavé, rasé, correct.

« Venez avec moi », dit-il.

Il habitait au rez-de-chaussée d'un petit hôtel, et il fit descendre Duroy dans la cave, une cave énorme, convertie en salle d'armes et en tir, toutes les ouvertures sur la rue étant bouchées.

Après avoir allumé une ligne de becs de gaz conduisant jusqu'au fond d'un second caveau, où se dressait un homme de fer peint en rouge et en bleu, il posa sur une table deux paires de pistolets d'un système nouveau se chargeant par la culasse, et il commença les commandements d'une voix brève comme si on eût été sur le terrain.

« Prêt ?

– Feu ! – un, deux, trois. »

Duroy, anéanti, obéissait, levait le bras, visait, tirait, et comme il atteignait souvent le mannequin en plein ventre, car il s'était beaucoup servi dans sa première jeunesse d'un vieux pistolet d'arçon[1] de son père pour tuer des oiseaux dans la cour, Jacques Rival satisfait déclarait: « Bien – très bien – très bien – vous irez – vous irez. »

Puis il le quitta. « Tirez comme ça jusqu'à midi. Voilà des munitions, n'ayez pas peur de les brûler. Je viendrai vous prendre pour déjeuner et vous donner des nouvelles. » Et il sortit.

Resté seul, Duroy tira encore quelques coups, puis il s'assit et se mit à réfléchir.

Comme c'était bête, tout de même, ces choses-là! Qu'est-ce que ça prouvait? Un filou était-il moins un filou après s'être battu? Que gagnait un honnête homme insulté à risquer sa vie contre une crapule? Et son esprit, vagabondant dans le noir, se rappela les choses dites par Norbert de Varenne sur la pauvreté d'esprit des hommes, la médiocrité de leurs idées et de leurs préoccupations, la niaiserie de leur morale!

Et il déclara tout haut: « Comme il a raison, sacristi! »

Puis il sentit qu'il avait soif, et ayant entendu un bruit de gouttes d'eau derrière lui, il aperçut un appareil à douches et il alla boire au bout de la lance. Puis il se remit à songer. Il faisait triste dans cette cave, triste comme dans un tombeau. Le roulement lointain et sourd des voitures semblait un tremblement d'orage éloigné. Quelle heure pouvait-il être? Les heures passaient là-dedans comme elles doivent passer au fond des prisons, sans que rien les indique et que rien les marque, sauf les retours du geôlier portant les plats. Il attendit, longtemps, longtemps.

Puis tout d'un coup, il entendit des pas, des voix, et Jacques Rival reparut, accompagné de Boisrenard. Il cria dès qu'il aperçut Duroy: « C'est arrangé! »

---

1. **Pistolet d'arçon**: pistolet de gros calibre que les cavaliers placent sur la selle du cheval.

L'autre crut l'affaire terminée par quelque lettre d'excuses ; son cœur bondit, et il balbutia : « Ah !... merci. » Le chroniqueur reprit : « Ce Langremont est très carré, il a accepté toutes nos conditions. Vingt-cinq pas, une balle au commandement en levant le pistolet. On a le bras beaucoup plus sûr ainsi qu'en l'abaissant. Tenez, Boisrenard, voyez ce que je vous disais. »

Et prenant des armes, il se mit à tirer en démontrant comment on conservait bien mieux la ligne en levant le bras.

Puis il dit : « Maintenant, allons déjeuner, il est midi passé. »

Et ils se rendirent dans un restaurant voisin. Duroy ne parlait plus guère. Il mangea pour n'avoir pas l'air d'avoir peur, puis dans le jour il accompagna Boisrenard au journal et il fit sa besogne d'une façon distraite et machinale. On le trouva crâne.

Jacques Rival vint lui serrer la main vers le milieu de l'après-midi ; et il fut convenu que ses témoins le prendraient chez lui en landau[1], le lendemain à sept heures du matin, pour se rendre au bois du Vésinet où la rencontre aurait lieu.

Tout cela s'était fait si inopinément, sans qu'il y prît part, sans qu'il dît un mot, sans qu'il donnât son avis, sans qu'il acceptât ou refusât, et avec tant de rapidité qu'il demeurait étourdi, effaré, sans trop comprendre ce qui se passait.

Il se retrouva chez lui vers neuf heures du soir après avoir dîné avec Boisrenard, qui ne l'avait point quitté de tout le jour par dévouement.

Dès qu'il fut seul, il marcha pendant quelques minutes, à grands pas vifs, à travers sa chambre. Il était trop troublé pour réfléchir à rien. Une seule idée emplissait son esprit : « Un duel demain », sans que cette idée éveillât en lui autre chose qu'une émotion confuse et puissante. Il avait été soldat, il avait tiré sur des Arabes, sans grand danger pour lui, d'ailleurs, un peu comme on tire sur un sanglier, à la chasse.

---

1. **Landau** : voiture à quatre roues et capote, tirée par des chevaux.

En somme, il avait fait ce qu'il devait faire. Il s'était montré ce qu'il devait être. On en parlerait, on l'approuverait, on le féliciterait. Puis il prononça à haute voix, comme on parle dans les grandes secousses de pensée : « Quelle brute que cet homme ! »

Il s'assit et se mit à réfléchir. Il avait jeté sur sa petite table une carte de son adversaire remise par Rival, afin de garder son adresse. Il la relut, comme il l'avait déjà lue vingt fois dans la journée. *Louis Langremont, 176, rue Montmartre.* Rien de plus.

Il examinait ces lettres assemblées qui lui paraissaient mystérieuses, pleines de sens inquiétants. « Louis Langremont », qui était cet homme ? De quel âge ? De quelle taille ? De quelle figure ? N'était-ce pas révoltant qu'un étranger, un inconnu, vînt ainsi troubler votre vie, tout d'un coup, sans raison, par pur caprice, à propos d'une vieille femme qui s'était querellée avec son boucher ?

Il répéta encore une fois, à haute voix : « Quelle brute ! »

Et il demeura immobile, songeant, le regard toujours planté sur la carte. Une colère s'éveillait en lui contre ce morceau de papier, une colère haineuse où se mêlait un étrange sentiment de malaise. C'était stupide cette histoire-là ! Il prit une paire de ciseaux à ongles qui traînaient et il les piqua au milieu du nom imprimé comme s'il eût poignardé quelqu'un.

Donc il allait se battre, et se battre au pistolet ? Pourquoi n'avait-il pas choisi l'épée ? Il en aurait été quitte pour une piqûre au bras ou à la main, tandis qu'avec le pistolet on ne savait jamais les suites possibles.

Il dit : « Allons, il faut être crâne. »

Le son de sa voix le fit tressaillir, et il regarda autour de lui. Il commençait à se sentir fort nerveux. Il but un verre d'eau, puis se coucha.

Dès qu'il fut au lit, il souffla sa lumière et ferma les yeux.

Il avait très chaud dans ses draps, bien qu'il fît très froid dans sa chambre, mais il ne pouvait parvenir à s'assoupir. Il se tournait et se retournait, demeurait cinq minutes sur le dos, puis se plaçait sur le côté gauche, puis se roulait sur le côté droit.

Il avait encore soif. Il se releva pour boire, puis une inquiétude le saisit : « Est-ce que j'aurais peur ? »

Pourquoi son cœur se mettait-il à battre follement à chaque bruit connu de sa chambre ? Quand son coucou allait sonner, le petit grincement du ressort lui faisait faire un sursaut ; et il lui fallait ouvrir la bouche pour respirer pendant quelques secondes, tant il demeurait oppressé.

Il se mit à raisonner en philosophe sur la possibilité de cette chose : « Aurais-je peur ? »

Non certes il n'aurait pas peur puisqu'il était résolu à aller jusqu'au bout, puisqu'il avait cette volonté bien arrêtée de se battre, de ne pas trembler. Mais il se sentait si profondément ému qu'il se demanda : « Peut-on avoir peur malgré soi ? » Et ce doute l'envahit, cette inquiétude, cette épouvante ! Si une force plus puissante que sa volonté, dominatrice, irrésistible, le domptait, qu'arriverait-il ? Oui, que pouvait-il arriver !

Certes il irait sur le terrain puisqu'il voulait y aller. Mais s'il tremblait ? Mais s'il perdait connaissance ? Et il songea à sa situation, à sa réputation, à son avenir.

Et un singulier besoin le prit tout à coup de se relever pour se regarder dans sa glace. Il ralluma sa bougie. Quand il aperçut son visage reflété dans le verre poli, il se reconnut à peine, et il lui sembla qu'il ne s'était jamais vu. Ses yeux lui parurent énormes ; et il était pâle, certes, il était pâle, très pâle.

Tout d'un coup, cette pensée entra en lui à la façon d'une balle : « Demain, à cette heure-ci, je serai peut-être mort. » Et son cœur se remit à battre furieusement.

Il se retourna vers sa couche et il se vit distinctement étendu sur le dos dans ces mêmes draps qu'il venait de quitter. Il avait ce visage creux qu'ont les morts et cette blancheur des mains qui ne remueront plus.

Alors il eut peur de son lit, et afin de ne plus le voir il ouvrit la fenêtre pour regarder dehors.

Un froid glacial lui mordit la chair de la tête aux pieds, et il se recula, haletant.

La pensée lui vint de faire du feu. Il l'attisa lentement, sans se retourner. Ses mains tremblaient un peu d'un frémissement nerveux quand elles touchaient les objets. Sa tête s'égarait, ses pensées tournoyantes, hachées, devenaient fuyantes, douloureuses ; une ivresse envahissait son esprit comme s'il eût bu.

Et sans cesse il se demandait : « Que vais-je faire ? que vais-je devenir ? »

Il se remit à marcher, répétant, d'une façon continue, machinale : « Il faut que je sois énergique, très énergique. »

Puis il se dit : « Je vais écrire à mes parents, en cas d'accident. »

Il s'assit de nouveau, prit un cahier de papier à lettres, traça : « Mon cher papa, ma chère maman… »

Puis il jugea ces termes trop familiers dans une circonstance aussi tragique. Il déchira la première feuille et recommença : « Mon cher père ; ma chère mère ; je vais me battre au point du jour, et comme il peut arriver que… »

Il n'osa pas écrire le reste et se releva d'une secousse.

Cette pensée l'écrasait maintenant : « Il allait se battre en duel. Il ne pouvait plus éviter cela. Que se passait-il donc en lui ? Il voulait se battre ; il avait cette intention et cette résolution fermement arrêtées ; et il lui semblait, malgré tout l'effort de sa volonté, qu'il ne pourrait même pas conserver la force nécessaire pour aller jusqu'au lieu de la rencontre. »

De temps en temps ses dents s'entrechoquaient dans sa bouche avec un petit bruit sec ; et il se demandait : « Mon adversaire s'est-il déjà battu ? a-t-il fréquenté les tirs ? est-il connu ? est-il classé ? » Il n'avait jamais entendu prononcer ce nom. Et cependant si cet homme n'était pas un tireur au pistolet remarquable, il n'aurait point accepté ainsi, sans hésitation, sans discussion, cette arme dangereuse.

Alors Duroy se figurait leur rencontre, son attitude à lui et la tenue de son ennemi. Il se fatiguait la pensée à imaginer les moindres détails du combat et tout à coup il voyait en face de lui ce petit trou noir et profond du canon dont allait sortir une balle.

Et il fut pris brusquement d'une crise de désespoir épouvantable. Tout son corps vibrait, parcouru de tressaillements saccadés. Il serrait les dents pour ne pas crier, avec un besoin fou de se rouler par terre, de déchirer quelque chose, de mordre. Mais il aperçut un verre sur sa cheminée et il se rappela qu'il possédait dans son armoire un litre d'eau-de-vie presque plein ; car il avait conservé l'habitude militaire de *tuer le ver*[1] chaque matin.

Il saisit la bouteille et but, à même le goulot, à longues gorgées, avec avidité. Et il la reposa seulement lorsque le souffle lui manqua. Elle était vidée d'un tiers.

Une chaleur pareille à une flamme lui brûla bientôt l'estomac, se répandit dans ses membres, raffermit son âme en l'étourdissant.

Il se dit : « Je tiens le moyen. » Et comme il se sentait maintenant la peau brûlante il rouvrit la fenêtre.

Le jour naissait, calme et glacial. Là-haut, les étoiles semblaient mourir au fond du firmament éclairci, et dans la tranchée profonde du chemin de fer les signaux verts, rouges et blancs pâlissaient.

Les premières locomotives sortaient du garage et s'en venaient en sifflant chercher les premiers trains. D'autres, dans le lointain, jetaient des appels aigus et répétés, leurs cris de réveil, comme font les coqs dans les champs.

Duroy pensait : « Je ne verrai peut-être plus tout ça. » Mais comme il sentit qu'il allait de nouveau s'attendrir sur lui-même, il réagit violemment : « Allons, il ne faut songer à rien jusqu'au moment de la rencontre, c'est le seul moyen d'être crâne. »

Et il se mit à sa toilette. Il eut encore, en se rasant, une seconde de défaillance en songeant que c'était peut-être la dernière fois qu'il regardait son visage.

Mais il but une nouvelle gorgée d'eau-de-vie, et acheva de s'habiller.

L'heure qui suivit fut difficile à passer. Il marchait de long en large en s'efforçant en effet d'immobiliser son âme. Lorsqu'il entendit frapper à sa porte, il faillit s'abattre sur le dos, tant la commotion fut violente. C'étaient ses témoins. Déjà !

Ils étaient enveloppés de fourrures. Rival déclara, après avoir serré la main de son client :

---

1. **Tuer le ver** : boire un verre d'eau de vie à jeun.

« Il fait un froid de Sibérie. » Puis il demanda : « Ça va bien ?

– Oui, très bien.

– On est calme ?

– Très calme.

– Allons, ça ira. Avez-vous bu et mangé quelque chose ?

– Oui, je n'ai besoin de rien. »

Boisrenard, pour la circonstance, portait une décoration étrangère, verte et jaune, que Duroy ne lui avait jamais vue.

Ils descendirent. Un monsieur les attendait dans le landau. Rival nomma : « Le docteur Le Brument. » Duroy lui serra la main en balbutiant : « Je vous remercie », puis il voulut prendre place sur la banquette du devant et il s'assit sur quelque chose de dur qui le fit relever comme si un ressort l'eût redressé. C'était la boîte aux pistolets.

Rival répétait : « Non ! Au fond le combattant et le médecin, au fond ! » Duroy finit par comprendre et il s'affaissa à côté du docteur.

Les deux témoins montèrent à leur tour et le cocher partit. Il savait où on devait aller.

Mais la boîte aux pistolets gênait tout le monde, surtout Duroy, qui eût préféré ne pas la voir. On essaya de la placer derrière les dos, elle cassait les reins ; puis on la mit debout entre Rival et Boisrenard ; elle tombait tout le temps. On finit par la glisser sous les pieds.

La conversation languissait, bien que le médecin racontât des anecdotes. Rival seul lui répondait. Duroy eût voulu prouver de la présence d'esprit, mais il avait peur de perdre le fil de ses idées, de montrer le trouble de son âme ; et il était hanté par la crainte torturante de se mettre à trembler.

La voiture fut bientôt en pleine campagne. Il était neuf heures environ. C'était une de ces rudes matinées d'hiver où toute la nature est luisante, cassante et dure comme du cristal. Les arbres, vêtus de givre, semblent avoir sué de la glace ; la terre sonne sous les pas ; l'air sec porte au loin les moindres bruits ; le ciel bleu paraît brillant à la façon des miroirs, et le soleil passe dans l'espace, éclatant et froid lui-même, jetant sur la création gelée des rayons qui n'échauffent rien.

Rival disait à Duroy: «J'ai pris les pistolets chez Gastine Renette[1]. Il les a chargés lui-même. La boîte est cachetée. On les tirera au sort, d'ailleurs, avec ceux de notre adversaire.»

Duroy répondit machinalement: «Je vous remercie.»

Alors Rival lui fit des recommandations minutieuses, car il tenait à ce que son client ne commît aucune erreur. Il insistait sur chaque point plusieurs fois: «Quand on demandera: "Êtes-vous prêts, messieurs?" vous répondrez d'une voix forte: "Oui!"

«Quand on commandera "Feu!" vous élèverez vivement le bras, et vous tirerez avant qu'on ait prononcé trois.»

Et Duroy se répétait mentalement: «Quand on commandera feu, j'élèverai le bras, – quand on commandera feu, j'élèverai le bras.»

Il apprenait cela comme les enfants apprennent leurs leçons en le murmurant à satiété pour se le bien graver dans la tête. «Quand on commandera feu, j'élèverai le bras.»

Le landau entra sous un bois, tourna à droite dans une avenue, puis encore à droite. Rival, brusquement, ouvrit la portière pour crier au cocher: «Là, par ce petit chemin.» Et la voiture s'engagea dans une route à ornières entre deux taillis où tremblotaient des feuilles mortes bordées d'un liséré de glace.

Duroy marmottait[2] toujours: «Quand on commandera feu, j'élèverai le bras.» Et il pensa qu'un accident de voiture arrangerait tout. Oh! si on pouvait verser, quelle chance! s'il pouvait se casser une jambe!...

Mais il aperçut au bout d'une clairière une autre voiture arrêtée et quatre messieurs qui piétinaient pour s'échauffer les pieds; et il fut obligé d'ouvrir la bouche, tant sa respiration devenait pénible.

Les témoins descendirent d'abord, puis le médecin et le combattant. Rival avait pris la boîte aux pistolets et il s'en alla avec Boisrenard, vers deux des étrangers qui venaient à eux. Duroy les vit se saluer avec cérémonie, puis marcher ensemble dans la clairière

---

1. **Gastine Renette**: armurier de l'époque. Maupassant aimait s'entraîner dans sa salle d'armes.
2. **Marmottait**: marmonnait.

en regardant tantôt par terre et tantôt dans les arbres, comme s'ils avaient cherché quelque chose qui aurait pu tomber ou s'envoler. Puis ils comptèrent des pas et enfoncèrent avec grand-peine deux cannes dans le sol gelé. Ils se réunirent ensuite en groupe et ils firent les mouvements du jeu de pile ou face, comme des enfants qui s'amusent.

Le docteur Le Brument demandait à Duroy :

« Vous vous sentez bien ? Vous n'avez besoin de rien ?

– Non, de rien, merci. »

Il lui semblait qu'il était fou, qu'il dormait, qu'il rêvait, que quelque chose de surnaturel était survenu qui l'enveloppait.

Avait-il peur ? Peut-être ? Mais il ne savait pas. Tout était changé autour de lui.

Jacques Rival revint et lui annonça tout bas avec satisfaction : « Tout est prêt. La chance nous a favorisés pour les pistolets. »

Voilà une chose qui était indifférente à Duroy.

On lui ôta son pardessus. Il se laissa faire. On tâta les poches de sa redingote pour s'assurer qu'il ne portait point de papiers ni de portefeuille protecteur.

Il répétait en lui-même, comme une prière : « Quand on commandera feu, j'élèverai le bras. »

Puis on l'amena jusqu'à une des cannes piquées en terre et on lui remit son pistolet. Alors il aperçut un homme debout, en face de lui, tout près, un petit homme ventru, chauve, qui portait des lunettes. C'était son adversaire.

Il le vit très bien, mais il ne pensait à rien qu'à ceci : « Quand on commandera feu, j'élèverai le bras et je tirerai. » Une voix résonna dans le grand silence de l'espace, une voix qui semblait venir de très loin ; et elle demanda :

« Êtes-vous prêts, messieurs ? »

Georges cria : « Oui ! »

Alors la même voix ordonna : « Feu… »

Il n'écouta rien de plus, il ne s'aperçut de rien, il ne se rendit compte de rien, il sentit seulement qu'il levait le bras en appuyant de toute sa force sur la gâchette.

Et il n'entendit rien.

Mais il vit aussitôt un peu de fumée au bout du canon de son pistolet; et comme l'homme en face de lui demeurait toujours debout, dans la même posture également, il aperçut aussi un autre petit nuage blanc qui s'envolait au-dessus de la tête de son adversaire.

Ils avaient tiré tous les deux. C'était fini.

Ses témoins et le médecin le touchaient, le palpaient, déboutonnaient ses vêtements en demandant avec anxiété : « Vous n'êtes pas blessé ? » Il répondit au hasard : « Non, je ne crois pas. »

Langremont d'ailleurs, demeurait aussi intact que son ennemi, et Jacques Rival murmura d'un ton mécontent : « Avec ce sacré pistolet, c'est toujours comme ça, on se rate ou on se tue. Quel sale instrument ! »

Duroy ne bougeait point, paralysé de surprise et de joie : « C'était fini ! » Il fallut lui enlever son arme qu'il tenait toujours serrée dans sa main. Il lui semblait maintenant qu'il se serait battu contre l'univers entier. C'était fini. Quel bonheur ! il se sentait brave tout à coup à provoquer n'importe qui.

Tous les témoins causèrent quelques minutes, prenant rendez-vous dans le jour pour la rédaction du procès-verbal, puis on remonta dans la voiture ; et le cocher qui riait sur son siège repartit en faisant claquer son fouet.

Ils déjeunèrent tous les quatre sur le boulevard, en causant de l'événement. Duroy disait ses impressions : « Ça ne m'a rien fait, absolument rien. Vous avez dû le voir du reste ? »

Rival répondit : « Oui, vous vous êtes bien tenu. »

Quand le procès-verbal fut rédigé on le présenta à Duroy qui devait l'insérer dans les échos. Il s'étonna de voir qu'il avait échangé deux balles avec M. Louis Langremont, et, un peu inquiet, il interrogea Rival : « Mais nous n'avons tiré qu'une balle. »

L'autre sourit : « Oui, une balle… une balle chacun… ça fait deux balles. »

Et Duroy, trouvant l'explication satisfaisante, n'insista pas. Le père Walter l'embrassa : « Bravo, bravo, vous avez défendu le drapeau de *La Vie française*, bravo ! »

Georges se montra, le soir, dans les principaux grands journaux et dans les principaux grands cafés du boulevard. Il rencontra deux fois son adversaire qui se montrait également.

Ils ne se saluèrent pas. Si l'un des deux avait été blessé, ils se seraient serré les mains. Chacun jurait d'ailleurs avec conviction avoir entendu siffler la balle de l'autre.

Le lendemain, vers onze heures du matin, Duroy reçut un petit bleu :

Mon Dieu que j'ai eu peur ! Viens donc tantôt rue de Constantinople, que je t'embrasse, mon amour. Comme tu es brave – je t'adore.

CLO.

Il alla au rendez-vous et elle s'élança dans ses bras, le couvrant de baisers :

« Oh ! mon chéri, si tu savais mon émotion quand j'ai lu les journaux ce matin. Oh ! raconte-moi. Dis-moi tout. Je veux savoir. »

Il dut raconter les détails avec minutie. Elle demandait : « Comme tu as dû avoir une mauvaise nuit avant le duel !

– Mais non. J'ai bien dormi.

– Moi je n'aurais pas fermé l'œil. Et sur le terrain, dis-moi comment ça s'est passé. »

Il fit un récit dramatique : « Lorsque nous fûmes en face l'un de l'autre, à vingt pas, quatre fois seulement la longueur de cette chambre, Jacques, après avoir demandé si nous étions prêts, commanda : "Feu." J'ai élevé mon bras immédiatement, bien en ligne, mais j'ai eu le tort de vouloir viser la tête. J'avais une arme fort dure et je suis accoutumé à des pistolets bien doux, de sorte que la résistance de la gâchette a relevé le coup. N'importe, ça n'a pas dû passer loin. Lui aussi il tire bien, le gredin. Sa balle m'a effleuré la tempe. J'en ai senti le vent. »

Elle était assise sur ses genoux et le tenait dans ses bras comme pour prendre part à son danger. Elle balbutiait : « Oh ! mon pauvre chéri, mon pauvre chéri… »

Puis quand il eut fini de conter elle lui dit : « Tu ne sais pas, je ne peux plus me passer de toi ! Il faut que je te voie ; et, avec mon mari à Paris, ça n'est pas commode. Souvent j'aurais une heure le matin, avant que tu sois levé, et je pourrais aller t'embrasser, mais je ne veux pas rentrer dans ton affreuse maison. Comment faire ? »

Il eut brusquement une inspiration et demanda :

« Combien payes-tu ici ?

– Cent francs par mois.

– Eh bien, je prends l'appartement à mon compte et je vais l'habiter tout à fait. Le mien n'est plus suffisant dans ma nouvelle position. »

Elle réfléchit quelques instants, puis répondit :

« Non. Je ne veux pas. »

Il s'étonna : « Pourquoi ça ?

– Parce que…

– Ce n'est pas une raison. Ce logement me convient très bien. J'y suis. J'y reste. »

Il se mit à rire : « D'ailleurs il est à mon nom. »

Mais elle refusait toujours : « Non, non, je ne veux pas…

– Pourquoi ça, enfin ? »

Alors elle chuchota tout bas, tendrement : « Parce que tu y amènerais des femmes, et je ne veux pas. »

Il s'indigna : « Jamais de la vie, par exemple. Je te le promets.

– Non, tu en amènerais tout de même.

– Je te le jure.

– Bien vrai ?

– Bien vrai. Parole d'honneur. C'est notre maison, ça, rien qu'à nous. »

Elle l'étreignit dans un élan d'amour : « Alors je veux bien, mon chéri. Mais tu sais, si tu me trompes une fois, rien qu'une fois, ce sera fini entre nous, fini pour toujours. »

Il jura encore avec des protestations, et il fut convenu qu'il s'installerait le jour même, afin qu'elle pût le voir quand elle passerait devant la porte.

Puis elle lui dit : « En tout cas, viens dîner dimanche. Mon mari te trouve charmant. »

Il fut flatté : « Ah ! vraiment ?…

– Oui, tu as fait sa conquête. Et puis écoute, tu m'as dit que tu avais été élevé dans un château à la campagne, n'est-ce pas ?

– Oui, pourquoi ?

– Alors tu dois connaître un peu la culture ?

– Oui.

– Eh bien, parle-lui de jardinage et de récoltes, il aime beaucoup ça.

– Bon. Je n'oublierai pas. »

Elle le quitta, après l'avoir indéfiniment embrassé, ce duel ayant exaspéré sa tendresse.

Et Duroy pensait, en se rendant au journal : « Quel drôle d'être ça fait ! Quelle tête d'oiseau ! Sait-on ce qu'elle veut et ce qu'elle aime ? Et quel drôle de ménage ! Quel fantaisiste a bien pu préparer l'accouplement de ce vieux et de cette écervelée ? Quel raisonnement a décidé cet inspecteur à épouser cette étudiante ? Mystère ! Qui sait ? L'amour, peut-être ? »

Puis il conclut : « Enfin, c'est une bien gentille maîtresse ; je serais rudement bête de la lâcher. »

Chapitre 8

Son duel avait fait passer Duroy au nombre des chroniqueurs de tête de *La Vie française*; mais, comme il éprouvait une peine infinie à découvrir des idées, il prit la spécialité des déclamations sur la décadence des mœurs, sur l'abaissement des caractères, l'affaissement du patriotisme et l'anémie de l'honneur français. (Il avait trouvé le mot « anémie » dont il était fier.)

Et quand Mme de Marelle, pleine de cet esprit gouailleur, sceptique et gobeur[1] qu'on appelle l'esprit de Paris, se moquait de ses tirades qu'elle crevait d'une épigramme[2], il répondait en souriant : « Bah ! ça me fait une bonne réputation pour plus tard. »

Il habitait maintenant rue de Constantinople, où il avait transporté sa malle, sa brosse, son rasoir et son savon, ce qui constituait son déménagement. Deux ou trois fois par semaine, la jeune femme arrivait avant qu'il fût levé, se déshabillait en une minute et se glissait dans le lit, toute frissonnante du froid du dehors.

Duroy, par contre, dînait tous les jeudis dans le ménage et faisait la cour au mari en lui parlant agriculture ; et comme il aimait lui-même les choses de la terre, ils s'intéressaient parfois tellement tous deux à leur causerie qu'ils oubliaient tout à fait leur femme sommeillant sur le canapé.

Laurine aussi s'endormait, tantôt sur les genoux de son père, tantôt sur les genoux de Bel-Ami.

---

1. Gobeur : naïf.
2. Épigramme : ici, trait d'esprit satirique, mot d'esprit spirituel et mordant.

Et quand le journaliste était parti, M. de Marelle ne manquait point de déclarer avec ce ton doctrinaire dont il disait les moindres choses : « Ce garçon est vraiment fort agréable. Il a l'esprit très cultivé. »

Février touchait à sa fin. On commençait à sentir la violette dans les rues en passant le matin auprès des voitures traînées par les marchandes de fleurs.

Duroy vivait sans un nuage dans son ciel.

Or, une nuit, comme il rentrait, il trouva une lettre glissée sous sa porte. Il regarda le timbre, et il vit « Cannes ». L'ayant ouverte, il lut :

Cannes, villa Jolie.

Cher monsieur et ami, vous m'avez dit, n'est-ce pas, que je pouvais compter sur vous en tout ? Eh bien, j'ai à vous demander un cruel service, c'est de venir m'assister, de ne pas me laisser seule aux derniers moments de Charles qui va mourir. Il ne passera peut-être pas la semaine, bien qu'il se lève encore, mais le médecin m'a prévenue.

Je n'ai plus la force ni le courage de voir cette agonie jour et nuit. Et je songe avec terreur aux derniers moments qui approchent. Je ne puis demander une pareille chose qu'à vous, car mon mari n'a plus de famille. Vous étiez son camarade ; il vous a ouvert la porte du journal. Venez, je vous en supplie. Je n'ai personne à appeler.

Croyez-moi votre camarade toute dévouée.

Madeleine Forestier.

Un singulier sentiment entra comme un souffle d'air au cœur de Georges, un sentiment de délivrance, d'espace qui s'ouvrait devant lui, et il murmura : « Certes, j'irai. Ce pauvre Charles ! Ce que c'est que de nous, tout de même ! »

Le patron, à qui il communiqua la lettre de la jeune femme, donna en grognant son autorisation. Il répétait : « Mais revenez vite, vous nous êtes indispensable. »

Georges Duroy partit pour Cannes le lendemain par le rapide de sept heures, après avoir prévenu le ménage de Marelle par un télégramme.

Il arriva, le jour suivant, vers quatre heures du soir.

Un commissionnaire le guida vers la villa Jolie, bâtie à mi-côte, dans cette forêt de sapins peuplée de maisons blanches, qui va du Cannet au golfe Juan.

La maison était petite, basse, de style italien, au bord de la route qui monte en zigzag à travers les arbres, montrant à chaque détour d'admirables points de vue.

Le domestique ouvrit la porte et s'écria :

« Oh ! monsieur, madame vous attend avec bien de l'impatience. »

Duroy demanda : « Comment va votre maître ?

– Oh ! pas bien, monsieur. Il n'en a pas pour longtemps. »

Le salon où le jeune homme entra était tendu de perse [1] rose à dessins bleus. La fenêtre, large et haute, donnait sur la ville et sur la mer.

Duroy murmurait : « Bigre, c'est chic ici comme maison de campagne. Où diable prennent-ils tout cet argent-là ? »

Un bruit de robe le fit se retourner.

Mme Forestier lui tendait les deux mains : « Comme vous êtes gentil, comme c'est gentil d'être venu ! » Et brusquement elle l'embrassa. Puis ils se regardèrent.

Elle était un peu pâlie, un peu maigrie, mais toujours fraîche, et peut-être plus jolie encore avec son air plus délicat. Elle murmura : « Il est terrible, voyez-vous, il se sait perdu et il me tyrannise atrocement. Je lui ai annoncé votre arrivée. Mais où est votre malle ? »

Duroy répondit : « Je l'ai laissée au chemin de fer, ne sachant pas dans quel hôtel vous me conseilleriez de descendre pour être près de vous. »

Elle hésita, puis reprit : « Vous descendrez ici, dans la villa. Votre chambre est prête, du reste. Il peut mourir d'un moment à l'autre, et si cela arrivait la nuit, je serais seule. J'enverrai chercher votre bagage. »

Il s'inclina : « Comme vous voudrez.

– Maintenant, montons », dit-elle.

---

1. **Perse** : toile d'ameublement imprimée.

Il la suivit. Elle ouvrit une porte au premier étage, et Duroy aperçut auprès d'une fenêtre, assis dans un fauteuil et enroulé dans des couvertures, livide sous la clarté rouge du soleil couchant, une espèce de cadavre qui le regardait. Il le reconnaissait à peine; il devina plutôt que c'était son ami.

On sentait dans cette chambre la fièvre, la tisane, l'éther, le goudron, cette odeur innommable et lourde des appartements où respire un poitrinaire[1].

Forestier souleva sa main d'un geste pénible et lent:

« Te voilà, dit-il, tu viens me voir mourir. Je te remercie. »

Duroy affecta de rire: « Te voir mourir! ce ne serait pas un spectacle amusant, et je ne choisirais point cette occasion-là pour visiter Cannes. Je viens te dire bonjour et me reposer un peu. »

L'autre murmura: « Assieds-toi », et il baissa la tête comme enfoncé en des méditations désespérées.

Il respirait d'une façon rapide, essoufflée, et parfois poussait une sorte de gémissement, comme s'il eût voulu rappeler aux autres combien il était malade.

Voyant qu'il ne parlerait point, sa femme vint s'appuyer à la fenêtre et elle dit en montrant l'horizon d'un coup de tête: « Regardez cela! Est-ce beau? »

En face d'eux, la côte semée de villas descendait jusqu'à la ville qui était couchée le long du rivage en demi-cercle, avec sa tête à droite vers la jetée que dominait la vieille cité surmontée d'un vieux beffroi, et ses pieds à gauche à la pointe de la Croisette, en face des îles de Lérins. Elles avaient l'air, ces îles, de deux taches vertes, dans l'eau toute bleue. On eût dit qu'elles flottaient comme deux feuilles immenses, tant elles semblaient plates de là-haut.

Et tout au loin, fermant l'horizon de l'autre côté du golfe, au-dessus de la jetée et du beffroi, une longue suite de montagnes bleuâtres dessinait sur un ciel éclatant une ligne bizarre et charmante de sommets tantôt arrondis, tantôt crochus, tantôt pointus,

1. **Poitrinaire**: personne atteinte de tuberculose, maladie pulmonaire.

et qui finissait par un grand mont en pyramide plongeant son pied dans la pleine mer.

Mme Forestier l'indiqua : « C'est l'Esterel. »

L'espace derrière les cimes sombres était rouge, d'un rouge sanglant et doré que l'œil ne pouvait soutenir.

Duroy subissait malgré lui la majesté de cette fin du jour.

Il murmura, ne trouvant point d'autre terme assez imagé pour exprimer son admiration

– Oh ! oui, c'est épatant, ça !

Forestier releva la tête vers sa femme et demanda :« Donne-moi un peu d'air. »

Elle répondit : « Prends garde, il est tard, le soleil se couche, tu vas encore attraper froid, et tu sais que ça ne te vaut rien dans ton état de santé. »

Il fit de la main droite un geste fébrile et faible qui aurait voulu être un coup de poing et il murmura avec une grimace de colère, une grimace de mourant qui montrait la minceur des lèvres, la maigreur des joues et la saillie de tous les os : « Je te dis que j'étouffe. Qu'est-ce que ça te fait que je meure un jour plus tôt ou un jour plus tard, puisque je suis foutu… »

Elle ouvrit toute grande la fenêtre.

Le souffle qui entra les surprit tous les trois comme une caresse. C'était une brise molle, tiède, paisible, une brise de printemps nourrie déjà par les parfums des arbustes et des fleurs capiteuses[1] qui poussent sur cette côte. On y distinguait un goût puissant de résine et l'âcre saveur des eucalyptus.

Forestier la buvait d'une haleine courte et fiévreuse. Il crispa les ongles de ses mains sur les bras de son fauteuil, et dit d'une voix basse, sifflante, rageuse : « Ferme la fenêtre. Cela me fait mal. J'aimerais mieux crever dans une cave. »

Et sa femme ferma la fenêtre lentement, puis elle regarda au loin, le front contre la vitre.

1. **Capiteuses** : dont le parfum enivrant monte à la tête.

Duroy, mal à l'aise, aurait voulu causer avec le malade, le rassurer. Mais il n'imaginait rien de propre à le réconforter.

Il balbutia : « Alors ça ne va pas mieux depuis que tu es ici ? »

L'autre haussa les épaules avec une impatience accablée : « Tu le vois bien. » Et il baissa de nouveau la tête.

Duroy reprit : « Sacristi, il fait rudement bon ici, comparativement à Paris. Là-bas on est encore en plein hiver. Il neige, il grêle, il pleut, et il fait sombre à allumer les lampes dès trois heures de l'après-midi. »

Forestier demanda : « Rien de nouveau au journal ?

– Rien de nouveau. On a pris pour te remplacer le petit Lacrin qui sort du *Voltaire* ; mais il n'est pas mûr. Il est temps que tu reviennes ! »

Le malade balbutia : « Moi ? J'irai faire de la chronique à six pieds sous terre maintenant. »

L'idée fixe revenait comme un coup de cloche à propos de tout, repassait sans cesse dans chaque pensée, dans chaque phrase.

Il y eut un long silence, un silence douloureux et profond. L'ardeur du couchant se calmait lentement ; et les montagnes devenaient noires sur le ciel rouge qui s'assombrissait. Une ombre colorée, un commencement de nuit qui gardait des lueurs de brasier mourant entrait dans la chambre, semblait teindre les meubles, les murs, les tentures, les coins avec des tons mêlés d'encre et de pourpre. La glace de la cheminée, reflétant l'horizon, avait l'air d'une plaque de sang.

Mme Forestier ne remuait point, toujours debout, le dos à l'appartement, le visage contre le carreau.

Et Forestier se mit à parler d'une voix saccadée, essoufflée, déchirante à entendre : « Combien est-ce que j'en verrai encore, de couchers de soleil ?… huit… dix… quinze ou vingt… peut-être trente… pas plus… Vous avez du temps, vous autres… moi, c'est fini… Et ça continuera… après moi, comme si j'étais là… »

Il demeura muet quelques minutes, puis reprit : « Tout ce que je vois me rappelle que je ne le verrai plus dans quelques jours… C'est horrible… je ne verrai plus rien… rien de ce qui existe… les plus petits objets qu'on manie… les verres… les assiettes… les lits où l'on se repose si bien… les voitures. C'est bon de se promener en voiture, le soir… Comme j'aimais tout ça ! »

Il faisait avec les doigts de chaque main un mouvement nerveux et léger, comme s'il eût joué du piano sur les deux bras de son siège. Et chacun de ses silences était plus pénible que ses paroles, tant on sentait qu'il devait penser à d'épouvantables choses.

Et Duroy tout à coup se rappela ce que lui disait Norbert de Varenne, quelques semaines auparavant : « Moi, maintenant, je vois la mort de si près que j'ai souvent envie d'étendre le bras pour la repousser… Je la découvre partout. Les petites bêtes écrasées sur les routes, les feuilles qui tombent, le poil blanc aperçu dans la barbe d'un ami, me ravagent le cœur et me crient – la voilà ! »

Il n'avait point compris, ce jour-là ; maintenant il comprenait en regardant Forestier. Et une angoisse inconnue, atroce, entrait en lui, comme s'il eût senti tout près, sur ce fauteuil où haletait cet homme, la hideuse mort à portée de sa main. Il avait envie de se lever, de s'en aller, de se sauver, de retourner à Paris tout de suite ! Oh ! s'il avait su, il ne serait pas venu.

La nuit maintenant s'était répandue dans la chambre, comme un deuil hâtif qui serait tombé sur ce moribond. Seule la fenêtre restait visible encore, dessinant dans son carré plus clair la silhouette immobile de la jeune femme.

Et Forestier demanda avec irritation : « Eh bien, on n'apporte pas la lampe aujourd'hui ? Voilà ce qu'on appelle soigner un malade. »

L'ombre du corps qui se découpait sur les carreaux disparut, et on entendit tinter un timbre électrique dans la maison sonore.

Un domestique entra bientôt qui posa une lampe sur la cheminée. Mme Forestier dit à son mari : « Veux-tu te coucher, ou descendras-tu pour dîner ? »

Il murmura : « Je descendrai. »

Et l'attente du repas les fit demeurer encore près d'une heure immobiles, tous les trois, prononçant seulement parfois un mot, un mot quelconque inutile, banal, comme s'il y eût du danger, un danger mystérieux, à laisser durer trop longtemps ce silence, à laisser se figer l'air muet de cette chambre, de cette chambre où rôdait la mort.

Enfin le dîner fut annoncé. Il sembla long à Duroy, interminable. Ils ne parlaient pas, ils mangeaient sans bruit, puis émiettaient du pain du bout des doigts. Et le domestique faisait le service, marchait, allait et venait sans qu'on entendît ses pieds, car le bruit des semelles irritant Charles, l'homme était chaussé de savates. Seul le tic-tac d'une horloge de bois troublait le calme des murs de son mouvement mécanique et régulier.

Dès qu'on eut fini de manger, Duroy, sous prétexte de fatigue, se retira dans sa chambre, et, accoudé à sa fenêtre, il regardait la pleine lune au milieu du ciel, comme un globe de lampe énorme, jeter sur les murs blancs des villas sa clarté sèche et voilée, et semer sur la mer une sorte d'écaille de lumière mouvante et douce. Et il cherchait une raison pour s'en aller bien vite, inventant des ruses, des télégrammes qu'il allait recevoir, un appel de M. Walter.

Mais ses résolutions de fuite lui parurent plus difficiles à réaliser, en s'éveillant le lendemain. Mme Forestier ne se laisserait point prendre à ses adresses, et il perdrait par sa couardise[1] tout le bénéfice de son dévouement. Il se dit : « Bah ! c'est embêtant ; eh bien, tant pis, il y a des passes désagréables dans la vie ; et puis, ça ne sera peut-être pas long. »

Il faisait un temps bleu, de ce bleu du Midi qui vous emplit le cœur de joie ; et Duroy descendit jusqu'à la mer, trouvant qu'il serait assez tôt de voir Forestier dans la journée.

Quand il rentra pour déjeuner, le domestique lui dit : « Monsieur a déjà demandé monsieur deux ou trois fois. Si monsieur veut monter chez monsieur.

Il monta. Forestier semblait dormir dans un fauteuil. Sa femme lisait, allongée sur le canapé.

Le malade releva la tête. Duroy demanda : « Eh bien, comment vas-tu ? Tu m'as l'air gaillard, ce matin. »

1. **Couardise** : lâcheté.

L'autre murmura : « Oui, ça va mieux, j'ai repris des forces. Déjeune bien vite avec Madeleine, parce que nous allons faire un tour en voiture. »

La jeune femme, dès qu'elle fut seule avec Duroy, lui dit : « Voilà ! aujourd'hui il se croit sauvé. Il fait des projets depuis le matin. Nous allons tout à l'heure au golfe Juan acheter des faïences pour notre appartement de Paris. Il veut sortir à toute force, mais j'ai horriblement peur d'un accident. Il ne pourra pas supporter les secousses de la route. »

Quand le landau fut arrivé, Forestier descendit l'escalier pas à pas, soutenu par son domestique. Mais dès qu'il aperçut la voiture, il voulut qu'on la découvrît.

Sa femme résistait : « Tu vas prendre froid. C'est de la folie. »

Il s'obstina : « Non, je vais beaucoup mieux. Je le sens bien. »

On passa d'abord dans ces chemins ombreux qui vont toujours entre deux jardins et qui font de Cannes une sorte de parc anglais, puis on gagna la route d'Antibes, le long de la mer.

Forestier expliquait le pays. Il avait indiqué d'abord la villa du comte de Paris. Il en nommait d'autres. Il était gai, d'une gaieté voulue, factice et débile de condamné. Il levait le doigt, n'ayant point la force de tendre le bras. « Tiens, voici l'île Sainte-Marguerite et le château dont Bazaine s'est évadé. Nous en a-t-on donné à garder avec cette affaire-là ! »

Puis il eut des souvenirs de régiment : il nomma des officiers qui leur rappelaient des histoires. Mais, tout à coup, la route ayant tourné, on découvrit le golfe Juan tout entier avec son village blanc dans le fond et la pointe d'Antibes à l'autre bout.

Et Forestier, saisi soudain d'une joie enfantine, balbutia : « Ah ! l'escadre[1], tu vas voir l'escadre ! »

Au milieu de la vaste baie, on apercevait, en effet, une demi-douzaine de gros navires qui ressemblaient à des rochers couverts de ramures. Ils étaient bizarres, difformes, énormes, avec des

1. **Escadre** : groupe de navires militaires.

excroissances, des tours, des éperons[1] s'enfonçant dans l'eau comme pour aller prendre racine sous la mer.

On ne comprenait pas que cela pût se déplacer, remuer, tant ils semblaient lourds et attachés au fond. Une batterie[2] flottante, ronde, haute, en forme d'observatoire, ressemblait à ces phares qu'on bâtit sur des écueils.

Et un grand trois-mâts passait auprès d'eux pour gagner le large, toutes ses voiles déployées blanches et joyeuses. Il était gracieux et joli auprès des monstres de guerre, des monstres de fer, des vilains monstres accroupis sur l'eau.

Forestier s'efforçait de les reconnaître. Il nommait le *Colbert*, le *Suffren*, l'*Amiral-Duperré*, le *Redoutable*, la *Dévastation*, puis il reprenait: « Non, je me trompe, c'est celui-là la *Dévastation*. »

Ils arrivèrent devant une sorte de grand pavillon où on lisait: « Faïences d'art du golfe Juan », et la voiture ayant tourné autour d'un gazon, s'arrêta devant la porte.

Forestier voulut acheter deux vases pour les poser sur sa bibliothèque. Comme il ne pouvait guère descendre de voiture, on lui apportait les modèles l'un après l'autre. Il fut longtemps à choisir, consultant sa femme et Duroy: « Tu sais, c'est pour le meuble au fond de mon cabinet. De mon fauteuil, j'ai cela sous les yeux tout le temps. Je tiens à une forme ancienne, à une forme grecque. » Il examinait les échantillons, s'en faisait apporter d'autres, reprenait les premiers. Enfin, il se décida; et ayant payé, il exigea que l'expédition fût faite tout de suite. « Je retourne à Paris dans quelques jours », disait-il.

Ils revinrent, mais, le long du golfe, un courant d'air froid les frappa soudain, glissé dans le pli d'un vallon, et le malade se mit à tousser.

Ce ne fut rien d'abord, une petite crise; mais elle grandit, devint une quinte ininterrompue, puis une sorte de hoquet, un râle.

---

1. **Éperons**: parties saillantes et renforcées à la proue de certains navires.
2. **Batterie**: lieu contenant des pièces d'artillerie, pouvant être armée de canons.

Forestier suffoquait, et chaque fois qu'il voulait respirer la toux lui déchirait la gorge, sortie du fond de sa poitrine. Rien ne le calmait, rien ne l'apaisait. Il fallut le porter du landau dans sa chambre, et Duroy, qui lui tenait les jambes, sentait les secousses de ses pieds, à chaque convulsion de ses poumons.

La chaleur du lit n'arrêta point l'accès qui dura jusqu'à minuit; puis les narcotiques [1], enfin, engourdirent les spasmes mortels de la toux. Et le malade demeura jusqu'au jour, assis dans son lit, les yeux ouverts.

Les premières paroles qu'il prononça furent pour demander le barbier, car il tenait à être rasé chaque matin. Il se leva pour cette opération de toilette; mais il fallut le recoucher aussitôt, et il se mit à respirer d'une façon si courte, si dure, si pénible, que Mme Forestier, épouvantée, fit réveiller Duroy, qui venait de se coucher, pour le prier d'aller chercher le médecin.

Il ramena presque immédiatement le docteur Gavaut qui prescrivit un breuvage et donna quelques conseils; mais comme le journaliste le reconduisait pour lui demander son avis: « C'est l'agonie, dit-il. Il sera mort demain matin. Prévenez cette pauvre jeune femme et envoyez chercher un prêtre. Moi, je n'ai plus rien à faire. Je me tiens cependant entièrement à votre disposition. »

Duroy fit appeler Mme Forestier. « Il va mourir. Le docteur conseille d'envoyer chercher un prêtre. Que voulez-vous faire ? »

Elle hésita longtemps, puis, d'une voix lente, ayant tout calculé: « Oui, ça vaut mieux... sous bien des rapports... Je vais le préparer, lui dire que le curé désire le voir... Je ne sais quoi, enfin. Vous seriez bien gentil, vous, d'aller m'en chercher un, un curé, et de le choisir. Prenez-en un qui ne nous fasse pas trop de simagrées. Tâchez qu'il se contente de la confession, et nous tienne quitte du reste. »

Le jeune homme ramena un vieil ecclésiastique complaisant qui se prêtait à la situation. Dès qu'il fut entré chez l'agonisant, Mme Forestier sortit, et s'assit, avec Duroy, dans la pièce voisine.

---

1. **Narcotiques**: substances chimiques qui provoquent un assoupissement et une diminution de la sensibilité.

« Ça l'a bouleversé, dit-elle. Quand j'ai parlé d'un prêtre, sa figure a pris une expression épouvantable comme… comme s'il avait senti… un souffle… vous savez… Il a compris que c'était fini, enfin, et qu'il fallait compter les heures… »

Elle était fort pâle. Elle reprit: « Je n'oublierai jamais l'expression de son visage. Certes, il a vu la mort à ce moment-là. Il l'a vue… »

Ils entendaient le prêtre, qui parlait un peu haut, étant un peu sourd, et qui disait:

« Mais non, mais non, vous n'êtes pas si bas que ça. Vous êtes malade, mais nullement en danger. Et la preuve c'est que je viens en ami, en voisin. »

Ils ne distinguèrent pas ce que répondit Forestier. Le vieillard reprit: « Non, je ne vous ferai pas communier. Nous causerons de ça quand vous irez bien. Si vous voulez profiter de ma visite pour vous confesser par exemple, je ne demande pas mieux. Je suis un pasteur, moi, je saisis toutes les occasions pour ramener mes brebis. »

Un long silence suivit. Forestier devait parler de sa voix haletante et sans timbre.

Puis tout d'un coup le prêtre prononça, d'un ton différent, d'un ton d'officiant à l'autel:

« La miséricorde de Dieu est infinie, récitez le *Confiteor*[1], mon enfant. Vous l'avez peut-être oublié, je vais vous aider. Répétez avec moi: *Confiteor Deo omnipotenti… Beatae Mariae semper virgini…* »

Il s'arrêtait de temps en temps pour permettre au moribond de le rattraper. Puis il dit:

« Maintenant confessez-vous… »

La jeune femme et Duroy ne remuaient plus, saisis par un trouble singulier, émus d'une attente anxieuse.

Le malade avait murmuré quelque chose. Le prêtre répéta: « Vous avez eu des complaisances coupables… de quelle nature, mon enfant? »

---

1. ***Confiteor***: prière par laquelle le chrétien se confesse à Dieu, commençant par ce mot « *Confiteor* »: « Je confesse à Dieu Tout-Puissant… et à la Bienheureuse Marie toujours vierge. »

La jeune femme se leva et dit simplement :

« Descendons un peu au jardin. Il ne faut pas écouter ses secrets[1]. »

Et ils allèrent s'asseoir sur un banc, devant la porte, au-dessus d'un rosier fleuri, et derrière une corbeille d'œillets qui répandait dans l'air son parfum puissant et doux.

Duroy, après quelques minutes de silence, demanda :

« Est-ce que vous tarderez beaucoup à rentrer à Paris ? »

Elle répondit : « Oh ! non. Dès que tout sera fini, je reviendrai.

– Dans une dizaine de jours ?

– Oui, au plus. »

Il reprit : « Il n'a donc aucun parent ?

– Aucun, sauf des cousins. Son père et sa mère sont morts comme il était tout jeune. »

Ils regardaient tous deux un papillon cueillant sa vie sur les œillets, allant de l'un à l'autre avec une rapide palpitation des ailes qui continuaient à battre lentement quand il s'était posé sur la fleur. Et ils restèrent longtemps silencieux.

Le domestique vint les prévenir que « Monsieur le Curé avait fini ». Et ils remontèrent ensemble.

Forestier semblait avoir encore maigri depuis la veille.

Le prêtre lui tenait la main. « Au revoir, mon enfant, je reviendrai demain matin. »

Et il s'en alla.

Dès qu'il fut sorti, le moribond, qui haletait, essaya de soulever ses deux mains vers sa femme et il bégaya : « Sauve-moi… sauve-moi… ma chérie… Je ne veux pas mourir… je ne veux pas mourir… Oh ! sauve-moi… Dites ce qu'il faut faire, allez chercher le médecin… Je prendrai ce qu'on voudra… Je ne veux pas… Je ne veux pas… »

---

1. Madeleine redoute peut-être que ses propres secrets soient révélés par son mari au cours de la confession. Le prêtre vient en effet d'évoquer des « complaisances coupables », c'est-à-dire que Forestier a pu être indulgent vis-à-vis des infidélités de sa femme.

Il pleurait. De grosses larmes coulaient de ses yeux sur ses joues décharnées; et les coins maigres de sa bouche se plissaient comme ceux des petits enfants qui ont du chagrin.

Alors ses mains retombées sur le lit commencèrent un mouvement continu, lent et régulier, comme pour recueillir quelque chose sur les draps.

Sa femme qui se mettait à pleurer aussi balbutiait: « Mais non, ce n'est rien. C'est une crise, demain tu iras mieux, tu t'es fatigué hier avec cette promenade. »

L'haleine de Forestier était plus rapide que celle d'un chien qui vient de courir, si pressée qu'on ne la pouvait point compter, et si faible qu'on l'entendait à peine.

Il répétait toujours: « Je ne veux pas mourir !... Oh ! mon Dieu... mon Dieu... mon Dieu... qu'est-ce qui va m'arriver ? Je ne verrai plus rien... plus rien... jamais... Oh ! mon Dieu ! »

Il regardait devant lui quelque chose d'invisible pour les autres et de hideux, dont ses yeux fixes reflétaient l'épouvante. Ses deux mains continuaient ensemble leur geste horrible et fatigant.

Soudain il tressaillit d'un frisson brusque qu'on vit courir d'un bout à l'autre de son corps et il balbutia: « Le cimetière... moi... mon Dieu ! »

Et il ne parla plus. Il restait immobile, hagard et haletant.

Le temps passait; midi sonna à l'horloge d'un couvent voisin. Duroy sortit de la chambre pour aller manger un peu. Il revint une heure plus tard. Mme Forestier refusa de rien prendre. Le malade n'avait point bougé. Il traînait toujours ses doigts maigres sur le drap comme pour le ramener vers sa face.

La jeune femme était assise dans un fauteuil, au pied du lit. Duroy en prit un autre à côté d'elle; et ils attendirent en silence.

Une garde était venue, envoyée par le médecin; elle sommeillait près de la fenêtre.

Duroy lui-même commençait à s'assoupir quand il eut la sensation que quelque chose survenait. Il ouvrit les yeux juste à temps pour voir Forestier fermer les siens comme deux lumières qui s'éteignent. Un petit hoquet agita la gorge du mourant, et deux filets de sang apparurent aux coins de sa bouche, puis coulèrent sur sa chemise. Ses mains cessèrent leur hideuse promenade. Il avait fini de respirer.

Sa femme comprit, et poussant une sorte de cri, elle s'abattit sur les genoux en sanglotant dans le drap. Georges, surpris et effaré, fit machinalement le signe de la croix. La garde, s'étant réveillée, s'approcha du lit : « Ça y est », dit-elle. Et Duroy qui reprenait son sang-froid murmura, avec un soupir de délivrance : « Ça a été moins long que je n'aurais cru. »

Lorsque fut dissipé le premier étonnement, après les premières larmes versées, on s'occupa de tous les soins et de toutes les démarches que réclame un mort. Duroy courut jusqu'à la nuit.

Il avait grand-faim en rentrant. Mme Forestier mangea quelque peu ; puis ils s'installèrent tous deux dans la chambre funèbre pour veiller le corps.

Deux bougies brûlaient sur la table de nuit à côté d'une assiette où trempait une branche de mimosa dans un peu d'eau, car on n'avait point trouvé le rameau de buis nécessaire.

Ils étaient seuls, le jeune homme et la jeune femme, auprès de lui, qui n'était plus. Ils demeuraient sans parler, pensant, et le regardant.

Mais Georges, que l'ombre inquiétait auprès de ce cadavre, le contemplait obstinément. Son œil et son esprit attirés, fascinés, par ce visage décharné que la lumière vacillante faisait paraître encore plus creux, restaient fixés sur lui. C'était là son ami, Charles Forestier, qui lui parlait hier encore ! Quelle chose étrange et épouvantable que cette fin complète d'un être ! Oh ! il se les rappelait maintenant les paroles de Norbert de Varenne hanté par la peur de la mort. « Jamais un être ne revient. » Il en naîtrait des millions et des milliards, à peu près pareils, avec des yeux, un nez, une bouche, un crâne, et dedans une pensée, sans que jamais celui-là reparût qui était couché dans ce lit.

Pendant quelques années il avait vécu, mangé, ri, aimé, espéré, comme tout le monde. Et c'était fini, pour lui, fini pour toujours. Une vie ! quelques jours et puis plus rien ! On naît, on grandit, on est heureux, on attend, puis on meurt. Adieu ! homme ou femme, tu ne reviendras point sur terre ! Et pourtant chacun porte en soi le désir fiévreux et irréalisable de l'éternité, chacun est une sorte d'univers dans l'univers, et chacun s'anéantit bientôt complètement dans le fumier des germes nouveaux. Les plantes, les bêtes, les hommes, les étoiles, les mondes, tout s'anime, puis meurt pour se transformer. Et jamais un être ne revient, insecte, homme ou planète !

Une terreur confuse, immense, écrasante, pesait sur l'âme de Duroy, la terreur de ce néant illimité, inévitable, détruisant indéfiniment toutes les existences si rapides et si misérables. Il courbait déjà le front sous la menace. Il pensait aux mouches qui vivent quelques heures, aux bêtes qui vivent quelques jours, aux hommes qui vivent quelques ans, aux terres qui vivent quelques siècles. Quelle différence donc entre les uns et les autres ? Quelques aurores de plus, voilà tout.

Il détourna les yeux pour ne plus regarder le cadavre.

Mme Forestier, la tête baissée, semblait songer aussi à des choses douloureuses. Ses cheveux blonds étaient si jolis sur sa figure triste, qu'une sensation douce comme le toucher d'une espérance passa dans le cœur du jeune homme. Pourquoi se désoler quand il avait encore tant d'années devant lui ?

Et il se mit à la contempler. Elle ne le voyait point, perdue dans sa méditation. Il se disait : « Voilà pourtant la seule bonne chose de la vie : l'amour ! tenir dans ses bras une femme aimée ! Là est la limite du bonheur humain. »

Quelle chance il avait eue, ce mort, de rencontrer cette compagne intelligente et charmante. Comment s'étaient-ils connus ? Comment avait-elle consenti, elle, à épouser ce garçon médiocre et pauvre ? Comment avait-elle fini par en faire quelqu'un ?

Alors il songea à tous les mystères cachés dans les existences. Il se rappela ce qu'on chuchotait du comte de Vaudrec qui l'avait dotée et mariée, disait-on.

Qu'allait-elle faire maintenant ? Qui épouserait-elle ? Un député, comme le pensait Mme de Marelle, ou quelque gaillard d'avenir, un Forestier supérieur ? Avait-elle des projets, des plans, des idées arrêtées ? Comme il eût désiré savoir cela ! Mais pourquoi ce souci de ce qu'elle ferait ? Il se le demanda, et s'aperçut que son inquiétude venait d'une de ces arrière-pensées confuses, secrètes, qu'on se cache à soi-même et qu'on ne découvre qu'en allant fouiller tout au fond de soi.

Oui, pourquoi n'essayerait-il pas lui-même cette conquête ? Comme il serait fort, avec elle, et redoutable ! Comme il pourrait aller vite et loin, et sûrement.

Et pourquoi ne réussirait-il pas ? Il sentait bien qu'il lui plaisait, qu'elle avait pour lui plus que de la sympathie, une de ces affections qui naissent entre deux natures semblables et qui tiennent autant d'une séduction réciproque que d'une sorte de complicité muette. Elle le savait intelligent, résolu, tenace ; elle pouvait avoir confiance en lui.

Ne l'avait-elle pas fait venir en cette circonstance si grave ? Et pourquoi l'avait-elle appelé ? Ne devait-il pas voir là une sorte de choix, une sorte d'aveu, une sorte de désignation ? Si elle avait pensé à lui, juste à ce moment où elle allait devenir veuve, c'est que, peut-être, elle avait songé à celui qui deviendrait de nouveau son compagnon, son allié ?

Et une envie impatiente le saisit de savoir, de l'interroger, de connaître ses intentions. Il devait repartir le surlendemain, ne pouvant demeurer seul avec cette jeune femme, dans cette maison. Donc il fallait se hâter, il fallait, avant de retourner à Paris, surprendre avec adresse, avec délicatesse, ses projets, et ne pas la laisser revenir, céder aux sollicitations d'un autre peut-être, et s'engager sans retour.

Le silence de la chambre était profond ; on n'entendait que le balancier de la pendule qui battait sur la cheminée son tic-tac métallique et régulier.

Il murmura : « Vous devez être bien fatiguée ? »

Elle répondit : « Oui, mais je suis surtout accablée. »

Le bruit de leur voix les étonna, sonnant étrangement dans cet appartement sinistre. Et ils regardèrent soudain le visage du mort, comme s'ils se fussent attendus à le voir remuer, à l'entendre leur parler, ainsi qu'il faisait, quelques heures plus tôt.

Duroy reprit : « Oh ! c'est un gros coup pour vous, et un changement si complet dans votre vie, un vrai bouleversement du cœur et de l'existence entière. »

Elle soupira longuement sans répondre.

Il continua : « C'est si triste pour une jeune femme de se trouver seule comme vous allez l'être. »

Puis il se tut. Elle ne dit rien. Il balbutia : « Dans tous les cas, vous savez le pacte conclu entre nous. Vous pouvez disposer de moi comme vous voudrez. Je vous appartiens. »

Elle lui tendit la main en jetant sur lui un de ces regards mélancoliques et doux qui remuent en nous jusqu'aux moelles des os : « Merci, vous êtes bon, excellent. Si j'osais et si je pouvais quelque chose pour vous, je dirais aussi : comptez sur moi. »

Il avait pris la main offerte et il la gardait, la serrant, avec une envie ardente de la baiser. Il s'y décida enfin, et l'approchant lentement de sa bouche, il tint longtemps la peau fine, un peu chaude, fiévreuse et parfumée contre ses lèvres.

Puis quand il sentit que cette caresse d'ami allait devenir trop prolongée, il sut laisser retomber la petite main. Elle s'en revint mollement sur le genou de la jeune femme qui prononça gravement : « Oui, je vais être bien seule, mais je m'efforcerai d'être courageuse. »

Il ne savait comment lui laisser comprendre qu'il serait heureux, bien heureux, de l'avoir pour femme à son tour. Certes il ne pouvait pas le lui dire, à cette heure, en ce lieu, devant ce corps ; cependant il pouvait, lui semblait-il, trouver une de ces phrases ambiguës, convenables et compliquées, qui ont des sens cachés sous les mots, et qui expriment tout ce qu'on veut par leurs réticences calculées.

Mais le cadavre le gênait, le cadavre rigide, étendu devant eux, et qu'il sentait entre eux. Depuis quelque temps d'ailleurs il croyait saisir dans l'air enfermé de la pièce une odeur suspecte, une haleine pourrie, venue de cette poitrine décomposée, le premier souffle de charogne que les pauvres morts couchés en leur lit jettent aux parents qui les veillent, souffle horrible dont ils emplissent bientôt la boîte creuse de leur cercueil.

Duroy demanda : « Ne pourrait-on ouvrir un peu la fenêtre ? Il me semble que l'air est corrompu. »

Elle répondit : « Mais oui. Je venais aussi de m'en apercevoir. »

Il alla vers la fenêtre et l'ouvrit. Toute la fraîcheur parfumée de la nuit entra, troublant la flamme des deux bougies allumées auprès du lit. La lune répandait, comme l'autre soir, sa lumière abondante et calme sur les murs blancs des villas et sur la grande nappe luisante de la mer. Duroy, respirant à pleins poumons, se sentit brusquement assailli d'espérances, comme soulevé par l'approche frémissante du bonheur.

Il se retourna : «Venez donc prendre un peu de frais, dit-il, il fait un temps admirable. »

Elle s'en vint tranquillement et s'accouda près de lui.

Alors il murmura à voix basse : « Écoutez-moi et comprenez bien ce que je veux dire. Ne vous indignez pas, surtout, de ce que je vous parle d'une pareille chose en un semblable moment, mais je vous quitterai après-demain, et quand vous reviendrez à Paris il serait peut-être trop tard. Voilà... Je ne suis qu'un pauvre diable, sans fortune et dont la position est à faire, vous le savez. Mais j'ai de la volonté, quelque intelligence à ce que je crois, et je suis en route, en bonne route. Avec un homme arrivé on sait ce qu'on prend ; avec un homme qui commence on ne sait pas où il ira. Tant pis, ou tant mieux. Enfin je vous ai dit un jour, chez vous, que mon rêve le plus cher aurait été d'épouser une femme comme vous. Je vous répète aujourd'hui ce désir. Ne me répondez pas. Laissez-moi continuer. Ce n'est point une demande que je vous adresse. Le lieu et l'instant la rendraient odieuse. Je tiens seulement à ne point vous laisser ignorer que vous pouvez me rendre heureux d'un mot, que vous pouvez faire de moi soit un ami fraternel, soit même un mari, à votre gré, que mon cœur et ma personne sont à vous. Je ne veux plus que nous parlions de cela, ici. Quand nous nous reverrons, à Paris, vous me ferez comprendre ce que vous aurez résolu. Jusque-là plus un mot, n'est-ce pas ? »

Il avait débité cela sans la regarder, comme s'il eût semé ses paroles dans la nuit devant lui. Et elle semblait n'avoir point entendu, tant elle était demeurée immobile, regardant aussi devant elle, d'un œil fixe et vague, le grand paysage pâle éclairé par la lune.

Ils demeurèrent longtemps côte à côte, coude à coude, silencieux et méditant.

Puis elle murmura : « Il fait un peu froid », et, s'étant retournée, elle revint vers le lit. Il la suivit.

Lorsqu'il s'approcha, il reconnut que vraiment Forestier commençait à sentir ; et il éloigna son fauteuil, car il n'aurait pu supporter longtemps cette odeur de pourriture. Il dit : « Il faudra le mettre en bière dès le matin. »

Elle répondit : « Oui, oui, c'est entendu ; le menuisier viendra vers huit heures. »

Et Duroy ayant soupiré : « Pauvre garçon ! » elle poussa à son tour un long soupir de résignation navrée.

Ils le regardaient moins souvent, accoutumés déjà à l'idée de cette mort, commençant à consentir mentalement à cette disparition qui, tout à l'heure encore, les révoltait et les indignait, eux qui étaient mortels aussi.

Ils ne parlaient plus, continuant à veiller d'une façon convenable, sans dormir. Mais, vers minuit, Duroy s'assoupit le premier. Quand il se réveilla, il vit que Mme Forestier sommeillait également, et ayant pris une posture plus commode, il ferma de nouveau les yeux en grommelant : « Sacristi ! On est mieux dans ses draps, tout de même. »

Un bruit soudain le fit tressauter. La garde entrait. Il faisait grand jour. La jeune femme, sur le fauteuil en face, semblait aussi surprise que lui. Elle était un peu pâle, mais toujours jolie, fraîche, gentille, malgré cette nuit passée sur un siège.

Alors, ayant regardé le cadavre, Duroy tressaillit et s'écria : « Oh ! sa barbe ! » elle avait poussé, cette barbe, en quelques heures, sur cette chair qui se décomposait, comme elle poussait en quelques jours sur la face d'un vivant. Et ils demeuraient effarés par cette vie qui continuait sur ce mort, comme devant un prodige affreux, devant une menace surnaturelle de résurrection, devant une de ces choses anormales, effrayantes qui bouleversent et confondent l'intelligence.

Ils allèrent ensuite tous les deux se reposer jusqu'à onze heures. Puis ils mirent Charles au cercueil, et ils se sentirent aussitôt allégés, rassérénés. Ils s'assirent en face l'un de l'autre pour déjeuner avec une envie éveillée de parler de choses consolantes, plus gaies, de rentrer dans la vie, puisqu'ils en avaient fini avec la mort.

Par la fenêtre, grande ouverte, la douce chaleur du printemps entrait, apportant le souffle parfumé de la corbeille d'œillets fleurie devant la porte.

Mme Forestier proposa à Duroy de faire un tour dans le jardin, et ils se mirent à marcher doucement autour du petit gazon en respirant avec délice l'air tiède plein de l'odeur des sapins et des eucalyptus.

Et, tout à coup, elle lui parla, sans tourner la tête vers lui, comme il avait fait pendant la nuit, là-haut. Elle prononçait les mots lentement, d'une voix basse et sérieuse :

« Écoutez, mon cher ami, j'ai bien réfléchi… déjà… à ce que vous m'avez proposé, et je ne veux pas vous laisser partir sans vous répondre un mot. Je ne vous dirai, d'ailleurs, ni oui ni non. Nous attendrons, nous verrons, nous nous connaîtrons mieux. Réfléchissez beaucoup de votre côté. N'obéissez pas à un entraînement trop facile. Mais, si je vous parle de cela, avant même que ce pauvre Charles soit descendu dans sa tombe, c'est qu'il importe, après ce que vous m'avez dit, que vous sachiez bien qui je suis, afin de ne pas nourrir plus longtemps la pensée que vous m'avez exprimée, si vous n'êtes pas d'un… d'un… caractère à me comprendre et à me supporter.

« Comprenez-moi bien. Le mariage pour moi n'est pas une chaîne, mais une association. J'entends être libre, tout à fait libre de mes actes, de mes démarches, de mes sorties, toujours. Je ne pourrais tolérer ni contrôle, ni jalousie, ni discussion sur ma conduite. Je m'engagerais, bien entendu, à ne jamais compromettre le nom de l'homme que j'aurais épousé, à ne jamais le rendre odieux ou ridicule. Mais il faudrait aussi que cet homme s'engageât à voir en moi une égale, une alliée, et non pas une inférieure ni une épouse obéissante et soumise. Mes idées, je le sais, ne sont pas celles de tout le monde, mais je n'en changerai point. Voilà.

J'ajoute aussi : « Ne me répondez pas, ce serait inutile et inconvenant. Nous nous reverrons et nous reparlerons peut-être de tout cela, plus tard. – Maintenant, allez faire un tour. Moi, je retourne auprès de lui. À ce soir. »

Il lui baisa longuement la main et s'en alla sans prononcer un mot.

Le soir, ils ne se virent qu'à l'heure du dîner. Puis ils montèrent à leurs chambres, étant tous deux brisés de fatigue.

Charles Forestier fut enterré le lendemain, sans aucune pompe, dans le cimetière de Cannes. Et Georges Duroy voulut prendre le rapide qui passe à une heure et demie.

Mme Forestier l'avait conduit à la gare. Ils se promenaient tranquillement sur le quai, en attendant l'heure du départ, et parlaient de choses différentes.

Le train arriva, très court, un vrai rapide, n'ayant que cinq wagons.

Le journaliste choisit sa place, puis redescendit pour causer encore quelques instants avec elle, saisi soudain d'une tristesse, d'un chagrin, d'un regret violent de la quitter, comme s'il allait la perdre pour toujours.

Un employé criait : « Marseille, Lyon, Paris, en voiture ! » Duroy monta, puis s'accouda à la portière pour lui dire encore quelques mots. La locomotive siffla et le convoi doucement se mit en marche.

Le jeune homme, penché hors du wagon, regardait la jeune femme immobile sur le quai et dont le regard le suivait. Et soudain, comme il allait la perdre de vue, il prit avec ses deux mains un baiser sur sa bouche pour le jeter vers elle.

Elle le lui renvoya d'un geste plus discret, hésitant, ébauché seulement.

Arrêt sur lecture 2

Pour comprendre l'essentiel

L'argent

❶ Bien qu'ayant commencé à travailler à *La Vie française*, le héros est dans une relative misère au chapitre 5. Expliquez comment il s'est trouvé dans cette situation et analysez ses différentes réactions.

❷ Un revirement s'opère dans la situation de Duroy lorsqu'il est nommé chef des Échos. Étudiez l'évolution sociale du personnage qui découle de ce changement.

Les femmes

❸ Ces quatre nouveaux chapitres confirment les talents de séducteur de Duroy. Montrez qu'il s'en sert pour faire son entrée dans le monde.

❹ Deux principaux personnages féminins apparaissent dans cette partie du roman : Mme de Marelle et Mme Forestier. Comparez-les et montrez qu'elles représentent deux formes de l'indépendance féminine.

La mort

❺ À la fin du chapitre 6, Norbert de Varenne développe un long discours sur la mort et sur la vanité des choses humaines. En étudiant les métaphores associées à la mort et au temps, mais aussi les modalités de phrases qui soulignent le désespoir du personnage, montrez que ce passage donne une vision très pessimiste de la vie.

❻ Au chapitre 7, Duroy doit se battre en duel. Repérez ses réactions physiques et montrez que cette confrontation du héros avec l'idée de sa propre mort révèle sa faiblesse.

❼ Au chapitre 8, Duroy assiste à l'agonie de son ami Forestier qui est décrite avec le plus grand réalisme. Caractérisez et analysez ses réactions dans cet épisode funeste.

Rappelez-vous !

• Bel-Ami poursuit son apprentissage dans la société parisienne. Il apprend à séduire les femmes et à tirer parti de ses relations : c'est un **opportuniste** qui ne présente pas de qualité morale particulière et peut faire preuve de lâcheté. Georges Duroy est un personnage qui n'a rien d'héroïque. On est donc bien dans un roman réaliste : Maupassant y décrit la réalité telle qu'elle est, loin de tout idéalisme.

• Dans *Bel-Ami*, Maupassant mêle deux types de **points de vue**. Le plus souvent, le narrateur sait tout sur les personnages et peut aussi bien les décrire de l'extérieur que livrer leurs pensées ou leurs sentiments (point de vue omniscient). Parfois, le narrateur fait vivre l'action à travers le regard et les pensées d'un personnage, principalement Georges Duroy (point de vue interne).

Vers l'oral du Bac

Analyse du chapitre 7, lignes 441-488, p. 168-170

Étudier les éléments du récit qui créent une atmosphère inquiétante

Conseils pour la lecture à voix haute

– Vous distinguerez dans votre lecture les passages qui décrivent le déroulement du duel des passages qui présentent les pensées de Duroy. Vous mettrez ainsi en valeur le contraste entre l'affolement du héros et la sérénité des autres personnages.

– Variez le rythme de votre lecture : accélérez au moment où la tension dramatique est à son apogée, lorsque les duellistes s'apprêtent à tirer. Ralentissez au contraire au moment du coup de feu : le temps semble alors s'arrêter pour le personnage, l'action est comme suspendue.

Analyse du texte

Introduction rédigée

Georges Duroy, de plus en plus à l'aise dans la société mondaine, savoure à présent la reconnaissance que lui témoignent ses confrères. Un jour pourtant, il subit l'offense d'un journaliste de *La Plume* qui, au sujet d'un fait divers, l'accuse de mensonge et de vénalité. Georges Duroy se voit dans l'obligation de se battre en duel, pour soutenir sa réputation mais aussi l'honneur de *La Vie française*. S'il s'efforce de garder bonne contenance en apparence, il est intérieurement horrifié à l'idée de sa propre mort. L'extrait que nous allons étudier se situe au moment du duel. Nous analyserons les éléments du récit qui créent une atmosphère inquiétante. Nous verrons ainsi que Maupassant choisit de nous plonger dans les pensées de Duroy, mais aussi qu'il dramatise la scène pour la rendre très théâtrale. Cependant, le regard critique du romancier sur son personnage permet de désamorcer avec humour cette tension.

Analyse guidée

I. Dans les pensées de Duroy

a. « Il lui semblait qu'il était fou, qu'il dormait, qu'il rêvait » (p. 169, l. 457) : cette phrase montre que cet épisode est raconté selon le point de vue de Duroy. Relevez les marques montrant que le narrateur adopte le point de vue interne.

b. Duroy est plongé dans une terreur extrême. Repérez les manifestations physiques de sa peur, ainsi que les effets de répétition qui mettent en évidence la confusion de ses pensées.

II. Une scène dramatisée

a. Le déroulement du duel obéit à des règles rigoureuses. Identifiez les différentes étapes de cet affrontement ; montrez que leur enchaînement crée une intensification du sentiment d'angoisse.

b. Le récit du duel constitue ce qu'on appelle une « scène » : le temps de l'action est le même que celui de la narration. Montrez-le et soulignez la dimension spectaculaire de cet épisode.

III. Un humour sous-jacent

a. Le duel prend parfois des allures de spectacle de marionnettes. Prouvez-le en étudiant les gestes des personnages et l'extrême passivité de Duroy.

b. Une fois encore, le romancier nous donne une image peu glorieuse du personnage. En analysant l'attitude de Duroy (qui contraste avec celle des autres personnages mais aussi avec celle qu'on attendrait d'un héros de roman) et la description de son adversaire (un petit homme inoffensif), montrez que cet épisode très réaliste se moque du personnage principal.

Conclusion rédigée

Il n'y a ni vainqueur ni vaincu dans ce duel, où aucun des combattants n'a blessé l'autre, mais Georges Duroy a bien soutenu son honneur et celui de *La Vie française*. Il a sauvé les apparences, mais le lecteur sait à quel point cet épisode l'a terrorisé. Ainsi, le choix du point de vue interne permet de communiquer au lecteur la peur de Duroy, entraînant un effet de suspense. La scène, dramatisée, prend une dimension très spectaculaire, mais quelques fausses notes se glissent dans le spectacle : Bel-Ami se bat parce qu'il n'a pas le choix. Il apparaît comme une marionnette qui agit mécaniquement dans une situation qu'il ne fait que subir. Le regard que le romancier porte sur son héros teinte l'épisode d'une touche d'ironie.

Les trois questions de l'examinateur

Question 1. Replacez cet épisode dans l'ensemble de l'évolution du personnage de Duroy et expliquez en quoi il est important.

Question 2. Selon vous, Duroy est-il un héros ?

Question 3. Si vous étiez cinéaste, quels seraient vos choix pour adapter cette scène à l'écran ? Comment mettre en évidence la tension de l'épisode ? Le texte vous donne-t-il des pistes à exploiter ?

Deuxième partie

Chapitre 1

Georges Duroy avait retrouvé toutes ses habitudes anciennes.

Installé maintenant dans le petit rez-de-chaussée de la rue de Constantinople, il vivait sagement, en homme qui prépare une existence nouvelle. Ses relations avec Mme de Marelle avaient même pris une allure conjugale, comme s'il se fût exercé d'avance à l'événement prochain ; et sa maîtresse, s'étonnant souvent de la tranquillité réglée de leur union, répétait en riant : « Tu es encore plus popote [1] que mon mari ; ça n'était pas la peine de changer. »

Mme Forestier n'était pas revenue, elle s'attardait à Cannes. Il reçut une lettre d'elle, annonçant son retour seulement pour le milieu d'avril, sans un mot d'allusion à leurs adieux. Il attendit. Il était bien résolu maintenant à prendre tous les moyens pour l'épouser, si elle semblait hésiter. Mais il avait confiance en sa fortune, confiance en cette force de séduction qu'il sentait en lui, force vague et irrésistible que subissaient toutes les femmes.

Un court billet le prévint que l'heure décisive allait sonner.

Je suis à Paris. Venez me voir.

MADELEINE FORESTIER.

Rien de plus. Il l'avait reçu par le courrier de neuf heures. Il entrait chez elle à trois heures, le même jour. Elle lui tendit les deux mains, en souriant de son joli sourire aimable ; et ils se regardèrent pendant quelques secondes, au fond des yeux.

---

1. **Popote** : casanier.

Puis elle murmura: « Comme vous avez été bon de venir là-bas dans ces circonstances terribles ! »

Il répondit: « J'aurais fait tout ce que vous m'auriez ordonné. »

Et ils s'assirent. Elle s'informa des nouvelles des Walter, de tous les confrères et du journal. Elle y pensait souvent, au journal.

« Ça me manque beaucoup, disait-elle, mais beaucoup. J'étais devenue journaliste dans l'âme. Que voulez-vous, j'aime ce métier-là. »

Puis elle se tut. Il crut comprendre, il crut trouver dans son sourire, dans le ton de sa voix, dans ses paroles elles-mêmes, une sorte d'invitation; et bien qu'il se fût promis de ne pas brusquer les choses, il balbutia:

« Eh bien… pourquoi… pourquoi ne le reprendriez-vous pas… ce métier… sous… sous le nom de Duroy? »

Elle redevint brusquement sérieuse, et posant la main sur son bras elle murmura: « Ne parlons pas encore de ça. »

Mais il devina qu'elle acceptait, et tombant à ses genoux, il se mit à lui baiser passionnément les mains en répétant, en bégayant: « Merci, merci, comme je vous aime ! »

Elle se leva. Il fit comme elle et il s'aperçut qu'elle était fort pâle. Alors il comprit qu'il lui avait plu, depuis longtemps peut-être; et comme ils se trouvaient face à face, il l'étreignit, puis il l'embrassa sur le front, d'un long baiser tendre et sérieux.

Quand elle se fut dégagée, en glissant sur sa poitrine, elle reprit d'un ton grave:

« Écoutez, mon ami, je ne suis encore décidée à rien. Cependant il se pourrait que ce fût "oui". Mais vous allez me promettre le secret absolu jusqu'à ce que je vous en délie. »

Il jura et partit, le cœur débordant de joie.

Il mit désormais beaucoup de discrétion dans les visites qu'il lui fit et il ne sollicita pas de consentement plus précis, car elle avait une manière de parler de l'avenir, de dire « plus tard », de faire des projets où leurs deux existences se trouvaient mêlées, qui répondait sans cesse, mieux et plus délicatement, qu'une formelle acceptation.

Duroy travaillait dur, dépensait peu, tâchait d'économiser quelque argent pour n'être point sans le sou au moment de son mariage, et il devenait aussi avare qu'il avait été prodigue [1].

L'été se passa, puis l'automne, sans qu'aucun soupçon vînt à personne, car ils se voyaient peu, et le plus naturellement du monde.

Un soir Madeleine lui dit, en le regardant au fond des yeux: « Vous n'avez pas encore annoncé notre projet à Mme de Marelle?

– Non, mon amie. Vous ayant promis le secret je n'en ai ouvert la bouche à âme qui vive.

– Eh bien, il serait temps de la prévenir. Moi, je me charge des Walter. Ce sera fait cette semaine, n'est-ce pas? »

Il avait rougi. « Oui, dès demain. »

Elle détourna doucement les yeux, comme pour ne point remarquer son trouble, et reprit: « Si vous le voulez, nous pourrons nous marier au commencement de mai. Ce serait très convenable.

– J'obéis en tout, avec joie.

– Le dix mai, qui est un samedi, me plairait beaucoup, parce que c'est mon jour de naissance.

– Soit, le dix mai.

– Vos parents habitent près de Rouen, n'est-ce pas? Vous me l'avez dit du moins.

– Oui, près de Rouen, à Canteleu.

– Qu'est-ce qu'ils font?

– Ils sont… ils sont petits rentiers.

– Ah! J'ai un grand désir de les connaître. »

Il hésita, fort perplexe. « Mais… c'est que, ils sont… »

Puis il prit son parti en homme vraiment fort:

« Ma chère amie, ce sont des paysans, des cabaretiers qui se sont saignés aux quatre membres pour me faire faire des études. Moi, je ne rougis pas d'eux, mais leur… simplicité… leur rusticité pourrait peut-être vous gêner. »

1. **Prodigue**: dépensier.

Elle souriait délicieusement, le visage illuminé d'une bonté douce.

« Non. Je les aimerai beaucoup. Nous irons les voir. Je le veux. Je vous reparlerai de ça. Moi aussi je suis fille de petites gens… mais je les ai perdus, moi, mes parents. Je n'ai plus personne au monde… » Elle lui tendit la main et ajouta… « Que vous. »

Et il se sentit attendri, remué, conquis comme il ne l'avait encore été par aucune femme.

« J'ai pensé à quelque chose, dit-elle, mais c'est assez difficile à expliquer. »

Il demanda : « Quoi donc ?

– Eh bien voilà, mon cher, je suis comme toutes les femmes, j'ai mes… mes faiblesses, mes petitesses, j'aime ce qui brille, ce qui sonne. J'aurais adoré porter un nom noble. Est-ce que vous ne pourriez pas, à l'occasion de notre mariage, vous… vous anoblir un peu ? »

Elle avait rougi, à son tour, comme si elle lui eût proposé une indélicatesse.

Il répondit simplement : « J'y ai bien souvent songé, mais cela ne me paraît pas facile.

– Pourquoi donc ? »

Il se mit à rire : « Parce que j'ai peur de me rendre ridicule. »

Elle haussa les épaules : « Mais pas du tout, pas du tout. Tout le monde le fait et personne n'en rit. Séparez votre nom en deux : "Du Roy." Ça va très bien. »

Il répondit aussitôt, en homme qui connaît la question.

« Non, ça ne va pas. C'est un procédé trop simple, trop commun, trop connu. Moi j'avais pensé à prendre le nom de mon pays, comme pseudonyme littéraire d'abord, puis de l'ajouter peu à peu au mien, puis même, plus tard, de couper en deux mon nom comme vous me le proposiez. »

Elle demanda : « Votre pays, c'est Canteleu ?

– Oui. »

Mais elle hésitait : « Non. Je n'en aime pas la terminaison. Voyons, est-ce que nous ne pourrions pas modifier un peu ce mot… Canteleu ? »

Elle avait pris une plume sur la table et elle griffonnait des noms en étudiant leur physionomie. Soudain elle s'écria : « Tenez, tenez, voici. »

Et elle lui tendit un papier où il lut : « Madame Duroy de Cantel. »

Il réfléchit quelques secondes, puis il déclara avec gravité :

« Oui, c'est très bon. »

Et elle était enchantée et répétait :

« Duroy de Cantel, Duroy de Cantel, Mme Duroy de Cantel. C'est excellent, excellent ! »

Elle ajouta, d'un air convaincu : « Et vous verrez comme c'est facile à faire accepter par tout le monde. Mais il faut saisir l'occasion. Car il serait trop tard ensuite. Vous allez, dès demain, signer vos chroniques D. de Cantel, et vos échos tout simplement Duroy. Ça se fait tous les jours dans la presse et personne ne s'étonnera de vous voir prendre un nom de guerre. Au moment de notre mariage, nous pourrons encore modifier un peu cela en disant aux amis que vous aviez renoncé à votre *du* par modestie, étant donnée votre position, ou même sans rien dire du tout. Quel est le petit nom de votre père ?

– Alexandre. »

Elle murmura deux ou trois fois de suite : « Alexandre, Alexandre », en écoutant la sonorité des syllabes, puis elle écrivit sur une feuille toute blanche :

« Monsieur et Madame Alexandre du Roy de Cantel ont l'honneur de vous faire part du mariage de Monsieur Georges du Roy de Cantel, leur fils, avec Madame Madeleine Forestier. »

Elle regardait son écriture d'un peu loin, ravie de l'effet et elle déclara : « Avec un rien de méthode, on arrive à réussir tout ce qu'on veut. »

Quand il se retrouva dans la rue, bien déterminé à s'appeler désormais du Roy, et même du Roy de Cantel, il lui sembla qu'il venait de prendre une importance nouvelle. Il marchait plus crânement, le front plus haut, la moustache plus fière, comme doit marcher un gentilhomme. Il sentait en lui une sorte d'envie joyeuse de raconter aux passants :

« Je m'appelle du Roy de Cantel. »

Mais à peine rentré chez lui, la pensée de Mme de Marelle l'inquiéta et il lui écrivit aussitôt, afin de lui demander un rendez-vous pour le lendemain.

« Ça sera dur, pensait-il. Je vais recevoir une bourrasque de premier ordre. »

Puis il en prit son parti avec l'insouciance naturelle qui lui faisait négliger les choses désagréables de la vie, et il se mit à faire un article fantaisiste sur les impôts nouveaux à établir afin de rassurer l'équilibre du budget. Il y fit figurer la particule nobiliaire pour cent francs par an, et les titres, depuis baron jusqu'à prince, pour cinq cents jusqu'à cinq mille francs.

Et il signa : D. de Cantel.

Il reçut le lendemain un petit bleu de sa maîtresse annonçant qu'elle arriverait à une heure.

Il l'attendit avec un peu de fièvre, résolu d'ailleurs à brusquer les choses, à tout dire dès le début, puis, après la première émotion, à argumenter avec sagesse pour lui démontrer qu'il ne pouvait pas rester garçon indéfiniment, et que M. de Marelle s'obstinant à vivre, il avait dû songer à une autre qu'elle pour en faire sa compagne légitime.

Il se sentait ému cependant. Quand il entendit le coup de sonnette, son cœur se mit à battre.

Elle se jeta dans ses bras : « Bonjour, Bel-Ami. » Puis trouvant froide son étreinte elle le considéra, et demanda :

« Qu'est-ce que tu as ?

– Assieds-toi, dit-il. Nous allons causer sérieusement. »

Elle s'assit sans ôter son chapeau, relevant seulement sa voilette jusqu'au-dessus du front, et elle attendit.

Il avait baissé les yeux ; il préparait son début. Il commença d'une voix lente :

« Ma chère amie, tu me vois fort troublé, fort triste et fort embarrassé de ce que j'ai à t'avouer. Je t'aime beaucoup, je t'aime vraiment du fond du cœur, aussi la crainte de te faire de la peine m'afflige-t-elle plus encore que la nouvelle que je vais t'apprendre. »

Elle pâlissait, se sentant trembler, et elle balbutia : « Qu'est-ce qu'il y a ? Dis vite ! »

Il prononça d'un ton triste, mais résolu, avec cet accablement feint dont on use pour annoncer les malheurs heureux : « Il y a que je me marie. »

Elle poussa un soupir de femme qui va perdre connaissance, un soupir douloureux venu du fond de la poitrine, puis elle se mit à suffoquer, sans pouvoir parler, tant elle haletait.

Voyant qu'elle ne disait rien, il reprit : « Tu ne te figures pas combien j'ai souffert avant d'arriver à cette résolution. Mais je n'ai ni situation ni argent. Je suis seul, perdu dans Paris. Il me fallait auprès de moi, quelqu'un qui fût surtout un conseil, une consolation et un soutien. C'est une associée, une alliée que j'ai cherchée et que j'ai trouvée ! »

Il se tut, espérant qu'elle répondrait, s'attendant à une colère furieuse, à des violences, à des injures.

Elle avait appuyé une main sur son cœur comme pour le contenir et elle respirait toujours par secousses pénibles qui lui soulevaient les seins et lui remuaient la tête.

Il prit la main restée sur le bras du fauteuil ; mais elle la retira brusquement. Puis elle murmura comme tombée dans une sorte d'hébétude : « Oh !... mon Dieu... »

Il s'agenouilla devant elle, sans oser la toucher cependant, et il balbutia, plus ému par ce silence qu'il ne l'eût été par des emportements : « Clo, ma petite Clo, comprends bien ma situation, comprends bien ce que je suis. Oh ! si j'avais pu t'épouser, toi, quel bonheur ! Mais tu es mariée. Que pouvais-je faire ? Réfléchis, voyons, réfléchis ! Il faut que je me pose dans le monde, et je ne le puis pas faire tant que je n'aurai pas d'intérieur. Si tu savais !... Il y a des jours où j'avais envie de tuer ton mari... »

Il parlait de sa voix douce, voilée, séduisante, une voix qui entrait comme une musique dans l'oreille.

Il vit deux larmes grossir lentement dans les yeux fixes de sa maîtresse, puis couler sur ses joues, tandis que deux autres se formaient déjà au bord des paupières.

Il murmura : « Oh ! ne pleure pas, Clo, ne pleure pas, je t'en supplie. Tu me fends le cœur. »

Alors elle fit un effort, un grand effort pour être digne et fière ; et elle demanda avec ce ton chevrotant des femmes qui vont sangloter :

« Qui est-ce ? »

Il hésita une seconde, puis, comprenant qu'il le fallait : « Madeleine Forestier. »

Mme de Marelle tressaillit de tout son corps, puis elle demeura muette, songeant avec une telle attention qu'elle paraissait avoir oublié qu'il était à ses pieds.

Et deux gouttes transparentes se formaient sans cesse dans ses yeux, tombaient, se reformaient encore.

Elle se leva. Duroy devina qu'elle allait partir sans lui dire un mot, sans reproches et sans pardon ; et il en fut blessé, humilié au fond de l'âme. Voulant la retenir il saisit à pleins bras sa robe, enlaçant à travers l'étoffe ses jambes rondes qu'il sentit se roidir pour résister.

Il suppliait : « Je t'en conjure, ne t'en va pas comme ça. »

Alors elle le regarda, de haut en bas, elle le regarda avec cet œil mouillé, désespéré, si charmant et si triste qui montre toute la douleur d'un cœur de femme, et elle balbutia : « Je n'ai… je n'ai rien à dire… je n'ai… rien à faire… Tu… tu as raison… tu… tu… as bien choisi ce qu'il te fallait… »

Et s'étant dégagée d'un mouvement en arrière, elle s'en alla, sans qu'il tentât de la retenir plus longtemps.

Demeuré seul, il se releva, étourdi comme s'il avait reçu un horion[1] sur la tête ; puis prenant son parti, il murmura : « Ma foi, tant pis ou tant mieux. Ça y est… sans scène. J'aime autant ça. » Et, soulagé d'un poids énorme, se sentant tout à coup libre, délivré, à l'aise pour sa vie nouvelle, il se mit à boxer contre le mur en lançant de grands coups de poing, dans une sorte d'ivresse de succès et de force, comme s'il se fût battu contre la Destinée.

1. **Horion** : coup violent.

Quand Mme Forestier lui demanda : « Vous avez prévenu Mme de Marelle ? »

Il répondit avec tranquillité : « Mais oui… »

Elle le fouillait de son œil clair.

« Et ça ne l'a pas émue ?

– Mais non ; pas du tout. Elle a trouvé ça très bien au contraire. »

La nouvelle fut bientôt connue. Les uns s'étonnèrent, d'autres prétendirent l'avoir prévu, d'autres encore sourirent en laissant entendre que ça ne les surprenait point.

Le jeune homme qui signait maintenant D. de Cantel ses chroniques, Duroy ses échos, et du Roy les articles politiques qu'il commençait à donner de temps en temps, passait la moitié des jours chez sa fiancée qui le traitait avec une familiarité fraternelle où entrait cependant une tendresse vraie, mais cachée, une sorte de désir dissimulé comme une faiblesse. Elle avait décidé que le mariage se ferait en grand secret, en présence des seuls témoins, et qu'on partirait le soir même pour Rouen. On irait le lendemain embrasser les vieux parents du journaliste, et on demeurerait quelques jours auprès d'eux.

Duroy s'était efforcé de la faire renoncer à ce projet, mais n'ayant pu y parvenir, il s'était soumis à la fin.

Donc, le 10 mai étant venu, les nouveaux époux, ayant jugé inutiles les cérémonies religieuses, puisqu'ils n'avaient invité personne, rentrèrent pour fermer leurs malles après un court passage à la mairie, et ils prirent à la gare Saint-Lazare le train de six heures du soir qui les emporta vers la Normandie.

Ils n'avaient guère échangé vingt paroles jusqu'au moment où ils se trouvèrent seuls dans le wagon. Dès qu'ils se sentirent en route, ils se regardèrent et se mirent à rire, pour cacher une certaine gêne, qu'ils ne voulaient point laisser voir.

Le train traversait doucement la longue gare des Batignolles, puis il franchit la plaine galeuse qui va des fortifications à la Seine.

Duroy et sa femme, de temps en temps, prononçaient quelques mots inutiles, puis se tournaient de nouveau vers la portière.

Quand ils passèrent le pont d'Asnières une gaieté les saisit à la vue de la rivière couverte de bateaux, de pêcheurs et de canotiers. Le soleil, un puissant soleil de mai, répandait sa lumière oblique sur les embarcations et sur le fleuve calme qui semblait immobile, sans courant et sans remous, figé sous la chaleur et la clarté du jour finissant. Une barque à voile, au milieu de la rivière, ayant tendu sur ses deux bords deux grands triangles de toile blanche pour cueillir les moindres souffles de brise, avait l'air d'un énorme oiseau prêt à s'envoler.

Duroy murmura : « J'adore les environs de Paris, j'ai des souvenirs de fritures qui sont les meilleurs de mon existence. »

Elle répondit : « Et les canots ! Comme c'est gentil de glisser sur l'eau au coucher du soleil ! »

Puis ils se turent comme s'ils n'avaient point osé continuer ces épanchements sur leur vie passée, et ils demeurèrent muets, savourant peut-être déjà la poésie des regrets.

Duroy, assis en face de sa femme, prit sa main et la baisa lentement.

« Quand nous serons revenus, dit-il, nous irons quelquefois dîner à Chatou. »

Elle murmura : « Nous aurons tant de choses à faire ! » sur un ton qui semblait signifier : « Il faudra sacrifier l'agréable à l'utile. »

Il tenait toujours sa main, se demandant avec inquiétude par quelle transition il arriverait aux caresses. Il n'eût point été troublé de même devant l'ignorance d'une jeune fille ; mais l'intelligence alerte et rusée qu'il sentait en Madeleine rendait embarrassée son attitude. Il avait peur de lui sembler niais, trop timide ou trop brutal, trop lent ou trop prompt.

Il serrait cette main par petites pressions, sans qu'elle répondît à son appel. Il dit :

« Ça me semble très drôle que vous soyez ma femme. »

Elle parut surprise : « Pourquoi ça ?

– Je ne sais pas. Ça me semble drôle. J'ai envie de vous embrasser, et je m'étonne d'en avoir le droit. »

Elle lui tendit tranquillement sa joue, qu'il baisa comme il eût baisé celle d'une sœur.

Il reprit : « La première fois que je vous ai vue (vous savez bien, à ce dîner où m'avait invité Forestier), j'ai pensé : "Sacristi, si je pouvais découvrir une femme comme ça." Eh bien ! c'est fait. Je l'ai. »

Elle murmura : « C'est gentil. » Et elle le regardait tout droit, finement, de son œil toujours souriant.

Il songeait : « Je suis trop froid. Je suis stupide. Je devrais aller plus vite que ça. » Et il demanda : « Comment aviez-vous donc fait la connaissance de Forestier ? »

Elle répondit, avec une malice provocante :

« Est-ce que nous allons à Rouen pour parler de lui ? »

Il rougit : « Je suis bête. Vous m'intimidez beaucoup. »

Elle fut ravie : « Moi ! Pas possible ? D'où vient ça ? » Il s'était assis à côté d'elle, tout près. Elle cria : « Oh ! un cerf ! »

Le train traversait la forêt de Saint-Germain et elle avait vu un chevreuil effrayé franchir d'un bond une allée.

Duroy s'étant penché pendant qu'elle regardait par la portière ouverte posa un long baiser, un baiser d'amant dans les cheveux de son cou.

Elle demeura quelques moments immobile ; puis, relevant la tête : « Vous me chatouillez, finissez. »

Mais il ne s'en allait point, promenant doucement, en une caresse énervante et prolongée, sa moustache frisée sur la chair blanche.

Elle se secoua : « Finissez donc. »

Il avait saisi la tête de sa main droite glissée derrière elle, et il la tournait vers lui. Puis il se jeta sur sa bouche comme un épervier sur une proie.

Elle se débattait, le repoussait, tâchait de se dégager. Elle y parvint enfin, et répéta :

« Mais finissez donc. »

Il ne l'écoutait plus, l'étreignant, la baisant d'une lèvre avide et frémissante, essayant de la renverser sur les coussins du wagon.

Elle se dégagea d'un grand effort, et, se levant avec vivacité :

« Oh ! voyons, Georges, finissez. Nous ne sommes pourtant plus des enfants, nous pouvons bien attendre Rouen. »

Il demeurait assis, très rouge, et glacé par ces mots raisonnables ; puis, ayant repris quelque sang-froid :

« Soit, j'attendrai, dit-il avec gaieté, mais je ne suis plus fichu de prononcer vingt paroles jusqu'à l'arrivée. Et songez que nous traversons Poissy.

– C'est moi qui parlerai », dit-elle.

Elle se rassit doucement auprès de lui.

Et elle parla, avec précision, de ce qu'ils feraient à leur retour. Ils devaient conserver l'appartement qu'elle habitait avec son premier mari, et Duroy héritait aussi des fonctions et du traitement de Forestier à *La Vie française.*

Avant leur union, du reste, elle avait réglé, avec une sûreté d'homme d'affaires, tous les détails financiers du ménage.

Ils s'étaient associés sous le régime de la séparation de biens, et tous les cas étaient prévus qui pouvaient survenir : mort, divorce, naissance d'un ou de plusieurs enfants. Le jeune homme apportait quatre mille francs, disait-il, mais, sur cette somme, il en avait emprunté quinze cents. Le reste provenait d'économies faites dans l'année, en prévision de l'événement. La jeune femme apportait quarante mille francs que lui avait laissés Forestier, disait-elle.

Elle revint à lui, citant son exemple : « C'était un garçon très économe, très rangé, très travailleur. Il aurait fait fortune en peu de temps. »

Duroy n'écoutait plus, tout occupé d'autres pensées.

Elle s'arrêtait parfois pour suivre une idée intime, puis reprenait :

« D'ici à trois ou quatre ans, vous pouvez fort bien gagner de trente à quarante mille francs par an. C'est ce qu'aurait eu Charles, s'il avait vécu. »

Georges, qui commençait à trouver longue la leçon, répondit : « Il me semblait que nous n'allions pas à Rouen pour parler de lui. »

Elle lui donna une petite tape sur la joue : « C'est vrai, j'ai tort. » Elle riait.

Il affectait de tenir ses mains sur ses genoux, comme les petits garçons bien sages.

« Vous avez l'air niais, comme ça », dit-elle.

Il répliqua : « C'est mon rôle, auquel vous m'avez d'ailleurs rappelé tout à l'heure, et je n'en sortirai plus. »

Elle demanda : « Pourquoi ?

– Parce que c'est vous qui prenez la direction de la maison, et même celle de ma personne. Cela vous regarde, en effet, comme veuve ! »

Elle fut étonnée : « Que voulez-vous dire au juste ?

– Que vous avez une expérience qui doit dissiper mon ignorance, et une pratique du mariage qui doit dégourdir mon innocence de célibataire, voilà, na ! »

Elle s'écria : « C'est trop fort ! »

Il répondit : « C'est comme ça. Je ne connais pas les femmes, moi – na, – et vous connaissez les hommes, vous, puisque vous êtes veuve, – na, – c'est vous qui allez faire mon éducation… ce soir – na – et vous pouvez même commencer tout de suite, si vous voulez, – na.

Elle s'écria, très égayée :

« Oh ! par exemple, si vous comptez sur moi pour ça !… »

Il prononça, avec une voix de collégien qui bredouille sa leçon : « Mais oui, – na, – j'y compte. Je compte même que vous me donnerez une instruction solide… en vingt leçons… dix pour les éléments… la lecture et la grammaire… dix pour les perfectionnements et la rhétorique… Je ne sais rien, moi, – na. »

Elle s'écria, s'amusant beaucoup : « T'es bête. »

Il reprit : « Puisque tu commences par me tutoyer, j'imiterai aussitôt cet exemple, et je te dirai, mon amour, que je t'adore de plus en plus, de seconde en seconde, et que je trouve Rouen bien loin ! »

Il parlait maintenant avec des intonations d'acteur, avec un jeu plaisant de figure qui divertissaient la jeune femme habituée aux manières et aux joyeusetés de la grande bohème des hommes de lettres.

Elle le regardait de côté, le trouvant vraiment charmant, éprouvant l'envie qu'on a de croquer un fruit sur l'arbre, et l'hésitation du raisonnement qui conseille d'attendre le dîner pour le manger à son heure.

Alors elle dit, devenant un peu rouge aux pensées qui l'assaillaient :

« Mon petit élève, croyez mon expérience, ma grande expérience. Les baisers en wagon ne valent rien. Ils tournent sur l'estomac. »

Puis elle rougit davantage encore, en murmurant : « Il ne faut jamais couper son blé en herbe[1]. »

Il ricanait, excité par les sous-entendus qu'il sentait glisser dans cette jolie bouche ; et il fit le signe de la croix avec un marmottement des lèvres, comme s'il eût murmuré une prière, puis il déclara : « Je viens de me mettre sous la protection de saint Antoine, patron des Tentations. Maintenant, je suis de bronze. »

La nuit venait doucement, enveloppant d'ombre transparente, comme d'un crêpe[2] léger, la grande campagne qui s'étendait à droite. Le train longeait la Seine ; et les jeunes gens se mirent à regarder dans le fleuve, déroulé comme un large ruban de métal poli à côté de la voie, des reflets rouges, des taches tombées du ciel que le soleil en s'en allant avait frotté de pourpre et de feu. Ces lueurs s'éteignaient peu à peu, devenaient foncées, s'assombrissaient tristement. Et la campagne se noyait dans le noir, avec ce frisson sinistre, ce frisson de mort que chaque crépuscule fait passer sur la terre.

Cette mélancolie du soir, entrant par la portière ouverte, pénétrait les âmes, si gaies tout à l'heure, des deux époux devenus silencieux.

Ils s'étaient rapprochés l'un de l'autre pour regarder cette agonie du jour, de ce beau jour clair de mai.

À Mantes, on avait allumé le petit quinquet[3] à l'huile qui répandait sur le drap gris des capitons[4] sa clarté jaune et tremblotante.

Duroy enlaça la taille de sa femme et la serra contre lui. Son désir aigu de tout à l'heure devenait de la tendresse, une tendresse alanguie, une envie molle de menues caresses consolantes, de ces caresses dont on berce les enfants.

1. **Couper son blé en herbe** : profiter trop tôt d'un plaisir attendu.
2. **Crêpe** : fine étoffe à l'aspect ondulé.
3. **Quinquet** : lampe à double courant d'air et dont le réservoir est supérieur à la mèche.
4. **Capitons** : épaisseurs que forme la piqûre sur la surface d'un tissu matelassé.

Il murmura, tout bas : « Je t'aimerai bien, ma petite Made. »

La douceur de cette voix émut la jeune femme, lui fit passer sur la chair un frémissement rapide, et elle offrit sa bouche, en se penchant sur lui, car il avait posé sa joue sur le tiède appui des seins.

Ce fut un très long baiser, muet et profond, puis un sursaut, une brusque et folle étreinte, une courte lutte essoufflée, un accouplement violent et maladroit. Puis ils restèrent aux bras l'un de l'autre, un peu déçus tous deux, las et tendres encore, jusqu'à ce que le sifflet du train annonçât une gare prochaine.

Elle déclara, en tapotant du bout des doigts les cheveux ébouriffés de ses tempes :

« C'est très bête. Nous sommes des gamins. »

Mais il lui baisait les mains, allant de l'une à l'autre avec une rapidité fiévreuse, et il répondit : « Je t'adore, ma petite Made. »

Jusqu'à Rouen ils demeurèrent presque immobiles, la joue contre la joue, les yeux dans la nuit de la portière où l'on voyait passer parfois les lumières des maisons ; et ils rêvassaient, contents de se sentir si proches et dans l'attente grandissante d'une étreinte plus intime et plus libre.

Ils descendirent dans un hôtel dont les fenêtres donnaient sur le quai, et ils se mirent au lit après avoir un peu soupé, très peu.

La femme de chambre les réveilla, le lendemain, lorsque huit heures venaient de sonner.

Quand ils eurent bu la tasse de thé posée sur la table de nuit, Duroy regarda sa femme, puis brusquement, avec l'élan joyeux d'un homme heureux qui vient de trouver un trésor, il la saisit dans ses bras, en balbutiant : « Ma petite Made, je sens que je t'aime beaucoup… beaucoup… beaucoup… »

Elle souriait de son sourire confiant et satisfait et elle murmura, en lui rendant ses baisers : « Et moi aussi… peut-être. »

Mais il demeurait inquiet de cette visite à ses parents. Il avait déjà souvent prévenu sa femme ; il l'avait préparée, sermonnée. Il crut bon de recommencer.

« Tu sais, ce sont des paysans, des paysans de campagne, et non pas d'opéra-comique. »

Elle riait : « Mais je le sais, tu me l'as assez dit. Voyons, lève-toi et laisse-moi me lever aussi. »

Il sauta du lit, et mettant ses chaussettes :

« Nous serons très mal à la maison, très mal. Il n'y a qu'un vieux lit à paillasse dans ma chambre. On ne connaît pas les sommiers, à Canteleu. »

Elle semblait enchantée : « Tant mieux. Ce sera charmant de mal dormir… auprès de… auprès de toi… et d'être réveillée par le chant des coqs. »

Elle avait passé son peignoir, un grand peignoir de flanelle blanche, que Duroy reconnut aussitôt. Cette vue lui fut désagréable. Pourquoi ? Sa femme possédait, il le savait bien, une douzaine entière de ces vêtements de matinée. Elle ne pouvait pourtant point détruire son trousseau pour en acheter un neuf ? N'importe, il eût voulu que son linge de chambre, son linge de nuit, son linge d'amour ne fût plus le même qu'avec l'autre. Il lui semblait que l'étoffe moelleuse et tiède devait avoir gardé quelque chose du contact de Forestier.

Et il alla vers la fenêtre en allumant une cigarette.

La vue du port, du large fleuve plein de navires aux mâts légers, de vapeurs trapus, que des machines tournantes vidaient à grand bruit sur les quais, le remua, bien qu'il connût cela depuis longtemps. Et il s'écria :

« Bigre, que c'est beau ! »

Madeleine accourut et posant ses deux mains sur une épaule de son mari, penchée vers lui dans un geste abandonné, elle demeura ravie, émue. Elle répétait : « Oh ! que c'est joli ! que c'est joli ! Je ne savais pas qu'il y eût tant de bateaux que ça ! »

Ils partirent une heure plus tard, car ils devaient déjeuner chez les vieux, prévenus depuis quelques jours. Un fiacre découvert et rouillé les emporta avec un bruit de chaudronnerie secouée. Ils suivirent un long boulevard assez laid, puis traversèrent des prairies où coulait une rivière, puis ils commencèrent à gravir la côte.

Madeleine, fatiguée, s'était assoupie sous la caresse pénétrante du soleil qui la chauffait délicieusement au fond de la vieille voiture, comme si elle eût été couchée dans un bain tiède de lumière et d'air champêtre.

Son mari la réveilla: « Regarde », dit-il.

Ils venaient de s'arrêter aux deux tiers de la montée, à un endroit renommé pour la vue, où l'on conduit tous les voyageurs.

On dominait l'immense vallée, longue et large que le fleuve clair parcourait d'un bout à l'autre, avec de grandes ondulations. On le voyait venir de là-bas, taché par des îles nombreuses et décrivant une courbe avant de traverser Rouen. Puis la ville apparaissait sur la rive droite, un peu noyée dans la brume matinale, avec des éclats de soleil sur ses toits, et ses mille clochers légers, pointus ou trapus, frêles et travaillés comme des bijoux géants, ses tours carrées ou rondes coiffées de couronnes héraldiques[1], ses beffrois[2], ses clochetons[3], tout le peuple gothique des sommets d'églises que dominait la flèche aiguë de la cathédrale, surprenante aiguille de bronze, laide, étrange et démesurée, la plus haute qui soit au monde[4].

Mais en face, de l'autre côté du fleuve, s'élevaient, rondes et renflées à leur faîte, les minces cheminées d'usines du vaste faubourg de Saint-Sever.

Plus nombreuses que leurs frères les clochers, elles dressaient jusque dans la campagne lointaine leurs longues colonnes de briques et soufflaient dans le ciel bleu leur haleine noire de charbon.

Et la plus élevée de toutes, aussi haute que la pyramide de Chéops, le second des sommets dus au travail humain, presque l'égale de sa fière commère la flèche de la cathédrale, la grande pompe à feu de La Foudre[5] semblait la reine du peuple travailleur et fumant

---

1. **Couronnes héraldiques**: couronnes figurant au-dessus de l'écu portant les armoiries de la ville.
2. **Beffrois**: tours d'église servant à faire le gué, munies d'une cloche.
3. **Clochetons**: petits clochers.
4. La flèche de la cathédrale de Rouen, construite entre 1825 et 1876 et culminant à 151 mètres, est la plus haute de France. À l'époque, la cathédrale de Rouen était ainsi le plus haut bâtiment du monde et dépassait la pyramide de Chéops (l'une des sept merveilles du monde).
5. **La Foudre** : usine de filature représentant à l'époque un modèle de modernité industrielle.

des usines, comme sa voisine était la reine de la foule pointue des monuments sacrés.

Là-bas, derrière la ville ouvrière, s'étendait une forêt de sapins ; et la Seine, ayant passé entre les deux cités, continuait sa route, longeait une grande côte onduleuse boisée en haut et montrant par places ses os de pierre blanche, puis elle disparaissait à l'horizon après avoir encore décrit une longue courbe arrondie. On voyait des navires montant et descendant le fleuve, traînés par des barques à vapeur grosses comme des mouches, et qui crachaient une fumée épaisse. Des îles, étalées sur l'eau, s'alignaient toujours l'une au bout de l'autre, ou bien laissant entre elles de grands intervalles, comme les grains inégaux d'un chapelet[1] verdoyant.

Le cocher du fiacre attendait que les voyageurs eussent fini de s'extasier. Il connaissait par expérience la durée de l'admiration de toutes les races de promeneurs.

Mais quand il se remit en marche, Duroy aperçut soudain, à quelques centaines de mètres, deux vieilles gens qui s'en venaient, et il sauta de la voiture, en criant : « Les voilà. Je les reconnais. »

C'étaient deux paysans, l'homme et la femme, qui marchaient d'un pas irrégulier, en se balançant et se heurtant parfois de l'épaule. L'homme était petit, trapu, rouge et un peu ventru, vigoureux malgré son âge ; la femme, grande, sèche, voûtée, triste, la vraie femme de peine des champs qui a travaillé dès l'enfance et qui n'a jamais ri, tandis que le mari blaguait en buvant avec les pratiques[2].

Madeleine aussi était descendue de voiture et elle regardait venir ces deux pauvres êtres avec un serrement de cœur, une tristesse qu'elle n'avait point prévue. Ils ne reconnaissaient point leur fils, ce beau monsieur, et ils n'auraient jamais deviné leur bru dans cette belle dame en robe claire.

Ils allaient, sans parler, et vite, au-devant de l'enfant attendu, sans regarder ces personnes de la ville que suivait une voiture.

---

1. **Chapelet** : objet de piété fait de grains enfilés, que l'on fait glisser entre ses doigts en récitant des prières.
2. **Pratiques** : clients.

Ils passaient. Georges, qui riait, cria : « Bonjou, pé Duroy. »

Ils s'arrêtèrent net, tous les deux, stupéfaits d'abord, puis abrutis de surprise. La vieille se remit la première et balbutia, sans faire un pas : « C'est-ti té, not'fieu[1] ? »

Le jeune homme répondit : « Mais oui, c'est moi, la mé Duroy ! » Et marchant à elle il l'embrassa sur les deux joues, d'un gros baiser de fils. Puis il frotta ses tempes contre les tempes du père, qui avait ôté sa casquette, une casquette à la mode de Rouen, en soie noire, très haute, pareille à celles des marchands de bœufs.

Puis Georges annonça : « Voilà ma femme. » Et les deux campagnards regardèrent Madeleine. Ils la regardèrent comme on regarde un phénomène, avec une crainte inquiète, jointe à une sorte d'approbation satisfaite chez le père, à une inimitié jalouse chez la mère.

L'homme, qui était d'un naturel joyeux, tout imbibé par une gaieté de cidre doux et d'alcool, s'enhardit et demanda, avec une malice au coin de l'œil :

« J'pouvons-t-il l'embrasser tout d'même ? »

Le fils répondit : « Parbleu. » Et Madeleine, mal à l'aise, tendit ses deux joues aux bécots sonores du paysan qui s'essuya ensuite les lèvres d'un revers de main.

La vieille, à son tour, baisa sa belle-fille avec une réserve hostile. Non, ce n'était point la bru de ses rêves, la grosse et fraîche fermière, rouge comme une pomme et ronde comme une jument poulinière. Elle avait l'air d'une traînée, cette dame-là, avec ses falbalas[2] et son musc[3]. Car tous les parfums, pour la vieille, étaient du musc.

Et on se remit en marche à la suite du fiacre qui portait la malle des nouveaux époux.

Le vieux prit son fils par le bras, et le retenant en arrière, il demanda avec intérêt :

« Eh ben, ça va-t-il, les affaires ?

---

1. **Fieu** : fils. Maupassant transcrit ici du patois normand.
2. **Falbalas** : fanfreluches.
3. **Musc** : parfum très odorant.

– Mais oui, très bien.

– Allons, suffit, tant mieux ! Dis-mé, ta femme, est-i aisée ? »

Georges répondit : « Quarante mille francs. »

Le père poussa un léger sifflement d'admiration et ne put que murmurer : « Bougre ! » tant il fut ému par la somme. Puis il ajouta avec une conviction sérieuse : « Nom d'un nom, c'est une belle femme. » Car il la trouvait de son goût, lui. Et il avait passé pour connaisseur, dans le temps.

Madeleine et la mère marchaient côte à côte, sans dire un mot. Les deux hommes les rejoignirent.

On arrivait au village, un petit village en bordure sur la route, formé de dix maisons de chaque côté, maisons de bourg et masures de fermes, les unes en briques, les autres en argile, celles-ci coiffées de chaume et celles-là d'ardoises. Le café du père Duroy : À la Belle-Vue, une bicoque composée d'un rez-de-chaussée et d'un grenier, se trouvait à l'entrée du pays, à gauche. Une branche de pin, accrochée sur la porte, indiquait, à la mode ancienne, que les gens altérés[1] pouvaient entrer.

Le couvert était mis dans la salle du cabaret, sur deux tables rapprochées et cachées par deux serviettes. Une voisine, venue pour aider au service, salua d'une grande révérence en voyant apparaître une aussi belle dame, puis reconnaissant Georges, elle s'écria : « Seigneur Jésus, c'est-i té, petiot ? »

Il répondit gaiement. « Oui, c'est moi ! la mé Brulin ! »

Et il l'embrassa aussitôt comme il avait embrassé père et mère.

Puis il se tourna vers sa femme : « Viens dans notre chambre, dit-il, tu te débarrasseras de ton chapeau. »

Il la fit entrer par la porte de droite dans une pièce froide, carrelée, toute blanche, avec ses murs peints à la chaux et son lit aux rideaux de coton. Un crucifix au-dessus d'un bénitier, et deux images coloriées représentant Paul et Virginie sous un palmier bleu et Napoléon Ier sur un cheval jaune, ornaient seuls cet appartement propre et désolant.

1. **Altérés** : assoiffés.

Dès qu'ils furent seuls, il embrassa Madeleine : « Bonjour, Made. Je suis content de revoir les vieux. Quand on est à Paris, on n'y pense pas, et puis quand on se retrouve, ça fait plaisir tout de même. »

Mais le père criait en tapant du poing la cloison : « Allons, allons, la soupe est cuite. »

Et il fallut se mettre à table.

Ce fut un long déjeuner de paysans avec une suite de plats mal assortis, une andouille après un gigot, une omelette après l'andouille. Le père Duroy, mis en joie par le cidre et quelques verres de vin, lâchait le robinet de ses plaisanteries de choix, celles qu'il réservait pour les grandes fêtes, histoires grivoises et malpropres arrivées à ses amis, affirmait-il. Georges, qui les connaissait toutes, riait cependant, grisé par l'air natal, ressaisi par l'amour inné du pays, des lieux familiers dans l'enfance, par toutes les sensations, tous les souvenirs retrouvés, toutes les choses d'autrefois revues, des riens, une marque de couteau dans une porte, une chaise boiteuse rappelant un petit fait, des odeurs de sol, le grand souffle de résine et d'arbres venu de la forêt voisine, les senteurs du logis, du ruisseau, du fumier.

La mère Duroy ne parlait point, toujours triste et sévère, épiant de l'œil sa bru avec une haine éveillée dans le cœur, une haine de vieille travailleuse, de vieille rustique aux doigts usés, aux membres déformés par les dures besognes, contre cette femme de ville qui lui inspirait une répulsion de maudite, de réprouvée, d'être impur fait pour la fainéantise et le péché. Elle se levait à tout moment pour aller chercher les plats, pour verser dans des verres la boisson jaune et aigre de la carafe ou le cidre roux mousseux et sucré des bouteilles dont le bouchon sautait comme celui de la limonade gazeuse.

Madeleine ne mangeait guère, ne parlait guère, demeurait triste avec son sourire ordinaire figé sur les lèvres, mais un sourire morne, résigné. Elle était déçue, navrée. Pourquoi ? Elle avait voulu venir. Elle n'ignorait point qu'elle allait chez des paysans, chez de petits paysans. Comment les avait-elle donc rêvés, elle, qui ne rêvait pas d'ordinaire ?

Le savait-elle ? Est-ce que les femmes n'espèrent point toujours autre chose que ce qui est ! Les avait-elle vus de loin plus poétiques ?

Non, mais plus littéraires peut-être, plus nobles, plus affectueux, plus décoratifs. Pourtant elle ne les désirait point distingués comme ceux des romans. D'où venait donc qu'ils la choquaient par mille choses menues, invisibles, par mille grossièretés insaisissables, par leur nature même de rustres, par ce qu'ils disaient, par leurs gestes et leur gaieté ?

Elle se rappelait sa mère à elle, dont elle ne parlait jamais à personne, une institutrice séduite, élevée à Saint-Denis et morte de misère et de chagrin quand Madeleine avait douze ans. Un inconnu avait fait élever la petite fille. Son père, sans doute ? Qui était-il ? Elle ne le sut point au juste, bien qu'elle eût de vagues soupçons.

Le déjeuner ne finissait pas. Des consommateurs entraient maintenant, serraient les mains du père Duroy, s'exclamaient en voyant le fils, et, regardant de côté la jeune femme, clignaient de l'œil avec malice ; ce qui signifiait : « Sacré mâtin ! elle n'est pas piquée des vers, l'épouse à Georges Duroy. »

D'autres, moins intimes, s'asseyaient devant les tables de bois, et criaient : « Un litre ! – Une chope ! – Deux fines [1] ! – Un raspail [2] ! » Et ils se mettaient à jouer aux dominos en tapant à grand bruit les petits carrés d'os blancs et noirs.

La mère Duroy ne cessait plus d'aller et de venir, servant les pratiques avec son air lamentable, recevant l'argent, essuyant les tables du coin de son tablier bleu.

La fumée des pipes de terre et des cigares d'un sou emplissait la salle. Madeleine se mit à tousser et demanda : « Si nous sortions ? je n'en puis plus. »

On n'avait point encore fini. Le vieux Duroy fut mécontent. Alors elle se leva et alla s'asseoir sur une chaise, devant la porte, sur la route, en attendant que son beau-père et son mari eussent achevé leur café et leurs petits verres.

1. **Fines** : eau-de-vie naturelle de bonne qualité.
2. **Raspail** : liqueur à base de plantes, qui doit son nom au chimiste Raspail. On lui prêtait des vertus fortifiantes.

Georges la rejoignit bientôt. « Veux-tu dégringoler jusqu'à la Seine ? » dit-il.

Elle accepta avec joie : « Oh ! oui. Allons. »

Ils descendirent la montagne, louèrent un bateau à Croisset, et ils passèrent le reste de l'après-midi le long d'une île, sous les saules, somnolents tous deux, dans la chaleur douce du printemps, et bercés par les petites vagues du fleuve.

Puis ils remontèrent à la nuit tombante.

Le repas du soir, à la lueur d'une chandelle, fut plus pénible encore pour Madeleine que celui du matin. Le père Duroy, qui avait une demi-saoulerie, ne parlait plus. La mère gardait sa mine revêche.

La pauvre lumière jetait sur les murs gris les ombres des têtes avec des nez énormes et des gestes démesurés. On voyait parfois une main géante lever une fourchette pareille à une fourche vers une bouche qui s'ouvrait comme une gueule de monstre, quand quelqu'un, se tournant un peu, présentait son profil à la flamme jaune et tremblotante.

Dès que le dîner fut achevé, Madeleine entraîna son mari dehors pour ne point demeurer dans cette salle sombre où flottait toujours une odeur âcre de vieilles pipes et de boissons répandues.

Quand ils furent sortis :

« Tu t'ennuies déjà », dit-il.

Elle voulut protester. Il l'arrêta : « Non. Je l'ai bien vu. Si tu le désires, nous repartirons demain. »

Elle murmura :

« Oui. Je veux bien. »

Ils allaient devant eux doucement. C'était une nuit tiède dont l'ombre caressante et profonde semblait pleine de bruits légers, de frôlements, de souffles. Ils étaient entrés dans une allée étroite, sous des arbres très hauts, entre deux taillis d'un noir impénétrable. Elle demanda : « Où sommes-nous ? »

Il répondit : « Dans la forêt.

– Elle est grande ?

– Très grande, une des plus grandes de la France. »

Une senteur de terre, d'arbres, de mousse, ce parfum frais et vieux des bois touffus, fait de la sève des bourgeons et de l'herbe morte et moisie des fourrés, semblait dormir dans cette allée. En levant la tête, Madeleine apercevait des étoiles entre les sommets des arbres, et bien qu'aucune brise ne remuât les branches, elle sentait autour d'elle la vague palpitation de cet océan de feuilles.

Un frisson singulier lui passa dans l'âme et lui courut sur la peau ; une angoisse confuse lui serra le cœur. Pourquoi ? Elle ne comprenait pas. Mais il lui semblait qu'elle était perdue, noyée, entourée de périls, abandonnée de tous, seule, seule au monde, sous cette voûte vivante qui frémissait là-haut.

Elle murmura : « J'ai un peu peur. Je voudrais retourner.

– Eh bien, revenons.

– Et… nous repartirons pour Paris demain ?

– Oui, demain.

– Demain matin.

– Demain matin, si tu veux. »

Ils rentrèrent. Les vieux étaient couchés. Elle dormit mal, réveillée sans cesse par tous les bruits nouveaux pour elle de la campagne, les cris des chouettes, le grognement d'un porc enfermé dans une hutte contre le mur, et le chant d'un coq qui claironna dès minuit.

Elle fut levée et prête à partir aux premières lueurs de l'aurore.

Quand Georges annonça aux parents qu'il allait s'en retourner, ils demeurèrent saisis tous deux, puis ils comprirent d'où venait cette volonté.

Le père demanda simplement : « J'te r'verrons-ti bientôt ?

– Mais oui. Dans le courant de l'été.

– Allons, tant mieux. »

La vieille grogna : « J'te souhaite de n'point r'gretter c'que t'as fait. »

Il leur laissa deux cents francs en cadeau, pour calmer leur mécontentement ; et le fiacre, qu'un gamin était allé chercher, ayant paru vers dix heures, les nouveaux époux embrassèrent les vieux paysans et repartirent.

Comme ils descendaient la côte, Duroy se mit à rire :

« Voilà, dit-il, je t'avais prévenue. Je n'aurais pas dû te faire connaître Monsieur et Madame du Roy de Cantel, père et mère. »

Elle se mit à rire aussi, et répliqua : « Je suis enchantée maintenant. Ce sont de braves gens que je commence à aimer beaucoup. Je leur enverrai des gâteries de Paris. »

Puis elle murmura : « Du Roy de Cantel… Tu verras que personne ne s'étonnera de nos lettres de faire-part. Nous raconterons que nous avons passé huit jours dans la propriété de tes parents. »

Et, se rapprochant de lui, elle effleura d'un baiser le bout de sa moustache : « Bonjour, Geo ! »

Il répondit : « Bonjour, Made » en passant une main derrière sa taille.

On apercevait au loin, dans le fond de la vallée, le grand fleuve déroulé comme un ruban d'argent sous le soleil du matin, et toutes les cheminées des usines qui soufflaient dans le ciel leurs nuages de charbon, et tous les clochers pointus dressés sur la vieille cité.

Chapitre 2

Les Du Roy étaient rentrés à Paris depuis deux jours et le journaliste avait repris son ancienne besogne, en attendant qu'il quittât le service des Échos pour s'emparer définitivement des fonctions de Forestier et se consacrer tout à fait à la politique.

Il remontait chez lui, ce soir-là, au logis de son prédécesseur, le cœur joyeux, pour dîner, avec le désir éveillé d'embrasser tout à l'heure sa femme dont il subissait vivement le charme physique et l'insensible domination. En passant devant une fleuriste, au bas de la rue Notre-Dame-de-Lorette, il eut l'idée d'acheter un bouquet pour Madeleine et il prit une grosse botte de roses à peine ouvertes, un paquet de boutons parfumés.

À chaque étage de son nouvel escalier il se regardait complaisamment dans cette glace dont la vue lui rappelait sans cesse sa première entrée dans la maison.

Il sonna, ayant oublié sa clef, et le même domestique, qu'il avait gardé aussi sur le conseil de sa femme, vint ouvrir.

Georges demanda : « Madame est rentrée ?

– Oui, monsieur. »

Mais en traversant la salle à manger il demeura fort surpris d'apercevoir trois couverts ; et, la portière du salon étant soulevée, il vit Madeleine qui disposait dans un vase de la cheminée une botte de roses toute pareille à la sienne, il fut contrarié, mécontent, comme si on lui eût volé son idée, son attention et tout le plaisir qu'il en attendait.

Il demanda en entrant : « Tu as donc invité quelqu'un ? »

Elle répondit sans se retourner, en continuant à arranger ses fleurs : « Oui et non. C'est mon vieil ami le comte de Vaudrec qui a l'habitude de dîner ici tous les lundis, et qui vient comme autrefois. »

Georges murmura : « Ah ! très bien. »

Il restait debout derrière elle, son bouquet à la main, avec une envie de le cacher, de le jeter. Il dit cependant : « Tiens, je t'ai apporté des roses ! »

Elle se retourna brusquement, toute souriante, criant : « Ah ! que tu es gentil d'avoir pensé à ça. »

Et elle lui tendit ses bras et ses lèvres avec un élan de plaisir si vrai qu'il se sentit consolé.

Elle prit les fleurs, les respira, et, avec une vivacité d'enfant ravie, les plaça dans le vase resté vide en face du premier. Puis elle murmura en regardant l'effet :

« Que je suis contente ! Voilà ma cheminée garnie maintenant. »

Elle ajouta presque aussitôt, d'un air convaincu :

« Tu sais, il est charmant, Vaudrec, tu seras tout de suite intime avec lui. »

Un coup de timbre annonça le comte. Il entra, tranquille, très à l'aise, comme chez lui. Après avoir baisé galamment les doigts de la jeune femme, il se tourna vers le mari et lui tendit la main avec cordialité en demandant : « Ça va bien, mon cher Du Roy ? »

Il n'avait plus son air roide [1], son air gourmé [2] de jadis, mais un air affable, révélant bien que la situation n'était plus la même. Le journaliste, surpris, tâcha de se montrer gentil pour répondre à ces avances. On eût cru, après cinq minutes, qu'ils se connaissaient et s'adoraient depuis dix ans.

Alors Madeleine, dont le visage était radieux, leur dit : « Je vous laisse ensemble. J'ai besoin de jeter un coup d'œil à ma cuisine. » Et elle se sauva, suivie par le regard des deux hommes.

Quand elle revint, elle les trouva causant théâtre, à propos d'une pièce nouvelle, et si complètement du même avis qu'une sorte

---

1. **Roide** : ancienne graphie de « raide ».
2. **Gourmé** : guindé.

d'amitié rapide s'éveillait dans leurs yeux à la découverte de cette absolue parité d'idées.

Le dîner fut charmant, tout intime et cordial; et le comte demeura fort tard dans la soirée, tant il se sentait bien dans cette maison, dans ce joli nouveau ménage.

Dès qu'il fut parti, Madeleine dit à son mari:

« N'est-ce pas qu'il est parfait? Il gagne du tout au tout à être connu. En voilà un bon ami, sûr, dévoué, fidèle. Ah! sans lui... »

Elle n'acheva point sa pensée, et Georges répondit: « Oui, je le trouve fort agréable. Je crois que nous nous entendrons très bien. »

Mais elle reprit aussitôt: « Tu ne sais pas, nous avons à travailler, ce soir, avant de nous coucher. Je n'ai pas eu le temps de te parler de ça avant dîner, parce que Vaudrec est arrivé tout de suite. On m'a apporté des nouvelles graves, tantôt, des nouvelles du Maroc[1]. C'est Laroche-Mathieu, le député, le futur ministre, qui me les a données. Il faut que nous fassions un grand article, un article à sensation. J'ai des faits et des chiffres. Nous allons nous mettre à la besogne immédiatement. Tiens, prends la lampe. »

Il la prit et ils passèrent dans le cabinet de travail.

Les mêmes livres s'alignaient dans la bibliothèque qui portait maintenant sur son faîte les trois vases achetés au golfe Juan, par Forestier, la veille de son dernier jour. Sous la table, la chancelière[2] du mort attendait les pieds de Du Roy qui s'empara, après s'être assis, du porte-plume d'ivoire, un peu mâché au bout, par la dent de l'autre.

Madeleine s'appuya à la cheminée, et ayant allumé une cigarette, elle raconta ses nouvelles, puis exposa ses idées, et le plan de l'article qu'elle rêvait.

---

1. La première version de *Bel-Ami* mentionnait l'Égypte et non le Maroc. Cependant, ce sont les affaires tunisiennes qui occupent le devant de la scène politique en 1880-1881.

2. Chancelière : boîte ou sac fourré dans lequel on met ses pieds pour les tenir au chaud.

Il l'écoutait avec attention, tout en griffonnant des notes ; et quand elle eut fini il souleva des objections, reprit la question, l'agrandit, développa à son tour non plus un plan d'article, mais un plan de campagne contre le ministère actuel. Cette attaque serait le début. Sa femme avait cessé de fumer, tant son intérêt s'éveillait, tant elle voyait large et loin en suivant la pensée de Georges.

Elle murmurait de temps en temps : « Oui… oui… C'est très bon… C'est excellent… C'est très fort… »

Et quand il eut achevé, à son tour, de parler :

« Maintenant écrivons », dit-elle.

Mais il avait toujours le début difficile et il cherchait ses mots avec peine. Alors elle vint doucement se pencher sur son épaule et elle se mit à lui souffler ses phrases tout bas, dans l'oreille.

De temps en temps elle hésitait et demandait :

« Est-ce bien ça que tu veux dire ? »

Il répondait :

« Oui, parfaitement. »

Elle avait des traits piquants, des traits venimeux de femme pour blesser le chef du Conseil ; et elle mêlait des railleries sur son visage à celles sur sa politique, d'une façon drôle qui faisait rire et saisissait en même temps par la justesse de l'observation.

Du Roy, parfois, ajoutait quelques lignes qui rendaient plus profonde et plus puissante la portée d'une attaque. Il savait en outre l'art des sous-entendus perfides, qu'il avait appris en aiguisant des échos ; et quand un fait donné pour certain par Madeleine lui paraissait douteux ou compromettant, il excellait à le faire deviner et à l'imposer à l'esprit avec plus de force que s'il l'eût affirmé.

Quand leur article fut terminé, Georges le relut tout haut, en le déclamant. Ils le jugèrent admirable d'un commun accord et ils se souriaient, enchantés et surpris, comme s'ils venaient de se révéler l'un à l'autre. Ils se regardaient au fond des yeux, émus d'admiration et d'attendrissement ; et ils s'embrassèrent avec élan, avec une ardeur d'amour communiquée de leurs esprits à leurs corps.

Du Roy reprit la lampe : « Et maintenant, dodo », dit-il avec un regard allumé.

Elle répondit :

« Passez, mon maître, puisque vous éclairez la route. »

Il passa, et elle le suivit dans leur chambre en lui chatouillant le cou du bout du doigt, entre le col et les cheveux, pour le faire aller plus vite, car il redoutait cette caresse.

L'article parut sous la signature de Georges du Roy de Cantel, et fit grand bruit. On s'en émut à la Chambre. Le père Walter en félicita l'auteur et le chargea de la rédaction politique de *La Vie française*. Les Échos revinrent à Boisrenard.

Alors commença, dans le journal, une campagne habile et violente contre le ministère qui dirigeait les Affaires. L'attaque, toujours adroite et nourrie de faits, tantôt ironique, tantôt sérieuse, parfois plaisante, parfois virulente, frappait avec une sûreté et une continuité dont tout le monde s'étonnait. Les autres feuilles citaient sans cesse *La Vie française*, y coupaient des passages entiers, et les hommes du pouvoir s'informèrent si on ne pouvait pas bâillonner avec une préfecture cet ennemi inconnu et acharné.

Du Roy devenait célèbre dans les groupes politiques. Il sentait grandir son influence à la pression des poignées de main et à l'allure des coups de chapeau. Sa femme d'ailleurs l'emplissait de stupeur et d'admiration par l'ingéniosité de son esprit, l'habileté de ses informations et le nombre de ses connaissances.

À tout moment, il trouvait dans son salon, en rentrant chez lui, un sénateur, un député, un magistrat, un général, qui traitaient Madeleine en vieille amie, avec une familiarité sérieuse. Où avait-elle connu tous ces gens ? Dans le monde, disait-elle. Mais comment avait-elle su capter leur confiance et leur affection ? Il ne le comprenait pas.

« Ça ferait une rude diplomate », pensait-il.

Elle rentrait souvent en retard aux heures des repas, essoufflée, rouge, frémissante, et, avant même d'avoir ôté son voile, elle disait : « J'en ai du nanan[1], aujourd'hui. Figure-toi que le ministre de la Justice vient de nommer deux magistrats qui ont fait partie des

1. **Nanan** : de bonnes choses.

commissions mixtes[1]. Nous allons lui flanquer un abatage[2] dont il se souviendra. »

Et on flanquait un abatage au ministre, et on lui en reflanquait un autre le lendemain et un troisième le jour suivant. Le député Laroche-Mathieu qui dînait rue Fontaine tous les mardis, après le comte de Vaudrec qui commençait la semaine, serrait vigoureusement les mains de la femme et du mari avec des démonstrations de joie excessives. Il ne cessait de répéter : « Cristi, quelle campagne. Si nous ne réussissons pas après ça ? »

Il espérait bien réussir en effet à décrocher le portefeuille des Affaires étrangères qu'il visait depuis longtemps.

C'était un de ces hommes politiques à plusieurs faces, sans convictions, sans grands moyens, sans audace et sans connaissances sérieuses, avocat de province, joli homme de chef-lieu, gardant un équilibre de finaud entre tous les partis extrêmes, sorte de jésuite républicain et de champignon libéral de nature douteuse, comme il en pousse par centaines sur le fumier populaire du suffrage universel.

Son machiavélisme[3] de village le faisait passer pour fort parmi ses collègues, parmi tous les déclassés et les avortés dont on fait des députés. Il était assez soigné, assez correct, assez familier, assez aimable pour réussir. Il avait des succès dans le monde, dans la société mêlée, trouble et peu fine des hauts fonctionnaires du moment.

On disait partout de lui : « Laroche sera ministre », et il pensait aussi plus fermement que tous les autres que Laroche serait ministre.

Il était un des principaux actionnaires du journal du père Walter, son collègue et son associé en beaucoup d'affaires de finances.

Du Roy le soutenait avec confiance et avec des espérances confuses pour plus tard. Il ne faisait que continuer d'ailleurs l'œuvre com-

---

1. **Commissions mixtes** : commissions instaurées contre les Républicains après le coup d'État de décembre 1851, destinées à réprimer l'opposition au régime du Second Empire.
2. **Abatage** : très vive critique.
3. **Machiavélisme** : ruse. Le mot fait référence au théoricien politique de la Renaissance Machiavel (1469-1527).

mencée par Forestier, à qui Laroche-Mathieu avait promis la croix[1], quand serait venu le jour du triomphe. La décoration irait sur la poitrine du nouveau mari de Madeleine, voilà tout. Rien n'était changé, en somme.

On sentait si bien que rien n'était changé que les confrères de Du Roy lui montaient une scie[2] dont il commençait à se fâcher.

On ne l'appelait plus que Forestier.

Aussitôt qu'il arrivait au journal, quelqu'un criait : « Dis donc, Forestier. »

Il feignait de ne pas entendre et cherchait les lettres dans son casier. La voix reprenait, avec plus de force :

« Hé ! Forestier. » Quelques rires étouffés couraient.

Comme Du Roy gagnait le bureau du directeur, celui qui l'avait appelé l'arrêtait : « Oh ! pardon ; c'est à toi que je veux parler. C'est stupide, je te confonds toujours avec ce pauvre Charles. Cela tient à ce que tes articles ressemblent bigrement aux siens. Tout le monde s'y trompe. »

Du Roy ne répondait rien, mais il nageait ; et une colère sourde naissait en lui contre le mort.

Le père Walter lui-même avait déclaré, alors qu'on s'étonnait de similitudes flagrantes de tournure et d'inspiration entre les chroniques du nouveau rédacteur politique et celles de l'ancien : « Oui, c'est du Forestier, mais du Forestier plus nourri, plus nerveux, plus viril. »

Une autre fois, Du Roy en ouvrant par hasard l'armoire aux bilboquets avait trouvé ceux de son prédécesseur avec un crêpe[3] autour du manche, et le sien, celui dont il se servait quand il s'exerçait sous la direction de Saint-Potin, était orné d'une faveur[4] rose. Tous avaient été rangés sur la même planche, par rang de taille ; et une pancarte, pareille à celle des musées, portait écrit : « Ancienne collection Forestier et Cie, Forestier-Du Roy, successeur, breveté

1. **La croix** : celle de la Légion d'honneur.
2. **Scie** : rengaine qui lasse à force de répétition.
3. **Crêpe** : bande de tissu noir qu'on porte en signe de deuil.
4. **Faveur** : ruban.

S.G.D.G.[1] Articles inusables pouvant servir en toutes circonstances, même en voyage. »

Il referma l'armoire avec calme, en prononçant, assez haut pour être entendu :

« Il y a des imbéciles et des envieux partout. »

Mais il était blessé dans son orgueil, blessé dans sa vanité, cette vanité et cet orgueil ombrageux d'écrivain, qui produisent cette susceptibilité nerveuse toujours en éveil, égale chez le reporter et chez le poète génial.

Ce mot : *Forestier* déchirait son oreille ; il avait peur de l'entendre, et se sentait rougir en l'entendant.

Il était pour lui, ce nom, une raillerie mordante, plus qu'une raillerie, presque une insulte. Il lui criait : « C'est ta femme qui fait ta besogne comme elle faisait celle de l'autre. Tu ne serais rien sans elle. »

Il admettait parfaitement que Forestier n'eût rien été sans Madeleine ; mais quant à lui, allons donc !

Puis, rentré chez lui, l'obsession continuait. C'était la maison tout entière maintenant qui lui rappelait le mort, tout le mobilier, tous les bibelots, tout ce qu'il touchait. Il ne pensait guère à cela dans les premiers temps ; mais la scie montée par ses confrères avait fait en son esprit une sorte de plaie qu'un tas de riens inaperçus jusqu'ici envenimaient à présent.

Il ne pouvait plus prendre un objet sans qu'il crût voir aussitôt la main de Charles posée dessus. Il ne regardait et ne maniait que des choses lui ayant servi autrefois, des choses qu'il avait achetées, aimées et possédées. Et Georges commençait à s'irriter même à la pensée des relations anciennes de son ami et de sa femme.

Il s'étonnait parfois de cette révolte de son cœur, qu'il ne comprenait point, et se demandait : « Comment diable se fait-il ? Je ne suis pas jaloux des amis de Madeleine. Je ne m'inquiète jamais de ce qu'elle fait. Elle rentre et sort à son gré, et le souvenir de cette brute de Charles me met en rage ! »

---

1. **Breveté S.G.D.G.** : qui a obtenu un certificat.

Il ajoutait, mentalement : « Au fond, ce n'était qu'un crétin ; c'est sans doute ça qui me blesse. Je me fâche que Madeleine ait pu épouser un pareil sot. »

Et sans cesse il se répétait : « Comment se fait-il que cette femme-là ait gobé[1] un seul instant un semblable animal ? »

Et sa rancune s'augmentait chaque jour par mille détails insignifiants qui le piquaient comme des coups d'aiguille, par le rappel incessant de l'autre, venu d'un mot de Madeleine, d'un mot du domestique ou d'un mot de la femme de chambre.

Un soir Du Roy qui aimait les plats sucrés demanda : « Pourquoi n'avons-nous pas d'entremets ? Tu n'en fais jamais servir. »

La jeune femme répondit gaiement : « C'est vrai, je n'y pense pas. Cela tient à ce que Charles les avait en horreur… »

Il lui coupa la parole dans un mouvement d'impatience dont il ne fut pas maître.

« Ah ! tu sais, Charles commence à m'embêter. C'est toujours Charles par-ci, Charles par-là, Charles aimait ci, Charles aimait ça. Puisque Charles est crevé, qu'on le laisse tranquille. »

Madeleine regardait son mari avec stupeur, sans rien comprendre à cette colère subite. Puis, comme elle était fine, elle devina un peu ce qui se passait en lui, ce travail lent de jalousie posthume grandissant à chaque seconde par tout ce qui rappelait l'autre.

Elle jugea cela puéril, peut-être, mais elle fut flattée, et ne répondit rien.

Il s'en voulut, lui, de cette irritation qu'il n'avait pu cacher. Or, comme ils faisaient, ce soir-là, après dîner, un article pour le lendemain, il s'embarrassa dans la chancelière. Ne parvenant point à la retourner, il la rejeta d'un coup de pied, et demanda en riant :

« Charles avait donc toujours froid aux pattes ? »

Elle répondit, riant aussi : « Oh ! il vivait dans la terreur des rhumes ; il n'avait pas la poitrine solide. »

1. **Gobé** : apprécié.

Du Roy reprit, avec férocité : « Il l'a bien prouvé, d'ailleurs. » Puis il ajouta, avec galanterie : « Heureusement pour moi. » Et il baisa la main de sa femme.

Mais en se couchant, toujours hanté par la même pensée, il demanda encore : « Est-ce que Charles portait des bonnets de coton pour éviter les courants d'air dans les oreilles ? »

Elle se prêta à la plaisanterie et répondit : « Non, un madras[1] noué sur le front. »

Georges haussa les épaules et prononça avec un mépris d'homme supérieur :

« Quel serin ! »

Dès lors, Charles devint pour lui un sujet d'entretien continuel. Il parlait de lui à tout propos, ne l'appelant plus que : « ce pauvre Charles », d'un air de pitié infinie.

Et quand il revenait du journal, où il s'était entendu deux ou trois fois interpeller sous le nom de Forestier, il se vengeait en poursuivant le mort de railleries haineuses au fond de son tombeau. Il rappelait ses défauts, ses ridicules, ses petitesses, les énumérait avec complaisance, les développant et les grossissant comme s'il eût voulu combattre, dans le cœur de sa femme, l'influence d'un rival redouté.

Il répétait : « Dis donc, Made, te rappelles-tu le jour où ce cornichon de Forestier a prétendu nous prouver que les gros hommes étaient plus vigoureux que les maigres ? »

Puis il voulut savoir sur le défunt un tas de détails intimes et secrets que la jeune femme, mal à l'aise, refusait de dire. Mais il insistait, s'obstinait.

« Allons, voyons, raconte-moi ça. Il devait être bien drôle dans ce moment-là ? »

Elle murmurait du bout des lèvres :

« Voyons, laisse-le tranquille, à la fin. »

Il reprenait : « Non, dis-moi ! c'est vrai qu'il devait être godiche au lit, cet animal ! »

---

1. **Madras** : foulard de couleurs vives.

Et il finissait toujours par conclure: « Quelle brute c'était! »

Un soir, vers la fin de juin, comme il fumait une cigarette à sa fenêtre, la grande chaleur de la soirée lui donna l'envie de faire une promenade.

Il demanda: « Ma petite Made, veux-tu venir jusqu'au Bois?

– Mais oui, certainement. »

Ils prirent un fiacre découvert, gagnèrent les Champs-Élysées, puis l'avenue du Bois-de-Boulogne. C'était une nuit sans vent, une de ces nuits d'étuve où l'air de Paris surchauffé entre dans la poitrine comme une vapeur de four. Une armée de fiacres menait sous les arbres tout un peuple d'amoureux. Ils allaient, ces fiacres, l'un derrière l'autre, sans cesse.

Georges et Madeleine s'amusaient à regarder tous ces couples enlacés, passant dans ces voitures, la femme en robe claire et l'homme sombre. C'était un immense fleuve d'amants qui coulait vers le Bois sous le ciel étoilé et brûlant. On n'entendait aucun bruit que le sourd roulement des roues sur la terre. Ils passaient, passaient, les deux êtres de chaque fiacre, allongés sur les coussins, muets, serrés l'un contre l'autre, perdus dans l'hallucination du désir, frémissant dans l'attente de l'étreinte prochaine. L'ombre chaude semblait pleine de baisers. Une sensation de tendresse flottante, d'amour bestial épandu, alourdissait l'air, le rendait plus étouffant. Tous ces gens accouplés, grisés de la même pensée, de la même ardeur faisaient courir une fièvre autour d'eux. Toutes ces voitures chargées d'amour, sur qui semblaient voltiger des caresses, jetaient sur leur passage une sorte de souffle sensuel, subtil et troublant.

Georges et Madeleine se sentirent eux-mêmes gagnés par la contagion de la tendresse. Ils se prirent doucement la main, sans dire un mot, un peu oppressés par la pesanteur de l'atmosphère et par l'émotion qui les envahissait.

Comme ils arrivaient au tournant qui suit les fortifications, ils s'embrassèrent, et elle balbutia un peu confuse: « Nous sommes aussi gamins qu'en allant à Rouen. »

Le grand courant des voitures s'était séparé à l'entrée des taillis. Dans le chemin des Lacs que suivaient les jeunes gens, les fiacres s'espaçaient un peu, mais la nuit épaisse des arbres, l'air vivifié par les feuilles et par l'humidité des ruisselets qu'on entendait couler sous les branches, une sorte de fraîcheur du large espace nocturne tout paré d'astres, donnaient aux baisers des couples roulants un charme plus pénétrant et une ombre plus mystérieuse.

Georges murmura: « Oh ! ma petite Made », en la serrant contre lui.

Elle lui dit: « Te rappelles-tu la forêt de chez toi, comme c'était sinistre. Il me semblait qu'elle était pleine de bêtes affreuses et qu'elle n'avait pas de bout. Tandis qu'ici, c'est charmant. On sent des caresses dans le vent, et je sais bien que Sèvres est de l'autre côté du bois. »

Il répondit: « Oh ! dans la forêt de chez moi, il n'y avait pas autre chose que des cerfs, des renards, des chevreuils et des sangliers, et par-ci, par-là, une maison de forestier. »

Ce mot, ce nom du mort sorti de sa bouche, le surprit comme si quelqu'un le lui eût crié du fond d'un fourré, et il se tut brusquement, ressaisi par ce malaise étrange et persistant, par cette irritation jalouse, rongeuse, invincible qui lui gâtait la vie depuis quelque temps.

Au bout d'une minute, il demanda: « Es-tu venue quelquefois ici comme ça, le soir avec Charles ? »

Elle répondit: « Mais oui, souvent. »

Et, tout à coup, il eut envie de retourner chez eux, une envie nerveuse qui lui serrait le cœur. Mais l'image de Forestier était rentrée en son esprit, le possédait, l'étreignait. Il ne pouvait plus penser qu'à lui, parler que de lui.

Il demanda, avec un accent méchant:

« Dis donc, Made ?

– Quoi, mon ami ?

– L'as-tu fait cocu, ce pauvre Charles ? » Elle murmura, dédaigneuse:

« Que tu deviens bête avec ta rengaine. »

Mais il ne lâchait pas son idée.

« Voyons, ma petite Made, sois bien franche, avoue-le ? Tu l'as fait cocu, dis ? Avoue que tu l'as fait cocu ? »

Elle se taisait, choquée comme toutes les femmes le sont par ce mot.

Il reprit, obstiné : « Sacristi, si quelqu'un en avait la tête, c'est bien lui par exemple. Oh ! oui, oh ! oui. C'est ça qui m'amuserait de savoir que Forestier était cocu. Hein ! quelle bonne binette de jobard[1] ? »

Il sentit qu'elle souriait à quelque souvenir peut-être, et il insista : « Voyons, dis-le. Qu'est-ce que ça fait ? Ce serait bien drôle, au contraire, de m'avouer que tu l'as trompé, de m'avouer ça, à moi. »

Il frémissait, en effet, de l'espoir et de l'envie que Charles, l'odieux Charles, le mort détesté, le mort exécré, eût porté ce ridicule honteux. Et pourtant… pourtant une autre émotion, plus confuse, aiguillonnait son désir de savoir.

Il répétait : « Made, ma petite Made, je t'en prie, dis-le. En voilà un qui ne l'aurait pas volé. Tu aurais eu joliment tort de ne pas lui faire porter ça. Voyons, Made, avoue. »

Elle trouvait plaisante, maintenant, sans doute, cette insistance, car elle riait, par petits rires brefs, saccadés.

Il avait mis ses lèvres tout près de l'oreille de sa femme. « Voyons… voyons… avoue-le ?… »

Elle s'éloigna d'un mouvement sec, et déclara brusquement : « Mais tu es stupide. Est-ce qu'on répond à des questions pareilles ? »

Elle avait dit cela d'un ton si singulier qu'un frisson de froid courut dans les veines de son mari et il demeura interdit, effaré, un peu essoufflé comme s'il avait reçu une commotion[2] morale.

Le fiacre maintenant longeait le lac, où le ciel semblait avoir égrené ses étoiles. Deux cygnes vagues nageaient très lentement, à peine visibles dans l'ombre.

Georges cria au cocher : « Retournons. » Et la voiture s'en revint, croisant les autres, qui allaient au pas, et dont les grosses lanternes brillaient comme des yeux dans la nuit du Bois.

1. **Binette de jobard** : tête de naïf (familier).
2. **Commotion** : violente émotion.

Comme elle avait dit cela d'une étrange façon ! Du Roy se demandait : « Est-ce un aveu ? » Et cette presque certitude qu'elle avait trompé son premier mari, l'affolait de colère, à présent. Il avait envie de la battre, de l'étrangler, de lui arracher les cheveux !

Oh ! si elle lui eût répondu : « Mais, mon chéri, si j'avais dû le tromper, c'est avec toi que je l'aurais fait. » Comme il l'aurait embrassée, étreinte, adorée !

Il demeurait immobile, les bras croisés, les yeux au ciel, l'esprit trop agité pour réfléchir encore. Il sentait seulement en lui fermenter cette rancune et grossir cette colère qui couvent au cœur de tous les mâles devant les caprices du désir féminin. Il sentait pour la première fois cette angoisse confuse de l'époux qui soupçonne ! Il était jaloux enfin, jaloux pour le mort, jaloux pour le compte de Forestier ! Jaloux d'une étrange et poignante façon, où entrait subitement de la haine contre Madeleine. Puisqu'elle avait trompé l'autre, comment pourrait-il avoir confiance en elle, lui ?

Puis, peu à peu, une espèce de calme se fit en son esprit et se roidissant contre sa souffrance, il pensa : « Toutes les femmes sont des filles, il faut s'en servir et ne leur rien donner de soi. »

L'amertume de son cœur lui montait aux lèvres en paroles de mépris et de dégoût. Il ne les laissa point s'épandre cependant. Il se répétait : « Le monde est aux forts. Il faut être fort. Il faut être au-dessus de tout. »

La voiture allait plus vite. Elle repassa les fortifications. Du Roy regardait devant lui une clarté rougeâtre dans le ciel, pareille à une lueur de forge démesurée ; et il entendait une rumeur confuse, immense, continue, faite de bruits innombrables et différents, une rumeur sourde, proche, lointaine, une vague et énorme palpitation de vie, le souffle de Paris respirant, dans cette nuit d'été, comme un colosse épuisé de fatigue.

Georges songeait : « Je serais bien bête de me faire de la bile. Chacun pour soi. La victoire est aux audacieux. Tout n'est que de l'égoïsme. L'égoïsme pour l'ambition et la fortune vaut mieux que l'égoïsme pour la femme et pour l'amour. »

L'arc de triomphe de l'Étoile apparaissait debout à l'entrée de la ville sur ses deux jambes monstrueuses, sorte de géant informe qui semblait prêt à se mettre en marche pour descendre la large avenue ouverte devant lui.

Georges et Madeleine se retrouvaient là dans le défilé des voitures ramenant au logis, au lit désiré, l'éternel couple, silencieux et enlacé. Il semblait que l'humanité tout entière glissait à côté d'eux, grise de joie, de plaisir, de bonheur.

La jeune femme, qui avait bien pressenti quelque chose de ce qui se passait en son mari, demanda de sa voix douce :

« À quoi songes-tu, mon ami ? Depuis une demi-heure tu n'as point prononcé une parole. »

Il répondit en ricanant : « Je songe à tous ces imbéciles qui s'embrassent, et je me dis que, vraiment, on a autre chose à faire dans l'existence. »

Elle murmura : « Oui… mais c'est bon quelquefois.

– C'est bon… c'est bon… quand on n'a rien de mieux ! »

La pensée de Georges allait toujours, dévêtant la vie de sa robe de poésie, dans une sorte de rage méchante : « Je serais bien bête de me gêner, de me priver de quoi que ce soit, de me troubler, de me tracasser, de me ronger l'âme comme je le fais depuis quelque temps. » L'image de Forestier lui traversa l'esprit sans y faire naître aucune irritation. Il lui sembla qu'ils venaient de se réconcilier, qu'ils redevenaient amis. Il avait envie de lui crier : « Bonsoir, vieux. »

Madeleine, que ce silence gênait, demanda : « Si nous allions prendre une glace chez Tortoni[1], avant de rentrer. »

Il la regarda de coin. Son fin profil blond lui apparut sous l'éclat vif d'une guirlande de gaz qui annonçait un café-chantant[2].

Il pensa : « Elle est jolie. Eh ! tant mieux. À bon chat bon rat, ma camarade. Mais si on me reprend à me tourmenter pour toi, il fera chaud au pôle Nord. » Puis il répondit : « Mais certainement, ma chérie. »

---

1. **Tortoni** : café très apprécié en cette fin de siècle, situé sur le boulevard des Italiens, où l'on pouvait déguster des glaces.
2. **Café-chantant** : cabaret.

Et, pour qu'elle ne devinât rien, il l'embrassa.

Il sembla à la jeune femme que les lèvres de son mari étaient glacées.

Il souriait cependant de son sourire ordinaire en lui donnant la main pour descendre devant les marches du café.

Chapitre 3

En entrant au journal, le lendemain, Du Roy alla trouver Boisrenard.

« Mon cher ami, dit-il, j'ai un service à te demander. On trouve drôle depuis quelque temps de m'appeler Forestier. Moi, je commence à trouver ça bête. Veux-tu avoir la complaisance de prévenir doucement les camarades que je giflerai le premier qui se permettra de nouveau cette plaisanterie. Ce sera à eux de réfléchir si cette blague-là vaut un coup d'épée. Je m'adresse à toi parce que tu es un homme calme qui peut empêcher des extrémités fâcheuses, et aussi parce que tu m'as servi de témoin dans mon affaire. »

Boisrenard se chargea de la commission.

Du Roy sortit pour faire des courses, puis revint une heure plus tard. Personne ne l'appela Forestier.

Comme il rentrait chez lui, il entendit des voix de femmes dans le salon. Il demanda : « Qui est là ? »

Le domestique répondit : « Mme Walter et Mme de Marelle. »

Un petit battement lui secoua le cœur, puis il se dit : « Tiens, voyons », et il ouvrit la porte.

Clotilde était au coin de la cheminée, dans un rayon de jour venu de la fenêtre. Il sembla à Georges qu'elle pâlissait un peu en l'apercevant. Ayant d'abord salué Mme Walter et ses deux filles, assises comme deux sentinelles aux côtés de leur mère, il se tourna vers son ancienne maîtresse. Elle lui tendait la main ; il la prit et la serra avec intention, comme pour dire : « Je vous aime toujours. » Elle répondit à cette pression.

Il demanda : « Vous vous êtes bien portée pendant le siècle écoulé depuis notre dernière rencontre ? »

Elle répondit avec aisance : « Mais oui, et vous, Bel-Ami ? »

Puis, se tournant vers Madeleine, elle ajouta :

« Tu permets que je l'appelle toujours Bel-Ami ?

– Certainement, ma chère, je permets tout ce que tu voudras. »

Une nuance d'ironie semblait cachée dans cette parole.

Mme Walter parlait d'une fête qu'allait donner Jacques Rival dans son logis de garçon, un grand assaut d'armes où assisteraient des femmes du monde ; elle disait : « Ce sera très intéressant. Mais je suis désolée, nous n'avons personne pour nous y conduire, mon mari devant s'absenter à ce moment-là. »

Du Roy s'offrit aussitôt. Elle accepta. « Nous vous en serons très reconnaissantes, mes filles et moi. »

Il regardait la plus jeune des demoiselles Walter, et pensait : « Elle n'est pas mal du tout, cette petite Suzanne, mais pas du tout. » Elle avait l'air d'une frêle poupée blonde, trop petite, mais fine, avec la taille mince, des hanches et de la poitrine, une figure de miniature, des yeux d'émail d'un bleu gris dessinés au pinceau, qui semblaient nuancés par un peintre minutieux et fantaisiste, de la chair trop blanche, trop lisse, polie, unie, sans grain, sans teinte, et des cheveux ébouriffés, frisés, une broussaille savante, légère, un nuage charmant, tout pareil en effet à la chevelure des jolies poupées de luxe qu'on voit passer dans les bras de gamines beaucoup moins hautes que leur joujou.

La sœur aînée, Rose, était laide, plate, insignifiante, une de ces filles qu'on ne voit pas, à qui on ne parle pas, et dont on ne dit rien.

La mère se leva, et se tournant vers Georges : « Ainsi, je compte sur vous jeudi prochain, à deux heures. »

Il répondit : « Comptez sur moi, madame. »

Dès qu'elle fut partie, Mme de Marelle se leva à son tour.

« Au revoir, Bel-Ami. »

Ce fut elle alors qui lui serra la main, très fort, très longtemps ; et il se sentit remué par cet aveu silencieux, repris d'un brusque béguin pour cette petite bourgeoise bohème et bon enfant, qui l'aimait vraiment, peut-être.

«J'irai la voir demain», pensa-t-il.

Dès qu'il fut seul en face de sa femme, Madeleine se mit à rire, d'un rire franc et gai, et le regardant bien en face: «Tu sais que tu as inspiré une passion à Mme Walter.»

Il répondit incrédule: «Allons donc?

– Mais oui, je te l'affirme, elle m'a parlé de toi avec un enthousiasme fou. C'est si singulier de sa part! Elle voudrait trouver deux maris comme toi pour ses filles!... Heureusement qu'avec elle ces choses-là sont sans importance.»

Il ne comprenait pas ce qu'elle voulait dire: «Comment, sans importance?»

Elle répondit, avec une conviction de femme sûre de son jugement: «Oh! Mme Walter est une de celles dont on n'a jamais rien murmuré, mais tu sais, là, jamais, jamais. Elle est inattaquable sous tous les rapports. Son mari, tu le connais comme moi. Mais elle, c'est autre chose. Elle a d'ailleurs assez souffert d'avoir épousé un juif, mais elle lui est restée fidèle. C'est une honnête femme.»

Du Roy fut surpris: «Je la croyais juive aussi.

– Elle? pas du tout. Elle est dame patronnesse[1] de toutes les bonnes œuvres de la Madeleine. Elle est même mariée religieusement. Je ne sais plus s'il y a eu un simulacre de baptême du patron, ou bien si l'Église a fermé les yeux.»

Georges murmura: «Ah!... alors... elle... me gobe?...

– Positivement, et complètement. Si tu n'étais pas engagé, je te conseillerais de demander la main de... de Suzanne, n'est-ce pas, plutôt que celle de Rose?»

Il répondit, en frisant sa moustache: «Eh! la mère n'est pas encore piquée des vers[2].»

1. **Patronnesse**: qui se consacre à une œuvre de bienfaisance.
2. **N'est pas encore piquée des vers**: est encore bien conservée.

Mais Madeleine s'impatienta :

« Tu sais, mon petit, la mère, je te la souhaite. Mais je n'ai pas peur. Ce n'est point à son âge qu'on commet sa première faute. Il faut s'y prendre plus tôt. »

Georges songeait : « Si c'était vrai, pourtant, que j'eusse pu épouser Suzanne ?... »

Puis il haussa les épaules : « Bah... c'est fou !... Est-ce que le père m'aurait jamais accepté ? »

Il se promit toutefois d'observer désormais avec plus de soin les manières de Mme Walter à son égard, sans se demander d'ailleurs s'il en pourrait jamais tirer quelque avantage.

Tout le soir, il fut hanté par des souvenirs de son amour avec Clotilde, des souvenirs tendres et sensuels en même temps. Il se rappelait ses drôleries, ses gentillesses, leurs escapades. Il se répétait à lui-même : « Elle est vraiment bien gentille. Oui, j'irai la voir demain. »

Dès qu'il eut déjeuné, le lendemain, il se rendit en effet rue de Verneuil. La même bonne lui ouvrit la porte, et, familière à la façon des domestiques de petits-bourgeois, elle demanda : « Ça va bien, monsieur ? »

Il répondit : « Mais oui, mon enfant. »

Et il entra dans le salon, où une main maladroite faisait des gammes sur le piano. C'était Laurine. Il crut qu'elle allait lui sauter au cou. Elle se leva gravement, salua avec cérémonie, ainsi qu'aurait fait une grande personne, et se retira d'une façon digne.

Elle avait une telle allure de femme outragée, qu'il demeura surpris. Sa mère entra. Il lui prit et lui baisa les mains.

« Combien j'ai pensé à vous ! dit-il.

– Et moi », dit-elle.

Ils s'assirent. Ils se souriaient, les yeux dans les yeux, avec une envie de s'embrasser sur les lèvres.

« Ma chère petite Clo, je vous aime.

– Et moi aussi.

– Alors... alors... tu ne m'en as pas trop voulu ?

– Oui et non... Ça m'a fait de la peine, et puis j'ai compris ta raison, et je me suis dit : "Bah ! il me reviendra un jour ou l'autre."

– Je n'osais pas revenir : je me demandais comment je serais reçu. Je n'osais pas, mais j'en avais rudement envie. À propos, dis-moi donc ce qu'a Laurine. Elle m'a à peine dit bonjour et elle est partie d'un air furieux.

– Je ne sais pas. Mais on ne peut plus lui parler de toi depuis ton mariage. Je crois vraiment qu'elle est jalouse.

– Allons donc.

– Mais oui, mon cher. Elle ne t'appelle plus Bel-Ami, elle te nomme M. Forestier. »

Du Roy rougit, puis, s'approchant de la jeune femme :

« Donne ta bouche. »

Elle la donna.

« Où pourrons-nous nous revoir ? dit-il.

– Mais… rue de Constantinople.

– Ah !… L'appartement n'est donc pas loué ?

– Non… je l'ai gardé !

– Tu l'as gardé ?

– Oui, j'ai pensé que tu y reviendrais. »

Une bouffée de joie orgueilleuse lui gonfla la poitrine. Elle l'aimait donc, celle-là, d'un amour vrai, constant, profond.

Il murmura : « Je t'adore. » Puis il demanda : « Ton mari va bien ?

– Oui, très bien. Il vient de passer un mois ici ; il est parti d'avant-hier. »

Du Roy ne put s'empêcher de rire :

« Comme ça tombe ! »

Elle répondit naïvement : « Oh oui, ça tombe bien. Mais il n'est pas gênant quand il est ici, tout de même. Tu le sais ?

– Ça, c'est vrai. C'est d'ailleurs un charmant homme.

– Et toi, dit-elle, comment prends-tu ta nouvelle vie ?

– Ni bien ni mal. Ma femme est une camarade, une associée.

– Rien de plus ?

– Rien de plus… Quant au cœur…

– Je comprends bien. Elle est gentille, pourtant.

– Oui, mais elle ne me trouble pas. »

Il se rapprocha de Clotilde, et murmura: « Quand nous reverrons-nous?

– Mais… demain… si tu veux?

– Oui. Demain, deux heures?

– Deux heures. »

Il se leva pour partir, puis il balbutia, un peu gêné: « Tu sais, j'entends reprendre, seul, l'appartement de la rue de Constantinople. Je le veux. Il ne manquerait plus qu'il fût payé par toi. »

Ce fut elle qui baisa ses mains avec un mouvement d'adoration, en murmurant: « Tu feras comme tu voudras. Il me suffit de l'avoir gardé pour nous y revoir. »

Et Du Roy s'en alla, l'âme pleine de satisfaction.

Comme il passait devant la vitrine d'un photographe, le portrait d'une grande femme aux larges yeux lui rappela Mme Walter: « C'est égal, se dit-il, elle ne doit pas être mal encore. Comment se fait-il que je ne l'aie jamais remarquée. J'ai envie de voir quelle tête elle me fera jeudi. »

Il se frottait les mains, tout en marchant avec une joie intime, la joie du succès sous toutes ses formes, la joie égoïste de l'homme adroit qui réussit, la joie subtile, faite de vanité flattée et de sensualité contente, que donne la tendresse des femmes.

Le jeudi venu, il dit à Madeleine: « Tu ne viens pas à cet assaut[1] chez Rival?

– Oh! non. Cela ne m'amuse guère, moi; j'irai à la Chambre des députés. »

Et il alla chercher Mme Walter, en landau découvert, car il faisait un admirable temps.

Il eut une surprise en la voyant, tant il la trouva belle et jeune. Elle était en toilette claire dont le corsage un peu fendu laissait deviner, sous une dentelle blonde, le soulèvement gras des seins. Jamais elle ne lui avait paru si fraîche. Il la jugea vraiment désirable. Elle avait son air calme et comme il faut, une certaine allure de maman tranquille qui la faisait passer presque inaperçue aux yeux

1. **Assaut**: combat au fleuret.

galants des hommes. Elle ne parlait guère d'ailleurs que pour dire des choses connues, convenues et modérées, ses idées étant sages, méthodiques, bien ordonnées, à l'abri de tous les excès.

Sa fille Suzanne, tout en rose, semblait un Watteau [1] frais verni ; et sa sœur aînée paraissait être l'institutrice chargée de tenir compagnie à ce joli bibelot de fillette.

Devant la porte de Rival, une file de voitures était rangée. Du Roy offrit son bras à Mme Walter, et ils entrèrent. L'assaut était donné au profit des orphelins du sixième arrondissement de Paris, sous le patronage de toutes les femmes des sénateurs et députés qui avaient des relations avec *La Vie française*.

Mme Walter avait promis de venir avec ses filles, en refusant le titre de dame patronnesse, parce qu'elle n'aidait de son nom que les œuvres entreprises par le clergé, non pas qu'elle fût très dévote [2], mais son mariage avec un israélite la forçait, croyait-elle, à une certaine tenue religieuse ; et la fête organisée par le journaliste prenait une sorte de signification républicaine qui pouvait sembler anticléricale.

On avait lu dans les journaux de toutes les nuances, depuis trois semaines :

« Notre éminent confrère Jacques Rival vient d'avoir l'idée aussi ingénieuse que généreuse d'organiser, au profit des orphelins du sixième arrondissement de Paris, un grand assaut dans sa jolie salle d'armes attenant à son appartement de garçon.

« Les invitations sont faites par Mmes Laloigne, Remontel, Rissolin, femmes des sénateurs de ce nom, et par Mmes Laroche-Mathieu, Percerol, Firmin, femmes des députés bien connus. Une simple quête aura lieu pendant l'entracte de l'assaut, et le montant sera versé immédiatement entre les mains du maire du sixième arrondissement ou de son représentant. »

C'était une réclame monstre que le journaliste adroit avait imaginée à son profit.

1. **Antoine Watteau** (1684-1721) : peintre français.
2. **Dévote** : pieuse, pratiquante.

Jacques Rival recevait les arrivants à l'entrée de son logis où un buffet avait été installé, les frais devant être prélevés sur la recette.

Puis il indiquait, d'un geste aimable, le petit escalier par où on descendait dans la cave, où il avait installé la salle d'armes et le tir; et il disait: « Au-dessous, mesdames, au-dessous. L'assaut a lieu en des appartements souterrains. »

Il se précipita au-devant de la femme de son directeur; puis, serrant la main de Du Roy: « Bonjour, Bel-Ami. »

L'autre fut surpris: « Qui vous a dit que... »

Rival lui coupa la parole: « Mme Walter, ici présente, qui trouve ce surnom très gentil. »

Mme Walter rougit: « Oui, j'avoue que si je vous connaissais davantage, je ferais comme la petite Laurine, je vous appellerais aussi Bel-Ami. Ça vous va très bien. »

Du Roy riait: « Mais, je vous en prie, madame, faites-le. »

Elle avait baissé les yeux: « Non, nous ne sommes pas assez liés. »

Il murmura: « Voulez-vous me laisser espérer que nous le deviendrons davantage?

– Eh bien, nous verrons alors », dit-elle.

Il s'effaça à l'entrée de la descente étroite qu'éclairait un bec de gaz; et la brusque transition de la lumière du jour à cette clarté jaune avait quelque chose de lugubre. Une odeur de souterrain montait par cette échelle tournante, une senteur d'humidité chauffée, de murs moisis essuyés pour la circonstance, et aussi des souffles de benjoin[1] qui rappelaient les offices sacrés, et des émanations féminines de Lubin, de verveine, d'iris, de violette.

On entendait dans ce trou un grand bruit de voix, un frémissement de foule agitée.

Toute la cave était illuminée avec des guirlandes de gaz et des lanternes vénitiennes cachées en des feuillages qui voilaient les murs de pierre salpêtrés. On ne voyait rien que des branchages. Le plafond était garni de fougères, le sol couvert de feuilles et de fleurs.

---

1. **Benjoin**: résine parfumée.

On trouvait cela charmant, d'une imagination délicieuse. Dans le petit caveau du fond s'élevait une estrade pour les tireurs, entre deux rangs de chaises pour les juges.

Et dans toute la cave, les banquettes, alignées par dix, autant à droite qu'à gauche, pouvaient porter près de deux cents personnes. On en avait invité quatre cents.

Devant l'estrade, des jeunes gens en costume d'assaut, minces, avec des membres longs, la taille cambrée, la moustache en croc, posaient déjà devant les spectateurs. On se les nommait, on désignait les maîtres et les amateurs, toutes les notabilités de l'escrime. Autour d'eux causaient des messieurs en redingote, jeunes et vieux qui avaient un air de famille avec les tireurs en tenue de combat. Ils cherchaient aussi à être vus, reconnus et nommés, c'étaient des princes de l'épée en civils, les experts en coups de bouton.

Presque toutes les banquettes étaient couvertes de femmes, qui faisaient un grand froissement d'étoffes remuées et un grand murmure de voix. Elles s'éventaient comme au théâtre, car il faisait déjà une chaleur d'étuve dans cette grotte feuillue. Un farceur criait de temps en temps : « Orgeat[1] ! limonade ! bière ! »

Mme Walter et ses filles gagnèrent leurs places réservées au premier rang. Du Roy les ayant installées allait partir, il murmura :

« Je suis obligé de vous quitter, les hommes ne peuvent accaparer les banquettes. »

Mais Mme Walter répondit en hésitant :

« J'ai bien envie de vous garder tout de même. Vous me nommerez les tireurs. Tenez, si vous restiez debout au coin de ce banc, vous ne gêneriez personne. »

Elle le regardait de ses grands yeux doux. Elle insista : « Voyons, restez avec nous… monsieur… monsieur Bel-Ami. Nous avons besoin de vous. »

Il répondit : « J'obéirai… avec plaisir, madame. »

On entendait répéter de tous les côtés : « C'est très drôle, cette cave, c'est très gentil. »

1. **Orgeat** : sirop fait autrefois avec une décoction d'orge, ayant un goût d'amande.

Georges la connaissait bien, cette salle voûtée ! Il se rappelait le matin qu'il y avait passé, la veille de son duel, tout seul, en face d'un petit carton blanc qui le regardait du fond du second caveau comme un œil énorme et redoutable.

La voix de Jacques Rival résonna, venue de l'escalier : « On va commencer, mesdames. »

Et six messieurs, très serrés en leurs vêtements, pour faire saillir davantage le thorax, montèrent sur l'estrade, et s'assirent sur les chaises destinées au jury.

Leurs noms coururent : le général de Raynaldi, président, un petit homme à grandes moustaches ; le peintre Joséphin Roudet, un grand homme chauve à longue barbe ; Matthéo de Ujar, Simon Ramoncel, Pierre de Carvin, trois jeunes hommes élégants, et Gaspard Merleron, un maître.

Deux pancartes furent accrochées aux deux côtés du caveau. Celle de droite portait : M. Crèvecœur, et celle de gauche : M. Plumeau.

C'étaient deux maîtres, deux bons maîtres de second ordre. Ils apparurent, secs tous deux, avec un air militaire, des gestes un peu raides. Ayant fait le salut d'armes avec des mouvements d'automates, ils commencèrent à s'attaquer, pareils, dans leur costume de toile et de peau blanches, à deux pierrots-soldats qui se seraient battus pour rire.

De temps en temps, on entendait ce mot : « Touché ! » Et les six messieurs du jury inclinaient la tête en avant d'un air connaisseur. Le public ne voyait rien que deux marionnettes vivantes qui s'agitaient en tendant le bras ; il ne comprenait rien, mais il était content. Ces deux bonshommes lui semblaient cependant peu gracieux et vaguement ridicules. On songeait aux lutteurs de bois qu'on vend, au jour de l'an, sur les boulevards.

Les deux premiers tireurs furent remplacés par MM. Planton et Carapin, un maître civil et un maître militaire. M. Planton était tout petit et M. Carapin très gros. On eût dit que le premier coup de fleuret dégonflerait ce ballon comme un éléphant de baudruche. On riait. M. Planton sautait comme un singe. M. Carapin ne remuait que son bras, le reste du corps se trouvant immobilisé par l'embonpoint, et il se fendait[1] toutes les cinq minutes avec une telle pesanteur et un tel effort en avant qu'il semblait prendre la résolution la plus énergique de sa vie. Il avait ensuite beaucoup de mal à se relever.

Les connaisseurs déclarèrent son jeu très ferme et très serré. Et le public, confiant, l'apprécia.

Puis vinrent MM. Porion et Lapalme, un maître et un amateur qui se livrèrent à une gymnastique effrénée, courant l'un sur l'autre avec furie, forçant les juges à fuir en emportant leurs chaises, traversant et retraversant l'estrade d'un bout à l'autre, l'un avançant et l'autre reculant par bonds vigoureux et comiques. Ils avaient de petits sauts en arrière qui faisaient rire les dames, et de grands élans en avant qui émotionnaient un peu cependant. Cet assaut au pas gymnastique fut caractérisé par un titi[2] inconnu qui cria : « Vous éreintez pas, c'est à l'heure ? » L'assistance, froissée par ce manque de goût, fit : « Chut ! » Le jugement des experts circula. Les tireurs avaient montré beaucoup de vigueur et manqué parfois d'à-propos.

La première partie fut clôturée par une fort belle passe d'armes entre Jacques Rival et le fameux professeur belge Lebègue. Rival fut fort goûté des femmes. Il était vraiment beau garçon, bien fait, souple, agile, et plus gracieux que tous ceux qui l'avaient précédé. Il apportait dans sa façon de se tenir en garde et de se fendre une certaine élégance mondaine qui plaisait et faisait contraste avec la manière énergique, mais commune de son adversaire. « On sent l'homme bien élevé », disait-on.

Il eut la belle. On l'applaudit.

Mais depuis quelques minutes, un bruit singulier, à l'étage au-dessus, inquiétait les spectateurs. C'était un grand piétinement accompagné de rires bruyants. Les deux cents invités qui n'avaient pu descendre dans la cave s'amusaient, sans doute, à leur façon. Dans le petit escalier tournant une cinquantaine d'hommes étaient tassés. La chaleur devenait terrible en bas. On criait : « De l'air !

---

1. **Se fendait** : en escrime, se pencher vivement vers l'adversaire en avançant une jambe sur laquelle on fait pencher le poids du corps.
2. **Titi** : gamin des rues déluré et malicieux.

– À boire ! » Le même farceur glapissait sur un ton aigu qui dominait le murmure des conversations : « Orgeat ! limonade ! bière ! »

Rival apparut très rouge, ayant gardé son costume d'assaut. « Je vais faire apporter des rafraîchissements », dit-il. Et il courut vers l'escalier. Mais toute communication était coupée avec le rez-de-chaussée. Il eût été aussi facile de percer le plafond que de traverser la muraille humaine entassée sur les marches.

Rival criait : « Faites passer des glaces pour les dames ! »

Cinquante voix répétaient : « Des glaces ! » Un plateau apparut enfin. Mais il ne portait que des verres vides, les rafraîchissements ayant été cueillis en route.

Une forte voix hurla : « On étouffe là-dedans, finissons vite et allons-nous-en. »

Une autre voix lança : « La quête ! » Et tout le public, haletant, mais gai tout de même, répéta : « La quête… la quête… la quête… »

Alors six dames se mirent à circuler entre les banquettes et on entendit un petit bruit d'argent tombant dans les bourses.

Du Roy nommait les hommes célèbres à Mme Walter. C'étaient des mondains, des journalistes, ceux des grands journaux, des vieux journaux, qui regardaient de haut *La Vie française*, avec une certaine réserve née de leur expérience. Ils en avaient tant vu mourir de ces feuilles politico-financières, filles d'une combinaison louche, et écrasées par la chute d'un ministère. On apercevait aussi là des peintres et des sculpteurs, qui sont en général hommes de sport, un poète académicien qu'on montrait, deux musiciens et beaucoup de nobles étrangers dont Du Roy faisait suivre le nom de la syllabe Rast. (ce qui signifiait Rastaquouère), pour imiter, disait-il, les Anglais qui mettent Esq.[1] sur leurs cartes.

Quelqu'un lui cria : « Bonjour, cher ami. » C'était le comte de Vaudrec. S'étant excusé auprès des dames, Du Roy alla lui serrer la main.

---

1. **Esq.** : abréviation de *esquire*, titre de courtoisie anglais donné aux descendants de chevaliers.

Il déclara, en revenant : « Il est charmant, Vaudrec. Comme on sent la race, chez lui. »

Mme Walter ne répondit rien. Elle était un peu fatiguée, et sa poitrine se soulevait avec effort à chaque souffle de ses poumons, ce qui attirait l'œil de Du Roy. Et de temps en temps, il rencontrait le regard de « la Patronne », un regard trouble, hésitant, qui se posait sur lui et fuyait tout de suite. Et il se disait : « Tiens… tiens… tiens… Est-ce que je l'aurais levée[1] aussi celle-là ? »

Les quêteuses passèrent. Leurs bourses étaient pleines d'argent et d'or. Et une nouvelle pancarte fut accrochée sur l'estrade annonçant : « Grrrrande surprise. » Les membres du jury remontèrent à leurs places. On attendit.

Deux femmes parurent, un fleuret à la main, en costume de salle, vêtues d'un maillot sombre, d'un très court jupon tombant à la moitié des cuisses, et d'un plastron si gonflé sur la poitrine qu'il les forçait à porter haut la tête. Elles étaient jolies et jeunes. Elles souriaient en saluant l'assistance. On les acclama longtemps.

Et elles se mirent en garde au milieu d'une rumeur galante et de plaisanteries chuchotées.

Un sourire aimable s'était fixé sur les lèvres des juges, qui approuvaient les coups par un petit bravo.

Le public appréciait beaucoup cet assaut et le témoignait aux deux combattantes qui allumaient des désirs chez les hommes et réveillaient chez les femmes le goût naturel du public parisien pour les gentillesses un peu polissonnes, pour les élégances du genre canaille, pour le faux-joli et les faux-gracieux, les chanteuses de café-concert et les couplets d'opérette.

Chaque fois qu'une des tireuses se fendait, un frisson de joie courait dans le public. Celle qui tournait le dos à la salle, un dos bien replet, faisait s'ouvrir les bouches et s'arrondir les yeux ; et ce n'était pas le jeu de son poignet qu'on regardait le plus.

On les applaudit avec frénésie.

---

1. **Levée** : séduite (populaire).

Un assaut de sabre suivit, mais personne ne le regarda, car toute l'attention fut captivée par ce qui se passait au-dessus. Pendant quelques minutes on avait écouté un grand bruit de meubles remués, traînés sur le parquet comme si on déménageait l'appartement. Puis, tout à coup, le son d'un piano traversa le plafond; et on entendit distinctement un bruit rythmé de pieds sautant en cadence. Les gens d'en haut s'offraient un bal, pour se dédommager de ne rien voir.

Un grand rire s'éleva d'abord dans le public de la salle d'armes, puis le désir de danser s'éveillant chez les femmes, elles cessèrent de s'occuper de ce qui se passait sur l'estrade et se mirent à parler tout haut.

On trouvait drôle cette idée de bal organisé par les retardataires. Ils ne devaient pas s'embêter, ceux-là. On aurait bien voulu être au-dessus.

Mais deux nouveaux combattants s'étaient salués, et ils tombèrent en garde avec tant d'autorité que tous les regards suivaient leurs mouvements.

Ils se fendaient et se relevaient avec une grâce élastique, avec une vigueur mesurée, avec une telle sûreté de force, une telle sobriété de gestes, une telle correction d'allure, une telle mesure dans le jeu que la foule ignorante fut surprise et charmée.

Leur promptitude calme, leur sage souplesse, leurs mouvements rapides, si calculés qu'ils semblaient lents, attiraient et captivaient l'œil par la seule puissance de la perfection. Le public sentit qu'il voyait là une chose belle et rare, que deux grands artistes dans leur métier lui montraient ce qu'on pouvait voir de mieux, tout ce qu'il était possible à deux maîtres de déployer d'habileté, de ruse, de science raisonnée et d'adresse physique.

Personne ne parlait plus, tant on les regardait. Puis, quand ils se furent serré la main, après le dernier coup de bouton, des cris éclatèrent, des hurras. On trépignait, on hurlait. Tout le monde connaissait leurs noms: c'étaient Sergent et Ravignac.

Les esprits exaltés devenaient querelleurs. Les hommes regardaient leurs voisins avec des envies de dispute. On se serait provoqué pour un sourire. Ceux qui n'avaient jamais tenu un fleuret en leur main esquissaient avec leurs cannes des attaques et des parades.

Mais peu à peu la foule remontait par le petit escalier. On allait boire, enfin. Ce fut une indignation quand on constata que les gens du bal avaient dévalisé le buffet, puis s'en étaient allés en déclarant qu'il était malhonnête de déranger deux cents personnes pour ne leur rien montrer.

Il ne restait pas un gâteau, pas une goutte de champagne, de sirop ou de bière, pas un bonbon, pas un fruit, rien, rien de rien. Ils avaient saccagé, ravagé, nettoyé tout.

On se faisait raconter les détails par les servants qui prenaient des visages tristes en cachant leur envie de rire. « Les dames étaient plus enragées que les hommes, affirmaient-ils, et avaient mangé et bu à s'en rendre malades. » On aurait cru entendre le récit des survivants après le pillage et le sac d'une ville pendant l'Invasion.

Il fallut donc s'en aller. Des messieurs regrettaient les vingt francs donnés à la quête ; ils s'indignaient que ceux d'en haut eussent ripaillé sans rien payer.

Les dames patronnesses avaient recueilli plus de trois mille francs. Il resta, tous frais payés, deux cent vingt francs pour les orphelins du sixième arrondissement.

Du Roy, escortant la famille Walter, attendait son landau.

En reconduisant la Patronne, comme il se trouvait assis en face d'elle, il rencontra encore une fois son œil caressant et fuyant, qui semblait troublé. Il pensait : « Bigre, je crois qu'elle mord » ; et il souriait en reconnaissant qu'il avait vraiment de la chance auprès des femmes, car Mme de Marelle, depuis le recommencement de leur tendresse, paraissait l'aimer avec frénésie.

Il rentra chez lui d'un pied joyeux.

Madeleine l'attendait dans le salon.

« J'ai des nouvelles, dit-elle. L'affaire du Maroc se complique. La France pourrait bien y envoyer une expédition d'ici quelques mois. Dans tous les cas on va se servir de ça pour renverser le ministère, et Laroche profitera de l'occasion pour attraper les Affaires étrangères. »

Du Roy, pour taquiner sa femme, feignit de n'en rien croire. On ne serait pas assez fou pour recommencer la bêtise de Tunis[1].

Mais elle haussait les épaules avec impatience : « Je te dis que si ! Je te dis que si ! Tu ne comprends donc pas que c'est une grosse question d'argent pour eux. Aujourd'hui, mon cher, dans les combinaisons politiques, il ne faut pas dire : "Cherchez la femme", mais : "Cherchez l'affaire". »

Il murmura : « Bah ! » avec un air de mépris, pour l'exciter.

Elle s'irritait :

« Tiens, tu es aussi naïf que Forestier. »

Elle voulait le blesser et s'attendait à une colère. Mais il sourit, et répondit : « Que ce cocu de Forestier ? »

Elle demeura saisie, et murmura :

« Oh ! Georges ! »

Il avait l'air insolent et railleur, et il reprit : « Eh bien, quoi ? Me l'as-tu pas avoué, l'autre soir, que Forestier était cocu ? »

Et il ajouta : « Pauvre diable ! » sur un ton de pitié profonde.

Madeleine lui tourna le dos, dédaignant de répondre ; puis après une minute de silence, elle reprit : « Nous aurons du monde mardi : Mme Laroche-Mathieu viendra dîner avec la vicomtesse de Percemur. Veux-tu inviter Rival et Norbert de Varenne ? J'irai demain chez Mmes Walter et de Marelle. Peut-être aussi aurons-nous Mme Rissolin. »

Depuis quelque temps, elle se faisait des relations, usant de l'influence politique de son mari, pour attirer chez elle, de gré ou de force, les femmes des sénateurs et des députés qui avaient besoin de l'appui de *La Vie française*.

Du Roy répondit : « Très bien. Je me charge de Rival et de Norbert. »

Il était content, et il se frottait les mains, car il avait trouvé une bonne scie pour embêter sa femme et satisfaire l'obscure rancune, la confuse et mordante jalousie née en lui depuis leur promenade au Bois. Il ne parlerait plus de Forestier sans le qualifier de cocu.

---

1. La Tunisie devient un protectorat en 1881.

Il sentait bien que cela finirait par rendre Madeleine enragée. Et dix fois pendant la soirée il trouva moyen de prononcer avec une bonhomie ironique, le nom de ce « cocu de Forestier ».

Il n'en voulait plus au mort; il le vengeait.

Sa femme feignait de ne pas entendre et demeurait, en face de lui, souriante et indifférente.

Le lendemain, comme elle devait aller adresser son invitation à Mme Walter, il voulut la devancer, pour trouver seule la Patronne et voir si vraiment elle en tenait pour lui. Cela l'amusait et le flattait. Et puis… pourquoi pas… si c'était possible.

Il se présenta boulevard Malesherbes dès deux heures. On le fit entrer dans le salon. Il attendit.

Mme Walter parut, la main tendue avec un empressement heureux.

« Quel bon vent vous amène ?

– Aucun bon vent, mais un désir de vous voir. Une force m'a poussé chez vous, je ne sais pourquoi, je n'ai rien à vous dire. Je suis venu, me voilà ! me pardonnez-vous cette visite matinale et la franchise de l'explication ? »

Il disait cela d'un ton galant et badin [1], avec un sourire sur les lèvres et un accent sérieux dans la voix.

Elle restait étonnée, un peu rouge, balbutiant :

« Mais… vraiment… je ne comprends pas… vous me surprenez. »

Il ajouta : « C'est une déclaration sur un air gai, pour ne pas vous effrayer. »

Ils s'étaient assis l'un près de l'autre. Elle prit la chose de façon plaisante.

« Alors c'est une déclaration… sérieuse ?

– Mais oui ! Voici longtemps que je voulais vous la faire, très longtemps, même. Et puis je n'osais pas. On vous dit si sévère, si rigide… »

Elle avait retrouvé son assurance. Elle répondit : « Pourquoi avez-vous choisi aujourd'hui ?

---

1. **Badin** : gai, enjoué.

– Je ne sais pas. » Puis il baissa la voix : « Ou plutôt, c'est parce que je ne pense qu'à vous, depuis hier. »

Elle balbutia, pâlie tout à coup : « Voyons, assez d'enfantillages, et parlons d'autre chose. »

Mais il était tombé à ses genoux si brusquement qu'elle eut peur. Elle voulut se lever ; il la tenait assise de force de ses deux bras enlacés à la taille, et il répétait d'une voix passionnée : « Oui, c'est vrai que je vous aime, follement, depuis longtemps. Ne me répondez pas. Que voulez-vous, je suis fou ! Je vous aime... Oh ! si vous saviez, comme je vous aime ! »

Elle suffoquait, haletait, essayait de parler et ne pouvait prononcer un mot. Elle le repoussait de ses deux mains, l'ayant saisi aux cheveux pour empêcher l'approche de cette bouche qu'elle sentait venir vers la sienne. Et elle tournait la tête de droite à gauche et de gauche à droite, d'un mouvement rapide, en fermant les yeux pour ne plus le voir.

Il la touchait à travers sa robe, la maniait, la palpait ; et elle défaillait sous cette caresse brutale et forte. Il se releva brusquement et voulut l'étreindre, mais, libre une seconde, elle s'était échappée en se rejetant en arrière, et elle fuyait maintenant de fauteuil en fauteuil.

Il jugea ridicule cette poursuite, et il se laissa tomber sur une chaise, la figure dans ses mains, en feignant des sanglots convulsifs.

Puis il se redressa, cria : « Adieu, adieu ! » et il s'enfuit.

Il reprit tranquillement sa canne dans le vestibule et gagna la rue en se disant : « Cristi, je crois que ça y est. » Et il passa au télégraphe pour envoyer un petit bleu à Clotilde, lui donnant rendez-vous le lendemain.

En rentrant chez lui, à l'heure ordinaire, il dit à sa femme : « Eh bien, as-tu tout ton monde pour ton dîner ? »

Elle répondit : « Oui ; il n'y a que Mme Walter qui n'est pas sûre d'être libre. Elle hésite ; elle m'a parlé de je ne sais quoi, d'engagement, de conscience. Enfin elle m'a eu l'air très drôle. N'importe, j'espère qu'elle viendra tout de même. »

Il haussa les épaules : « Eh, parbleu oui, elle viendra. »

Il n'en était pas certain, cependant, et il demeura inquiet jusqu'au jour du dîner.

Le matin même, Madeleine reçut un petit mot de la Patronne: «Je me suis rendue libre à grand-peine et je serai des vôtres. Mais mon mari ne pourra pas m'accompagner.»

Du Roy pensa: «J'ai rudement bien fait de n'y pas retourner. La voilà calmée. Attention.»

Il attendit cependant son entrée avec un peu d'inquiétude. Elle parut, très calme, un peu froide, un peu hautaine. Il se fit très humble, très discret et soumis.

Mmes Laroche-Mathieu et Rissolin accompagnaient leurs maris. La vicomtesse de Percemur parla du grand monde. Mme de Marelle était ravissante dans une toilette d'une fantaisie singulière, jaune et noire, un costume espagnol qui moulait bien sa jolie taille, sa poitrine et ses bras potelés, et rendait énergique sa petite tête d'oiseau.

Du Roy avait pris à sa droite Mme Walter, et il ne lui parla, durant le dîner, que de choses sérieuses, avec un respect exagéré. De temps en temps il regardait Clotilde. «Elle est vraiment plus jolie et plus fraîche», pensait-il. Puis ses yeux revenaient vers sa femme qu'il ne trouvait pas mal non plus, bien qu'il eût gardé contre elle une colère rentrée, tenace et méchante.

Mais la Patronne l'excitait par la difficulté de la conquête, et par cette nouveauté toujours désirée des hommes.

Elle voulut rentrer de bonne heure. «Je vous accompagnerai», dit-il.

Elle refusa. Il insistait: «Pourquoi ne voulez-vous pas? Vous allez me blesser vivement. Ne me laissez pas croire que vous ne m'avez point pardonné. Vous voyez comme je suis calme.»

Elle répondit: «Vous ne pouvez pas abandonner ainsi vos invités.»

Il sourit: «Bah! je serai vingt minutes absent. On ne s'en apercevra même pas. Si vous me refusez, vous me froisserez jusqu'au cœur.»

Elle murmura: «Eh bien, j'accepte.»

Mais dès qu'ils furent dans la voiture, il lui saisit la main, et la baisant avec passion : « Je vous aime, je vous aime. Laissez-moi vous le dire. Je ne vous toucherai pas. Je veux seulement vous répéter que je vous aime. »

Elle balbutiait : « Oh… après ce que vous m'avez promis… C'est mal… c'est mal… »

Il parut faire un grand effort, puis il reprit, d'une voix contenue : « Tenez, vous voyez comme je me maîtrise. Et pourtant… Mais laissez-moi vous dire seulement ceci : "Je vous aime" et vous le répéter tous les jours… oui, laissez-moi aller chez vous m'agenouiller cinq minutes à vos pieds pour prononcer ces trois mots, en regardant votre visage adoré. »

Elle lui avait abandonné sa main, et elle répondit en haletant : « Non, je ne peux pas, je ne veux pas. Songez à ce qu'on dirait, à mes domestiques, à mes filles. Non, non, c'est impossible… »

Il reprit : « Je ne peux plus vivre sans vous voir. Que ce soit chez vous ou ailleurs il faut que je vous voie, ne fût-ce qu'une minute tous les jours, que je touche votre main, que je respire l'air soulevé par votre robe, que je contemple la ligne de votre corps, et vos beaux grands yeux qui m'affolent. »

Elle écoutait, frémissante, cette banale musique d'amour et elle bégayait : « Non… non… c'est impossible. Taisez-vous ! »

Il lui parlait tout bas, dans l'oreille, comprenant qu'il fallait la prendre peu à peu, celle-là, cette femme simple, qu'il fallait la décider à lui donner des rendez-vous, où elle voudrait d'abord, où il voudrait ensuite : « Écoutez… Il le faut… je vous verrai… je vous attendrai devant votre porte… comme un pauvre… Si vous ne descendez pas, je monterai chez vous… mais je vous verrai… je vous verrai… demain. »

Elle répétait : « Non, non, ne venez pas. Je ne vous recevrai point. Songez à mes filles.

– Alors dites-moi où je vous rencontrerai… dans la rue… n'importe où… à l'heure que vous voudrez… pourvu que je vous voie… Je vous saluerai… Je vous dirai : "Je vous aime", et je m'en irai. »

Elle hésitait, éperdue. Et comme le coupé passait la porte de son hôtel, elle murmura très vite : « Eh bien, j'entrerai à la Trinité [1], demain, à trois heures et demie. » Puis, étant descendue, elle cria à son cocher :

« Reconduisez M. Du Roy chez lui. »

Comme il rentrait, sa femme lui demanda : « Où étais-tu donc passé ? »

Il répondit, à voix basse : « J'ai été jusqu'au télégraphe pour une dépêche pressée. »

Mme de Marelle s'approchait : « Vous me reconduisez, Bel-Ami, vous savez que je ne viens dîner si loin qu'à cette condition ? »

Puis se tournant vers Madeleine : « Tu n'es pas jalouse ? »

Mme Du Roy répondit lentement : « Non, pas trop. »

Les convives s'en allaient. Mme Laroche-Mathieu avait l'air d'une petite bonne de province. C'était la fille d'un notaire, épousée par Laroche qui n'était alors que médiocre avocat. Mme Rissolin, vieille et prétentieuse, donnait l'idée d'une ancienne sage-femme dont l'éducation se serait faite dans les cabinets de lecture. La vicomtesse de Percemur les regardait de haut. Sa « patte blanche » touchait avec répugnance ces mains communes.

Clotilde, enveloppée de dentelles, dit à Madeleine en franchissant la porte de l'escalier : « C'était parfait, ton dîner. Tu auras dans quelque temps le premier salon politique de Paris. »

Dès qu'elle fut seule avec Georges, elle le serra dans ses bras : « Oh ! mon chéri Bel-Ami, je t'aime tous les jours davantage. »

Le fiacre qui les portait roulait comme un navire.

« Ça ne vaut point notre chambre », dit-elle.

Il répondit : « Oh ! non. » Mais il pensait à Mme Walter.

1. **Trinité** : Église située dans le IXe arrondissement de Paris. Elle est alors très récente : elle fut construite entre 1861 et 1867, à la demande du baron Haussmann.

Chapitre 4

La place de la Trinité était presque déserte, sous un éclatant soleil de juillet. Une chaleur pesante écrasait Paris, comme si l'air de là-haut, alourdi, brûlé, était retombé sur la ville, de l'air épais et cuisant qui faisait mal dans la poitrine.

Les chutes d'eau, devant l'église, tombaient mollement. Elles semblaient fatiguées de couler, lasses et molles aussi, et le liquide du bassin où flottaient des feuilles et des bouts de papier avait l'air un peu verdâtre, épais et glauque.

Un chien, ayant sauté par-dessus le rebord de pierre, se baignait dans cette onde douteuse. Quelques personnes assises sur les bancs du petit jardin rond qui contourne le portail, regardaient cette bête avec envie.

Du Roy tira sa montre. Il n'était encore que trois heures. Il avait trente minutes d'avance.

Il riait en pensant à ce rendez-vous. « Les églises lui sont bonnes à tous les usages, se disait-il. Elles la consolent d'avoir épousé un juif, lui donnent une attitude de protestation dans le monde politique, une allure comme il faut dans le monde distingué, et un abri pour ses rencontres galantes. Ce que c'est que l'habitude de se servir de la religion comme on se sert d'un en-tout-cas[1]. S'il fait beau, c'est une canne, s'il fait du soleil, c'est une ombrelle, s'il pleut, c'est un parapluie, et, si on ne sort pas, on le laisse dans l'antichambre.

---

1. **En-tout-cas**: ombrelle ou un parapluie (synonyme: « en-cas »); il est bien sûr à prendre ici au sens figuré.

Et elles sont des centaines comme ça, qui se fichent du bon Dieu comme d'une guigne[1], mais qui ne veulent pas qu'on en dise du mal et qui le prennent à l'occasion pour entremetteur. Si on leur proposait d'entrer dans un hôtel meublé, elles trouveraient cela une infamie, et il leur semble tout simple de filer l'amour au pied des autels. »

Il marchait lentement le long du bassin ; puis il regarda l'heure de nouveau à l'horloge du clocher, qui avançait de deux minutes sur sa montre. Elle indiquait trois heures cinq.

Il jugea qu'il serait encore mieux dedans ; et il entra.

Une fraîcheur de cave le saisit ; il l'aspira avec bonheur, puis il fit le tour de la nef pour bien connaître l'endroit.

Une autre marche régulière, interrompue parfois, puis recommençant, répondait, au fond du vaste monument, au bruit de ses pieds qui montait sonore sous la haute voûte. La curiosité lui vint de connaître ce promeneur. Il le chercha. C'était un gros monsieur chauve, qui allait le nez en l'air, le chapeau derrière le dos.

De place en place, une vieille femme agenouillée priait, la figure dans ses mains.

Une sensation de solitude, de désert, de repos, saisissait l'esprit. La lumière, nuancée par les vitraux, était douce aux yeux.

Du Roy trouva qu'il faisait « rudement bon » là-dedans.

Il revint près de la porte, et regarda de nouveau sa montre. Il n'était encore que trois heures quinze. Il s'assit à l'entrée de l'allée principale, en regrettant qu'on ne pût pas fumer une cigarette. On entendait toujours, au bout de l'église, près du chœur, la promenade lente du gros monsieur.

Quelqu'un entra. Georges se retourna brusquement. C'était une femme du peuple, en jupe de laine, une pauvre femme, qui tomba à genoux près de la première chaise, et resta immobile, les doigts croisés, le regard au ciel, l'âme envolée dans la prière.

Du Roy la regardait avec intérêt, se demandant quel chagrin, quelle douleur, quel désespoir pouvaient broyer ce cœur infime.

---

1. **Se fichent [...] comme d'une guigne** : s'en désintéressent totalement.

Elle crevait de misère ; c'était visible. Elle avait peut-être encore un mari qui la tuait de coups, ou bien un enfant mourant.

Il murmurait, mentalement : « Les pauvres êtres. Y en a-t-il qui souffrent pourtant. » Et une colère lui vint contre l'impitoyable nature. Puis il réfléchit que ces gueux croyaient au moins qu'on s'occupait d'eux là-haut et que leur état civil se trouvait inscrit sur les registres du ciel avec la balance de la dette et de l'avoir. – Là-haut. – Où donc ?

Et Du Roy, que le silence de l'église poussait aux vastes rêves, jugeant d'une pensée la création, prononça, du bout des lèvres : « Comme c'est bête tout ça. »

Un bruit de robe le fit tressaillir. C'était elle.

Il se leva, s'avança vivement. Elle ne lui tendit pas la main, et murmura, à voix basse : « Je n'ai que peu d'instants. Il faut que je rentre, mettez-vous à genoux, près de moi, pour qu'on ne nous remarque pas. »

Et elle s'avança dans la grande nef, cherchant un endroit convenable et sûr, en femme qui connaît bien la maison. Sa figure était cachée par un voile épais, et elle marchait à pas sourds qu'on entendait à peine.

Quand elle fut arrivée près du chœur, elle se retourna et marmotta, de ce ton toujours mystérieux qu'on garde dans les églises : « Les bas-côtés vaudront mieux. On est trop en vue par ici. »

Elle salua le Tabernacle[1] du maître-autel d'une grande inclinaison de tête, renforcée d'une légère révérence, et elle tourna à droite, revint un peu vers l'entrée, puis, prenant une résolution, elle s'empara d'un prie-Dieu et s'agenouilla.

Georges prit possession du prie-Dieu voisin, et, dès qu'ils furent immobiles, dans l'attitude de l'oraison[2] : « Merci, merci, dit-il. Je vous adore. Je voudrais vous le dire toujours, vous raconter comment j'ai commencé à vous aimer, comment j'ai été séduit la première

1. **Tabernacle** : petite armoire fermant à clef, placée au centre de la table de l'autel, contenant les hosties consacrées.
2. **Oraison** : prière.

fois que je vous ai vue… Me permettrez-vous, un jour, de vider mon cœur, de vous exprimer tout cela ? »

Elle l'écoutait dans une attitude de méditation profonde, comme si elle n'eût rien entendu. Elle répondit entre ses doigts : « Je suis folle de vous laisser me parler ainsi, folle d'être venue, folle de faire ce que je fais, de vous laisser croire que cette… cette… cette aventure peut avoir une suite. Oubliez cela, il le faut, et ne m'en reparlez jamais. »

Elle attendit. Il cherchait une réponse, des mots décisifs, passionnés, mais ne pouvant joindre le geste aux paroles, son action se trouvait paralysée.

Il reprit : « Je n'attends rien… je n'espère rien. Je vous aime. Quoi que vous fassiez, je vous le répéterai si souvent, avec tant de force et d'ardeur, que vous finirez bien par le comprendre. Je veux faire pénétrer en vous ma tendresse, vous la verser dans l'âme, mot par mot, heure par heure, jour par jour, de sorte qu'enfin elle vous imprègne comme une liqueur tombée goutte à goutte, qu'elle vous adoucisse, vous amollisse et vous force, plus tard, à me répondre : "Moi aussi, je vous aime." »

Il sentait trembler son épaule contre lui et sa gorge palpiter ; et elle balbutia, très vite : « Moi aussi, je vous aime. »

Il eut un sursaut, comme si un grand coup lui fût tombé sur la tête, et il soupira : « Oh ! mon Dieu ! »

Elle reprit, d'une voix haletante : « Est-ce que je devrais vous dire cela ? Je me sens coupable et méprisable… moi… qui ai deux filles… mais je ne peux pas… je ne peux pas… Je n'aurais pas cru… je n'aurais jamais pensé… c'est plus fort… plus fort que moi. Écoutez… écoutez… je n'ai jamais aimé… que vous… je vous le jure. Et je vous aime depuis un an, en secret, dans le secret de mon cœur. Oh ! j'ai souffert, allez, et lutté, je ne peux plus, je vous aime… »

Elle pleurait dans ses doigts croisés sur son visage, et tout son corps frémissait, secoué par la violence de son émotion.

Georges murmura : « Donnez-moi votre main, que je la touche, que je la presse… »

Elle ôta lentement sa main de sa figure. Il vit sa joue toute mouillée, et une goutte d'eau prête à tomber encore au bord des cils.

Il avait pris cette main, il la serrait : « Oh ! comme je voudrais boire vos larmes. »

Elle dit d'une voix basse et brisée, qui ressemblait à un gémissement : « N'abusez pas de moi… je me suis perdue ! »

Il eut envie de sourire. Comment aurait-il abusé d'elle en ce lieu ? Il posa sur son cœur la main qu'il tenait en demandant : « Le sentez-vous battre ? » Car il était à bout de phrases passionnées.

Mais, depuis quelques instants, le pas régulier du promeneur se rapprochait. Il avait fait le tour des autels, et il redescendait, pour la seconde fois au moins, par la petite nef de droite. Quand Mme Walter l'entendit tout près du pilier qui la cachait, elle arracha ses doigts de l'étreinte de Georges, et, de nouveau, se couvrit la figure.

Et ils restèrent tous deux immobiles, agenouillés comme s'ils eussent adressé ensemble au ciel des supplications ardentes. Le gros monsieur passa près d'eux, leur jeta un regard indifférent, et s'éloigna vers le bas de l'église en tenant toujours son chapeau dans son dos.

Mais Du Roy, qui songeait à obtenir un rendez-vous ailleurs qu'à la Trinité, murmura : « Où vous verrai-je demain ? »

Elle ne répondit pas. Elle semblait inanimée, changée en statue de la Prière.

Il reprit : « Demain, voulez-vous que je vous retrouve au parc Monceau ? »

Elle tourna vers lui sa face redécouverte, une face livide, crispée par une souffrance affreuse, et, d'une voix saccadée : « Laissez-moi… laissez-moi, maintenant… allez-vous-en… allez-vous-en… seulement cinq minutes… je souffre trop, près de vous… je veux prier… je ne peux pas… allez-vous-en… laissez-moi prier… seule… cinq minutes… je ne peux pas… laissez-moi implorer Dieu… qu'il me pardonne… qu'il me sauve… laissez-moi… cinq minutes… »

Elle avait un visage tellement bouleversé, une figure si douloureuse, qu'il se leva sans dire un mot, puis, après un peu d'hésitation, il demanda : « Je reviendrai tout à l'heure ? »

Elle fit un signe de tête, qui voulait dire : « Oui, tout à l'heure. » Et il remonta vers le chœur.

Alors, elle tenta de prier. Elle fit un effort d'invocation surhumain pour appeler Dieu, et, le corps vibrant, l'âme éperdue, elle cria : « Pitié ! » vers le ciel.

Elle fermait ses yeux avec rage pour ne plus voir celui qui venait de s'en aller ! Elle le chassait de sa pensée, elle se débattait contre lui, mais au lieu de l'apparition céleste attendue dans la détresse de son cœur, elle apercevait toujours la moustache frisée du jeune homme.

Depuis un an, elle luttait ainsi tous les jours, tous les soirs, contre cette obsession grandissante, contre cette image qui hantait ses rêves, qui hantait sa chair, et troublait ses nuits. Elle se sentait prise comme une bête dans un filet, liée, jetée entre les bras de ce mâle qui l'avait vaincue, conquise, rien que par le poil de sa lèvre et par la couleur de ses yeux.

Et maintenant, dans cette église, tout près de Dieu, elle se sentait plus faible, plus abandonnée, plus perdue encore que chez elle. Elle ne pouvait plus prier, elle ne pouvait penser qu'à lui. Elle souffrait déjà qu'il se fût éloigné. Elle luttait cependant en désespérée, elle se défendait, appelait du secours de toute la force de son âme. Elle eût voulu mourir, plutôt que de tomber ainsi, elle qui n'avait point failli [1]. Elle murmurait des paroles éperdues de supplication ; mais elle écoutait le pas de Georges s'affaiblir dans le lointain des voûtes.

Elle comprit que c'était fini, que la lutte était inutile ! Elle ne voulait pas céder pourtant ; et elle fut saisie par une de ces crises d'énervement qui jettent les femmes, palpitantes, hurlantes et tordues sur le sol. Elle tremblait de tous ses membres, sentant bien qu'elle allait tomber, se rouler entre les chaises en poussant des cris aigus.

Quelqu'un s'approchait d'une marche rapide. Elle tourna la tête. C'était un prêtre. Alors elle se leva, courut à lui en tenant ses mains jointes, et elle balbutia : « Oh ! sauvez-moi ! sauvez-moi ! »

Il s'arrêta, surpris : « Qu'est-ce que vous désirez, madame ?

1. **Failli** : commis de faute. Mme Walter n'a jamais trompé son mari.

– Je veux que vous me sauviez. Ayez pitié de moi. Si vous ne venez pas à mon aide, je suis perdue. »

Il la regardait, se demandant si elle n'était pas folle. Il reprit : « Que puis-je faire pour vous ? »

C'était un jeune homme, grand, un peu gras, aux joues pleines et tombantes, teintées de noir par la barbe rasée avec soin, un beau vicaire de ville, de quartier opulent, habitué aux riches pénitentes.

« Recevez ma confession, dit-elle, et conseillez-moi, soutenez-moi, dites-moi ce qu'il faut faire ! »

Il répondit : « Je confesse tous les samedis, de trois heures à six heures. »

Ayant saisi son bras, elle le serrait en répétant : « Non ! non ! non ! tout de suite ! tout de suite ! Il le faut ! Il est là ! dans cette église ! Il m'attend ! »

Le prêtre demanda : « Qui est-ce qui vous attend ?

– Un homme… qui va me perdre… qui va me prendre, si vous ne me sauvez pas… Je ne peux plus le fuir… Je suis trop faible… trop faible… si faible… si faible ! »

Elle s'abattit à ses genoux, et sanglotant : « Oh ! ayez pitié de moi, mon père ! Sauvez-moi, au nom de Dieu, sauvez-moi ! »

Elle le tenait par sa robe noire pour qu'il ne pût s'échapper ; et lui, inquiet, regardait de tous les côtés, si quelque œil malveillant ou dévot ne voyait point cette femme tombée à ses pieds.

Comprenant, enfin, qu'il ne lui échapperait pas : « Relevez-vous, dit-il, j'ai justement sur moi la clef du confessionnal. » Et fouillant dans sa poche, il en tira un anneau garni de clefs, puis il en choisit une, et il se dirigea, d'un pas rapide, vers les petites cabanes de bois, sorte de boîtes aux ordures de l'âme, où les croyants vident leurs péchés.

Il entra par la porte du milieu qu'il referma sur lui, et Mme Walter, s'étant jetée dans l'étroite case d'à côté, balbutia avec ferveur, avec un élan passionné d'espérance : « Bénissez-moi, mon père, parce que j'ai péché. »

*

Du Roy, ayant fait le tour du chœur, descendit la nef de gauche. Il arrivait au milieu quand il rencontra le gros monsieur chauve, allant toujours de son pas tranquille, et il se demanda: « Qu'est-ce que ce particulier-là peut bien faire ici? »

Le promeneur aussi avait ralenti sa marche et regardait Georges avec un désir visible de lui parler. Quand il fut tout près, il salua, et très poliment: « Je vous demande pardon, monsieur, de vous déranger, mais pourriez-vous me dire à quelle époque a été construit ce monument? »

Du Roy répondit: « Ma foi, je n'en sais trop rien, je pense qu'il y a vingt ans, ou vingt-cinq ans. C'est, d'ailleurs, la première fois que j'y entre.

– Moi aussi. Je ne l'avais jamais vu. »

Alors, le journaliste, qu'un intérêt gagnait, reprit: « Il me semble que vous le visitez avec grand soin. Vous l'étudiez dans ses détails. »

L'autre, avec résignation: « Je ne le visite pas, monsieur, j'attends ma femme qui m'a donné rendez-vous ici, et qui est fort en retard. »

Puis il se tut, et après quelques secondes: « Il fait rudement chaud, dehors. »

Du Roy le considérait, lui trouvant une bonne tête, et, tout à coup, il s'imagina qu'il ressemblait à Forestier.

« Vous êtes de la province? dit-il.

– Oui. Je suis de Rennes. Et vous, monsieur, c'est par curiosité que vous êtes entré dans cette église?

– Non. J'attends une femme, moi. » Et l'ayant salué, le journaliste s'éloigna, le sourire aux lèvres.

En approchant de la grande porte, il revit la pauvresse, toujours à genoux et priant toujours. Il pensa: « Cristi! elle a l'invocation tenace. » Il n'était plus ému, il ne la plaignait plus.

Il passa, et, doucement, se mit à remonter la nef de droite pour retrouver Mme Walter.

Il guettait de loin la place où il l'avait laissée, s'étonnant de ne pas l'apercevoir. Il crut s'être trompé de pilier, alla jusqu'au dernier, et revint ensuite. Elle était donc partie! Il demeurait surpris et furieux. Puis il s'imagina qu'elle le cherchait, et il refit le tour de l'église.

Ne l'ayant point trouvée, il retourna s'asseoir sur la chaise qu'elle avait occupée, espérant qu'elle l'y rejoindrait. Et il attendit.

Bientôt un léger murmure de voix éveilla son attention. Il n'avait vu personne dans ce coin de l'église. D'où venait donc ce chuchotement ? Il se leva pour chercher, et il aperçut, dans la chapelle voisine, les portes du confessionnal. Un bout de robe sortait de l'une et traînait sur le pavé. Il s'approcha pour examiner la femme. Il la reconnut. Elle se confessait !...

Il sentit un désir violent de la prendre par les épaules et de l'arracher de cette boîte. Puis il pensa : « Bah ! c'est le tour du curé, ce sera le mien demain. » Et il s'assit tranquillement en face des guichets de la pénitence, attendant son heure, et ricanant, à présent, de l'aventure.

Il attendit longtemps. Enfin, Mme Walter se releva, se retourna, le vit et vint à lui. Elle avait un visage froid et sévère : « Monsieur, dit-elle, je vous prie de ne pas m'accompagner, de ne pas me suivre, et de ne plus venir, seul, chez moi. Vous ne seriez point reçu. Adieu ! »

Et elle s'en alla, d'une démarche digne.

Il la laissa s'éloigner, car il avait pour principe de ne jamais forcer les événements. Puis comme le prêtre, un peu troublé, sortait à son tour de son réduit, il marcha droit à lui, et le regardant au fond des yeux, il lui grogna dans le nez : « Si vous ne portiez point une jupe, vous, quelle paire de soufflets sur votre vilain museau ! »

Puis il pivota sur ses talons et sortit de l'église en sifflotant.

Debout sous le portail, le gros monsieur, le chapeau sur la tête et les mains derrière le dos, las d'attendre, parcourait du regard la vaste place et toutes les rues qui s'y rejoignent.

Quand Du Roy passa près de lui, ils se saluèrent.

Le journaliste se trouvant libre, descendit à *La Vie française*. Dès l'entrée, il vit, à la mine affairée des garçons, qu'il se passait des choses anormales, et il entra brusquement dans le cabinet du directeur.

Le père Walter, debout, nerveux, dictait un article par phrases hachées, donnait, entre deux alinéas [1], des missions à ses reporters

1. **Alinéas** : paragraphes.

qui l'entouraient, faisait des recommandations à Boisrenard, et décachetait des lettres.

Quand Du Roy entra, le patron poussa un cri de joie :

« Ah ! quelle chance, voilà Bel-Ami ! »

Il s'arrêta net, un peu confus, et s'excusa : « Je vous demande pardon de vous avoir appelé ainsi, je suis très troublé par les circonstances. Et puis, j'entends ma femme et mes filles vous nommer "Bel-Ami" du matin au soir, et je finis par en prendre moi-même l'habitude. Vous ne m'en voulez pas ? »

Georges riait : « Pas du tout. Ce surnom n'a rien qui me déplaise. »

Le père Walter reprit : « Très bien, alors je vous baptise Bel-Ami comme tout le monde. Eh bien ! voilà, nous avons de gros événements. Le ministère est tombé sur un vote de trois cent dix voix contre cent deux. Nos vacances sont encore remises, remises aux calendes grecques[1], et nous voici au vingt-huit juillet[2]. L'Espagne se fâche pour le Maroc, c'est ce qui a jeté bas Durand de l'Aine et ses acolytes. Nous sommes dans le pétrin jusqu'au cou. Marrot est chargé de former un nouveau cabinet. Il prend le général Boutin d'Acre à la Guerre et notre ami Laroche-Mathieu aux Affaires étrangères. Il garde lui-même le portefeuille de l'Intérieur, avec la présidence du Conseil. Nous allons devenir une feuille officieuse. Je fais l'article de tête, une simple déclaration de principes, en traçant leur voie aux ministres. »

Le bonhomme sourit et reprit : « La voie qu'ils comptent suivre, bien entendu. Mais il me faudrait quelque chose d'intéressant sur la question du Maroc, une actualité, une chronique à effet, à sensation, je ne sais quoi ? Trouvez-moi ça, vous. »

---

1. **Remises aux calendes grecques** : remises à une date très éloignée et qui risque fort de ne jamais arriver ; les « calendes » (le premier jour du mois dans le calendrier romain) n'existent pas dans le calendrier grec.
2. Le 29 juillet 1882, Charles de Freycinet remet effectivement la démission du Gouvernement au président de la République Jules Grévy. Cet événement, évoqué ici de façon transparente, permet la datation relative de tout le reste des faits dans le roman.

Du Roy réfléchit une seconde, puis répondit: «J'ai votre affaire. Je vous donne une étude sur la situation politique de toute notre colonie africaine, avec la Tunisie à gauche, l'Algérie au milieu, et le Maroc à droite, l'histoire des races qui peuplent ce grand territoire, et le récit d'une excursion sur la frontière marocaine jusqu'à la grande oasis du Figuig[1] où aucun Européen n'a pénétré et qui est la cause du conflit actuel. Ça vous va-t-il ?»

Le père Walter s'écria: «Admirable ! Et quel titre ?

– *De Tunis à Tanger* !

– Superbe.»

Et Du Roy s'en alla fouiller dans la collection de *La Vie française* pour retrouver son premier article: *Les Mémoires d'un chasseur d'Afrique*, qui, débaptisé, retapé et modifié, ferait admirablement l'affaire, d'un bout à l'autre, puisqu'il y était question de politique coloniale, de la population algérienne et d'une excursion dans la province d'Oran.

En trois quarts d'heure, la chose fut refaite, rafistolée, mise au point, avec une saveur d'actualité, et des louanges pour le nouveau cabinet.

Le directeur, ayant lu l'article, déclara: «C'est parfait… parfait… parfait… Vous êtes un homme précieux. Tous mes compliments.»

Et Du Roy rentra dîner, enchanté de sa journée, malgré l'échec de la Trinité, car il sentait bien la partie gagnée.

Sa femme, fiévreuse, l'attendait. Elle s'écria en le voyant:

«Tu sais que Laroche est ministre des Affaires étrangères.

– Oui, je viens même de faire un article sur l'Algérie à ce sujet.

– Quoi donc ?

– Tu le connais, le premier que nous ayons écrit ensemble: *Les Mémoires d'un chasseur d'Afrique*, revu et corrigé pour la circonstance.»

Elle sourit. «Ah ! oui, mais ça va très bien.»

1. **Figuig**: située à l'extrême Est du Maroc, la ville berbère de Figuig est entourée des trois côtés par l'Algérie.

Puis après avoir songé quelques instants : « J'y pense, cette suite que tu devais faire alors, et que tu as… laissée en route. Nous pouvons nous y mettre à présent. Ça nous donnera une jolie série bien en situation. »

Il répondit en s'asseyant devant son potage : « Parfaitement. Rien ne s'y oppose plus, maintenant que ce cocu de Forestier est trépassé. »

Elle répliqua vivement d'un ton sec, blessé : « Cette plaisanterie est plus que déplacée, et je te prie d'y mettre un terme. Voilà trop longtemps qu'elle dure. »

Il allait riposter avec ironie ; on lui apporta une dépêche contenant cette seule phrase, sans signature : « J'avais perdu la tête. Pardonnez-moi et venez demain, quatre heures, au parc Monceau. »

Il comprit, et, le cœur tout à coup plein de joie, il dit à sa femme, en glissant le papier bleu dans sa poche : « Je ne le ferai plus, ma chérie. C'est bête. Je le reconnais. »

Et il commença à dîner.

Tout en mangeant il se répétait ces quelques mots : « J'avais perdu la tête, pardonnez-moi, et venez demain, quatre heures, au parc Monceau. » Donc elle cédait. Cela voulait dire : « Je me rends, je suis à vous, où vous voudrez, quand vous voudrez. »

Il se mit à rire. Madeleine demanda :

« Qu'est-ce que tu as ?

– Pas grand-chose. Je pense à un curé que j'ai rencontré tantôt, et qui avait une bonne binette. »

Du Roy arriva juste à l'heure au rendez-vous du lendemain. Sur tous les bancs du parc étaient assis des bourgeois accablés par la chaleur, et des bonnes nonchalantes qui semblaient rêver pendant que les enfants se roulaient dans le sable des chemins.

Il trouva Mme Walter dans la petite ruine antique où coule une source. Elle faisait le tour du cirque étroit de colonnettes, d'un air inquiet et malheureux.

Aussitôt qu'il l'eût saluée : « Comme il y a du monde dans ce jardin ! » dit-elle.

Il saisit l'occasion : « Oui, c'est vrai ; voulez-vous venir autre part ?

– Mais où ?

– N'importe où, dans une voiture, par exemple. Vous baisserez le store de votre côté, et vous serez bien à l'abri.

– Oui, j'aime mieux ça ; ici je meurs de peur.

– Eh bien, vous allez me retrouver dans cinq minutes à la porte qui donne sur le boulevard extérieur. J'y arriverai avec un fiacre. »

Et il partit en courant.

Dès qu'elle l'eut rejoint et qu'elle eut bien voilé la vitre de son côté, elle demanda : « Où avez-vous dit au cocher de nous conduire ? »

Georges répondit : « Ne vous occupez de rien, il est au courant. »

Il avait donné à l'homme l'adresse de son appartement de la rue de Constantinople.

Elle reprit : « Vous ne vous figurez pas comme je souffre à cause de vous, comme je suis tourmentée et torturée. Hier, j'ai été dure, dans l'église, mais je voulais vous fuir à tout prix. J'ai tellement peur de me trouver seule avec vous. M'avez-vous pardonné ? »

Il lui serrait les mains : « Oui, oui. Qu'est-ce que je ne vous pardonnerais pas, vous aimant comme je vous aime ? »

Elle le regardait d'un air suppliant. « Écoutez, il faut me promettre de me respecter… de ne pas… de ne pas… autrement je ne pourrais plus vous revoir. »

Il ne répondit point d'abord ; il avait sous la moustache ce sourire fin qui troublait les femmes. Il finit par murmurer : « Je suis votre esclave. »

Alors elle se mit à lui raconter comment elle s'était aperçue qu'elle l'aimait en apprenant qu'il allait épouser Madeleine Forestier. Elle donnait des détails, de petits détails de dates et de choses intimes.

Soudain elle se tut. La voiture venait de s'arrêter. Du Roy ouvrit la portière.

« Où sommes-nous ? » dit-elle.

Il répondit : « Descendez et entrez dans cette maison. Nous y serons plus tranquilles.

– Mais où sommes-nous ?

– Chez moi. C'est mon appartement de garçon que j'ai repris… pour quelques jours… pour avoir un coin où nous puissions nous voir. »

Elle s'était cramponnée au capiton du fiacre, épouvantée à l'idée de ce tête-à-tête, et elle balbutiait :

« Non, non, je ne veux pas ! Je ne veux pas ! »

Il prononça d'une voix énergique : « Je vous jure de vous respecter. Venez. Vous voyez bien qu'on nous regarde, qu'on va se rassembler autour de nous. Dépêchez-vous… dépêchez-vous… descendez. »

Et il répéta : « Je vous jure de vous respecter. »

Un marchand de vin sur sa porte les regardait d'un air curieux. Elle fut saisie de terreur et s'élança dans la maison.

Elle allait monter l'escalier. Il la retint par le bras : « C'est ici, au rez-de-chaussée. »

Et il la poussa dans son logis.

Dès qu'il eut refermé la porte, il la saisit comme une proie. Elle se débattait, luttait, bégayait : « Oh ! mon Dieu !… oh ! mon Dieu !… »

Il lui baisait le cou, les yeux, les lèvres avec emportement, sans qu'elle pût éviter ses caresses furieuses ; et tout en le repoussant, tout en fuyant sa bouche, elle lui rendait, malgré elle, ses baisers.

Tout d'un coup, elle cessa de se débattre, et vaincue, résignée, se laissa dévêtir par lui. Il enlevait une à une, adroitement et vite toutes les parties de son costume, avec des doigts légers de femme de chambre.

Elle lui avait arraché des mains son corsage pour se cacher la figure dedans, et elle demeurait debout, toute blanche, au milieu de ses robes abattues à ses pieds.

Il lui laissa ses bottines et l'emporta dans ses bras vers le lit. Alors, elle lui murmura à l'oreille, d'une voix brisée : « Je vous jure… je vous jure… que je n'ai jamais eu d'amant », comme une jeune fille aurait dit : « Je vous jure que je suis vierge. »

Et il pensait : « Voilà ce qui m'est bien égal, par exemple. »

Chapitre 5

L'automne était venu. Les Du Roy avaient passé à Paris tout l'été, menant une campagne énergique dans *La Vie française* en faveur du nouveau cabinet pendant les courtes vacances des députés.

Quoiqu'on fût seulement dans les premiers jours d'octobre, les Chambres allaient reprendre leurs séances, car les affaires du Maroc devenaient menaçantes.

Personne, au fond, ne croyait à une expédition vers Tanger, bien que, le jour de la séparation du Parlement, un député de la droite, le comte de Lambert-Sarrazin, dans un discours plein d'esprit, applaudi même par les centres, eût offert de parier et de donner en gage sa moustache, comme avait fait jadis un célèbre vice-roi des Indes, contre les favoris du chef du Conseil [1] que le nouveau cabinet ne se pourrait tenir d'imiter l'ancien et d'envoyer une armée à Tanger, en pendant à celle de Tunis, par amour de la symétrie, comme on met deux vases sur une cheminée.

Il avait ajouté : « La terre d'Afrique est en effet une cheminée pour la France, messieurs, une cheminée qui brûle notre meilleur bois, une cheminée à grand tirage qu'on allume avec le papier de la Banque.

« Vous vous êtes offert la fantaisie artiste d'orner l'angle de gauche d'un bibelot tunisien qui vous coûte cher, vous verrez que M. Marrot

---

1. Maupassant évoque ici de façon à peine voilée les favoris que portait Jules Ferry qui, après avoir été ministre de l'Instruction publique, devient président du Conseil en 1880. C'est lui qui pèse sur toute la politique coloniale française entre 1880 et 1885.

va vouloir imiter son prédécesseur et orner l'angle de droite avec un bibelot marocain. »

Ce discours, demeuré célèbre[1], avait servi de thème à Du Roy pour dix articles sur la colonie algérienne, pour toute sa série interrompue lors de ses débuts au journal, et il avait soutenu énergiquement l'idée d'une expédition militaire, bien qu'il fût convaincu qu'elle n'aurait pas lieu. Il avait fait vibrer la corde patriotique et bombardé l'Espagne avec tout l'arsenal d'arguments méprisants qu'on emploie contre les peuples dont les intérêts sont contraires aux vôtres.

La Vie française avait gagné une importance considérable à ses attaches connues avec le Pouvoir. Elle donnait, avant les feuilles les plus sérieuses, les nouvelles politiques, indiquait par des nuances les intentions des ministres ses amis ; et tous les journaux de Paris et de la province cherchaient chez elle leurs informations. On la citait, on la redoutait, on commençait à la respecter. Ce n'était plus l'organe suspect d'un groupe de tripoteurs[2] politiques, mais l'organe avoué du cabinet. Laroche-Mathieu était l'âme du journal et Du Roy son porte-voix. Le père Walter, député muet et directeur cauteleux, sachant s'effacer, s'occupait dans l'ombre, disait-on, d'une grosse affaire de mines de cuivre, au Maroc.

Le salon de Madeleine était devenu un centre influent, où se réunissaient chaque semaine plusieurs membres du cabinet. Le président du Conseil avait même dîné deux fois chez elle ; et les femmes des hommes d'État, qui hésitaient autrefois à franchir sa porte, se vantaient à présent d'être ses amies, lui faisant plus de visites qu'elles n'en recevaient d'elle.

Le ministre des Affaires étrangères régnait presque en maître dans la maison. Il y venait à toute heure, apportant des dépêches, des renseignements, des informations qu'il dictait soit au mari, soit à la femme, comme s'ils eussent été ses secrétaires.

1. Ce discours du personnage fictif Lambert-Sarrazin est à rapprocher de celui du duc de Broglie, opposant de droite à la politique coloniale.
2. Tripoteurs : spéculateurs se livrant à des malversations dans des opérations financières louches.

Quand Du Roy, après le départ du ministre, demeurait seul en face de Madeleine, il s'emportait, avec des menaces dans la voix, et des insinuations perfides dans les paroles, contre les allures de ce médiocre parvenu.

Mais elle haussait les épaules avec mépris, répétant : « Fais-en autant que lui, toi. Deviens ministre ; et tu pourras faire ta tête. Jusque-là, tais-toi. »

Il frisait sa moustache en la regardant de côté.

« On ne sait pas de quoi je suis capable, disait-il, on l'apprendra peut-être, un jour. »

Elle répondait avec philosophie : « Qui vivra, verra. »

Le matin de la rentrée des Chambres, la jeune femme, encore au lit, faisait mille recommandations à son mari qui s'habillait afin d'aller déjeuner chez M. Laroche-Mathieu et de recevoir ses instructions avant la séance, pour l'article politique du lendemain dans *La Vie française*, cet article devant être une sorte de déclaration officieuse des projets réels du cabinet.

Madeleine disait : « Surtout n'oublie pas de lui demander si le général Belloncle est envoyé à Oran, comme il en était question. Cela aurait une grande signification. »

Georges, nerveux, répondit : « Mais je sais aussi bien que toi ce que j'ai à faire. Fiche-moi la paix avec tes rabâchages. »

Elle reprit tranquillement : « Mon cher, tu oublies toujours la moitié des commissions dont je te charge pour le ministre. »

Il grogna : « Il m'embête, ton ministre, à la fin ! C'est un serin. »

Elle dit avec calme : « Ce n'est pas plus mon ministre que le tien. Il t'est plus utile qu'à moi. »

Il s'était tourné un peu vers elle en ricanant : « Pardon, il ne me fait pas la cour, à moi. »

Elle déclara, lentement : « À moi non plus, d'ailleurs ; mais il fait notre fortune. »

Il se tut, puis, après quelques instants : « Si j'avais à choisir parmi tes adorateurs, j'aimerais encore mieux cette vieille ganache[1] de

1. **Ganache** : personne sotte et incapable.

Vaudrec. Qu'est-ce qu'il devient, celui-là ? je ne l'ai pas vu depuis huit jours. »

Elle répliqua, sans s'émouvoir : « Il est souffrant, il m'a écrit qu'il gardait même le lit avec une attaque de goutte. Tu devrais passer prendre de ses nouvelles. Tu sais qu'il t'aime beaucoup, et cela lui ferait plaisir. »

Georges répondit : « Oui, certainement, j'irai tantôt. »

Il avait achevé sa toilette, et, son chapeau sur la tête, il cherchait, s'il n'avait rien négligé. N'ayant rien trouvé, il s'approcha du lit, embrassa sa femme sur le front : « À tantôt, ma chérie, je ne serai pas rentré avant sept heures au plus tôt. »

Et il sortit.

M. Laroche-Mathieu l'attendait, car il déjeunait à dix heures ce jour-là, le Conseil devant se réunir à midi, avant la réouverture du Parlement.

Dès qu'ils furent à table, seuls avec le secrétaire particulier du ministre, M. Laroche-Mathieu n'ayant pas voulu changer l'heure de son repas, Du Roy parla de son article, il en indiqua la ligne, consultant ses notes griffonnées sur des cartes de visite ; puis quand il eut fini : « Voyez-vous quelque chose à modifier, mon cher ministre ?

– Fort peu, mon cher ami. Vous êtes peut-être un peu trop affirmatif dans l'affaire du Maroc. Parlez de l'expédition comme si elle devait avoir lieu, mais en laissant bien entendre qu'elle n'aura pas lieu et que vous n'y croyez pas le moins du monde. Faites que le public lise bien entre les lignes que nous n'irons pas nous fourrer dans cette aventure.

– Parfaitement. J'ai compris, et je me ferai bien comprendre. Ma femme m'a chargé de vous demander à ce sujet si le général Belloncle serait envoyé à Oran. Après ce que vous venez de dire, je conclus que non. »

L'homme d'État répondit : « Non. »

Puis on causa de la session qui s'ouvrait. Laroche-Mathieu se mit à pérorer[1], préparant l'effet des phrases qu'il allait répandre sur ses

1. **Pérorer** : discourir longuement, avec prétention.

collègues quelques heures plus tard. Il agitait sa main droite, levant en l'air tantôt sa fourchette, tantôt son couteau, tantôt une bouchée de pain, et sans regarder personne, s'adressant à l'Assemblée invisible, il expectorait[1] son éloquence liquoreuse de beau garçon bien coiffé. Une très petite moustache roulée redressait sur sa lèvre deux pointes pareilles à des queues de scorpion, et ses cheveux huilés de brillantine, séparés au milieu du front, arrondissaient sur ses tempes deux bandeaux de bellâtre provincial. Il était un peu trop gras, un peu bouffi, bien que jeune ; le ventre tendait son gilet. Le secrétaire particulier mangeait et buvait tranquillement, accoutumé sans doute à ces douches de faconde[2] ; mais Du Roy, que la jalousie du succès obtenu mordait au cœur, songeait : « Va donc, ganache ! Quels crétins que ces hommes politiques ! »

Et, comparant sa valeur à lui, à l'importance bavarde de ce ministre, il se disait : « Cristi, si j'avais seulement cent mille francs nets pour me présenter à la députation dans mon beau pays de Rouen, pour rouler dans la pâte de leur grosse malice mes braves Normands finauds et lourdauds, quel homme d'État je ferais, à côté de ces polissons imprévoyants. »

Jusqu'au café, M. Laroche-Mathieu parla, puis, ayant vu qu'il était tard, il sonna pour qu'on fît avancer son coupé, et, tendant la main au journaliste :

« C'est bien compris, mon cher ami ?

– Parfaitement, mon cher ministre, comptez sur moi. » Et Du Roy s'en alla tout doucement vers le journal, pour commencer son article, car il n'avait rien à faire jusqu'à quatre heures. À quatre heures il devait retrouver, rue de Constantinople, Mme de Marelle qu'il y voyait régulièrement deux fois par semaine, le lundi et le vendredi.

Mais en entrant à la rédaction, on lui remit une dépêche fermée ; elle était de Mme Walter et disait :

---

1. **Expectorait** : crachait, disait avec mépris.
2. **Faconde** : élocution facile.

Il faut absolument que je te parle aujourd'hui. C'est très grave, très grave. Attends-moi à deux heures rue de Constantinople. Je peux te rendre un grand service.

Ton amie jusqu'à la mort,

VIRGINIE.

Il jura : « Nom de Dieu ! quel crampon ! » Et, saisi par un accès de mauvaise humeur, il ressortit aussitôt, trop irrité pour travailler.

Depuis six semaines[1] il essayait de rompre avec elle sans parvenir à lasser son attachement acharné.

Elle avait eu, après sa chute, un accès de remords épouvantable, et, dans trois rendez-vous successifs, avait accablé son amant de reproches et de malédictions. Ennuyé de ces scènes, et déjà rassasié de cette femme mûre et dramatique, il s'était simplement éloigné, espérant que l'aventure serait finie de cette façon. Mais alors elle s'était accrochée à lui éperdument, se jetant dans cet amour comme on se jette dans une rivière avec une pierre au cou. Il s'était laissé reprendre, par faiblesse, par complaisance, par égards ; et elle l'avait emprisonné dans une passion effrénée et fatigante, elle l'avait persécuté de sa tendresse.

Elle voulait le voir tous les jours, l'appelait à tout moment par des télégrammes, pour des rencontres rapides au coin des rues, dans un magasin, dans un jardin public.

Elle lui répétait alors, en quelques phrases, toujours les mêmes, qu'elle l'adorait et l'idolâtrait, puis elle le quittait en lui jurant « qu'elle était bien heureuse de l'avoir vu ».

Elle se montrait tout autre qu'il ne l'avait rêvée, essayant de le séduire avec des grâces puériles, des enfantillages d'amour ridicules à son âge. Étant demeurée jusque-là strictement honnête, vierge de cœur, fermée à tout sentiment, ignorante de toute sensualité, ça avait été tout d'un coup chez cette femme sage dont la quarantaine

---

1. On est alors dans « les premiers jours d'octobre ». Le dégoût de Duroy pour Mme Walter remonte donc à la mi-août, deux semaines seulement après l'avoir conquise !

tranquille semblait un automne pâle après un été froid, ça avait été une sorte de printemps fané, plein de petites fleurs mal sorties et de bourgeons avortés, une étrange éclosion d'amour de fillette, d'amour tardif, ardent et naïf, fait d'élans imprévus, de petits cris de seize ans, de cajoleries embarrassantes, de grâces vieillies sans avoir été jeunes. Elle lui écrivait dix lettres en un jour, des lettres niaisement folles, d'un style bizarre, poétique et risible, orné comme celui des Indiens, plein de noms de bêtes et d'oiseaux.

Dès qu'ils étaient seuls elle l'embrassait avec des gentillesses lourdes de grosse gamine, des moues de lèvres un peu grotesques, des sauteries qui secouaient sa poitrine trop pesante sous l'étoffe du corsage.

Il était surtout écœuré de l'entendre dire « Mon rat », « Mon chien », « Mon chat », « Mon bijou », « Mon oiseau bleu », « Mon trésor », et de la voir s'offrir à lui chaque fois avec une petite comédie de pudeur enfantine, de petits mouvements de crainte qu'elle jugeait gentils, et de petits jeux de pensionnaire dépravée.

Elle demandait : « À qui cette bouche-là ? » Et quand il ne répondait pas tout de suite : « C'est à moi », elle insistait jusqu'à le faire pâlir d'énervement.

Elle aurait dû sentir, lui semblait-il, qu'il faut en amour, un tact, une adresse, une prudence et une justesse extrêmes, que s'étant donnée à lui, elle, mûre, mère de famille, femme du monde, elle devait se livrer gravement, avec une sorte d'emportement contenu, sévère, avec des larmes peut-être, mais avec les larmes de Didon [1], non plus avec celles de Juliette [2].

Elle lui répétait sans cesse : « Comme je t'aime, mon petit ! M'aimes-tu autant, dis, mon bébé ? »

---

1. **Didon** : reine légendaire de Carthage, elle tenta en vain d'y retenir Énée, qu'elle aimait passionnément (voir le chant IV de *L'Énéide* de Virgile). Elle se donna la mort avec l'épée qu'il lui avait laissée.
2. **Juliette** : héroïne de Shakespeare, amante de Roméo, Juliette est comme Didon une figure de la passion amoureuse. Cependant, c'est une toute jeune fille, alors que Didon est une femme mûre qui a déjà été mariée.

Il ne pouvait plus l'entendre prononcer « mon petit » ni « mon bébé » sans avoir envie de l'appeler « ma vieille ».

Elle lui disait : « Quelle folie j'ai faite de te céder. Mais je ne le regrette pas. C'est si bon d'aimer ! »

Tout cela semblait à Georges irritant dans cette bouche. Elle murmurait : « C'est si bon d'aimer » comme l'aurait fait une ingénue, au théâtre.

Et puis elle l'exaspérait par la maladresse de sa caresse. Devenue soudain sensuelle sous le baiser de ce beau garçon qui avait si fort allumé son sang, elle apportait dans son étreinte une ardeur inhabile et une application sérieuse qui donnaient à rire à Du Roy et le faisaient songer aux vieillards qui essayent d'apprendre à lire.

Et quand elle aurait dû le meurtrir dans ses bras, en le regardant ardemment de cet œil profond et terrible qu'ont certaines femmes défraîchies, superbes en leur dernier amour, quand elle aurait dû le mordre de sa bouche muette et frissonnante en l'écrasant sous sa chair épaisse et chaude, fatiguée mais insatiable, elle se trémoussait comme une gamine et zézayait pour être gracieuse : « T'aime tant, mon petit. T'aime tant. Fais un beau m'amour à ta petite femme ! »

Il avait alors une envie folle de jurer, de prendre son chapeau et de partir en tapant la porte.

Ils s'étaient vus souvent, dans les premiers temps, rue de Constantinople, mais Du Roy, qui redoutait une rencontre avec Mme de Marelle, trouvait mille prétextes maintenant pour se refuser à ces rendez-vous.

Il avait dû alors venir presque tous les jours chez elle, tantôt déjeuner, tantôt dîner. Elle lui serrait la main sous la table, lui tendait sa bouche derrière les portes. Mais lui s'amusait surtout à jouer avec Suzanne qui l'égayait par ses drôleries. Dans son corps de poupée s'agitait un esprit agile et malin, imprévu et sournois, qui faisait toujours la parade comme une marionnette de foire. Elle se moquait de tout et de tout le monde, avec un à-propos mordant. Georges excitait sa verve, la poussait à l'ironie, et ils s'entendaient à merveille.

Elle l'appelait à tout instant : « Écoutez, Bel-Ami. Venez ici, Bel-Ami. »

Il quittait aussitôt la maman pour courir à la fillette qui lui murmurait quelque méchanceté dans l'oreille, et ils riaient de tout leur cœur.

Cependant, dégoûté de l'amour de la mère, il en arrivait à une insurmontable répugnance ; il ne pouvait plus la voir, ni l'entendre, ni penser à elle sans colère. Il cessa donc d'aller chez elle, de répondre à ses lettres et de céder à ses appels.

Elle comprit enfin qu'il ne l'aimait plus, et souffrit horriblement. Mais elle s'acharna, elle l'épia, le suivit, l'attendit dans un fiacre aux stores baissés, à la porte du journal, à la porte de sa maison, dans les rues où elle espérait qu'il passerait.

Il avait envie de la maltraiter, de l'injurier, de la frapper, de lui dire nettement : « Zut, j'en ai assez, vous m'embêtez. » Mais il gardait toujours quelques ménagements, à cause de *La Vie française* ; et il tâchait, à force de froideur, de duretés enveloppées d'égards et même de paroles rudes par moments, de lui faire comprendre qu'il fallait bien que cela finît.

Elle s'entêtait surtout à chercher des ruses pour l'attirer rue de Constantinople, et il tremblait sans cesse que les deux femmes ne se trouvassent un jour, nez à nez à la porte.

Son affection pour Mme de Marelle, au contraire, avait grandi pendant l'été. Il l'appelait son « gamin », et décidément elle lui plaisait. Leurs deux natures avaient des crochets [1] pareils ; ils étaient bien, l'un et l'autre, de la race aventureuse des vagabonds de la vie, de ces vagabonds mondains qui ressemblent fort, sans s'en douter, aux bohèmes des grandes routes.

Ils avaient eu un été d'amour charmant, un été d'étudiants qui font la noce, s'échappant pour aller déjeuner ou dîner à Argenteuil, à Bougival, à Maisons, à Poissy, passant des heures dans un bateau à cueillir des fleurs le long des berges. Elle adorait les fritures de

1. **Crochets** : atomes crochus.

Seine, les gibelottes[1] et les matelotes[2], les tonnelles des cabarets et les cris des canotiers. Il aimait partir avec elle, par un jour clair, sur l'impériale d'un train de banlieue et traverser, en disant des bêtises gaies, la vilaine campagne de Paris où bourgeonnent d'affreux chalets bourgeois.

Et quand il lui fallait rentrer pour dîner chez Mme Walter, il haïssait la vieille maîtresse acharnée, en souvenir de la jeune qu'il venait de quitter, et qui avait défloré[3] ses désirs et moissonné son ardeur dans les herbes du bord de l'eau.

Il se croyait enfin à peu près délivré de la Patronne, à qui il avait exprimé d'une façon claire, presque brutale, sa résolution de rompre, quand il reçut au journal le télégramme l'appelant, à deux heures, rue de Constantinople.

Il le relisait en marchant : « Il faut absolument que je te parle aujourd'hui. C'est très grave, très grave. Attends-moi à deux heures rue de Constantinople. Je peux te rendre un grand service. Ton amie jusqu'à la mort. – VIRGINIE. »

Il pensait : « Qu'est-ce qu'elle me veut encore, cette vieille chouette ? Je parie qu'elle n'a rien à me dire. Elle va me répéter qu'elle m'adore. Pourtant il faut voir. Elle parle d'une chose très grave et d'un grand service, c'est peut-être vrai. Et Clotilde qui vient à quatre heures. Il faut que j'expédie la première à trois heures au plus tard. Sacristi ! pourvu qu'elles ne se rencontrent pas. Quelles rosses[4] que les femmes ! »

Et il songea qu'en effet la sienne était la seule qui ne le tourmentait jamais. Elle vivait de son côté, et elle avait l'air de l'aimer beaucoup, aux heures destinées à l'amour, car elle n'admettait pas qu'on dérangeât l'ordre immuable des occupations ordinaires de la vie.

1. **Gibelottes** : fricassées de lapin cuites au vin blanc ou rouge.
2. **Matelotes** : ragoûts de poissons, cuisinés au vin rouge.
3. **Défloré** : ici, satisfait.
4. **Rosses** : personnes malveillantes.

Il allait, à pas lents, vers son logis de rendez-vous, s'excitant mentalement contre la Patronne :

« Ah ! je vais la recevoir d'une jolie façon si elle n'a rien à me dire. Le français de Cambronne sera académique auprès du mien. Je lui déclare que je ne fiche plus les pieds chez elle, d'abord. »

Et il entra pour attendre Mme Walter.

Elle arriva presque aussitôt, et dès qu'elle l'eut aperçu :

« Ah ! tu as reçu ma dépêche ! Quelle chance ! »

Il avait pris un visage méchant :

« Parbleu, je l'ai trouvée au journal, au moment où je partais pour la Chambre. Qu'est-ce que tu me veux encore ? »

Elle avait relevé sa voilette pour l'embrasser, et elle s'approchait avec un air craintif et soumis de chienne souvent battue.

« Comme tu es cruel pour moi… Comme tu me parles durement… Qu'est-ce que je t'ai fait ? Tu ne te figures pas comme je souffre par toi ! »

Il grogna : « Tu ne vas pas recommencer ? »

Elle était debout tout près de lui, attendant un sourire, un geste pour se jeter dans ses bras.

Elle murmura : « Il ne fallait pas me prendre pour me traiter ainsi, il fallait me laisser sage et heureuse, comme j'étais. Te rappelles-tu ce que tu me disais dans l'église et comme tu m'as fait entrer de force dans cette maison. Et voilà maintenant comment tu me parles ! comment tu me reçois ! Mon Dieu ! mon Dieu ! que tu me fais mal ! »

Il frappa du pied, et, violemment :

« Ah ! mais, zut ! En voilà assez. Je ne peux pas te voir une minute sans entendre cette chanson-là. On dirait vraiment que je t'ai prise à douze ans et que tu étais ignorante comme un ange. Non, ma chère, rétablissons les faits, il n'y a pas eu détournement de mineure. Tu t'es donnée à moi, en plein âge de raison. Je t'en remercie, je t'en suis infiniment reconnaissant, mais je ne suis pas tenu d'être attaché à ta jupe jusqu'à la mort. Tu as un mari et j'ai une femme. Nous ne sommes libres ni l'un ni l'autre. Nous nous sommes offert un caprice, ni vu ni connu, c'est fini. »

Elle dit : « Oh ! que tu es brutal ! que tu es grossier ! que tu es infâme ! Non, je n'étais plus une jeune fille, mais je n'avais jamais aimé, jamais failli… »

Il lui coupa la parole : « Tu me l'as déjà répété vingt fois, je le sais. Mais tu avais eu deux enfants… je ne t'ai donc pas déflorée[1]… »

Elle recula : « Oh ! Georges, c'est indigne !… »

Et portant ses deux mains à sa poitrine, elle commença à suffoquer, avec des sanglots qui lui montaient à la gorge.

Quand il vit les larmes arriver, il prit son chapeau sur le coin de la cheminée : « Ah ! tu vas pleurer ! Alors, bonsoir. C'est pour cette représentation-là que tu m'avais fait venir ? »

Elle fit un pas afin de lui barrer la route et, tirant vivement un mouchoir de sa poche, s'essuya les yeux d'un geste brusque. Sa voix s'affermit sous l'effort de sa volonté, et elle dit, interrompue par un chevrotement de douleur :

« Non… je suis venue pour… pour te donner une nouvelle… une nouvelle politique… pour te donner le moyen de gagner cinquante mille francs… ou même plus… si tu veux. »

Il demanda, adouci tout à coup : « Comment ça ? Qu'est-ce que tu veux dire ?

– J'ai surpris par hasard, hier soir, quelques mots de mon mari et de Laroche. Ils ne se cachaient pas beaucoup devant moi, d'ailleurs. Mais Walter recommandait au ministre de ne pas te mettre dans le secret parce que tu dévoilerais tout. »

Du Roy avait reposé son chapeau sur une chaise. Il attendait, très attentif.

« Alors, qu'est-ce qu'il y a ?

– Ils vont s'emparer du Maroc !

– Allons donc. J'ai déjeuné avec Laroche qui m'a presque dicté les intentions du cabinet.

– Non, mon chéri, ils t'ont joué[2] parce qu'ils ont peur qu'on connaisse leur combinaison.

---

1. **Déflorée** : fait perdre ta virginité.
2. **Joué** : dupé, berné

– Assieds-toi », dit Georges. Et il s'assit lui-même sur un fauteuil. Alors elle attira par terre un petit tabouret, et s'accroupit dessus, entre les jambes du jeune homme. Elle reprit, d'une voix câline : « Comme je pense toujours à toi, je fais attention maintenant à tout ce qu'on chuchote autour de moi. »

Et elle se mit, doucement, à lui expliquer comment elle avait deviné depuis quelque temps qu'on préparait quelque chose à son insu, qu'on se servait de lui en redoutant son concours.

Elle disait : « Tu sais, quand on aime, on devient rusée. »

Enfin, la veille, elle avait compris. C'était une grosse affaire, une très grosse affaire préparée dans l'ombre. Elle souriait maintenant, heureuse de son adresse ; elle s'exaltait, parlant en femme de financier, habituée à voir machiner les coups de bourse, les évolutions des valeurs, les accès de hausse et de baisse ruinant en deux heures de spéculation des milliers de petits bourgeois, de petits rentiers, qui ont placé leurs économies sur des fonds garantis par des noms d'hommes honorés, respectés, hommes politiques ou hommes de banque.

Elle répétait : « Oh ! c'est très fort ce qu'ils ont fait. Très fort. C'est Walter qui a tout mené d'ailleurs, et il s'y entend. Vraiment, c'est de premier ordre. »

Il s'impatientait de ces préparations.

« Voyons, dis vite.

– Eh bien ! voilà. L'expédition de Tanger était décidée entre eux dès le jour où Laroche a pris les Affaires étrangères ; et, peu à peu, ils ont racheté tout l'emprunt du Maroc qui était tombé à soixante-quatre ou cinq francs. Ils l'ont racheté très habilement, par le moyen d'agents suspects, véreux, qui n'éveillaient aucune méfiance. Ils ont roulé même les Rothschild[1], qui s'étonnaient de voir toujours demander du marocain. On leur a répondu en nommant les intermédiaires, tous tarés, tous à la côte. Ça a tranquillisé la grande banque. Et puis maintenant on va faire l'expédition, et

1. **Les Rothschild** : famille juive fortunée qui s'est fait connaître dans les domaines de la banque et de la finance.

dès que nous serons là-bas, l'État français garantira la dette. Nos amis auront gagné cinquante ou soixante millions. Tu comprends l'affaire, tu comprends aussi comme on a peur de tout le monde, peur de la moindre indiscrétion. »

Elle avait appuyé sa tête sur le gilet du jeune homme, et les bras posés sur ses jambes, elle se serrait, se collait contre lui, sentant bien qu'elle l'intéressait à présent, prête à tout faire, à tout commettre, pour une caresse, pour un sourire.

Il demanda : « Tu es bien sûre ? »

Elle répondit avec confiance : « Oh ! je crois bien ! »

Il déclara : « C'est très fort, en effet. Quant à ce salop de Laroche, en voilà un que je repincerai. Oh ! le gredin ! qu'il prenne garde à lui !... qu'il prenne garde à lui... Sa carcasse de ministre me restera entre les doigts ! »

Puis il se remit à réfléchir, et il murmura : « Il faudrait pourtant profiter de ça.

– Tu peux encore acheter de l'emprunt, dit-elle. Il n'est qu'à soixante-douze francs. »

Il reprit : « Oui, mais je n'ai pas d'argent disponible. »

Elle leva les yeux vers lui, des yeux pleins de supplication. « J'y ai pensé, mon chat, et si tu étais bien gentil, bien gentil, si tu m'aimais un peu, tu me laisserais t'en prêter. »

Il répondit brusquement, presque durement : « Quant à ça, non, par exemple. »

Elle murmura, d'une voix implorante : « Écoute, il y a une chose que tu peux faire sans emprunter de l'argent. Je voulais en acheter pour dix mille francs de cet emprunt, moi, pour me créer une petite cassette. Eh bien ! j'en prendrai pour vingt mille ! Tu te mets de moitié. Tu comprends bien que je ne vais pas rembourser ça à Walter. Il n'y a donc rien à payer pour le moment. Si ça réussit, tu gagnes soixante-dix mille francs. Si ça ne réussit pas, tu me devras dix mille francs que tu me payeras à ton gré. »

Il dit encore : « Non, je n'aime guère ces combinaisons-là. »

Alors elle raisonna pour le décider, elle lui prouva qu'il engageait en réalité dix mille francs sur parole, qu'il courait des risques, par conséquent, qu'elle ne lui avançait rien puisque les déboursés étaient faits par la Banque Walter.

Elle lui démontra, en outre, que c'était lui qui avait mené, dans *La Vie française*, toute la campagne politique qui rendait possible cette affaire, qu'il serait bien naïf en n'en profitant pas.

Il hésitait encore. Elle ajouta : « Mais songe donc qu'en réalité c'est Walter qui te les avance, ces dix mille francs, et que tu lui as rendu des services qui valent plus que ça.

– Eh bien ! soit, dit-il. Je me mets de moitié avec toi. Si nous perdons, je te rembourserai dix mille francs. »

Elle fut si contente qu'elle se releva, saisit à deux mains sa tête et se mit à l'embrasser avidement.

Il ne se défendit point d'abord, puis comme elle s'enhardissait, l'étreignant et le dévorant de caresses, il songea que l'autre allait venir tout à l'heure et que s'il faiblissait il perdrait du temps, et laisserait aux bras de la vieille une ardeur qu'il valait mieux garder pour la jeune.

Alors il la repoussa doucement : « Voyons, sois sage », dit-il.

Elle le regarda avec des yeux désolés : « Oh ! Georges. Je ne peux même plus t'embrasser. »

Il répondit : « Non, pas aujourd'hui. J'ai un peu de migraine, et cela me fait mal. »

Alors elle se rassit, docile, entre ses jambes. Elle demanda : « Veux-tu venir dîner demain à la maison ? Quel plaisir tu me ferais ! »

Il hésita, puis n'osa point refuser.

« Mais oui, certainement.

– Merci, mon chéri. »

Elle frottait lentement sa joue sur la poitrine du jeune homme, d'un mouvement câlin et régulier, et un de ses longs cheveux noirs se prit dans le gilet.

Elle s'en aperçut, et une idée folle lui traversa l'esprit, une de ces idées superstitieuses qui sont souvent toute la raison des femmes. Elle se mit à enrouler tout doucement ce cheveu autour du bouton. Puis elle en attacha un autre au bouton suivant, un autre encore à celui du dessus. À chaque bouton elle en nouait un.

Il allait les arracher tout à l'heure, en se levant. Il lui ferait mal, quel bonheur ! Et il emporterait quelque chose d'elle, sans le savoir, il emporterait une petite mèche de sa chevelure, dont il n'avait jamais demandé. C'était un lien par lequel elle l'attachait, un lien secret, invisible ! un talisman qu'elle laissait sur lui. Sans le vouloir, il penserait à elle, il rêverait d'elle, il l'aimerait un peu plus le lendemain.

Il dit tout à coup : « Il va falloir que je te quitte parce qu'on m'attend à la Chambre pour la fin de la séance. Je ne puis manquer aujourd'hui. »

Elle soupira : « Oh ! déjà. » Puis, résignée : « Va, mon chéri, mais tu viendras dîner demain. »

Et, brusquement, elle s'écarta. Ce fut sur sa tête une douleur courte et vive comme si on lui eût piqué la peau avec des aiguilles. Son cœur battait ; elle était contente d'avoir souffert un peu par lui.

« Adieu ! » dit-elle.

Il la prit dans ses bras avec un sourire compatissant et lui baisa les yeux froidement.

Mais elle, affolée par ce contact, murmura encore une fois : « Déjà ! » Et son regard suppliant montrait la chambre dont la porte était ouverte.

Il l'éloigna de lui, et d'un ton pressé : « Il faut que je me sauve, je vais arriver en retard. »

Alors elle lui tendit ses lèvres qu'il effleura à peine, et lui ayant donné son ombrelle qu'elle oubliait, il reprit : « Allons ; allons, dépêchons-nous, il est plus de trois heures. »

Elle sortit devant lui ; elle répétait : « Demain, sept heures. »

Il répondit : « Demain, sept heures. »

Ils se séparèrent. Elle tourna à droite, et lui à gauche.

Du Roy remonta jusqu'au boulevard extérieur. Puis, il redescendit le boulevard Malesherbes, qu'il se mit à suivre, à pas lents. En passant devant un pâtissier, il aperçut des marrons glacés dans une coupe de cristal, et il pensa : « Je vais en rapporter une livre pour Clotilde. » Il acheta un sac de ces fruits sucrés qu'elle aimait à la folie.

À quatre heures, il était rentré pour attendre sa jeune maîtresse.

Elle vint un peu en retard parce que son mari était arrivé pour huit jours. Elle demanda : « Peux-tu venir dîner demain. Il serait enchanté de te voir.

– Non, je dîne chez le Patron. Nous avons un tas de combinaisons politiques et financières qui nous occupent. »

Elle avait enlevé son chapeau. Elle ôtait maintenant son corsage qui la serrait trop.

Il lui montra le sac sur la cheminée : « Je t'ai apporté des marrons glacés. »

Elle battit des mains : « Quelle chance ! comme tu es mignon. »

Elle les prit, en goûta un, et déclara : « Ils sont délicieux. Je sens que je n'en laisserai pas un seul. »

Puis elle ajouta en regardant Georges avec une gaieté sensuelle : « Tu caresses donc tous mes vices ? »

Elle mangeait lentement les marrons et jetait sans cesse un coup d'œil au fond du sac comme pour voir s'il en restait toujours.

Elle dit : « Tiens, assieds-toi dans le fauteuil, je vais m'accroupir entre tes jambes pour grignoter mes bonbons. Je serai très bien. »

Il sourit, s'assit, et la prit entre ses cuisses ouvertes comme il tenait tout à l'heure Mme Walter.

Elle levait la tête vers lui pour lui parler, et disait, la bouche pleine :

« Tu ne sais pas, mon chéri, j'ai rêvé de toi, j'ai rêvé que nous faisions un grand voyage, tous les deux, sur un chameau. Il avait deux bosses, nous étions à cheval chacun sur une bosse, et nous traversions le désert. Nous avions emporté des sandwichs dans un papier et du vin dans une bouteille et nous faisions la dînette sur nos bosses. Mais ça m'ennuyait parce que nous ne pouvions pas faire autre chose ; nous étions trop loin l'un de l'autre, et moi je voulais descendre. »

Il répondit :

« Moi aussi je veux descendre. »

Il riait, s'amusant de l'histoire, il la poussait à dire des bêtises, à bavarder, à raconter tous ces enfantillages, toutes ces niaiseries tendres que débitent les amoureux. Ces gamineries, qu'il trouvait gentilles dans la bouche de Mme de Marelle, l'auraient exaspéré dans celle de Mme Walter.

Clotilde l'appelait aussi : « Mon chéri, mon petit, mon chat. » Ces mots lui semblaient doux et caressants. Dits par l'autre tout à l'heure ils l'irritaient et l'écœuraient. Car les paroles d'amour, qui sont toujours les mêmes, prennent le goût des lèvres dont elles sortent.

Mais il pensait, tout en s'égayant de ces folies, aux soixante-dix mille francs qu'il allait gagner, et, brusquement, il arrêta, avec deux petits coups de doigt sur la tête, le verbiage de son amie : « Écoute, ma chatte. Je vais te charger d'une commission pour ton mari. Dis-lui de ma part, d'acheter, demain, pour dix mille francs d'emprunt du Maroc qui est à soixante-douze ; et je lui promets qu'il aura gagné de soixante à quatre-vingt mille francs avant trois mois. Recommande-lui le silence absolu. Dis-lui, de ma part, que l'expédition de Tanger est décidée et que l'État français va garantir la dette marocaine. Mais ne te coupe pas avec d'autres. C'est un secret d'État que je te confie là. »

Elle l'écoutait, sérieuse. Elle murmura : « Je te remercie. Je préviendrai mon mari dès ce soir. Tu peux compter sur lui ; il ne parlera pas. C'est un homme très sûr. Il n'y a aucun danger. »

Mais elle avait mangé tous les marrons. Elle écrasa le sac entre ses mains et le jeta dans la cheminée. Puis elle dit : « Allons nous coucher. » Et sans se lever elle commença à déboutonner le gilet de Georges.

Tout à coup elle s'arrêta, et tirant entre deux doigts un long cheveu pris dans une boutonnière, elle se mit à rire : « Tiens, tu as emporté un cheveu de Madeleine. En voilà un mari fidèle ! »

Puis, redevenue sérieuse, elle examina longuement sur sa main l'imperceptible fil qu'elle avait trouvé et elle murmura : « Ce n'est pas de Madeleine, il est brun. »

Il sourit : « Il vient probablement de la femme de chambre. »

Mais elle inspectait le gilet avec une attention de policier, et elle cueillit un second cheveu enroulé autour d'un bouton ; puis elle en aperçut un troisième ; et, pâlie, tremblant un peu, elle s'écria : « Oh ! tu as couché avec une femme qui t'a mis des cheveux à tous tes boutons. »

Il s'étonnait, il balbutiait : « Mais non. Tu es folle… »

Soudain il se rappela, comprit, se troubla d'abord, puis nia en ricanant, pas fâché au fond qu'elle le soupçonnât d'avoir des bonnes fortunes.

Elle cherchait toujours et toujours trouvait des cheveux qu'elle déroulait d'un mouvement rapide et jetait ensuite sur le tapis.

Elle avait deviné, avec son instinct rusé de femme, et elle balbutiait, furieuse, rageant et prête à pleurer : « Elle t'aime, celle-là… et elle a voulu te faire emporter quelque chose d'elle… Oh ! que tu es traître… » Mais elle poussa un cri, un cri strident de joie nerveuse : « Oh !… oh !… c'est une vieille… voilà un cheveu blanc… Ah ! oui tu prends des vieilles femmes maintenant… Est-ce qu'elles te payent dis… est-ce qu'elles te payent… Ah ! tu en es aux vieilles femmes… Alors tu n'as plus besoin de moi… garde l'autre… »

Elle se leva, courut à son corsage jeté sur une chaise et le remit rapidement.

Il voulait la retenir, honteux et balbutiant : « Mais non… Clo… tu es stupide… je ne sais pas ce que c'est… écoute… reste… voyons… reste… »

Elle répétait : « Garde ta vieille femme… garde-la… fais-toi faire une bague avec ses cheveux… avec ses cheveux blancs… Tu en as assez pour ça… »

Avec des gestes brusques et prompts elle s'était habillée, recoiffée et voilée ; et comme il voulait la saisir elle lui lança, à toute volée, un soufflet par la figure. Pendant qu'il demeurait étourdi, elle ouvrit la porte et s'enfuit.

Dès qu'il fut seul, une rage furieuse le saisit contre cette vieille rosse de mère Walter. Ah ! il allait l'envoyer coucher, celle-là, et durement.

Il bassina avec de l'eau sa joue rouge. Puis il sortit à son tour, en méditant sa vengeance. Cette fois il ne lui pardonnerait point. Ah ! mais non !

Il descendit jusqu'au boulevard, et, flânant, s'arrêta devant la boutique d'un bijoutier pour regarder un chronomètre dont il avait envie depuis longtemps, et qui valait dix-huit cents francs.

Il pensa, tout à coup, avec une secousse de joie au cœur : « Si je gagne mes soixante-dix mille francs je pourrai me le payer. » Et il se mit à rêver à toutes les choses qu'il ferait avec ses soixante-dix mille francs.

D'abord il serait nommé député. Et puis il achèterait son chronomètre, et puis il jouerait à la Bourse, et puis encore… et puis encore…

Il ne voulait pas entrer au journal, préférant causer avec Madeleine avant de revoir Walter et d'écrire son article ; et il se mit en route pour revenir chez lui.

Il atteignait la rue Drouot quand il s'arrêta net ; il avait oublié de prendre des nouvelles du comte de Vaudrec, qui demeurait Chaussée-d'Antin. Il revint donc flânant toujours, pensant à mille choses, dans une songerie heureuse, à des choses douces, à des choses bonnes, à la fortune prochaine et aussi à cette crapule de Laroche et à cette vieille teigne de Patronne. Il ne s'inquiétait point, d'ailleurs, de la colère de Clotilde, sachant bien qu'elle pardonnait vite.

Quand il demanda au concierge de la maison où demeurait le comte de Vaudrec :

« Comment va M. de Vaudrec ? on m'a appris qu'il était souffrant, ces jours derniers. »

L'homme répondit : « M. le comte est très mal, monsieur. On croit qu'il ne passera pas la nuit, la goutte est remontée au cœur. »

Du Roy demeura tellement effaré qu'il ne savait plus ce qu'il devait faire ! Vaudrec mourant ! Des idées confuses passaient en lui, nombreuses, troublantes, qu'il n'osait point s'avouer à lui-même.

Il balbutia : « Merci… je reviendrai… » sans comprendre ce qu'il disait.

Puis il sauta dans un fiacre et se fit conduire chez lui.

Sa femme était rentrée. Il pénétra dans sa chambre essoufflé et lui annonça tout de suite :

« Tu ne sais pas ? Vaudrec est mourant ! »

Elle était assise et lisait une lettre. Elle leva les yeux et trois fois de suite répéta: « Hein? Tu dis?… tu dis?… tu dis?…

– Je te dis que Vaudrec est mourant d'une attaque de goutte remontée au cœur. » Puis il ajouta: « Qu'est-ce que tu comptes faire? »

Elle s'était dressée, livide, les joues secouées d'un tremblement nerveux, puis elle se mit à pleurer affreusement, en cachant sa figure dans ses mains. Elle demeurait debout, secouée par des sanglots, déchirée par le chagrin.

Mais soudain elle dompta sa douleur, et, s'essuyant les yeux: « J'y… j'y vais… ne t'occupe pas de moi… je ne sais pas à quelle heure je reviendrai… ne m'attends point… »

Il répondit: « Très bien. Va. »

Ils se serrèrent la main, et elle partit si vite qu'elle oublia de prendre ses gants.

Georges, ayant dîné seul, se mit à écrire son article. Il le fit exactement selon les intentions du ministre, laissant entendre aux lecteurs que l'expédition du Maroc n'aurait pas lieu. Puis il le porta au journal, causa quelques instants avec le Patron et repartit en fumant, le cœur léger sans qu'il comprît pourquoi.

Sa femme n'était pas rentrée. Il se coucha et s'endormit.

Madeleine revint vers minuit. Georges, réveillé brusquement, s'était assis dans son lit.

Il demanda: « Eh bien? »

Il ne l'avait jamais vue si pâle et si émue. Elle murmura:

« Il est mort.

– Ah! Et… il ne t'a rien dit?

– Rien. Il avait perdu connaissance quand je suis arrivée. »

Georges songeait. Des questions lui venaient aux lèvres qu'il n'osait point faire.

« Couche-toi », dit-il.

Elle se déshabilla rapidement, puis se glissa auprès de lui.

Il reprit: « Avait-il des parents à son lit de mort?

– Rien qu'un neveu.

– Ah! Le voyait-il souvent, ce neveu?

– Jamais. Ils ne s'étaient point rencontrés depuis dix ans.

– Avait-il d'autres parents ?

– Non… Je ne crois pas.

– Alors… c'est ce neveu qui doit hériter ?

– Je ne sais pas.

– Il était très riche, Vaudrec ?

– Oui, très riche.

– Sais-tu ce qu'il avait à peu près ?

– Non, pas au juste. Un ou deux millions, peut-être ? »

Il ne dit plus rien. Elle souffla la bougie. Et ils demeurèrent étendus côte à côte dans la nuit, silencieux, éveillés et songeant.

Il n'avait plus envie de dormir. Il trouvait maigres maintenant les soixante-dix mille francs promis par Mme Walter. Soudain il crut que Madeleine pleurait. Il demanda pour s'en assurer :

« Dors-tu ?

– Non. »

Elle avait la voix mouillée et tremblante. Il reprit :

« J'ai oublié de te dire tantôt que ton ministre nous a fichus dedans.

– Comment ça ? »

Et il lui conta, tout au long, avec tous les détails, la combinaison préparée entre Laroche et Walter.

Quand il eut fini, elle demanda : « Comment sais-tu ça ? »

Il répondit : « Tu me permettras de ne point te le dire. Tu as tes procédés d'information que je ne pénètre point. J'ai les miens que je désire garder. Je réponds en tout cas de l'exactitude de mes renseignements. »

Alors elle murmura : « Oui, c'est possible… Je me doutais qu'ils faisaient quelque chose sans nous. »

Mais Georges, que le sommeil ne gagnait pas, s'était rapproché de sa femme, et, doucement, il lui baisa l'oreille. Elle le repoussa avec vivacité : « Je t'en prie, laisse-moi tranquille, n'est-ce pas ? Je ne suis point d'humeur à batifoler. »

Il se retourna, résigné, vers le mur, et ayant fermé les yeux, il finit par s'endormir.

Chapitre 6

L'église était tendue de noir, et sur le portail, un grand écusson coiffé d'une couronne annonçait aux passants qu'on enterrait un gentilhomme.

La cérémonie venait de finir, les assistants s'en allaient lentement, défilant devant le cercueil et devant le neveu du comte de Vaudrec, qui serrait les mains et rendait les saluts.

Quand Georges Du Roy et sa femme furent sortis, ils se mirent à marcher côte à côte, pour rentrer chez eux. Ils se taisaient, préoccupés.

Enfin, Georges prononça, comme se parlant à lui-même : « Vraiment, c'est bien étonnant ! »

Madeleine demanda : « Quoi donc, mon ami ?

– Que Vaudrec ne nous ait rien laissé ! »

Elle rougit brusquement, comme si un voile rose se fût étendu tout à coup sur sa peau blanche, en montant de la gorge au visage, et elle dit : « Pourquoi nous aurait-il laissé quelque chose ? Il n'y avait aucune raison pour ça. »

Puis, après quelques instants de silence, elle reprit : « Il existe peut-être un testament chez un notaire. Nous ne saurions rien encore. »

Il réfléchit, puis murmura : « Oui, c'est probable, car, enfin, c'était notre meilleur ami, à tous les deux. Il dînait deux fois par semaine à la maison, il venait à tout moment. Il était chez lui, chez nous, tout à fait chez lui. Il t'aimait comme un père, et il n'avait pas de famille, pas d'enfants, pas de frères ni de sœurs, rien qu'un neveu, un neveu éloigné. Oui, il doit y avoir un testament. Je ne tiendrais pas à grand-chose, un souvenir, pour prouver qu'il a pensé à nous, qu'il nous aimait, qu'il reconnaissait l'affection que nous avions pour lui. Il nous devait bien une marque d'amitié. »

Elle dit, d'un air pensif et indifférent :

« C'est possible, en effet, qu'il y ait un testament… »

Comme ils rentraient chez eux, le domestique présenta une lettre à Madeleine. Elle l'ouvrit, puis la tendit à son mari.

Étude de Me Lamaneur
Notaire,
17, rue des Vosges.

Madame,

J'ai l'honneur de vous prier de vouloir bien passer à mon étude[1]*, de deux heures à quatre heures, mardi, mercredi ou jeudi, pour affaire qui vous concerne.*

Recevez, etc.

LAMANEUR.

Georges avait rougi, à son tour : « Ça doit être ça. C'est drôle que ce soit toi qu'il appelle, et non moi qui suis légalement le chef de famille. »

Elle ne répondit point d'abord, puis après une courte réflexion : « Veux-tu que nous y allions tout à l'heure ?

– Oui, je veux bien. »

Ils se mirent en route dès qu'ils eurent déjeuné.

Lorsqu'ils entrèrent dans l'étude de Me Lamaneur, le premier clerc se leva avec un empressement marqué et les fit pénétrer chez son patron.

Le notaire était un petit homme tout rond, rond de partout. Sa tête avait l'air d'une boule clouée sur une autre boule que portaient deux jambes si petites, si courtes, qu'elles ressemblaient aussi presque à des boules.

---

1. **Étude** : lieu de travail d'un notaire.

Il salua, indiqua des sièges, et dit en se tournant vers Madeleine: « Madame, je vous ai appelée afin de vous donner connaissance du testament du comte de Vaudrec qui vous concerne. »

Georges ne put se tenir de murmurer: « Je m'en étais douté. »

Le notaire ajouta: « Je vais vous communiquer cette pièce, très courte d'ailleurs. »

Il atteignit un papier dans un carton devant lui, et lut:

« Je soussigné, Paul-Émile-Cyprien-Gontran, comte de Vaudrec, sain de corps et d'esprit, exprime ici mes dernières volontés.

« La mort pouvant nous emporter à tout moment, je veux prendre, en prévision de son atteinte, la précaution d'écrire mon testament qui sera déposé chez Me Lamaneur.

« N'ayant pas d'héritiers directs, je lègue toute ma fortune, composée de valeurs de bourse pour six cent mille francs et de biens-fonds[1] pour cinq cent mille francs environ, à Mme Claire-Madeleine Du Roy, sans aucune charge ou condition. Je la prie d'accepter ce don d'un ami mort, comme preuve d'une affection dévouée, profonde et respectueuse. »

Le notaire ajouta: « C'est tout. Cette pièce est datée du mois d'août dernier et a remplacé un document de même nature, fait il y a deux ans, au nom de Mme Claire-Madeleine Forestier. J'ai ce premier testament qui pourrait prouver, en cas de contestation de la part de la famille, que la volonté de M. le comte de Vaudrec n'a pas varié. »

Madeleine, très pâle, regardait ses pieds. Georges, nerveux, roulait entre ses doigts le bout de sa moustache. Le notaire reprit, après un moment de silence: « Il est bien entendu, monsieur, que madame ne peut accepter ce legs sans votre consentement[2]. »

Du Roy se leva, et d'un ton sec: « Je demande le temps de réfléchir. »

1. **Biens-fonds**: biens immobiliers (terres, bâtiments...).
2. La femme, encore considérée comme mineure aux yeux de la loi, était sous la tutelle de son mari. Madeleine ne peut se passer de l'accord de son mari.

Le notaire, qui souriait, s'inclina, et d'une voix aimable : « Je comprends le scrupule qui vous fait hésiter, monsieur. Je dois ajouter que le neveu de M. de Vaudrec, qui a pris connaissance, ce matin même, des dernières intentions de son oncle, se déclare prêt à les respecter si on lui abandonne une somme de cent mille francs. À mon avis, le testament est inattaquable, mais un procès ferait du bruit qu'il vous conviendra peut-être d'éviter. Le monde a souvent des jugements malveillants. Dans tous les cas, pourrez-vous me faire connaître votre réponse sur tous les points avant samedi ? »

Georges s'inclina : « Oui, monsieur. » Puis il salua avec cérémonie, fit passer sa femme demeurée muette, et il sortit d'un air tellement roide que le notaire ne souriait plus.

Dès qu'ils furent rentrés chez eux, Du Roy ferma brusquement la porte, et, jetant son chapeau sur le lit :

« Tu as été la maîtresse de Vaudrec ? »

Madeleine, qui enlevait son voile, se retourna d'une secousse :

« Moi ? Oh !

– Oui, toi. On ne laisse pas toute sa fortune à une femme, sans que… »

Elle était devenue tremblante et ne parvenait point à ôter les épingles qui retenaient le tissu transparent.

Après un moment de réflexion, elle balbutia, d'une voix agitée :

« Voyons… voyons… tu es fou… tu es… tu es… Est-ce que toi-même… tout à l'heure… tu n'espérais pas… qu'il te laisserait quelque chose ? »

Georges restait debout, près d'elle, suivant toutes ses émotions, comme un magistrat qui cherche à surprendre les moindres défaillances d'un prévenu. Il prononça, en insistant sur chaque mot :

« Oui… il pouvait me laisser quelque chose, à moi… à moi, ton mari… à moi, son ami… entends-tu… mais pas à toi… à toi, son amie… à toi, ma femme… La distinction est capitale, essentielle, au point de vue des convenances… et de l'opinion publique. »

Madeleine, à son tour, le regardait fixement, dans la transparence des yeux, d'une façon profonde et singulière, comme pour y lire quelque chose, comme pour y découvrir cet inconnu de l'être qu'on ne pénètre jamais et qu'on peut à peine entrevoir en des secondes rapides, en ces moments de non-garde, ou d'abandon, ou d'inattention, qui sont comme des portes laissées entrouvertes sur les mystérieux dedans de l'esprit. Et elle articula lentement :

« Il me semble pourtant que si… qu'on eût trouvé au moins aussi étrange un legs de cette importance, de lui… à toi. »

Il demanda brusquement :

« Pourquoi ça ? »

Elle dit : « Parce que… » Elle hésita, puis reprit : « Parce que tu es mon mari… que tu ne le connais en somme que depuis peu… parce que je suis son amie depuis très longtemps… moi… parce que son premier testament, fait du vivant de Forestier, était déjà en ma faveur. »

Georges s'était mis à marcher à grands pas. Il déclara :

« Tu ne peux pas accepter ça. »

Elle répondit, avec indifférence :

« Parfaitement : alors, ce n'est pas la peine d'attendre à samedi ; nous pouvons faire prévenir tout de suite Me Lamaneur. »

Il s'arrêta en face d'elle ; et ils demeurèrent de nouveau quelques instants les yeux dans les yeux, s'efforçant d'aller jusqu'à l'impénétrable secret de leurs cœurs, de se sonder jusqu'au vif de la pensée. Ils tâchaient de se voir à nu la conscience en une interrogation ardente et muette : lutte intime de deux êtres qui, vivant côte à côte, s'ignorent toujours, se soupçonnent, se flairent, se guettent, mais ne se connaissent pas jusqu'au fond vaseux de l'âme.

Et, brusquement, il lui murmura dans le visage, à voix basse :

« Allons, avoue que tu étais la maîtresse de Vaudrec. »

Elle haussa les épaules : « Tu es stupide… Vaudrec avait beaucoup d'affection pour moi, beaucoup… mais rien de plus… jamais. »

Il frappa du pied : « Tu mens. Ce n'est pas possible. » Elle répondit tranquillement : « C'est comme ça, pourtant. »

Il se remit à marcher, puis, s'arrêtant encore : « Explique-moi, alors, pourquoi il te laisse toute sa fortune, à toi… »

Elle le fit avec un air nonchalant et désintéressé : « C'est tout simple. Comme tu le disais tantôt, il n'avait que nous d'amis, ou plutôt que moi ; car il m'a connue enfant. Ma mère était dame de compagnie chez des parents à lui. Il venait sans cesse ici, et, comme il n'avait pas d'héritiers naturels, il a pensé à moi. Qu'il ait eu un peu d'amour pour moi, c'est possible. Mais quelle est la femme qui n'a jamais été aimée ainsi ? Que cette tendresse cachée, secrète, ait mis mon nom sous sa plume, quand il a pensé à prendre des dispositions dernières, pourquoi pas ? Il m'apportait des fleurs, chaque lundi. Tu ne t'en étonnais nullement et il ne t'en donnait point, à toi, n'est-ce pas ? Aujourd'hui, il me donne sa fortune par la même raison et parce qu'il n'a personne à qui l'offrir. Il serait, au contraire, extrêmement surprenant qu'il te l'eût laissée. Pourquoi ? Que lui es-tu ? »

Elle parlait avec tant de naturel et de tranquillité que Georges hésitait.

Il reprit : « C'est égal, nous ne pouvons accepter cet héritage dans ces conditions. Ce serait d'un effet déplorable. Tout le monde croirait la chose, tout le monde en jaserait et rirait de moi. Les confrères sont déjà trop disposés à me jalouser et à m'attaquer. Je dois avoir plus que personne le souci de mon honneur et le soin de ma réputation. Il m'est impossible d'admettre et de permettre que ma femme accepte un legs de cette nature d'un homme que la rumeur publique lui a déjà prêté pour amant. Forestier aurait peut-être toléré cela, lui, mais moi, non. »

Elle murmura avec douceur : « Eh bien ! mon ami, n'acceptons pas, ce sera un million de moins dans notre poche, voilà tout. »

Il marchait toujours, et il se mit à penser tout haut, parlant pour sa femme sans s'adresser à elle :

« Eh bien ! oui… un million… tant pis… Il n'a pas compris en testant[1] quelle faute de tact, quel oubli des convenances il commettait. Il n'a pas vu dans quelle position fausse, ridicule, il allait me mettre… Tout est affaire de nuances dans la vie… Il fallait qu'il m'en laissât la moitié, ça arrangeait tout. »

1. **Testant** : faisant son testament.

Il s'assit, croisa ses jambes et se mit à rouler le bout de ses moustaches, comme il faisait aux heures d'ennui, d'inquiétude et de réflexion difficile.

Madeleine prit une tapisserie à laquelle elle travaillait de temps en temps, et elle dit en choisissant ses laines :

« Moi, je n'ai qu'à me taire. C'est à toi de réfléchir. »

Il fut longtemps sans répondre, puis il prononça, en hésitant : « Le monde ne comprendra jamais et que Vaudrec ait fait de toi son unique héritière et que j'aie admis cela, moi. Recevoir cette fortune de cette façon, ce serait avouer… avouer de ta part une liaison coupable, et de la mienne une complaisance infâme… Comprends-tu comment on interpréterait notre acceptation ? Il faudrait trouver un biais, un moyen adroit de pallier la chose. Il faudrait laisser entendre, par exemple, qu'il a partagé entre nous cette fortune, en donnant la moitié au mari, la moitié à la femme. »

Elle demanda : « Je ne vois pas comment cela pourrait se faire, puisque le testament est formel. »

Il répondit : « Oh ! c'est bien simple. Tu pourrais me laisser la moitié de l'héritage par donation entre vifs[1]. Nous n'avons pas d'enfants, c'est donc possible. De cette façon, on fermerait la bouche à la malignité publique. »

Elle répliqua, un peu impatiente : « Je ne vois pas non plus comment on fermerait la bouche à la malignité publique, puisque l'acte est là, signé par Vaudrec. »

Il reprit avec colère : « Avons-nous besoin de le montrer et de l'afficher sur les murs ? Tu es stupide à la fin. Nous dirons que le comte de Vaudrec nous a laissé sa fortune par moitié… Voilà… Or tu ne peux accepter ce legs sans mon autorisation. Je te la donne, à la seule condition d'un partage qui m'empêchera de devenir la risée du monde. »

Elle le regarda encore d'un regard perçant.

« Comme tu voudras. Je suis prête. »

---

1. **Vifs** : personnes vivantes.

Alors il se leva et se remit à marcher. Il paraissait hésiter de nouveau et il évitait maintenant l'œil pénétrant de sa femme. Il disait: « Non... décidément non... peut-être vaut-il mieux y renoncer tout à fait... c'est plus digne... plus correct... plus honorable... Pourtant, de cette façon, on n'aurait rien à supposer, absolument rien. Les gens les plus scrupuleux ne pourraient que s'incliner. »

Il s'arrêta devant Madeleine: « Eh bien, si tu veux, ma chérie, je vais retourner tout seul chez Me Lamaneur pour le consulter et lui expliquer la chose. Je lui dirai mon scrupule, et j'ajouterai que nous nous sommes arrêtés à l'idée d'un partage, par convenance, pour qu'on ne puisse pas jaboter[1]. Du moment que j'accepte la moitié de cet héritage, il est bien évident que personne n'a plus le droit de sourire. C'est dire hautement: "Ma femme accepte parce que j'accepte, moi, son mari, qui suis juge de ce qu'elle peut faire sans se compromettre." Autrement ça aurait fait scandale. »

Madeleine murmura simplement: « Comme tu voudras. »

Il recommença à parler avec abondance:

« Oui, c'est clair comme le jour avec cet arrangement de la séparation par moitié. Nous héritons d'un ami qui n'a pas voulu établir de différence entre nous, qui n'a pas voulu faire la distinction, qui n'a pas voulu avoir l'air de dire: "Je préfère l'un ou l'autre après ma mort comme je l'ai préféré pendant ma vie." Il aimait mieux la femme, bien entendu, mais en laissant sa fortune à l'un comme à l'autre il a voulu exprimer nettement que sa préférence était toute platonique. Et sois certaine que, s'il y avait songé, c'est ce qu'il aurait fait. Il n'a pas réfléchi, il n'a pas prévu les conséquences. Comme tu le disais fort bien tout à l'heure, c'est à toi qu'il offrait des fleurs chaque semaine, c'est à toi qu'il a voulu laisser son dernier souvenir sans se rendre compte... »

Elle l'arrêta avec une nuance d'irritation: « C'est entendu. J'ai compris. Tu n'as pas besoin de tant d'explications. Va tout de suite chez le notaire. »

Il balbutia, rougissant: « Tu as raison, j'y vais. »

---

1. **Jaboter**: jaser.

Il prit son chapeau, puis, au moment de sortir :

« Je vais tâcher d'arranger la difficulté du neveu pour cinquante mille francs, n'est-ce pas ? »

Elle répondit avec hauteur : « Non. Donne-lui les cent mille francs qu'il demande. Et prends-les sur ma part, si tu veux. »

Il murmura, honteux soudain : « Ah ! mais non, nous partagerons. En laissant cinquante mille francs chacun il nous reste encore un million net. »

Puis il ajouta : « À tout à l'heure, ma petite Made. »

Et il alla expliquer au notaire la combinaison qu'il prétendit imaginée par sa femme.

Ils signèrent le lendemain une donation entre vifs de cinq cent mille francs que Madeleine Du Roy abandonnait à son mari.

Puis, en sortant de l'étude, comme il faisait beau, Georges proposa de descendre à pied jusqu'aux boulevards. Il se montrait gentil, plein de soins, d'égards, de tendresse. Il riait, heureux de tout, tandis qu'elle demeurait songeuse et un peu sévère.

C'était un jour d'automne assez froid. La foule semblait pressée et marchait à pas rapides. Du Roy conduisit sa femme devant la boutique où il avait regardé si souvent le chronomètre désiré.

« Veux-tu que je t'offre un bijou ? » dit-il.

Elle murmura, avec indifférence : « Comme il te plaira. »

Ils entrèrent. Il demanda : « Que préfères-tu, un collier, un bracelet, ou des boucles d'oreilles ? »

La vue des bibelots d'or et des pierres fines emportait sa froideur voulue, et elle parcourait d'un œil allumé et curieux les vitrines pleines de joyaux.

Et soudain, émue par un désir : « Voilà un bien joli bracelet. »

C'était une chaîne d'une forme bizarre, dont chaque anneau portait une pierre différente.

Georges demanda : « Combien ce bracelet ? »

Le joaillier répondit : « Trois mille francs, monsieur.

– Si vous me le laissez à deux mille cinq, c'est une affaire entendue. »

L'homme hésita puis répondit : « Non, monsieur, c'est impossible. »

Du Roy reprit : « Tenez, vous ajouterez ce chronomètre pour quinze cents francs, cela fait quatre mille, que je payerai comptant. Est-ce dit ? Si vous ne voulez pas je vais ailleurs. »

Le bijoutier, perplexe, finit par accepter.

« Eh bien soit, monsieur. »

Et le journaliste, après avoir donné son adresse, ajouta : « Vous ferez graver sur le chronomètre mes initiales G. R. C., en lettres enlacées au-dessous d'une couronne de baron. »

Madeleine, surprise, se mit à sourire. Et quand ils sortirent, elle prit son bras avec une certaine tendresse. Elle le trouvait vraiment adroit et fort. Maintenant qu'il avait des rentes il lui fallait un titre, c'était juste.

Le marchand les saluait : « Vous pouvez compter sur moi, ce sera prêt pour jeudi, monsieur le baron. »

Ils passèrent devant le Vaudeville. On y jouait une pièce nouvelle.

« Si tu veux, dit-il, nous irons ce soir au théâtre, tâchons d'avoir une loge. »

Ils trouvèrent une loge et la prirent. Il ajouta : « Si nous dînions au cabaret ?

– Oh ! oui, je veux bien. »

Il était heureux comme un souverain et cherchait ce qu'ils pourraient bien faire encore.

« Si nous allions chercher Mme de Marelle pour passer la soirée avec nous ? Son mari est ici, m'a-t-on dit. Je serai enchanté de lui serrer la main. »

Ils y allèrent. Georges, qui redoutait un peu la première rencontre avec sa maîtresse, n'était point fâché que sa femme fût présente pour éviter toute explication.

Mais Clotilde parut ne se souvenir de rien et força même son mari à accepter l'invitation.

Le dîner fut gai et la soirée charmante.

Georges et Madeleine rentrèrent tard. Le gaz était éteint. Pour éclairer les marches, le journaliste enflammait de temps en temps une allumette-bougie.

En arrivant sur le palier du premier étage, la flamme subite éclatant sous le frottement, fit surgir dans la glace leurs deux figures illuminées au milieu des ténèbres de l'escalier.

Ils avaient l'air de fantômes apparus et prêts à s'évanouir dans la nuit.

Du Roy leva la main pour bien éclairer leurs images, et il dit, avec un rire de triomphe :

« Voilà des millionnaires qui passent. »

Arrêt sur lecture 3

Pour comprendre l'essentiel

La satire politique et sociale

❶ Dans le chapitre 1, les nouveaux époux rendent visite aux parents de Georges. Montrez que le romancier porte un regard amusé sur le monde rural, en étudiant les niveaux de langue, la description de la mère, les remarques du père.

❷ Dans le chapitre 3, qui présente l'assaut d'armes organisé par Jacques Rival, Maupassant dresse la satire d'une haute société en perte de valeurs. Analysez le comportement de cette société et étudiez la dimension critique de ce chapitre.

❸ Maupassant met en évidence les liens étroits qui se nouent entre le journalisme et le pouvoir, ainsi que la corruption qui règne dans le milieu des affaires. Dans les chapitres 2, 3 et 5 de la deuxième partie, relevez les passages qui le prouvent et montrez leur dimension satirique.

Se faire un nom

❹ Comme il l'avait souhaité, Bel-Ami a pris la place de Forestier à *La Vie française*. Identifiez les problèmes que cela lui pose et les moyens qu'il met en œuvre pour les résoudre.

5 À la demande de Madeleine, Georges change de nom. Parallèlement, son surnom reste le même et est de plus en plus employé. Identifiez les caractéristiques du personnage que ces différents noms mettent en valeur.

6 La reconnaissance de Du Roy dans le grand monde s'accroît. Montrez-le en vous appuyant sur des passages du chapitre 6.

Un personnage sans scrupule

7 Bel-Ami parvient sans difficulté à séduire Mme Walter en jouant l'homme fou d'amour qui connaît son rôle par cœur. Dans le chapitre 4, relevez le champ lexical, la ponctuation et les gestes de Du Roy qui simulent cette passion. Étudiez le décalage, qui le rend odieux, entre cette comédie et ses sentiments réels.

8 Le comte de Vaudrec meurt en laissant son héritage à Madeleine qui ne peut l'accepter sans le consentement de son mari. Expliquez comment Georges parvient à s'emparer de la moitié de cette fortune.

Rappelez-vous !

- Cette partie du roman met en évidence le **pessimisme** de Maupassant. Si le héros progresse socialement, il n'évolue pas sur le plan moral, si ce n'est de façon négative : il se sert des femmes pour sa propre réussite et prend plaisir à sentir son emprise sur elles, à les manipuler, voire à les persécuter.
- La **satire** est une critique moqueuse. Ce registre vise à faire réfléchir le lecteur aux défauts d'un personnage, d'une institution, ou bien encore d'une catégorie sociale, tout en le faisant rire ou sourire. À travers l'évolution de Du Roy, Maupassant dresse la satire de la haute société de son temps : bourgeoisie parvenue et aristocratie en déclin se caractérisent par le même individualisme, la même cupidité, le même attachement aux apparences, la même corruption. En politique comme dans les affaires, l'argent et l'intérêt personnel triomphent sur toute autre valeur.

Vers l'oral du Bac

Analyse du chapitre 4, lignes 67-128, p. 271-273

Analyser la dimension satirique de cette scène d'aveu

Conseils pour la lecture à voix haute

– Essayez d'adopter un ton satirique lorsque vous lirez les passages narratifs : il faut mettre en évidence l'ironie du romancier qui se moque de la crédulité de Mme Walter en l'opposant à l'hypocrisie de Du Roy.

– Veillez à faire ressortir l'émotion des personnages dans les discours rapportés : le lyrisme amoureux feint par Du Roy et le trouble désespéré de Mme Walter.

Analyse du texte

Introduction rédigée

Bel-Ami a pris la place de son ami Forestier en épousant Madeleine. Mais le mariage ne le pousse pas à mettre un terme à ses entreprises de séduction et il jette son dévolu sur Mme Walter. Il se rend chez elle, lui déclare son amour et obtient un rendez-vous à l'église de la Trinité. Le début du chapitre 4 est ainsi l'occasion d'une violente critique des femmes du monde qui dissimulent leurs liaisons sous des apparences de dévotion. On perçoit ainsi tout l'anticléricalisme de Maupassant à travers le cynisme de son personnage. Nous étudierons donc la portée satirique de cette scène d'aveu, en nous intéressant d'abord à sa dimension caricaturale, puis en étudiant l'hypocrisie amoureuse de Du Roy, et enfin en nous penchant sur la satire religieuse de cet épisode.

Analyse guidée

I. Une scène d'aveu caricaturale

a. Du Roy parvient à faire avouer à Mme Walter son amour pour lui. Identifiez les étapes du rendez-vous amoureux qui conduisent à cet aveu. Étudiez les détails qui rendent cette scène spectaculaire et dramatique.

b. Mme Walter incarne le rôle traditionnel de la femme vertueuse qui lutte contre ses sentiments et finit par se perdre. Étudiez le champ lexical de la souffrance et de la honte, ainsi que les signes de ponctuation, qui traduisent l'émotion du personnage.

c. Cet épisode réunit deux thèmes littéraires traditionnels: l'amour impossible et l'amour platonique. Relevez les fausses déclarations de Georges promettant à Mme Walter qu'il la respectera et les arguments de cette dernière pour ne pas lui céder.

II. L'hypocrisie amoureuse

a. Bel-Ami joue à Mme Walter une comédie sentimentale. Repérez tout ce qui fait de lui un bon acteur. Identifiez les clichés qui apparaissent dans son discours amoureux.

b. Cet épisode révèle à la fois le cynisme et la cruauté du personnage. Montrez qu'en cherchant à faire plier Mme Walter à son désir, il éprouve un plaisir cruel.

III. La satire religieuse

a. Au début du chapitre, le héros se moque des femmes qui ont «l'habitude de se servir de la religion comme d'un en-tout-cas» et prennent Dieu «pour un entremetteur» (p. 269-270). Montrez que c'est précisément ce que fait Mme Walter qui joue, elle aussi, une comédie.

b. L'anticléricalisme de Maupassant est souvent perceptible dans ses romans. En analysant les contrastes entre les deux personnages, et l'attitude impie de Du Roy, explicitez le caractère provocateur de cet épisode.

Conclusion rédigée

Dans cet extrait, les personnages jouent autant la comédie l'un que l'autre : Mme Walter joue le rôle de la dévote, tandis que Du Roy joue celui de l'amoureux transi. La rencontre en devient caricaturale. Si Maupassant accumule les clichés dans cet épisode, c'est pour dresser une satire féroce de la dévotion des femmes du monde qui ont lu trop de romans d'amour. Le pouvoir de séduction de Bel-Ami, bien réel, ne repose que sur des mots et des situations attendus. Cette scène révèle donc à la fois le pessimisme et l'anticléricalisme du romancier. On peut y voir également un écho au roman de Flaubert *Madame Bovary*, dans lequel Emma donne rendez-vous à Léon dans la cathédrale de Rouen avant de lui céder.

Les trois questions de l'examinateur

Question 1. Étudiez le principal point de vue adopté dans ce passage en précisant s'il varie au cours de l'extrait. Dites quel est l'effet produit.

Question 2. Dans quelle mesure peut-on dire que Maupassant se moque de l'idéalisme romantique dans cet épisode ?

Question 3. Selon vous, *Bel-Ami* est-il un roman à tendance misogyne ou féministe ?

Chapitre 7

Depuis deux mois la conquête du Maroc était accomplie. La France, maîtresse de Tanger, possédait toute la côte africaine de la Méditerranée, jusqu'à la régence de Tripoli, et elle avait garanti la dette du nouveau pays annexé[1].

On disait que deux ministres gagnaient là une vingtaine de millions, et on citait, presque tout haut, Laroche-Mathieu.

Quant à Walter, personne dans Paris n'ignorait qu'il avait fait coup double et encaissé de trente à quarante millions sur l'emprunt, et de huit à dix millions sur des mines de cuivre et de fer, ainsi que sur d'immenses terrains achetés pour rien avant la conquête et revendus le lendemain de l'occupation française à des compagnies de colonisation.

Il était devenu, en quelques jours, un des maîtres du monde, un de ces financiers omnipotents, plus forts que des rois, qui font courber les têtes, balbutier les bouches et sortir tout ce qu'il y a de bassesse, de lâcheté et d'envie au fond du cœur humain.

Il n'était plus le juif Walter, patron d'une banque louche, directeur d'un journal suspect, député soupçonné de tripotages véreux. Il était Monsieur Walter, le riche israélite[2].

Il le voulut montrer.

1. La France avait garanti la dette tunisienne en 1883. Maupassant transpose la situation au Maroc.
2. Israélite : de religion juive.

Sachant la gêne du prince de Carlsbourg qui possédait un des plus beaux hôtels de la rue du Faubourg-Saint-Honoré, avec jardin sur les Champs-Élysées, il lui proposa d'acheter, en vingt-quatre heures, cet immeuble, avec ses meubles, sans changer de place un fauteuil. Il en offrait trois millions. Le prince, tenté par la somme, accepta.

Le lendemain, Walter s'installait dans son nouveau domicile.

Alors il eut une autre idée, une véritable idée de conquérant qui veut prendre Paris, une idée à la Bonaparte.

Toute la ville allait voir en ce moment un grand tableau du peintre hongrois Karl Marcowitch [1], exposé chez l'expert Jacques Lenoble, et représentant le Christ marchant sur les flots.

Les critiques d'art, enthousiasmés, déclaraient cette toile le plus magnifique chef-d'œuvre du siècle.

Walter l'acheta cinq cent mille francs et l'enleva, coupant ainsi du jour au lendemain le courant établi de la curiosité publique, et forçant Paris entier à parler de lui pour l'envier, le blâmer ou l'approuver.

Puis, il fit annoncer par les journaux qu'il inviterait tous les gens connus dans la société parisienne à contempler, chez lui, un soir, l'œuvre magistrale du maître étranger, afin qu'on ne pût pas dire qu'il avait séquestré une œuvre d'art.

Sa maison serait ouverte. Y viendrait qui voudrait. Il suffirait de montrer à la porte la lettre de convocation.

Elle était rédigée ainsi : « Monsieur et Madame Walter vous prient de leur faire l'honneur de venir voir chez eux, le trente décembre, de neuf heures à minuit, la toile de Karl Marcowitch : *Jésus marchant sur les flots* éclairée à la lumière électrique. »

Puis, en post-scriptum, en toutes petites lettres, on pouvait lire : « On dansera après minuit. »

1. Maupassant déguise ici le nom d'un peintre hongrois établi à Paris très en vogue à l'époque, Mihaly Munkacsy (1844-1900), qui a peint en 1884 un *Christ devant Pilate*.

Donc, ceux qui voudraient rester resteraient, et parmi ceux-là les Walter recruteraient leurs connaissances du lendemain.

Les autres regarderaient la toile, l'hôtel et les propriétaires, avec une curiosité mondaine, insolente ou indifférente, puis s'en iraient comme ils étaient venus. Et le père Walter savait bien qu'ils reviendraient, plus tard, comme ils étaient allés chez ses frères israélites devenus riches comme lui.

Il fallait d'abord qu'ils entrassent dans sa maison, tous les pannés[1] titrés qu'on cite dans les feuilles ; et ils y entreraient pour voir la figure d'un homme qui a gagné cinquante millions en six semaines ; ils y entreraient aussi pour voir et compter ceux qui viendraient là ; ils y entreraient encore parce qu'il avait eu le bon goût et l'adresse de les appeler à admirer un tableau chrétien chez lui, fils d'Israël.

Il semblait leur dire : « Voyez, j'ai payé cinq cent mille francs le chef-d'œuvre religieux de Marcowitch : *Jésus marchant sur les flots.* Et ce chef-d'œuvre demeurera chez moi, sous mes yeux, toujours, dans la maison du juif Walter. »

Dans le monde, dans le monde des duchesses et du Jockey[2], on avait beaucoup discuté cette invitation qui n'engageait à rien, en somme. On irait là comme on allait voir des aquarelles chez M. Petit[3]. Les Walter possédaient un chef-d'œuvre ; ils ouvraient leurs portes un soir pour que tout le monde pût l'admirer. Rien de mieux.

La Vie française, depuis quinze jours, faisait chaque matin un écho sur cette soirée du trente décembre et s'efforçait d'allumer la curiosité publique.

Du Roy rageait du triomphe du Patron.

Il s'était cru riche avec les cinq cent mille francs extorqués à sa femme, et maintenant il se jugeait pauvre, affreusement pauvre, en comparant sa piètre fortune à la pluie de millions tombée autour de lui, sans qu'il eût su en rien ramasser.

1. **Pannés** : sans le sou, les « fauchés », dans l'argot de l'époque.
2. **Jockey** : club parisien très élitiste et aristocratique.
3. Georges Petit (1856-1920) était un célèbre galeriste, l'un des principaux promoteurs des impressionnistes.

Sa colère envieuse augmentait chaque jour. Il en voulait à tout le monde, aux Walter qu'il n'avait plus été voir chez eux, à sa femme qui, trompée par Laroche, lui avait déconseillé de prendre des fonds marocains, et il en voulait surtout au ministre qui l'avait joué, qui s'était servi de lui et qui dînait à sa table deux fois par semaine. Georges lui servait de secrétaire, d'agent, de porte-plume, et quand il écrivait sous sa dictée, il se sentait des envies folles d'étrangler ce bellâtre triomphant. Comme ministre, Laroche avait le succès modeste, et pour garder son portefeuille, il ne laissait point deviner qu'il était gonflé d'or. Mais Du Roy le sentait, cet or, dans la parole plus hautaine de l'avocat parvenu, dans son geste plus insolent, dans ses affirmations plus hardies, dans sa confiance en lui complète.

Laroche régnait, maintenant, dans la maison Du Roy, ayant pris la place et les jours du comte de Vaudrec, et parlant aux domestiques ainsi qu'aurait fait un second maître.

Georges le tolérait en frémissant, comme un chien qui veut mordre, et n'ose pas. Mais il était souvent dur et brutal pour Madeleine, qui haussait les épaules et le traitait en enfant maladroit. Elle s'étonnait d'ailleurs de sa constante mauvaise humeur, et répétait: «Je ne te comprends pas. Tu es toujours à te plaindre. Ta position est pourtant superbe.»

Il tournait le dos et ne répondait rien.

Il avait déclaré d'abord qu'il n'irait point à la fête du patron, et qu'il ne voulait plus mettre les pieds chez ce sale juif.

Depuis deux mois, Mme Walter lui écrivait chaque jour pour le supplier de venir, de lui donner un rendez-vous où il lui plairait, afin qu'elle lui remît, disait-elle, les soixante-dix mille francs qu'elle avait gagnés pour lui.

Il ne répondait pas et jetait au feu ces lettres désespérées. Non point qu'il eût renoncé à recevoir sa part de leur bénéfice, mais il voulait l'affoler, la traiter par le mépris, la fouler aux pieds. Elle était trop riche! Il voulait se montrer fier.

Le jour même de l'exposition du tableau, comme Madeleine lui représentait qu'il avait grand tort de n'y vouloir pas aller, il répondit:

«Fiche-moi la paix. Je reste chez moi.»

Puis, après le dîner, il déclara tout à coup :

« Il vaut tout de même mieux subir cette corvée. Prépare-toi vite. »

Elle s'y attendait.

« Je serai prête dans un quart d'heure », dit-elle.

Il s'habilla en grognant, et même dans le fiacre il continua à expectorer sa bile.

La cour d'honneur de l'hôtel de Carlsbourg était illuminée par quatre globes électriques qui avaient l'air de quatre petites lunes bleuâtres, aux quatre coins. Un magnifique tapis descendait les degrés du haut perron et, sur chacun, un homme en livrée restait roide comme une statue.

Du Roy murmura : « En voilà de l'épate. » Il levait les épaules, le cœur crispé de jalousie.

Sa femme lui dit : « Tais-toi donc et fais-en autant. »

Ils entrèrent et remirent leurs lourds vêtements de sortie aux valets de pied qui s'avancèrent.

Plusieurs femmes étaient là avec leurs maris, se débarrassaient aussi de leurs fourrures. On entendait murmurer : « C'est fort beau ! fort beau ! »

Le vestibule énorme était tendu de tapisseries qui représentaient l'aventure de Mars et de Vénus. À droite et à gauche partaient les deux bras d'un escalier monumental, qui se rejoignaient au premier étage. La rampe était une merveille de fer forgé, dont la vieille dorure éteinte faisait courir une lueur discrète le long des marches de marbre rouge.

À l'entrée des salons, deux petites filles, habillées l'une en folie[1] rose, et l'autre en folie bleue, offraient des bouquets aux dames. On trouvait cela charmant.

Il y avait déjà foule dans les salons.

La plupart des femmes étaient en toilette de ville pour bien indiquer qu'elles venaient là comme elles allaient à toutes les expositions particulières. Celles qui comptaient rester au bal avaient les bras et la gorge nus.

---

1. **Folie** : personnage allégorique représentant l'extravagance, la gaieté.

Mme Walter, entourée d'amies, se tenait dans la seconde pièce, et répondait aux saluts des visiteurs. Beaucoup ne la connaissaient point et se promenaient comme dans un musée, sans s'occuper des maîtres du logis.

Quand elle aperçut Du Roy, elle devint livide et fit un mouvement pour aller à lui. Puis elle demeura immobile, l'attendant. Il la salua avec cérémonie, tandis que Madeleine l'accablait de tendresse et de compliments. Alors Georges laissa sa femme auprès de la Patronne ; et il se perdit au milieu du public pour écouter les choses malveillantes qu'on devait dire, assurément.

Cinq salons se suivaient, tendus d'étoffes précieuses, de broderies italiennes ou de tapis d'Orient de nuances et de styles différents, et portant sur leurs murailles des tableaux de maîtres anciens. On s'arrêtait surtout pour admirer une petite pièce Louis XVI, une sorte de boudoir tout capitonné en soie à bouquets roses sur un fond bleu pâle. Les meubles bas, en bois doré, couverts d'étoffe pareille à celle des murs, étaient d'une admirable finesse.

Georges reconnaissait des gens célèbres, la duchesse de Ferracine, le comte et la comtesse de Ravenel, le général prince d'Andremont, la toute belle marquise des Dunes, puis tous ceux et toutes celles qu'on voit aux premières représentations.

On le saisit par le bras et une voix jeune, une voix heureuse lui murmura dans l'oreille : « Ah ! vous voilà enfin, méchant Bel-Ami. Pourquoi ne vous voit-on plus ? »

C'était Suzanne Walter le regardant avec ses yeux d'émail fin, sous le nuage frisé de ses cheveux blonds.

Il fut enchanté de la revoir et lui serra franchement la main. Puis s'excusant : « Je n'ai pu. J'ai eu tant à faire, depuis deux mois, que je ne suis pas sorti. »

Elle reprit d'un air sérieux : « C'est mal, très mal, très mal. Vous nous faites beaucoup de peine, car nous vous adorons, maman et moi. Quant à moi, je ne puis me passer de vous. Si vous n'êtes pas là je m'ennuie à mourir. Vous voyez que je vous le dis carrément pour que vous n'ayez plus le droit de disparaître comme ça. Donnez-moi le bras, je vais vous montrer moi-même *Jésus marchant sur les flots*, c'est au fond, derrière la serre. Papa l'a mis là-bas afin qu'on soit obligé de passer partout. C'est étonnant comme il fait le paon, papa, avec cet hôtel. »

Ils allaient doucement à travers la foule. On se retournait pour regarder ce beau garçon et cette ravissante poupée.

Un peintre connu prononça : « Tiens ! Voilà un joli couple. Il est amusant comme tout. »

Georges pensait : « Si j'avais été vraiment fort, c'est celle-là que j'aurais épousée. C'était possible, pourtant. Comment n'y ai-je pas songé ? Comment me suis-je laissé aller à prendre l'autre ? Quelle folie ! On agit toujours trop vite, on ne réfléchit jamais assez. »

Et l'envie, l'envie amère, lui tombait dans l'âme goutte à goutte, comme un fiel qui corrompait toutes ses joies, rendait odieuse son existence.

Suzanne disait : « Oh ! venez souvent, Bel-Ami, nous ferons des folies maintenant que papa est si riche. Nous nous amuserons comme des toqués. »

Il répondit, suivant toujours son idée : « Oh ! vous allez vous marier maintenant. Vous épouserez quelque beau prince, un peu ruiné, et nous ne nous verrons plus guère. »

Elle s'écria avec franchise : « Oh ! non, pas encore, je veux quelqu'un qui me plaise, qui me plaise beaucoup, qui me plaise tout à fait. Je suis assez riche pour deux. »

Il souriait d'un sourire ironique et hautain et il se mit à lui nommer les gens qui passaient, des gens très nobles, qui avaient vendu leurs titres rouillés à des filles de financiers comme elle, et qui vivaient maintenant près ou loin de leurs femmes, mais libres, impudents, connus et respectés.

Il conclut : « Je ne vous donne pas six mois pour vous laisser prendre à cet appât-là. Vous serez madame la Marquise, madame la Duchesse ou madame la Princesse, et vous me regarderez de très haut, mam'zelle. »

Elle s'indignait, lui tapait sur le bras avec son éventail, jurait qu'elle ne se marierait que selon son cœur.

Il ricanait : « Nous verrons bien, vous êtes trop riche. »

Elle lui dit : « Mais vous aussi, vous avez eu un héritage. »

Il fit un « Oh ! » de pitié : « Parlons-en. À peine vingt mille livres de rentes. Ce n'est pas lourd par le temps présent.

– Mais votre femme a hérité également.

– Oui. Un million à nous deux. Quarante mille de revenu. Nous ne pouvons même pas avoir une voiture à nous avec ça. »

Ils arrivaient au dernier salon, et, en face d'eux s'ouvrait la serre [1], un large jardin d'hiver plein de grands arbres des pays chauds abritant des massifs de fleurs rares. En entrant sous cette verdure sombre où la lumière glissait comme une ondée d'argent, on respirait la fraîcheur tiède de la terre humide et un souffle lourd de parfums. C'était une étrange sensation douce, malsaine et charmante, de nature factice, énervante et molle. On marchait sur des tapis tout pareils à de la mousse entre deux épais massifs d'arbustes. Soudain Du Roy aperçut à sa gauche, sous un large dôme de palmiers, un vaste bassin de marbre blanc où l'on aurait pu se baigner et sur les bords duquel quatre grands cygnes en faïence de Delft laissaient tomber l'eau de leurs becs entrouverts.

Le fond du bassin était sablé de poudre d'or et l'on voyait nager dedans quelques énormes poissons rouges, bizarres monstres chinois aux yeux saillants, aux écailles bordées de bleu, sortes de mandarins des ondes qui rappelaient, errants et suspendus ainsi sur ce fond d'or, les étranges broderies de là-bas.

Le journaliste s'arrêta le cœur battant. Il se disait :

« Voilà, voilà du luxe. Voilà les maisons où il faut vivre. D'autres y sont parvenus. Pourquoi n'y arriverais-je point ? » Il songeait aux moyens, n'en trouvait pas sur-le-champ, et s'irritait de son impuissance.

Sa compagne ne parlait plus, un peu songeuse. Il la regarda de côté et il pensa encore une fois : « Il suffisait pourtant d'épouser cette petite marionnette de chair. »

---

1. La serre, à la mode depuis le Second Empire, est dans les demeures de l'époque un signe de luxe.

Mais Suzanne tout d'un coup parut se réveiller: « Attention », dit-elle. Elle poussa Georges à travers un groupe qui barrait leur chemin, et le fit brusquement tourner à droite.

Au milieu d'un bosquet de plantes singulières qui tendaient en l'air leurs feuilles tremblantes, ouvertes comme des mains aux doigts minces, on apercevait un homme immobile, debout sur la mer.

L'effet était surprenant. Le tableau, dont les côtés se trouvaient cachés dans les verdures mobiles, semblait un trou noir sur un lointain fantastique et saisissant.

Il fallait bien regarder pour comprendre. Le cadre coupait le milieu de la barque où se trouvaient les apôtres à peine éclairés par les rayons obliques d'une lanterne, dont l'un d'eux, assis sur le bordage, projetait toute la lumière sur Jésus qui s'en venait.

Le Christ avançait le pied sur une vague qu'on voyait se creuser, soumise, aplanie, caressante sous le pas divin qui la foulait. Tout était sombre autour de l'Homme-Dieu. Seules les étoiles brillaient au ciel.

Les figures des apôtres, dans la lueur vague du fanal porté par celui qui montrait le Seigneur, paraissaient convulsées par la surprise.

C'était bien là l'œuvre puissante et inattendue d'un maître, une de ces œuvres qui bouleversent la pensée et vous laissent du rêve pour des années.

Les gens qui regardaient cela demeuraient d'abord silencieux, puis s'en allaient, songeurs, et ne parlaient qu'ensuite de la valeur de la peinture.

Du Roy, l'ayant contemplée quelque temps, déclara: « C'est chic de pouvoir se payer ces bibelots-là. »

Mais, comme on le heurtait, en le poussant pour voir, il repartit gardant toujours sous son bras la petite main de Suzanne qu'il serrait un peu.

Elle lui demanda: « Voulez-vous boire un verre de champagne ? Allons au buffet. Nous y trouverons papa. »

Et ils retraversèrent lentement tous les salons où la foule grossissait, houleuse, chez elle, une foule élégante de fête publique.

Georges soudain crut entendre une voix prononcer :

« C'est Laroche et Mme Du Roy. » Ces paroles lui effleurèrent l'oreille comme ces bruits lointains qui courent dans le vent. D'où venaient-elles ?

Il chercha de tous les côtés, et il aperçut en effet sa femme qui passait, au bras du ministre. Ils causaient tout bas d'une façon intime en souriant, les yeux dans les yeux.

Il s'imagina remarquer qu'on chuchotait en les regardant, et il sentit en lui une envie brutale et stupide de sauter sur ces deux êtres et de les assommer à coups de poing.

Elle le rendait ridicule. Il pensa à Forestier. On disait peut-être : « Ce cocu de Du Roy. » Qui était-elle ? une petite parvenue assez adroite, mais sans grands moyens, en vérité. On venait chez lui parce qu'on le redoutait, parce qu'on le sentait fort, mais on devait parler sans gêne de ce petit ménage de journalistes. Jamais il n'irait loin avec cette femme qui faisait sa maison toujours suspecte, qui se compromettait toujours, dont l'allure dénonçait l'intrigante. Elle serait maintenant un boulet à son pied. Ah ! s'il avait deviné, s'il avait su ! Comme il aurait joué un jeu plus large, plus fort ! Quelle belle partie il aurait pu gagner avec la petite Suzanne pour enjeu. Comment avait-il été assez aveugle pour ne pas comprendre ça ?

Ils arrivaient à la salle à manger, une immense pièce à colonnes de marbre, aux murs tendus de vieux Gobelins[1].

Walter aperçut son chroniqueur et s'élança pour lui prendre les mains. Il était ivre de joie : « Avez-vous tout vu ? Dis, Suzanne, lui as-tu tout montré ? Que de monde, n'est-ce pas, Bel-Ami ? Avez-vous vu le prince de Guerche ? Il est venu boire un verre de punch, tout à l'heure. »

Puis il s'élança vers le sénateur Rissolin qui traînait sa femme étourdie et ornée comme une boutique foraine.

Un monsieur saluait Suzanne, un grand garçon mince, à favoris blonds, un peu chauve, avec cet air mondain qu'on reconnaît partout.

---

1. Gobelins : tapisseries provenant de la manufacture des Gobelins, datant du XVIIe siècle, et de très grande valeur.

Georges l'entendit nommer : le marquis de Cazolles, et il fut brusquement jaloux de cet homme. Depuis quand le connaissait-elle ? Depuis sa fortune sans doute ? Il devinait un prétendant.

On le prit par le bras. C'était Norbert de Varenne. Le vieux poète promenait ses cheveux gras et son habit fatigué d'un air indifférent et las.

« Voilà ce qu'on appelle s'amuser, dit-il. Tout à l'heure on dansera ; et puis on se couchera ; et les petites filles seront contentes. Prenez du champagne, il est excellent. »

Il se fit emplir un verre et, saluant Du Roy qui en avait pris un autre : « Je bois à la revanche de l'esprit sur les millions. »

Puis il ajouta, d'une voix douce : « Non pas qu'ils me gênent chez les autres ou que je leur en veuille. Mais je proteste par principe. »

Georges ne l'écoutait plus. Il cherchait Suzanne qui venait de disparaître avec le marquis de Cazolles, et quittant brusquement Norbert de Varenne, il se mit à la poursuite de la jeune fille.

Une cohue épaisse qui voulait boire l'arrêta net. Comme il l'avait enfin franchie, il se trouva nez à nez avec le ménage de Marelle.

Il voyait toujours la femme ; mais il n'avait pas rencontré depuis longtemps le mari, qui lui saisit les deux mains :

« Que je vous remercie, mon cher, du conseil que vous m'avez fait donner par Clotilde. J'ai gagné près de cent mille francs avec l'emprunt marocain. C'est à vous que je les dois. On peut dire que vous êtes un ami précieux. »

Des hommes se retournaient pour regarder cette brunette élégante et jolie. Du Roy répondit : « En échange de ce service, mon cher, je prends votre femme, ou plutôt je lui offre mon bras. Il faut toujours séparer les époux. »

M. de Marelle s'inclina : « C'est juste. Si je vous perds, nous nous retrouverons ici dans une heure.

– Parfaitement. »

Et les deux jeunes gens s'enfoncèrent dans la foule, suivis par le mari. Clotilde répétait : « Quels veinards que ces Walter. Ce que c'est tout de même que d'avoir l'intelligence des affaires. »

Georges répondit : « Bah ! les hommes forts arrivent toujours, soit par un moyen, soit par un autre. »

Elle reprit : « Voilà deux filles qui auront de vingt à trente millions chacune. Sans compter que Suzanne est jolie. »

Il ne dit rien. Sa propre pensée sortie d'une autre bouche l'irritait.

Elle n'avait pas encore vu *Jésus marchant sur les flots*. Il proposa de l'y conduire. Ils s'amusaient à dire du mal des gens, à se moquer des figures inconnues. Saint-Potin passa près d'eux, portant sur le revers de son habit des décorations nombreuses, ce qui les amusa beaucoup. Un ancien ambassadeur, venant derrière, montrait une brochette moins garnie.

Du Roy déclara : « Quelle salade de société ! »

Boisrenard, qui lui serra la main, avait aussi orné sa boutonnière du ruban vert et jaune sorti le jour du duel.

La vicomtesse de Percemur, énorme et parée, causait avec un duc dans le petit boudoir Louis XVI.

Georges murmura : « Un tête-à-tête galant. » Mais en traversant la serre, il revit sa femme assise près de Laroche-Mathieu, presque cachés tous deux derrière un bouquet de plantes. Ils semblaient dire : « Nous nous sommes donné un rendez-vous ici, un rendez-vous public. Car nous nous fichons de l'opinion. »

Mme de Marelle reconnut que ce Jésus de Karl Marcowitch était très étonnant ; et ils revinrent. Ils avaient perdu le mari.

Il demanda : « Et Laurine, est-ce qu'elle m'en veut toujours ?

– Oui, toujours autant. Elle refuse de te voir et s'en va quand on parle de toi. »

Il ne répondit rien. L'inimitié subite de cette fillette le chagrinait et lui pesait.

Suzanne les saisit au détour d'une porte, criant :

« Ah ! vous voilà ! Eh bien, Bel-Ami, vous allez rester seul. J'enlève la belle Clotilde pour lui montrer ma chambre. »

Et les deux femmes s'en allèrent, d'un pas pressé, glissant à travers le monde, de ce mouvement onduleux, de ce mouvement de couleuvre qu'elles savent prendre dans les foules.

Presque aussitôt une voix murmura « Georges ». C'était Mme Walter. Elle reprit très bas : « Oh ! que vous êtes férocement cruel ! Que vous me faites souffrir inutilement. J'ai chargé Suzette d'emmener celle qui vous accompagnait afin de pouvoir vous dire un mot. Écoutez, il faut… il faut que je vous parle ce soir… ou bien… ou bien… vous ne savez pas ce que je ferai. Allez dans la serre. Vous y trouverez une porte à gauche et vous sortirez dans le jardin. Suivez l'allée qui est en face. Tout au bout vous verrez une tonnelle, Attendez-moi là dans dix minutes. Si vous ne voulez pas, je vous jure que je fais un scandale, ici, tout de suite ! »

Il répondit avec hauteur :

« Soit. Je serai dans dix minutes à l'endroit que vous m'indiquez. »

Et ils se séparèrent. Mais Jacques Rival faillit le mettre en retard. Il l'avait pris par le bras et lui racontait un tas de choses avec l'air très exalté. Il venait sans doute du buffet. Enfin Du Roy le laissa aux mains de M. de Marelle retrouvé entre deux portes, et il s'enfuit. Il lui fallut encore prendre garde de n'être pas vu par sa femme et par Laroche. Il y parvint, car ils semblaient fort animés, et il se trouva dans le jardin.

L'air froid le saisit comme un bain de glace. Il pensa : « Cristi, je vais attraper un rhume », et il mit son mouchoir à son cou en manière de cravate. Puis il suivit à pas lents l'allée, y voyant mal au sortir de la grande lumière des salons.

Il distinguait à sa droite et à sa gauche des arbustes sans feuilles dont les branches menues frémissaient. Des lueurs grises passaient dans ces ramures, des lueurs venues des fenêtres de l'hôtel. Il aperçut quelque chose de blanc, au milieu du chemin, devant lui, et Mme Walter, les bras nus, la gorge nue, balbutia d'une voix frémissante :

« Ah ! te voilà ? tu veux donc me tuer ? »

Il répondit tranquillement : « Je t'en prie, pas de drame, n'est-ce pas, ou je fiche le camp tout de suite. »

Elle l'avait saisi par le cou, et, les lèvres tout près des lèvres, elle disait : « Mais qu'est-ce que je t'ai fait ? Tu te conduis avec moi comme un misérable ! Qu'est-ce que je t'ai fait ? »

Il essayait de la repousser : « Tu as entortillé tes cheveux à tous mes boutons la dernière fois que je t'ai vue, et ça a failli amener une rupture entre ma femme et moi. »

Elle demeura surprise, puis, faisant « non » de la tête : « Oh ! ta femme s'en moque bien. C'est quelqu'une de tes maîtresses qui t'aura fait une scène.

– Je n'ai pas de maîtresses.

– Tais-toi donc ! Mais pourquoi ne viens-tu plus même me voir ? Pourquoi refuses-tu de dîner, rien qu'un jour par semaine, avec moi ? C'est atroce ce que je souffre ; je t'aime à n'avoir plus une pensée qui ne soit pour toi, à ne pouvoir rien regarder sans te voir devant mes yeux, à ne plus oser prononcer un mot sans avoir peur de dire ton nom ! Tu ne comprends pas ça, toi ! Il me semble que je suis prise dans des griffes, nouée dans un sac, je ne sais pas. Ton souvenir, toujours présent, me serre la gorge, me déchire quelque chose là, dans la poitrine, sous le sein, me casse les jambes à ne plus me laisser la force de marcher. Et je reste comme une bête, toute la journée, sur une chaise, en pensant à toi. »

Il la regardait avec étonnement. Ce n'était plus la grosse gamine folâtre qu'il avait connue, mais une femme éperdue, désespérée, capable de tout.

Un projet vague, cependant, naissait dans son esprit. Il répondit : « Ma chère, l'amour n'est pas éternel. On se prend et on se quitte. Mais quand ça dure comme entre nous ça devient un boulet horrible. Je n'en veux plus. Voilà la vérité. Cependant, si tu sais devenir raisonnable, me recevoir et me traiter ainsi qu'un ami, je reviendrai comme autrefois. Te sens-tu capable de ça ? »

Elle posa ses deux bras nus sur l'habit noir de Georges et murmura : « Je suis capable de tout pour te voir.

– Alors c'est convenu, dit-il, nous sommes amis, rien de plus. »

Elle balbutia : « C'est convenu. » Puis tendant ses lèvres vers lui : « Encore un baiser… le dernier. »

Il refusa doucement : « Non. Il faut tenir nos conventions. »

Elle se détourna en essuyant deux larmes, puis tirant de son corsage un paquet de papiers noués avec un ruban de soie rose elle l'offrit à Du Roy: «Tiens. C'est ta part de bénéfice dans l'affaire du Maroc. J'étais si contente d'avoir gagné cela pour toi. Tiens, prends-le donc… »

Il voulait refuser: «Non, je ne recevrai point cet argent! »

Alors elle se révolta: «Ah tu ne me feras pas ça, maintenant! Il est à toi, rien qu'à toi. Si tu ne le prends point, je le jetterai dans un égout. Tu ne me feras pas cela, Georges? »

Il reçut le petit paquet et le glissa dans sa poche.

« Il faut rentrer, dit-il, tu vas attraper une fluxion de poitrine. »

Elle murmura: « Tant mieux! si je pouvais mourir. »

Elle lui prit une main, la baisa avec passion, avec rage, avec désespoir, et elle se sauva vers l'hôtel.

Il revint doucement, en réfléchissant. Puis il rentra dans la serre, le front hautain, la lèvre souriante.

Sa femme et Laroche n'étaient plus là. La foule diminuait. Il devenait évident qu'on ne resterait pas au bal. Il aperçut Suzanne qui tenait le bras de sa sœur. Elles vinrent vers lui toutes les deux pour lui demander de danser le premier quadrille avec le comte de Latour-Yvelin.

Il s'étonna.

« Qu'est-ce encore que celui-là? »

Suzanne répondit avec malice:

« C'est un nouvel ami de ma sœur. »

Rose rougit et murmura:

« Tu es méchante, Suzette, ce monsieur n'est pas plus mon ami que le tien. »

L'autre souriait: «Je m'entends. »

Rose, fâchée, leur tourna le dos et s'éloigna.

Du Roy prit familièrement le coude de la jeune fille restée près de lui, et de sa voix caressante: «Écoutez, ma chère petite, me croyez-vous bien votre ami?

– Mais oui, Bel-Ami.

– Vous avez confiance en moi?

– Tout à fait.

– Vous vous rappelez ce que je vous disais tantôt?

– À propos de quoi ?

– À propos de votre mariage, ou plutôt de l'homme que vous épouserez.

– Oui.

– Eh bien ! voulez-vous me promettre une chose.

– Oui, mais quoi ?

– C'est de me consulter toutes les fois qu'on demandera votre main, et de n'accepter personne sans avoir pris mon avis.

– Oui, je veux bien.

– Et c'est un secret entre nous deux. Pas un mot de ça à votre père ni à votre mère.

– Pas un mot.

– C'est juré ?

– C'est juré. »

Rival arrivait, l'air affairé :

« Mademoiselle, votre papa vous demande pour le bal. »

Elle dit : « Allons, Bel-Ami. »

Mais il refusa, décidé à partir tout de suite, voulant être seul pour penser. Trop de choses nouvelles venaient de pénétrer dans son esprit et il se mit à chercher sa femme. Au bout de quelque temps il l'aperçut qui buvait du chocolat, au buffet, avec deux messieurs inconnus. Elle leur présenta son mari, sans les nommer à lui.

Après quelques instants il demanda :

« Partons-nous ?

– Quand tu voudras. »

Elle prit son bras et ils retraversèrent les salons où le public devenait rare.

Elle demanda : « Où est la Patronne ? je voudrais lui dire adieu.

– C'est inutile. Elle essayerait de nous garder au bal et j'en ai assez.

– C'est vrai, tu as raison. »

Tout le long de la route ils furent silencieux. Mais aussitôt rentrés en leur chambre, Madeleine souriante lui dit, sans même ôter son voile :

« Tu ne sais pas, j'ai une surprise pour toi. »

Il grogna avec mauvaise humeur :

« Quoi donc ?

– Devine.

– Je ne ferai pas cet effort.

– Eh bien ! c'est après-demain le premier janvier.

– Oui.

– C'est le moment des étrennes.

– Oui.

– Voici les tiennes, que Laroche m'a remises tout à l'heure. »

Elle lui présenta une petite boîte noire qui semblait un écrin à bijoux.

Il l'ouvrit avec indifférence et aperçut la croix de la Légion d'honneur[1].

Il devint un peu pâle, puis il sourit et déclara : « J'aurais préféré dix millions. Cela ne lui coûte pas cher. »

Elle s'attendait à un transport de joie, et elle fut irritée de cette froideur.

« Tu es vraiment incroyable. Rien ne te satisfait maintenant. »

Il répondit tranquillement : « Cet homme ne fait que payer sa dette. Et il me doit encore beaucoup. »

Elle fut étonnée de son accent, et reprit : « C'est pourtant beau, à ton âge. »

Il déclara : « Tout est relatif. Je pourrais avoir davantage, aujourd'hui. »

Il avait pris l'écrin, il le posa tout ouvert sur la cheminée, considéra quelques instants l'étoile brillante couchée dedans. Puis il le referma, et se mit au lit en haussant les épaules.

L'*Officiel* du 1er janvier annonça, en effet, la nomination de M. Prosper-Georges Du Roy, publiciste[2], au grade de chevalier de la Légion d'honneur, pour services exceptionnels.

Le nom était écrit en deux mots, ce qui fit à Georges plus de plaisir que la décoration même.

---

1. Maupassant refusera la croix de la Légion d'honneur en 1888.
2. **Publiciste** : journaliste.

Une heure après avoir lu cette nouvelle devenue publique, il reçut un mot de la Patronne qui le suppliait de venir dîner chez elle, le soir même, avec sa femme, pour fêter cette distinction. Il hésita quelques minutes, puis jetant au feu ce billet écrit en termes ambigus, il dit à Madeleine :

« Nous dînerons ce soir chez les Walter. »

Elle fut étonnée. « Tiens ! mais je croyais que tu ne voulais plus y mettre les pieds ? »

Il murmura seulement : « J'ai changé d'avis. »

Quand ils arrivèrent, la Patronne était seule dans le petit boudoir Louis XVI adopté pour ses réceptions intimes. Vêtue de noir, elle avait poudré ses cheveux, ce qui la rendait charmante. Elle avait l'air, de loin, d'une vieille, de près d'une jeune, et, quand on la regardait bien, d'un joli piège pour les yeux.

« Vous êtes en deuil ? » demanda Madeleine.

Elle répondit tristement : « Oui et non. Je n'ai perdu personne des miens. Mais je suis arrivée à l'âge où on fait le deuil de sa vie. Je le porte aujourd'hui, pour l'inaugurer. Désormais je le porterai dans mon cœur. »

Du Roy pensa : « Ça tiendra-t-il, cette résolution-là ? »

Le dîner fut un peu morne. Seule Suzanne bavardait sans cesse. Rose semblait préoccupée. On félicita beaucoup le journaliste.

Le soir on s'en alla, errant et causant, par les salons et par la serre. Comme Du Roy marchait derrière, avec la patronne, elle le retint par le bras.

« Écoutez, dit-elle à voix basse… Je ne vous parlerai plus de rien, jamais. Mais venez me voir, Georges. Vous voyez que je ne vous tutoie plus. Il m'est impossible de vivre sans vous, impossible. C'est une torture inimaginable. Je vous sens, je vous garde dans mes yeux, dans mon cœur et dans ma chair tout le jour et toute la nuit. C'est comme si vous m'aviez fait boire un poison qui me rongerait en dedans. Je ne puis pas. Non. Je ne puis pas. Je veux bien n'être pour vous qu'une vieille femme. Je me suis mise en cheveux blancs pour vous le montrer, mais venez ici, venez de temps en temps, en ami. »

Elle lui avait pris la main et elle la serrait, la broyait, enfonçant ses ongles dans sa chair.

Il répondit avec calme : « C'est entendu. Il est inutile de reparler de ça. Vous voyez bien que je suis venu aujourd'hui, tout de suite, sur votre lettre. »

Walter, qui allait devant avec ses deux filles et Madeleine, attendit Du Roy auprès de *Jésus marchant sur les flots.* « Figurez-vous, dit-il en riant, que j'ai trouvé hier ma femme à genoux devant ce tableau comme dans une chapelle. Elle faisait là ses dévotions. Ce que j'ai ri ! »

Mme Walter répliqua d'une voix ferme, d'une voix où vibrait une exaltation secrète : « C'est ce Christ-là qui sauvera mon âme. Il me donne du courage et de la force toutes les fois que je le regarde. »

Et, s'arrêtant en face du Dieu debout sur la mer, elle murmura : « Comme il est beau ! Comme ils en ont peur et comme ils l'aiment, ces hommes ! Regardez donc sa tête, ses yeux, comme il est simple et surnaturel en même temps ! »

Suzanne s'écria : « Mais il vous ressemble, Bel-Ami. Je suis sûr qu'il vous ressemble. Si vous aviez des favoris, ou bien s'il était rasé, vous seriez tout pareils tous les deux. Oh ! mais c'est frappant ! »

Elle voulut qu'il se mît debout à côté du tableau ; et tout le monde reconnut en effet que les deux figures se ressemblaient !

Chacun s'étonna. Walter trouva la chose bien singulière. Madeleine, en souriant, déclara que Jésus avait l'air plus viril.

Mme Walter demeurait immobile, contemplant d'un œil fixe le visage de son amant à côté du visage du Christ, et elle était devenue aussi blanche que ses cheveux blancs.

Chapitre 8

Pendant le reste de l'hiver, les Du Roy allèrent souvent chez les Walter. Georges même y dînait seul à tout instant, Madeleine se disant fatiguée et préférant rester chez elle.

Il avait adopté le vendredi comme jour fixe, et la Patronne n'invitait jamais personne ce soir-là ; il appartenait à Bel-Ami, rien qu'à lui. Après dîner, on jouait aux cartes, on donnait à manger aux poissons chinois, on vivait et on s'amusait en famille. Plusieurs fois, derrière une porte, derrière un massif de la serre, dans un coin sombre, Mme Walter avait saisi brusquement dans ses bras le jeune homme, et, le serrant de toute sa force sur sa poitrine, lui avait jeté dans l'oreille : « Je t'aime !... je t'aime !... je t'aime à en mourir ! » Mais toujours il l'avait repoussée froidement, en répondant d'un ton sec : « Si vous recommencez, je ne viendrai plus ici. »

Vers la fin de mars, on parla tout à coup du mariage des deux sœurs. Rose devait épouser, disait-on, le comte de Latour-Yvelin, et Suzanne le marquis de Cazolles. Ces deux hommes étaient devenus des familiers de la maison, de ces familiers à qui on accorde des faveurs spéciales, des prérogatives sensibles.

Georges et Suzanne vivaient dans une sorte d'intimité fraternelle et libre, bavardaient pendant des heures, se moquaient ensemble de tout le monde et semblaient se plaire beaucoup ensemble.

Jamais ils n'avaient reparlé du mariage possible de la jeune fille, ni des prétendants qui se présentaient.

Comme le Patron avait emmené Du Roy pour déjeuner, un matin, Mme Walter, après le repas, fut appelée pour répondre à un fournisseur. Et Georges dit à Suzanne : « Allons donner du pain aux poissons rouges. »

Ils prirent chacun sur la table un gros morceau de mie et s'en allèrent dans la serre.

Tout le long de la vasque de marbre on laissait par terre des coussins afin qu'on pût se mettre à genoux autour du bassin, pour être plus près des bêtes nageantes. Les jeunes gens en prirent chacun un, côte à côte, et, penchés vers l'eau, commencèrent à jeter dedans des boulettes qu'ils roulaient entre leurs doigts. Les poissons, dès qu'ils les aperçurent, s'en vinrent, en remuant la queue, battant des nageoires, roulant leurs gros yeux saillants, tournant sur eux-mêmes, plongeant pour attraper la proie ronde qui s'enfonçait, et remontant aussitôt pour en demander une autre.

Ils avaient des mouvements drôles de la bouche, des élans brusques et rapides, une allure étrange de petits monstres ; et sur le sable d'or du fond ils se détachaient en rouge ardent, passant comme des flammes dans l'onde transparente, ou montrant, aussitôt qu'ils s'arrêtaient, le filet bleu qui bordait leurs écailles.

Georges et Suzanne voyaient leurs propres figures renversées dans l'eau, et ils souriaient à leurs images.

Tout à coup, il dit à voix basse : « Ce n'est pas bien de me faire des cachotteries, Suzanne. »

Elle demanda : « Quoi donc, Bel-Ami ?

– Vous ne vous rappelez pas ce que vous m'avez promis, ici même, le soir de la fête ?

– Mais non.

– De me consulter toutes les fois qu'on demanderait votre main.

– Eh bien ?

– Eh bien, on l'a demandée.

– Qui ça ?

– Vous le savez bien.

– Non. Je vous le jure.

– Si, vous le savez ! Ce grand fat de marquis de Cazolles.

– Il n'est pas fat, d'abord.

– C'est possible ; mais il est stupide, ruiné par le jeu et usé par la noce. C'est vraiment un joli parti pour vous, si jolie, si fraîche, et si intelligente. »

Elle demanda, en souriant : « Qu'est-ce que vous avez contre lui ?

– Moi ? Rien.

– Mais si. Il n'est pas tout ce que vous dites.

– Allons donc. C'est un sot et un intrigant. »

Elle se tourna un peu, cessant de regarder dans l'eau :

« Voyons, qu'est-ce que vous avez ? »

Il prononça, comme si on lui eût arraché un secret du fond du cœur :

« J'ai… j'ai… j'ai que je suis jaloux de lui. »

Elle s'étonna modérément : « Vous ?

– Oui, moi !

– Tiens. Pourquoi ça ?

– Parce que je suis amoureux de vous, et vous le savez bien, méchante ! »

Alors elle dit, d'un ton sévère : « Vous êtes fou, Bel-Ami ! »

Il reprit : « Je le sais bien que je suis fou. Est-ce que je devrais vous avouer cela, moi, un homme marié, à vous, une jeune fille ? Je suis plus que fou, je suis coupable, presque misérable. Je n'ai pas d'espoir possible, et je perds la raison à cette pensée. Et quand j'entends dire que vous allez vous marier, j'ai des accès de fureur à tuer quelqu'un. Il faut me pardonner ça, Suzanne ! »

Il se tut. Tous les poissons à qui on ne jetait plus de pain demeuraient immobiles, rangés presque en ligne, pareils à des soldats anglais, et regardant les figures penchées de ces deux personnes qui ne s'occupaient plus d'eux.

La jeune fille murmura, moitié tristement, moitié gaiement : « C'est dommage que vous soyez marié. Que voulez-vous ? On n'y peut rien. C'est fini ! »

Il se retourna brusquement vers elle, et il lui dit, tout près, dans la figure :

« Si j'étais libre, moi, m'épouseriez-vous ? »

Elle répondit, avec un accent sincère :

« Oui, Bel-Ami, je vous épouserais, car vous me plaisez beaucoup plus que tous les autres. »

Il se leva, et balbutiant : « Merci… merci… je vous en supplie, ne dites “oui” à personne ! Attendez encore un peu. Je vous en supplie ! Me le promettez-vous ? »

Elle murmura, un peu troublée et sans comprendre ce qu'il voulait : « Je vous le promets. »

Du Roy jeta dans l'eau le gros morceau de pain qu'il tenait encore aux mains, et il s'enfuit, comme s'il eût perdu la tête, sans dire adieu.

Tous les poissons se jetèrent avidement sur ce paquet de mie qui flottait n'ayant point été pétri par les doigts, et ils le dépecèrent de leurs bouches voraces. Ils l'entraînaient à l'autre bout du bassin, s'agitaient au-dessous, formant maintenant une grappe mouvante, une espèce de fleur animée et tournoyante, une fleur vivante, tombée à l'eau la tête en bas.

Suzanne, surprise, inquiète, se redressa, et s'en revint tout doucement. Le journaliste était parti.

Il rentra chez lui, fort calme, et comme Madeleine écrivait des lettres, il lui demanda : « Dînes-tu vendredi chez les Walter ? Moi, j'irai. »

Elle hésita : « Non. Je suis un peu souffrante. J'aime mieux rester ici. »

Il répondit : « Comme il te plaira. Personne ne te force. »

Puis il reprit son chapeau et ressortit aussitôt.

Depuis longtemps il l'épiait, la surveillait et la suivait, sachant toutes ses démarches. L'heure qu'il attendait était enfin venue. Il ne s'était point trompé au ton dont elle avait répondu : « J'aime mieux rester ici. »

Il fut aimable pour elle pendant les jours qui suivirent. Il parut même gai, ce qui ne lui était plus ordinaire. Elle lui disait : « Voilà que tu redeviens gentil. »

Il s'habilla de bonne heure le vendredi pour faire quelques courses avant d'aller chez le Patron, affirmait-il. Puis il partit vers six heures, après avoir embrassé sa femme, et il alla chercher un fiacre place Notre-Dame-de-Lorette.

Il dit au cocher :

« Vous vous arrêterez en face du numéro 17, rue Fontaine, et vous resterez là jusqu'à ce que je vous donne l'ordre de vous en aller. Vous me conduirez ensuite au restaurant du Coq-Faisan, rue Lafayette. »

La voiture se mit en route au trot lent du cheval, et Du Roy baissa les stores. Dès qu'il fut en face de sa porte, il ne la quitta plus des yeux. Après dix minutes d'attente, il vit sortir Madeleine, qui remonta vers les boulevards extérieurs.

Aussitôt qu'elle fut loin, il passa la tête à la portière, et il cria : « Allez. »

Le fiacre se remit en marche, et le déposa devant le Coq-Faisan, restaurant bourgeois connu dans le quartier. Georges entra dans la salle commune, et mangea doucement, en regardant l'heure à sa montre de temps en temps. À sept heures et demie, comme il avait bu son café, pris deux verres de fine champagne, et fumé, avec lenteur, un bon cigare, il sortit, héla une autre voiture qui passait à vide, et se fit conduire rue La Rochefoucauld.

Il monta, sans rien demander au concierge, au troisième étage de la maison qu'il avait indiquée, et quand une bonne lui eut ouvert : « M. Guilbert de Lorme est chez lui, n'est-ce pas ?

– Oui, monsieur. »

On le fit pénétrer dans le salon, où il attendit quelques instants. Puis un homme entra, grand, décoré, avec l'air militaire, et portant des cheveux gris, bien qu'il fût jeune encore.

Du Roy le salua, puis il dit : « Comme je le prévoyais, Monsieur le commissaire de police, ma femme dîne avec son amant dans le logement garni qu'ils ont loué rue des Martyrs. »

Le magistrat s'inclina : « Je suis à votre disposition, monsieur. »

Georges reprit : « Vous avez jusqu'à neuf heures, n'est-ce pas ? Cette limite passée, vous ne pouvez plus pénétrer dans un domicile particulier pour y constater un adultère.

– Non, monsieur, sept heures en hiver, neuf heures à partir du 31 mars. Nous sommes au cinq avril, nous avons donc jusqu'à neuf heures.

– Eh bien, Monsieur le commissaire, j'ai une voiture en bas, nous pouvons prendre les agents qui vous accompagneront, puis nous attendrons un peu devant la porte. Plus nous arriverons tard, plus nous avons de chance de bien les surprendre en flagrant délit.

– Comme il vous plaira, monsieur. »

Le commissaire sortit, puis revint, vêtu d'un pardessus qui cachait sa ceinture tricolore. Il s'effaça, pour laisser passer Du Roy. Mais le journaliste, dont l'esprit était préoccupé, refusait de sortir le premier, et répétait: « Après vous… après vous. »

Le magistrat prononça: « Passez donc, monsieur, je suis chez moi. »

L'autre, aussitôt, franchit la porte en saluant.

Ils allèrent d'abord au commissariat chercher trois agents en bourgeois qui attendaient, car Georges avait prévenu dans la journée que la surprise aurait lieu ce soir-là. Un des hommes monta sur le siège, à côté du cocher. Les deux autres entrèrent dans le fiacre, qui gagna la rue des Martyrs.

Du Roy disait: « J'ai le plan de l'appartement. C'est au second. Nous trouverons d'abord un petit vestibule, puis une salle à manger, puis la chambre à coucher. Les trois pièces se commandent. Aucune sortie ne peut faciliter la fuite. Il y a un serrurier un peu plus loin. il se tiendra prêt à être réquisitionné par vous. »

Quand ils furent devant la maison indiquée, il n'était encore que huit heures un quart, et ils attendirent en silence pendant plus de vingt minutes. Mais lorsqu'il vit que les trois quarts allaient sonner, Georges dit: « Allons maintenant. » Et ils montèrent l'escalier sans s'occuper du portier, qui ne les remarqua point, d'ailleurs. Un des agents demeura dans la rue pour surveiller la sortie.

Les quatre hommes s'arrêtèrent au second étage, et Du Roy colla d'abord son oreille contre la porte, puis son œil au trou de la serrure. Il n'entendit rien et ne vit rien. Il sonna.

Le commissaire dit à ses agents: « Vous resterez ici, prêts à tout appel. »

Et ils attendirent. Au bout de deux ou trois minutes Georges tira de nouveau le bouton du timbre plusieurs fois de suite. Ils perçurent un bruit au fond de l'appartement; puis un pas léger s'approcha. Quelqu'un venait épier. Le journaliste alors frappa vivement avec son doigt plié contre le bois des panneaux.

Une voix, une voix de femme, qu'on cherchait à déguiser, demanda: « Qui est là ? »

L'officier municipal répondit: « Ouvrez, au nom de la loi. »

La voix répéta: « Qui êtes-vous ?

– Je suis le commissaire de police. Ouvrez, ou je fais forcer la porte. »

La voix reprit: « Que voulez-vous ? »

Et Du Roy dit: « C'est moi. Il est inutile de chercher à nous échapper. »

Un pas léger, un pas de pieds nus, s'éloigna, puis revint au bout de quelques secondes.

Georges dit: « Si vous ne voulez pas ouvrir, nous enfonçons la porte. » Il serrait la poignée de cuivre, et d'une épaule il poussait lentement. Comme on ne répondait plus, il donna tout à coup une secousse si violente et si vigoureuse que la vieille serrure de cette maison meublée céda. Les vis arrachées sortirent du bois, et le jeune homme faillit tomber sur Madeleine qui se tenait debout dans l'antichambre, vêtue d'une chemise et d'un jupon, les cheveux défaits, les jambes dévêtues, une bougie à la main.

Il s'écria: « C'est elle, nous les tenons. » Et il se jeta dans l'appartement. Le commissaire ayant ôté son chapeau, le suivit. Et la jeune femme effarée s'en vint derrière eux en les éclairant.

Ils traversèrent une salle à manger dont la table non desservie montrait les restes du repas: des bouteilles à champagne vides, une terrine de foies gras ouverte, une carcasse de poulet et des morceaux de pain à moitié mangés. Deux assiettes posées sur le dressoir portaient des piles d'écailles d'huîtres.

La chambre semblait ravagée par une lutte. Une robe coiffait une chaise, une culotte d'homme restait à cheval sur le bras d'un fauteuil. Quatre bottines, deux grandes et deux petites, traînaient au pied du lit, tombées sur le flanc.

C'était une chambre de maison garnie, aux meubles communs, où flottait cette odeur odieuse et fade des appartements d'hôtel, odeur émanée des rideaux, des matelas, des murs, des sièges, odeur de toutes les personnes qui avaient couché ou vécu, un jour ou six mois, dans ce logis public, et laissé là un peu de leur senteur, de cette senteur humaine qui, s'ajoutant à celle des devanciers[1], formait à la longue une puanteur confuse, douce et intolérable, la même dans tous ces lieux.

Une assiette à gâteaux, une bouteille de chartreuse et deux petits verres encore à moitié pleins encombraient la cheminée. Le sujet de la pendule de bronze était caché par un grand chapeau d'homme.

Le commissaire se retourna vivement, et regardant Madeleine dans les yeux :

« Vous êtes bien Mme Claire-Madeleine Du Roy, épouse légitime de M. Prosper-Georges Du Roy, publiciste, ici présent ? » Elle articula, d'une voix étranglée :

« Oui, monsieur.

– Que faites-vous ici ? »

Elle ne répondit pas.

Le magistrat reprit : « Que faites-vous ici ? Je vous trouve hors de chez vous, presque dévêtue, dans un appartement meublé. Qu'êtes-vous venue y faire ? »

Il attendit quelques instants. Puis, comme elle gardait toujours le silence : « Du moment que vous ne voulez pas l'avouer, madame, je vais être contraint de le constater. »

On voyait dans le lit la forme d'un corps caché sous le drap.

Le commissaire s'approcha et appela : « Monsieur ? »

L'homme couché ne remua pas. Il paraissait tourner le dos, la tête enfoncée sous un oreiller.

L'officier toucha ce qui semblait être l'épaule, et répéta : « Monsieur, ne me forcez pas, je vous prie, à des actes. »

Mais le corps voilé demeurait aussi immobile que s'il eût été mort.

---

1. **Devanciers** : prédécesseurs.

Du Roy, qui s'était avancé vivement, saisit la couverture, la tira et, arrachant l'oreiller, découvrit la figure livide de M. Laroche-Mathieu. Il se pencha vers lui et, frémissant de l'envie de le saisir au cou pour l'étrangler, il lui dit, les dents serrées:

« Ayez donc au moins le courage de votre infamie. »

Le magistrat demanda encore: « Qui êtes-vous ? »

L'amant, éperdu, ne répondant pas, il reprit: « Je suis commissaire de police et je vous somme de me dire votre nom ! »

Georges, qu'une colère bestiale faisait trembler, cria: « Mais répondez donc, lâche, ou je vais vous nommer, moi. »

Alors l'homme couché balbutia:

« Monsieur le commissaire, vous ne devez pas me laisser insulter par cet individu. Est-ce à vous ou à lui que j'ai affaire ? Est-ce à vous ou à lui que je dois répondre ? »

Il paraissait n'avoir plus de salive dans la bouche.

L'officier répondit: « C'est à moi, monsieur, à moi seul. Je vous demande qui vous êtes ? »

L'autre se tut. Il tenait le drap serré contre son cou et roulait des yeux effarés. Ses petites moustaches retroussées semblaient toutes noires sur sa figure blême.

Le commissaire reprit: « Vous ne voulez pas répondre ? Alors je serai forcé de vous arrêter. Dans tous les cas, levez-vous. Je vous interrogerai lorsque vous serez vêtu. »

Le corps s'agita dans le lit, et la tête murmura: « Mais je ne peux pas, devant vous. »

Le magistrat demanda: « Pourquoi ça ? »

L'autre balbutia: « C'est que je suis... je suis... je suis tout nu. »

Du Roy se mit à ricaner, et ramassant une chemise tombée à terre, il la jeta sur la couche en criant: « Allons donc... levez-vous... Puisque vous vous êtes déshabillé devant ma femme, vous pouvez bien vous habiller devant moi. »

Puis il tourna le dos et revint vers la cheminée.

Madeleine avait retrouvé son sang-froid, et voyant tout perdu, elle était prête à tout oser. Une audace de bravade faisait briller son œil; et, roulant un morceau de papier, elle alluma, comme pour une réception, les dix bougies des vilains candélabres posés aux coins de la cheminée. Puis elle s'adossa au marbre et tendant au feu mourant un de ses pieds nus, qui soulevait par-derrière son jupon à peine arrêté sur les hanches, elle prit une cigarette dans un étui de papier rose, l'enflamma et se mit à fumer.

Le commissaire était revenu vers elle, attendant que son complice fût debout.

Elle demanda avec insolence : « Vous faites souvent ce métier-là, monsieur ? »

Il répondit gravement : « Le moins possible, madame. »

Elle lui souriait sous le nez : « Je vous en félicite, ça n'est pas propre. »

Elle affectait de ne pas regarder, de ne pas voir son mari.

Mais le monsieur du lit s'habillait. Il avait passé son pantalon, chaussé ses bottines et il se rapprocha, en endossant son gilet.

L'officier de police se tourna vers lui :

« Maintenant, monsieur, voulez-vous me dire qui vous êtes ? »

L'autre ne répondit pas.

Le commissaire prononça : « Je me vois forcé de vous arrêter. »

Alors l'homme s'écria brusquement : « Ne me touchez pas. Je suis inviolable [1] ! »

Du Roy s'élança vers lui, comme pour le terrasser, et il lui grogna dans la figure : « Il y a flagrant délit… flagrant délit. Je peux vous faire arrêter, si je veux… oui, je le peux. »

Puis, d'un ton vibrant : « Cet homme s'appelle Laroche-Mathieu, ministre des Affaires étrangères. »

Le commissaire de police recula stupéfait, et balbutiant : « En vérité, monsieur, voulez-vous me dire qui vous êtes, à la fin ? »

L'homme se décida, et avec force : « Pour une fois, ce misérable-là n'a point menti. Je me nomme, en effet, Laroche-Mathieu, ministre. »

---

1. **Inviolable** : protégé par l'immunité contre des actions pénales. Laroche-Mathieu, ministre, ne peut être arrêté.

Puis tendant le bras vers la poitrine de Georges, où apparaissait comme une lueur, un petit point rouge, il ajouta : « Et le gredin que voici porte sur son habit la croix d'honneur que je lui ai donnée. »

Du Roy était devenu livide. D'un geste rapide, il arracha de sa boutonnière la courte flamme de ruban, et, la jetant dans la cheminée : « Voilà ce que vaut une décoration qui vient de salops de votre espèce. »

Ils étaient face à face, les dents près des dents, exaspérés, les poings serrés, l'un maigre et la moustache au vent, l'autre gras et la moustache en croc.

Le commissaire passa vivement entre les deux et, les écartant avec ses mains : « Messieurs, vous vous oubliez, vous manquez de dignité ! »

Ils se turent et se tournèrent les talons. Madeleine, immobile, fumait toujours, en souriant.

L'officier de police reprit : « Monsieur le ministre, je vous ai surpris, seul avec Mme Du Roy, que voici, vous couché, elle presque nue. Vos vêtements étant jetés pêle-mêle à travers l'appartement, cela constitue un flagrant délit d'adultère. Vous ne pouvez nier l'évidence. Qu'avez-vous à répondre ? »

Laroche-Mathieu murmura : « Je n'ai rien à dire, faites votre devoir. »

Le commissaire s'adressa à Madeleine : « Avouez-vous, madame, que monsieur soit votre amant ? »

Elle prononça crânement : « Je ne le nie pas, il est mon amant !

– Cela suffit. »

Puis le magistrat prit quelques notes sur l'état et la disposition du logis. Comme il finissait d'écrire, le ministre qui avait achevé de s'habiller, et qui attendait, le paletot sur le bras, le chapeau à la main, demanda :

« Avez-vous encore besoin de moi, monsieur ? Que dois-je faire ? Puis-je me retirer ? »

Du Roy se retourna vers lui et souriant avec insolence : « Pourquoi donc ? Nous avons fini. Vous pouvez vous recoucher, monsieur ; nous allons vous laisser seuls. »

Et posant le doigt sur le bras de l'officier de police :

« Retirons-nous, Monsieur le commissaire, nous n'avons plus rien à faire en ce lieu. »

Un peu surpris, le magistrat le suivit ; mais, sur le seuil de la chambre, Georges s'arrêta pour le laisser passer. L'autre s'y refusait par cérémonie.

Du Roy insistait : « Passez donc, monsieur. » Le commissaire dit : « Après vous. » Alors le journaliste salua, et sur le ton d'une politesse ironique : « C'est votre tour, Monsieur le commissaire de police. Je suis presque chez moi, ici. »

Puis il referma la porte doucement, avec un air de discrétion.

Une heure plus tard, Georges Du Roy entrait dans les bureaux de *La Vie française.*

M. Walter était déjà là, car il continuait à diriger et à surveiller avec sollicitude son journal qui avait pris une extension énorme et qui favorisait beaucoup les opérations grandissantes de sa banque.

Le directeur leva la tête et demanda : « Tiens, vous voici ? Vous semblez tout drôle ! Pourquoi n'êtes-vous pas venu dîner à la maison ? D'où sortez-vous donc ? »

Le jeune homme, qui était sûr de son effet, déclara, en pesant sur chaque mot :

« Je viens de jeter bas le ministre des Affaires étrangères. »

L'autre crut qu'il plaisantait.

« De jeter bas… Comment ?

– Je vais changer le cabinet. Voilà tout ! il n'est pas trop tôt de chasser cette charogne. »

Le vieux, stupéfait, crut que son chroniqueur était gris, il murmura : « Voyons, vous déraisonnez.

– Pas du tout. Je viens de surprendre M. Laroche-Mathieu en flagrant délit d'adultère avec ma femme. Le commissaire de police a constaté la chose. Le ministre est foutu. »

Walter, interdit, releva tout à fait ses lunettes sur son front et demanda : « Vous ne vous moquez pas de moi ?

– Pas du tout. Je vais même faire un écho là-dessus.

– Mais alors que voulez-vous ?

– Jeter bas ce fripon, ce misérable, ce malfaiteur public ! »

Georges posa son chapeau sur un fauteuil, puis ajouta : « Gare à ceux que je trouve sur mon chemin. Je ne pardonne jamais. »

Le directeur hésitait encore à comprendre. Il murmura : « Mais… votre femme ?

– Ma demande en divorce[1] sera faite dès demain matin. Je la renvoie à feu Forestier.

– Vous voulez divorcer ?

– Parbleu. J'étais ridicule. Mais il me fallait faire la bête pour les surprendre. Ça y est. Je suis maître de la situation. »

M. Walter n'en revenait pas ; et il regardait Du Roy avec des yeux effarés, pensant : « Bigre. C'est un gaillard bon à ménager. »

Georges reprit : « Me voici libre… J'ai une certaine fortune. Je me présenterai aux élections au renouvellement d'octobre, dans mon pays où je suis fort connu. Je ne pouvais pas me poser ni me faire respecter avec cette femme qui était suspecte à tout le monde. Elle m'avait pris comme un niais, elle m'avait enjôlé et capturé. Mais depuis que je savais son jeu, je la surveillais, la gredine. »

Il se mit à rire et ajouta : « C'est ce pauvre Forestier qui était cocu… cocu sans s'en douter, confiant et tranquille. Me voici débarrassé de la teigne qu'il m'avait laissée. J'ai les mains déliées. Maintenant j'irai loin. »

Il s'était mis à califourchon sur une chaise. Il répéta, comme s'il eût songé : « J'irai loin. »

Et le père Walter le regardait toujours de ses yeux découverts, ses lunettes restant relevées sur le front, et il se disait : « Oui, il ira loin, le gredin. »

Georges se releva : « Je vais rédiger l'écho. Il faut le faire avec discrétion. Mais vous savez, il sera terrible pour le ministre. C'est un homme à la mer. On ne peut pas le repêcher. *La Vie française* n'a plus d'intérêt à le ménager. »

Le vieux hésita quelques instants, puis il en prit son parti : « Faites, dit-il, tant pis pour ceux qui se fichent dans ces pétrins-là. »

---

1. Maupassant anticipe : le divorce, supprimé en 1816, n'est de nouveau autorisé qu'en 1884.

Chapitre 9

Trois mois s'étaient écoulés. Le divorce de Du Roy venait d'être prononcé. Sa femme avait repris le nom de Forestier, et comme les Walter devaient partir, le 15 juillet, pour Trouville, on décida de passer une journée à la campagne, avant de se séparer.

On choisit un jeudi, et on se mit en route dès neuf heures du matin dans un grand landau de voyage à six places, attelé en poste à quatre chevaux.

On allait déjeuner à Saint-Germain[1], au pavillon Henri-IV. Bel-Ami avait demandé à être le seul homme de la partie, car il ne pouvait supporter la présence et la figure du marquis de Cazolles. Mais, au dernier moment, il fut décidé que le comte de Latour-Yvelin serait enlevé, au saut du lit. On l'avait prévenu la veille.

La voiture remonta au grand trot l'avenue des Champs-Élysées, puis traversa le bois de Boulogne.

Il faisait un admirable temps d'été, pas trop chaud. Les hirondelles traçaient sur le bleu du ciel de grandes lignes courbes qu'on croyait voir encore quand elles étaient passées.

Les trois femmes se tenaient au fond du landau, la mère entre ses deux filles; et les trois hommes, à reculons. Walter entre les deux invités.

On traversa la Seine, on contourna le Mont-Valérien, puis on gagna Bougival, pour longer ensuite la rivière jusqu'au Pecq.

---

1. **Saint-Germain**: il s'agit de Saint-Germain-en-Laye, dans les Yvelines.

Le comte de Latour-Yvelin, un homme un peu mûr, à longs favoris légers, dont le moindre souffle d'air agitait les pointes, ce qui faisait dire à Du Roy: « Il obtient de jolis effets de vent dans sa barbe », contemplait Rose tendrement. Ils étaient fiancés depuis un mois.

Georges, fort pâle, regardait souvent Suzanne, qui était pâle aussi. Leurs yeux se rencontraient, semblaient se concerter, se comprendre, échanger secrètement une pensée, puis se fuyaient. Mme Walter était tranquille, heureuse.

Le déjeuner fut long. Avant de repartir pour Paris, Georges proposa de faire un tour sur la terrasse.

On s'arrêta d'abord pour admirer la vue. Tout le monde se mit en ligne le long du mur et on s'extasia sur l'étendue de l'horizon. La Seine, au pied d'une longue colline, coulait vers Maisons-Laffitte, comme un immense serpent couché dans la verdure. À droite, sur le sommet de la côte, l'aqueduc de Marly projetait sur le ciel son profil énorme de chenille à grandes pattes, et Marly disparaissait, au-dessous, dans un épais bouquet d'arbres.

Par la plaine immense, qui s'étendait en face, on voyait des villages, de place en place. Les pièces d'eau du Vésinet faisaient des taches nettes et propres dans la maigre verdure de la petite forêt. À gauche, tout au loin, on apercevait en l'air le clocher pointu de Sartrouville.

Walter déclara: « On ne peut trouver nulle part au monde un semblable panorama. Il n'y en a pas un pareil en Suisse. »

Puis on se mit en marche doucement pour faire une promenade et jouir un peu de cette perspective.

Georges et Suzanne restèrent en arrière. Dès qu'ils furent écartés de quelques pas, il lui dit d'une voix basse et contenue: « Suzanne, je vous adore. Je vous aime à en perdre la tête. »

Elle murmura: « Moi aussi, Bel-Ami. »

Il reprit: « Si je ne vous ai pas pour femme, je quitterai Paris, et ce pays. »

Elle répondit: « Essayez donc de me demander à papa. Peut-être qu'il voudra bien. »

Il eut un petit geste d'impatience : « Non, je vous le répète pour la dixième fois, c'est inutile. On me fermera la porte de votre maison ; on m'expulsera du journal ; et nous ne pourrons plus même nous voir. Voilà le joli résultat auquel je suis certain d'arriver par une demande en règle. On vous a promise au marquis de Cazolles. On espère que vous finirez par dire : "Oui." Et on attend. »

Elle demanda. « Qu'est-ce qu'il faut faire alors ? »

Il hésitait, la regardant de côté : « M'aimez-vous assez pour commettre une folie ? »

Elle répondit résolument :

« Oui.

– Une grande folie ?

– Oui.

– La plus grande des folies ?

– Oui.

– Aurez-vous assez de courage pour braver votre père et votre mère ?

– Oui.

– Bien vrai ?

– Oui.

– Eh bien ! il y a un moyen, un seul ! Il faut que la chose vienne de vous, et pas de moi. Vous êtes une enfant gâtée ; on vous laisse tout dire, on ne s'étonnera pas trop d'une audace de plus de votre part. Écoutez donc. Ce soir, en rentrant, vous irez trouver votre maman d'abord, votre maman toute seule. Et vous lui avouerez que vous voulez m'épouser. Elle aura une grosse émotion et une grosse colère... »

Suzanne l'interrompit : « Oh ! maman voudra bien. »

Il reprit vivement : « Non. Vous ne la connaissez pas. Elle sera plus fâchée et plus furieuse que votre père. Vous verrez comme elle refusera. Mais vous tiendrez bon, vous ne céderez pas, vous répéterez que vous voulez m'épouser, moi seul, rien que moi. Le ferez-vous ?

– Je le ferai.

– Et en sortant de chez votre mère, vous direz la même chose à votre père, d'un air très sérieux et très décidé.

– Oui, oui. Et puis ?

– Et puis, c'est là que ça devient grave. Si vous êtes résolue, bien résolue, bien, bien, bien résolue à être ma femme, ma chère, chère petite Suzanne… Je vous… je vous enlèverai. »

Elle eut une grande secousse de joie et faillit battre des mains. « Oh ! quel bonheur ! vous m'enlèverez ? Quand ça m'enlèverez-vous ? »

Toute la vieille poésie des enlèvements nocturnes, des chaises de poste, des auberges, toutes les charmantes aventures des livres lui passèrent d'un coup dans l'esprit comme un songe enchanteur prêt à se réaliser. Elle répéta : « Quand ça, m'enlèverez-vous ? »

Il répondit très bas : « Mais… ce soir… cette nuit. »

Elle demanda, frémissante : « Et où irons-nous ?

– Ça, c'est mon secret. Réfléchissez à ce que vous faites. Songez bien qu'après cette fuite vous ne pourrez plus être que ma femme ! C'est le seul moyen, mais il est… il est très dangereux… pour vous. »

Elle déclara : « Je suis décidée… où vous retrouverai-je ?

– Vous pouvez sortir de l'hôtel, toute seule ?

– Oui. Je sais ouvrir la petite porte.

– Eh bien ! quand le concierge sera couché, vers minuit, venez me rejoindre place de la Concorde. Vous me trouverez dans un fiacre arrêté en face du ministère de la Marine.

– J'irai.

– Bien vrai ?

– Bien vrai. »

Il lui prit la main et la serra. « Oh ! que je vous aime ! Comme vous êtes bonne et brave ! Alors, vous ne voulez pas épouser M. de Cazolles.

– Oh ! non.

– Votre père s'est beaucoup fâché quand vous avez dit non ?

– Je crois bien, il voulait me remettre au couvent.

– Vous voyez qu'il est nécessaire d'être énergique.

– Je le serai. »

Elle regardait le vaste horizon, la tête pleine de cette idée d'enlèvement. Elle irait plus loin que là-bas… avec lui !… Elle serait enlevée !… Elle était fière de ça ! Elle ne songeait guère à sa réputation, à ce qui pouvait lui arriver d'infâme. Le savait-elle, même ? Le soupçonnait-elle ?

Mme Walter, se retournant, cria : « Mais viens donc, petite. Qu'est-ce que tu fais avec Bel-Ami ? »

Ils rejoignirent les autres : « On parlait des bains de mer où on serait bientôt. »

Puis, on revint par Chatou pour ne pas refaire la même route.

Georges ne disait plus rien. Il songeait : donc, si cette petite avait un peu d'audace, il allait réussir, enfin ! Depuis trois mois il l'enveloppait dans l'irrésistible filet de sa tendresse. Il la séduisait, la captivait, la conquérait. Il s'était fait aimer par elle, comme il savait se faire aimer. Il avait cueilli sans peine son âme légère de poupée.

Il avait obtenu d'abord qu'elle refusât M. de Cazolles. Il venait d'obtenir qu'elle s'enfuît avec lui. Car il n'y avait pas d'autre moyen.

Mme Walter, il le comprenait bien, ne consentirait jamais à lui donner sa fille. Elle l'aimait encore, elle l'aimerait toujours, avec une violence intraitable. Il la contenait par sa froideur calculée, mais il la sentait rongée par une passion impuissante et vorace. Jamais il ne pourrait la fléchir. Jamais elle n'admettrait qu'il prît Suzanne.

Mais une fois qu'il tiendrait la petite au loin, il traiterait de puissance à puissance, avec le père.

Pensant à tout cela, il répondait par phrases hachées aux choses qu'on lui disait et qu'il n'écoutait guère. Il parut revenir à lui lorsqu'on rentra dans Paris.

Suzanne aussi songeait ; et le grelot des quatre chevaux sonnait dans sa tête, lui faisait voir des grandes routes infinies sous des clairs de lune éternels, des forêts sombres traversées, des auberges au bord du chemin, et la hâte des hommes d'écurie à changer l'attelage, car tout le monde devine qu'ils sont poursuivis.

Quand le landau fut arrivé dans la cour de l'hôtel, on voulut retenir Georges à dîner. Il refusa et revint chez lui.

Après avoir un peu mangé, il mit de l'ordre dans ses papiers comme s'il allait faire un grand voyage. Il brûla des lettres compromettantes, en cacha d'autres, écrivit à quelques amis.

De temps en temps il regardait la pendule, en pensant : « Ça doit chauffer là-bas. » Et une inquiétude le mordait au cœur. S'il allait échouer ? Mais que pouvait-il craindre ? Il se tirerait toujours d'affaire ! Pourtant c'était une grosse partie qu'il jouait, ce soir-là !

Il ressortit vers onze heures, erra quelque temps, prit un fiacre et se fit arrêter place de la Concorde, le long des arcades du ministère de la Marine.

De temps en temps il enflammait une allumette pour regarder l'heure à sa montre. Quand il vit approcher minuit, son impatience devint fiévreuse. À tout moment il passait la tête à la portière pour regarder.

Une horloge lointaine sonna douze coups, puis une autre plus près, puis deux ensemble, puis une dernière très loin. Quand celle-là eut cessé de tinter, il pensa : « C'est fini. C'est raté. Elle ne viendra pas. »

Il était cependant résolu à demeurer jusqu'au jour. Dans ces cas-là il faut être patient.

Il entendit encore sonner le quart, puis la demie, puis les trois quarts ; et toutes les horloges répétèrent une heure comme elles avaient annoncé minuit.

Il n'attendait plus, il restait, creusant sa pensée pour deviner ce qui avait pu arriver. Tout à coup une tête de femme passa par la portière et demanda : « Êtes-vous là, Bel-Ami ? »

Il eut un sursaut et une suffocation.

« C'est vous, Suzanne ?

– Oui, c'est moi. »

Il ne parvenait point à tourner la poignée assez vite et répétait : « Ah !… c'est vous… c'est vous… entrez. »

Elle entra et se laissa tomber contre lui. Il cria au cocher : « Allez ! » Et le fiacre se mit en route.

Elle haletait, sans parler.

Il demanda : « Eh bien ! comment ça s'est-il passé ? »

Alors elle murmura, presque défaillante :

« Oh ! ça a été terrible, chez maman surtout. »

Il était inquiet et frémissant.

« Votre maman ? Qu'est-ce qu'elle a dit ? Contez-moi ça.

– Oh ! ça a été affreux. Je suis entrée chez elle et je lui ai récité ma petite affaire que j'avais bien préparée. Alors elle a pâli, puis elle a crié : "Jamais ! jamais !" Moi, j'ai pleuré, je me suis fâchée, j'ai juré que je n'épouserais que vous. J'ai cru qu'elle allait me battre. Elle est devenue comme folle ; elle a déclaré qu'on me renverrait au couvent, dès le lendemain. Je ne l'avais jamais vue comme ça, jamais ! Alors papa est arrivé en l'entendant débiter toutes ses sottises. Il ne s'est pas fâché tant qu'elle, mais il a déclaré que vous n'étiez pas un assez beau parti.

« Comme ils m'avaient mise en colère aussi, j'ai crié plus fort qu'eux. Et papa m'a dit de sortir avec un air dramatique qui ne lui allait pas du tout. C'est ce qui m'a décidée à me sauver avec vous. Me voilà, où allons-nous ? »

Il avait enlacé sa taille doucement ; et il écoutait de toutes ses oreilles, le cœur battant, une rancune haineuse s'éveillant en lui contre ces gens. Mais il la tenait, leur fille. Ils verraient, à présent.

Il répondit : « Il est trop tard pour prendre le train ; cette voiture-là va donc nous conduire à Sèvres où nous passerons la nuit. Et demain nous partirons pour La Roche-Guyon. C'est un joli village, au bord de la Seine, entre Mantes et Bonnières. »

Elle murmura : « C'est que je n'ai pas d'effets. Je n'ai rien. »

Il sourit, avec insouciance : « Bah ! nous nous arrangerons là-bas. »

Le fiacre roulait le long des rues. Georges prit une main de la jeune fille et se mit à la baiser, lentement, avec respect. Il ne savait que lui raconter, n'étant guère accoutumé aux tendresses platoniques. Mais soudain il crut s'apercevoir qu'elle pleurait.

Il demanda, avec terreur : « Qu'est-ce que vous avez ? ma chère petite. »

Elle répondit, d'une voix toute mouillée : « C'est ma pauvre maman qui ne doit pas dormir à cette heure, si elle s'est aperçue de mon départ. »

Sa mère, en effet, ne dormait pas.

Aussitôt Suzanne sortie de sa chambre, Mme Walter était restée en face de son mari.

Elle demanda, éperdue, atterrée :

« Mon Dieu ! Qu'est-ce que cela veut dire ? »

Walter cria, furieux : « Ça veut dire que cet intrigant l'a enjôlée. C'est lui qui a fait refuser Cazolles. Il trouve la dot bonne, parbleu ! »

Il se mit à marcher avec rage à travers l'appartement et reprit : « Tu l'attirais sans cesse, aussi, toi, tu le flattais, tu le cajolais, tu n'avais pas assez de chatteries[1] pour lui. C'était Bel-Ami par-ci, Bel-Ami par-là, du matin au soir. Te voilà payée. »

Elle murmura, livide : « Moi ?... je l'attirais ! »

Il lui vociféra dans le nez : « Oui, toi ! Vous êtes toutes folles de lui, la Marelle, Suzanne et les autres. Crois-tu que je ne voyais pas que tu ne pouvais point rester deux jours sans le faire venir ici ? »

Elle se dressa, tragique : « Je ne vous permettrai pas de me parler ainsi. Vous oubliez que je n'ai pas été élevée, comme vous, dans une boutique. »

Il demeura d'abord immobile et stupéfait, puis il lâcha un « Nom de Dieu » furibond, et il sortit en tapant la porte.

Dès qu'elle fut seule, elle alla, par instinct, vers la glace pour se regarder, comme pour voir si rien n'était changé en elle, tant ce qui lui arrivait lui paraissait impossible, monstrueux. Suzanne était amoureuse de Bel-Ami ! et Bel-Ami voulait épouser Suzanne ! Non ! elle s'était trompée, ce n'était pas vrai. La fillette avait eu une toquade[2] bien naturelle pour ce beau garçon, elle avait espéré qu'on le lui donnerait pour mari ; elle avait fait son petit coup de tête ! Mais lui ? lui ne pouvait pas être complice de ça ! Elle réfléchissait, troublée comme on l'est devant les grandes catastrophes. Non, Bel-Ami ne devait rien savoir de l'escapade de Suzanne.

Et elle songea longtemps à la perfidie et à l'innocence possibles de cet homme. Quel misérable, s'il avait préparé le coup ! Et qu'arriverait-il ? Que de dangers et de tourments elle prévoyait !

S'il ne savait rien, tout pouvait s'arranger encore. On ferait un voyage avec Suzanne pendant six mois, et ce serait fini. Mais com-

---

1. **Chatteries** : câlineries.
2. **Toquade** : béguin, caprice amoureux.

ment pourrait-elle le revoir, elle, ensuite ? Car elle l'aimait toujours. Cette passion était entrée en elle à la façon de ces pointes de flèche qu'on ne peut plus arracher.

Vivre sans lui était impossible. Autant mourir.

Sa pensée s'égarait dans ces angoisses et dans ces incertitudes. Une douleur commençait à poindre dans sa tête ; ses idées devenaient pénibles, troubles, lui faisaient mal. Elle s'énervait à chercher, s'exaspérait de ne pas savoir. Elle regarda sa pendule, il était une heure passée. Elle se dit : « Je ne peux pas rester ainsi, je deviens folle. Il faut que je sache. Je vais réveiller Suzanne pour l'interroger. »

Et elle s'en alla, déchaussée pour ne pas faire de bruit, une bougie à la main, vers la chambre de sa fille. Elle l'ouvrit bien doucement, entra, regarda le lit. Il n'était pas défait. Elle ne comprit point d'abord, et pensa que la fillette discutait encore avec son père. Mais aussitôt un soupçon horrible l'effleura et elle courut chez son mari. Elle y arriva d'un élan, blême et haletante. Il était couché et lisait encore.

Il demeura effaré : « Eh bien ! quoi ? Qu'est-ce que tu as ? »

Elle balbutiait : « As-tu vu Suzanne ?

– Moi ? Non. Pourquoi ?

– Elle est… elle est… partie. Elle n'est pas dans… dans sa chambre. »

Il sauta d'un bond sur le tapis, chaussa ses pantoufles et, sans caleçon, la chemise au vent, il se précipita à son tour vers l'appartement de sa fille.

Dès qu'il l'eut vu, il ne conserva point de doute. Elle s'était enfuie.

Il tomba sur un fauteuil et posa sa lampe par terre devant lui.

Sa femme l'avait rejoint. Elle bégaya : « Eh bien ? »

Il n'avait plus la force de répondre ; il n'avait plus de colère, il gémit :

« C'est fait, il la tient. Nous sommes perdus. »

Elle ne comprenait pas : « Comment, perdus ?

– Eh ! oui, parbleu. Il faut bien qu'il l'épouse maintenant. »

Elle poussa une sorte de cri de bête :

« Lui ! jamais ! Tu es donc fou ? »

Il répondit tristement : « Ça ne sert à rien de hurler. il l'a enlevée, il l'a déshonorée. Le mieux est encore de la lui donner. En s'y prenant bien, personne ne saura cette aventure. »

Elle répéta, secouée d'une émotion terrible :

« Jamais ! jamais il n'aura Suzanne ! Jamais je ne consentirai ! »

Walter murmura avec accablement :

« Mais il l'a. C'est fait. Et il la gardera et la cachera tant que nous n'aurons point cédé. Donc, pour éviter le scandale, il faut céder tout de suite. »

Sa femme, déchirée par une inavouable douleur, répéta :

« Non ! Non ! Jamais je ne consentirai ! »

Il reprit, s'impatientant : « Mais il n'y a pas à discuter. Il le faut. Ah ! le gredin, comme il nous a joués… Il est fort tout de même. Nous aurions pu trouver beaucoup mieux comme position, mais pas comme intelligence et comme avenir. C'est un homme d'avenir. Il sera député et ministre. »

Mme Walter déclara, avec une énergie farouche :

« Jamais je ne lui laisserai épouser Suzanne… Tu entends… jamais ! »

Il finit par se fâcher et par prendre, en homme pratique, la défense de Bel-Ami.

« Mais, tais-toi donc… Je te répète qu'il le faut… qu'il le faut absolument. Et qui sait ? Peut-être ne le regretterons-nous pas. Avec les êtres de cette trempe-là, on ne sait jamais ce qui peut arriver. Tu as vu comme il a jeté bas, en trois articles, ce niais de Laroche-Mathieu, et comme il l'a fait avec dignité, ce qui était rudement difficile dans sa situation de mari. Enfin nous verrons. Toujours est-il que nous sommes pris. Nous ne pouvons plus nous tirer de là. »

Elle avait envie de crier, de se rouler par terre, de s'arracher les cheveux. Elle prononça encore, d'une voix exaspérée :

« Il ne l'aura pas… Je… ne… veux… pas ! »

Walter se leva, ramassa sa lampe, reprit :

« Tiens, tu es stupide comme toutes les femmes. Vous n'agissez jamais que par passion. Vous ne savez pas vous plier aux circonstances… vous êtes stupides ! Moi, je te dis qu'il l'épousera… Il le faut. »

Et il sortit, en traînant ses pantoufles. Il traversa, fantôme comique en chemise de nuit, le large corridor du vaste hôtel endormi, et rentra, sans bruit, dans sa chambre.

Mme Walter restait debout, déchirée par une intolérable douleur. Elle ne comprenait pas encore bien, d'ailleurs. Elle souffrait seulement. Puis il lui sembla qu'elle ne pourrait pas demeurer là, immobile, jusqu'au jour. Elle sentait en elle un besoin violent de se sauver, de courir devant elle, de s'en aller, de chercher de l'aide, d'être secourue.

Elle cherchait qui elle pourrait bien appeler à elle. Quel homme ! elle n'en trouvait pas ! Un prêtre ! oui, un prêtre ! Elle se jetterait à ses pieds, lui avouerait tout, lui confesserait sa faute et son désespoir. Il comprendrait, lui, que ce misérable ne pouvait pas épouser Suzanne et il empêcherait cela.

Il lui fallait un prêtre, tout de suite ! Mais où le trouver ? Où aller ? Pourtant elle ne pouvait rester ainsi.

Alors passa devant ses yeux, ainsi qu'une vision, l'image sereine de Jésus marchant sur les flots. Elle le vit comme elle le voyait en regardant le tableau. Donc il l'appelait. Il lui disait : « Venez à moi. Venez vous agenouiller à mes pieds. Je vous consolerai et je vous inspirerai ce qu'il faut faire. »

Elle prit sa bougie, sortit, et descendit pour gagner la serre. Le « Jésus » était tout au bout, dans un petit salon qu'on fermait par une porte vitrée afin que l'humidité des terres ne détériorât point la toile.

Cela faisait une sorte de chapelle dans une forêt d'arbres singuliers.

Quand Mme Walter entra dans le jardin d'hiver, ne l'ayant jamais vu que plein de lumière, elle demeura saisie devant sa profondeur obscure. Les lourdes plantes des pays chauds épaississaient l'atmosphère de leur haleine pesante. Et les portes n'étant plus ouvertes, l'air de ce bois étrange, enfermé sous un dôme de verre, entrait dans la poitrine avec peine, étourdissait, grisait, faisait plaisir et mal, donnait à la chair une sensation confuse de volupté énervante et de mort.

La pauvre femme marchait doucement, émue par les ténèbres où apparaissaient, à la lueur errante de sa bougie, des plantes extravagantes, avec des aspects de monstres, des apparences d'êtres, des difformités bizarres.

Tout d'un coup, elle aperçut le Christ. Elle ouvrit la porte qui le séparait d'elle, et tomba sur les genoux.

Elle le pria d'abord éperdument, balbutiant des mots d'amour, des invocations passionnées et désespérées. Puis, l'ardeur de son appel se calmant, elle leva les yeux vers lui, et demeura saisie d'angoisse. Il ressemblait tellement à Bel-Ami, à la clarté tremblante de cette seule lumière l'éclairant à peine et d'en bas, que ce n'était plus Dieu, c'était son amant qui la regardait. C'étaient ses yeux, son front, l'expression de son visage, son air froid et hautain !

Elle balbutiait : « Jésus ! – Jésus ! – Jésus ! » Et le mot « Georges » lui venait aux lèvres. Tout à coup, elle pensa qu'à cette heure même, Georges, peut-être, possédait sa fille. Il était seul avec elle, quelque part, dans une chambre. Lui ! lui ! avec Suzanne !

Elle répétait : « Jésus !... Jésus ! » Mais elle pensait à eux... à sa fille et à son amant ! Ils étaient seuls, dans une chambre... et c'était la nuit. Elle les voyait. Elle les voyait si nettement qu'ils se dressaient devant elle, à la place du tableau. Ils se souriaient, ils s'embrassaient. La chambre était sombre, le lit entrouvert. Elle se souleva pour aller vers eux, pour prendre sa fille par les cheveux et l'arracher de cette étreinte. Elle allait la saisir à la gorge, l'étrangler, sa fille qu'elle haïssait, sa fille qui se donnait à cet homme. Elle la touchait... ses mains rencontrèrent la toile. Elle heurtait les pieds du Christ.

Elle poussa un grand cri, et tomba sur le dos. Sa bougie, renversée, s'éteignit.

Que se passa-t-il ensuite ? Elle rêva longtemps des choses étranges, effrayantes. Toujours Georges et Suzanne passaient devant ses yeux enlacés avec Jésus-Christ qui bénissait leur horrible amour.

Elle sentait vaguement qu'elle n'était point chez elle. Elle voulait se lever, fuir, elle ne le pouvait pas. Une torpeur l'avait envahie, qui liait ses membres et ne lui laissait que sa pensée en éveil, trouble cependant, torturée par des images affreuses, irréelles, fantastiques, perdue dans un songe malsain, le songe étrange et parfois mortel que font entrer dans les cerveaux humains les plantes endormeuses des pays chauds, aux formes bizarres et aux parfums épais.

Le jour venu, on ramassa Mme Walter, étendue sans connaissance, presque asphyxiée, devant *Jésus marchant sur les flots*. Elle fut si malade qu'on craignit pour sa vie. Elle ne reprit que le lendemain l'usage complet de sa raison. Alors, elle se mit à pleurer.

La disparition de Suzanne fut expliquée aux domestiques par un envoi brusque au couvent. Et M. Walter répondit à une longue lettre de Du Roy, en lui accordant la main de sa fille.

Bel-Ami avait jeté cette épître [1] à la poste au moment de quitter Paris, car il l'avait préparée d'avance le soir de son départ. Il y disait, en termes respectueux, qu'il aimait depuis longtemps la jeune fille, que jamais aucun accord n'avait eu lieu entre eux, mais que la voyant venir à lui, en toute liberté, pour lui dire : « Je serai votre femme », il se jugeait autorisé à la garder, à la cacher même, jusqu'à ce qu'il eût obtenu une réponse des parents dont la volonté légale avait pour lui une valeur moindre que la volonté de sa fiancée.

Il demandait que M. Walter répondît poste restante [2], un ami devant lui faire parvenir la lettre.

Quand il eut obtenu ce qu'il voulait, il ramena Suzanne à Paris et la renvoya chez ses parents, s'abstenant lui-même de paraître avant quelque temps.

Ils avaient passé six jours au bord de la Seine, à La Roche-Guyon.

Jamais la jeune fille ne s'était tant amusée. Elle avait joué à la bergère. Comme il la faisait passer pour sa sœur, ils vivaient dans une intimité libre et chaste, une sorte de camaraderie amoureuse. Il jugeait habile de la respecter. Dès le lendemain de leur arrivée, elle acheta du linge et des vêtements de paysanne, et elle se mit à pêcher à la ligne, la tête couverte d'un immense chapeau de

1. **Épître** : lettre.
2. **Poste restante** : le courrier est envoyé et conservé dans un bureau de poste où son destinataire vient le chercher. Ce dispositif permet de garder secret le lieu où séjournent les amants en fuite.

paille orné de fleurs des champs. Elle trouvait le pays délicieux. Il y avait là une vieille tour et un vieux château où l'on montrait d'admirables tapisseries.

Georges, vêtu d'une vareuse[1] achetée toute faite chez un commerçant du pays, promenait Suzanne, soit à pied, le long des berges, soit en bateau. Ils s'embrassaient à tout moment, frémissants, elle innocente et lui prêt à succomber. Mais il savait être fort; et quand il lui dit: « Nous retournerons à Paris demain, votre père m'accorde votre main », elle murmura naïvement: « Déjà? ça m'amusait tant d'être votre femme! »

1. **Vareuse**: blouse de matelot.

Chapitre 10

Il faisait sombre dans le petit appartement de la rue de Constantinople, car Georges Du Roy et Clotilde de Marelle s'étant rencontrés sous la porte étaient entrés brusquement, et elle lui avait dit, sans lui laisser le temps d'ouvrir les persiennes :

« Ainsi, tu épouses Suzanne Walter ? »

Il avoua avec douceur et ajouta :

« Tu ne le savais pas ? »

Elle reprit, debout devant lui, furieuse, indignée : « Tu épouses Suzanne Walter ! C'est trop fort ! c'est trop fort ! Voilà trois mois que tu me cajoles pour me cacher ça. Tout le monde le sait, excepté moi. C'est mon mari qui me l'a appris ! »

Du Roy se mit à ricaner, un peu confus tout de même et, ayant posé son chapeau sur un coin de la cheminée, il s'assit dans un fauteuil.

Elle le regardait bien en face, et elle dit d'une voix irritée et basse : « Depuis que tu as quitté ta femme, tu préparais ce coup-là, et tu me gardais gentiment comme maîtresse, pour faire l'intérim ? Quel gredin tu es ! »

Il demanda : « Pourquoi ça ? J'avais une femme qui me trompait. Je l'ai surprise ; j'ai obtenu le divorce, et j'en épouse une autre. Quoi de plus simple ? »

Elle murmura, frémissante : « Oh ! comme tu es roué et dangereux, toi ! »

Il se remit à sourire : « Parbleu ! Les imbéciles et les niais sont toujours des dupes ! »

Mais elle suivait son idée : « Comme j'aurais dû te deviner dès le commencement. Mais non je ne pouvais pas croire que tu serais crapule comme ça. »

Il prit un air digne : « Je te prie de faire attention aux mots que tu emploies. »

Elle se révolta contre cette indignation : « Quoi ! tu veux que je prenne des gants pour te parler maintenant ! Tu te conduis avec moi comme un gueux depuis que je te connais, et tu prétends que je ne te le dise pas ? Tu trompes tout le monde, tu exploites tout le monde, tu prends du plaisir et de l'argent partout, et tu veux que je te traite comme un honnête homme ? »

Il se leva, et la lèvre tremblante : « Tais-toi, ou je te fais sortir d'ici. »

Elle balbutia : « Sortir d'ici… Sortir d'ici… Tu me ferais sortir d'ici… toi… toi ?… »

Elle ne pouvait plus parler tant elle suffoquait de colère, et brusquement, comme si la porte de sa fureur se fût brisée, elle éclata :

« Sortir d'ici ? Tu oublies donc que c'est moi qui l'ai payé, depuis le premier jour, ce logement-là ! Ah ! oui, tu l'as bien pris à ton compte de temps en temps. Mais qui est-ce qui l'a loué ?… C'est moi… Qui est-ce qui l'a gardé ?… C'est moi… Et tu veux me faire sortir d'ici… Tais-toi donc, vaurien ! Crois-tu que je ne sais pas comment tu as volé à Madeleine la moitié de l'héritage de Vaudrec ? Crois-tu que je ne sais pas comment tu as couché avec Suzanne pour la forcer à t'épouser… »

Il la saisit par les épaules et la secouant entre ses mains : « Ne parle pas de celle-là ! Je te le défends ! »

Elle cria : « Tu as couché avec, je le sais. »

Il eût accepté n'importe quoi, mais ce mensonge l'exaspérait. Les vérités qu'elle lui avait criées par le visage lui faisaient passer tout à l'heure des frissons de rage dans le cœur, mais cette fausseté sur cette petite fille qui allait devenir sa femme éveillait dans le creux de sa main un furieux besoin de frapper.

Il répéta : « Tais-toi… prends garde… tais-toi… » Et il l'agitait comme on agite une branche pour en faire tomber les fruits.

Elle hurla, décoiffée, la bouche grande ouverte, les yeux fous: « Tu as couché avec… »

Il la lâcha et lui lança par la figure un tel soufflet qu'elle alla tomber contre le mur. Mais elle se retourna vers lui, et, soulevée sur ses poignets, vociféra encore une fois: « Tu as couché avec ! »

Il se rua sur elle, et, la tenant sous lui, la frappa comme s'il tapait sur un homme.

Elle se tut soudain, et se mit à gémir sous les coups. Elle ne remuait plus. Elle avait caché sa figure dans l'angle du parquet et de la muraille, et elle poussait des cris plaintifs.

Il cessa de la battre et se redressa. Puis il fit quelques pas par la pièce pour reprendre son sang-froid: et, une idée lui étant venue, il passa dans la chambre, emplit la cuvette d'eau froide, et se trempa la tête dedans. Ensuite, il se lava les mains, et il revint voir ce qu'elle faisait en s'essuyant les doigts avec soin.

Elle n'avait point bougé. Elle restait étendue par terre, pleurant doucement.

Il demanda: « Auras-tu bientôt fini de larmoyer ? »

Elle ne répondit pas. Alors il demeura debout au milieu de l'appartement, un peu gêné, un peu honteux en face de ce corps allongé devant lui.

Puis, tout à coup, il prit une résolution, et saisit son chapeau sur la cheminée: « Bonsoir. Tu remettras la clef au concierge quand tu seras prête. Je n'attendrai pas ton bon plaisir. »

Il sortit, ferma la porte, pénétra chez le portier, et lui dit:

« Madame est restée. Elle s'en ira tout à l'heure. Vous direz au propriétaire que je donne congé pour le 1er octobre. Nous sommes au 16 août, je me trouve donc dans les limites. »

Et il s'en alla à grands pas, car il avait des courses pressées à faire pour les derniers achats de la corbeille[1].

Le mariage était fixé au 20 octobre, après la rentrée des Chambres. Il aurait lieu à l'église de la Madeleine. On en avait beaucoup jasé sans savoir au juste la vérité. Différentes histoires circulaient. On

---

1. **Corbeille**: corbeille de mariage, cadeaux offerts par le marié à sa femme.

chuchotait qu'un enlèvement avait eu lieu, mais on n'était sûr de rien.

D'après les domestiques, Mme Walter, qui ne parlait plus à son futur gendre, s'était empoisonnée de colère le soir où cette union avait été décidée, après avoir fait conduire sa fille au couvent, à minuit.

On l'avait ramenée presque morte. Assurément, elle ne se remettrait jamais. Elle avait l'air maintenant d'une vieille femme ; ses cheveux devenaient tout gris ; et elle tombait dans la dévotion, communiant tous les dimanches.

Dans les premiers jours de septembre *La Vie française* annonça que le baron Du Roy de Cantel devenait son rédacteur en chef, M. Walter conservant le titre de directeur.

Alors on s'adjoignit un bataillon de chroniqueurs connus, d'échotiers, de rédacteurs politiques, de critiques d'art et de théâtre, enlevés à force d'argent aux grands journaux, aux vieux journaux puissants et posés.

Les anciens journalistes, les journalistes graves et respectables ne haussaient plus les épaules en parlant de *La Vie française*. Le succès rapide et complet avait effacé la mésestime des écrivains sérieux pour les débuts de cette feuille.

Le mariage de son rédacteur en chef fut ce qu'on appelle un fait parisien, Georges Du Roy et les Walter ayant soulevé beaucoup de curiosité depuis quelque temps. Tous les gens qu'on cite dans les échos se promirent d'y aller.

Cet événement eut lieu par un jour clair d'automne.

Dès huit heures du matin, tout le personnel de la Madeleine[1], étendant sur les marches du haut perron de cette église qui domine la rue Royale un large tapis rouge, faisait arrêter les passants, annonçait au peuple de Paris qu'une grande cérémonie allait avoir lieu.

1. **Madeleine** : dominant les Grands Boulevards, la Madeleine est l'église des grands mariages parisiens.

Les employés se rendant à leur bureau, les petites ouvrières, les garçons de magasin s'arrêtaient, regardaient et songeaient vaguement aux gens riches qui dépensaient tant d'argent pour s'accoupler.

Vers dix heures, les curieux commencèrent à stationner. Ils demeuraient là quelques minutes, espérant que peut-être ça commencerait tout de suite, puis ils s'en allaient.

À onze heures, des détachements de sergents de ville arrivèrent et se mirent presque aussitôt à faire circuler la foule, car des attroupements se formaient à chaque instant.

Les premiers invités apparurent bientôt, ceux qui voulaient être bien placés pour tout voir. Ils prirent les chaises en bordure, le long de la nef centrale.

Peu à peu il en venait d'autres, des femmes qui faisaient un bruit d'étoffes, un bruit de soie, des hommes sévères, presque tous chauves, marchant avec une correction mondaine, plus graves encore en ce lieu.

L'église s'emplissait lentement. Un flot de soleil entrait par l'immense porte ouverte éclairant les premiers rangs d'amis. Dans le chœur qui semblait un peu sombre, l'autel couvert de cierges faisait une clarté jaune, humble et pâle en face du trou de lumière de la grande porte.

On se reconnaissait, on s'appelait d'un signe, on se réunissait par groupes. Les hommes de lettres, moins respectueux que les hommes du monde, causaient à mi-voix. On regardait les femmes.

Norbert de Varenne, qui cherchait un ami, aperçut Jacques Rival vers le milieu des lignes de chaises, et il le rejoignit.

« Eh bien ! dit-il, l'avenir est aux malins ! »

L'autre, qui n'était point envieux, répondit : « Tant mieux pour lui. Sa vie est faite. » Et ils se mirent à nommer les figures aperçues.

Rival demanda : « Savez-vous ce qu'est devenue sa femme ? »

Le poète sourit : « Oui et non. Elle vit très retirée, m'a-t-on dit, dans le quartier Montmartre. Mais… il y a un mais… je lis depuis quelque temps dans *La Plume* des articles politiques qui ressemblent terriblement à ceux de Forestier et de Du Roy. Ils sont d'un nommé Jean Le Dol, un jeune homme, beau garçon, intelligent, de la même race que notre ami Georges, et qui a fait la connaissance de son ancienne femme. D'où j'ai conclu qu'elle aimait les débutants et les aimerait éternellement. Elle est riche d'ailleurs. Vaudrec et Laroche-Mathieu n'ont pas été pour rien les assidus de la maison. »

Rival déclara : « Elle n'est pas mal, cette petite Madeleine. Très fine et très rouée ! Elle doit être charmante au découvert. Mais, dites-moi, comment se fait-il que Du Roy se marie à l'église après un divorce prononcé ? »

Norbert de Varenne répondit : « Il se marie à l'église parce que, pour l'église, il n'était pas marié, la première fois.

– Comment ça ?

– Notre Bel-Ami, par indifférence ou par économie, avait jugé la mairie suffisante en épousant Madeleine Forestier. Il s'était donc passé de bénédiction ecclésiastique, ce qui constituait, pour notre Sainte Mère l'Église, un simple état de concubinage. Par conséquent, il arrive devant elle aujourd'hui en garçon, et elle lui prête toutes ses pompes, qui coûteront cher au père Walter. »

La rumeur de la foule accrue grandissait sous la voûte. On entendait des voix qui parlaient presque haut. On se montrait des hommes célèbres, qui posaient, contents d'être vus, et gardant avec soin leur maintien adopté devant le public, habitués à se montrer ainsi dans toutes les fêtes dont ils étaient, leur semblait-il, les indispensables ornements, les bibelots d'art.

Rival reprit : « Dites donc, mon cher, vous qui allez souvent chez le Patron, est-ce vrai que Mme Walter et Du Roy ne se parlent jamais plus ?

– Jamais. Elle ne voulait pas lui donner la petite. Mais il tenait le père par des cadavres découverts, paraît-il, des cadavres enterrés au Maroc. Il a donc menacé le vieux de révélations épouvantables. Walter s'est rappelé l'exemple de Laroche-Mathieu et il a cédé tout de suite. Mais la mère, entêtée comme toutes les femmes, a juré qu'elle n'adresserait plus la parole à son gendre. Ils sont rudement drôles, en face l'un de l'autre. Elle a l'air d'une statue, de la statue de la Vengeance, et il est fort gêné, lui, bien qu'il fasse bonne contenance, car il sait se gouverner, celui-là ! »

Des confrères venaient leur serrer la main. On entendait des bouts de conversations politiques. Et vague comme le bruit d'une mer lointaine, le grouillement du peuple amassé devant l'église entrait par la porte avec le soleil, montait sous la voûte, au-dessus de l'agitation plus discrète du public d'élite massé dans le temple.

Tout à coup, le suisse frappa trois fois le pavé du bois de sa hallebarde [1]. Toute l'assistance se retourna avec un long frou-frou de jupes et un remuement de chaises. Et la jeune femme apparut, au bras de son père, dans la vive lumière du portail.

Elle avait toujours l'air d'un joujou, d'un délicieux joujou blanc coiffé de fleurs d'oranger.

Elle demeura quelques instants sur le seuil, puis quand elle fit son premier pas dans la nef, les orgues poussèrent un cri puissant, annoncèrent l'entrée de la mariée avec leur grande voix de métal.

Elle s'en venait, la tête baissée, mais point timide, vaguement émue, gentille, charmante, une miniature d'épousée. Les femmes souriaient et murmuraient en la regardant passer. Les hommes chuchotaient : « Exquise, adorable. » M. Walter marchait avec une dignité exagérée, un peu pâle, les lunettes d'aplomb sur le nez.

Derrière eux, quatre demoiselles d'honneur, toutes les quatre vêtues de rose et jolies toutes les quatre, formaient une cour à ce bijou de reine. Les garçons d'honneur, bien choisis, conformes au type, allaient d'un pas qui semblait réglé par un maître de ballet.

Mme Walter les suivait, donnant le bras au père de son autre gendre, au marquis de Latour-Yvelin, âgé de soixante-douze ans. Elle ne marchait pas, elle se traînait, prête à s'évanouir à chacun de ses mouvements en avant. On sentait que ses pieds se collaient aux dalles, que ses jambes refusaient d'avancer, que son cœur battait dans sa poitrine comme une bête qui bondit pour s'échapper.

Elle était devenue maigre. Ses cheveux blancs faisaient paraître plus blême encore et plus creux son visage.

---

1. **Hallebarde** : arme d'apparat des soldats suisses, constituée d'un long manche de bois au bout duquel est fixé un fer de hache surmonté d'une pointe.

Elle regardait devant elle pour ne voir personne, pour ne songer, peut-être, qu'à ce qui la torturait.

Puis Georges Du Roy parut avec une vieille dame inconnue.

Il levait la tête sans détourner non plus ses yeux fixes, durs, sous ses sourcils un peu crispés. Sa moustache semblait irritée sur sa lèvre. On le trouvait fort beau garçon. Il avait l'allure fière, la taille fine, la jambe droite. Il portait bien son habit que tachait, comme une goutte de sang, le petit ruban rouge de la Légion d'honneur.

Puis venaient les parents, Rose avec le sénateur Rissolin. Elle était mariée depuis six semaines. Le comte de Latour-Yvelin accompagnait la vicomtesse de Percemur.

Enfin ce fut une procession bizarre des alliés ou amis de Du Roy qu'il avait présentés dans sa nouvelle famille, gens connus dans l'entremonde parisien qui sont tout de suite les intimes, et, à l'occasion, les cousins éloignés des riches parvenus, gentilshommes déclassés, ruinés, tachés, mariés parfois, ce qui est pis. C'étaient M. de Belvigne, le marquis de Banjolin, le comte et la comtesse de Ravenel, le duc de Ramorano, le prince Kravalow, le chevalier Valréali, puis des invités de Walter, le prince de Guerche, le duc et la duchesse de Ferracine, la belle marquise des Dunes. Quelques parents de Mme Walter gardaient un air comme il faut de province, au milieu de ce défilé.

Et toujours les orgues chantaient, poussaient par l'énorme monument les accents ronflants et rythmés de leurs gorges luisantes, qui crient au ciel la joie ou la douleur des hommes. On referma les grands battants de l'entrée, et, tout à coup, il fit sombre comme si on venait de mettre à la porte le soleil.

Maintenant Georges était agenouillé à côté de sa femme dans le chœur, en face de l'autel illuminé. Le nouvel évêque de Tanger, crosse[1] en main, mitre[2] en tête, apparut, sortant de la sacristie, pour les unir au nom de l'Éternel.

---

1. **Crosse**: bâton d'évêque dont l'extrémité est recourbée.
2. **Mitre**: haute coiffure de forme triangulaire portée par les évêques lors des cérémonies.

Il posa les questions d'usage, échangea les anneaux, prononça les paroles qui lient comme des chaînes, et il adressa aux nouveaux époux une allocution chrétienne. Il parla de la fidélité, longuement, en termes pompeux. C'était un gros homme de grande taille, un de ces beaux prélats[1] chez qui le ventre est une majesté.

Un bruit de sanglots fit retourner quelques têtes. Mme Walter pleurait, la figure dans ses mains.

Elle avait dû céder. Qu'aurait-elle fait? Mais depuis le jour où elle avait chassé de sa chambre sa fille revenue, en refusant de l'embrasser, depuis le jour où elle avait dit à voix très basse à Du Roy, qui la saluait avec cérémonie en reparaissant devant elle: « Vous êtes l'être le plus vil que je connaisse, ne me parlez jamais plus, car je ne vous répondrai point! » elle souffrait une intolérable et inapaisable torture. Elle haïssait Suzanne d'une haine aiguë, faite de passion exaspérée et de jalousie déchirante, étrange jalousie de mère et de maîtresse, inavouable, féroce, brûlante comme une plaie vive.

Et voilà qu'un évêque les mariait, sa fille et son amant, dans une église, en face de deux mille personnes, et devant elle! Et elle ne pouvait rien dire! Elle ne pouvait pas empêcher cela! Elle ne pouvait pas crier: « Mais il est à moi, cet homme, c'est mon amant. Cette union que vous bénissez est infâme. »

Plusieurs femmes, attendries, murmurèrent: « Comme la pauvre mère est émue. »

L'évêque déclamait: « Vous êtes parmi les heureux de la terre, parmi les plus riches et les plus respectés. Vous, Monsieur, que votre talent élève au-dessus des autres, vous qui écrivez, qui enseignez, qui conseillez, qui dirigez le peuple, vous avez une belle mission à remplir, un bel exemple à donner… »

Du Roy l'écoutait, ivre d'orgueil. Un prélat de l'Église romaine lui parlait ainsi, à lui. Et il sentait, derrière son dos, une foule, une foule illustre venue pour lui. Il lui semblait qu'une force le poussait, le soulevait. Il devenait un des maîtres de la terre, lui, lui, le fils des deux pauvres paysans de Canteleu.

---

1. **Prélats**: ecclésiastiques de haut rang.

Il les vit tout à coup dans leur humble cabaret, au sommet de la côte, au-dessus de la grande vallée de Rouen, son père et sa mère, donnant à boire aux campagnards du pays. Il leur avait envoyé cinq mille francs en héritant du comte de Vaudrec. Il allait maintenant leur en envoyer cinquante mille : et ils achèteraient un petit bien. Ils seraient contents, heureux.

L'évêque avait terminé sa harangue[1]. Un prêtre vêtu d'une étole dorée montait à l'autel. Et les orgues recommencèrent à célébrer la gloire des nouveaux époux.

Tantôt elles jetaient des clameurs prolongées, énormes, enflées comme des vagues, si sonores et si puissantes, qu'il semblait qu'elles dussent soulever et faire sauter le toit pour se répandre dans le ciel bleu. Leur bruit vibrant emplissait toute l'église, faisait frissonner la chair et les âmes. Puis tout à coup elles se calmaient ; et des notes fines, alertes, couraient dans l'air, effleuraient l'oreille comme des souffles légers ; c'étaient de petits chants gracieux, menus, sautillants, qui voletaient ainsi que des oiseaux ; et soudain, cette coquette musique s'élargissait de nouveau, redevenant effrayante de force et d'ampleur, comme si un grain de sable se métamorphosait en un monde.

Puis des voix humaines s'élevèrent, passèrent au-dessus des têtes inclinées. Vauri et Landeck, de l'Opéra, chantaient. L'encens répandait une odeur fine de benjoin, et sur l'autel le sacrifice divin s'accomplissait, l'Homme-Dieu, à l'appel de son prêtre, descendait sur la terre pour consacrer le triomphe du baron Georges Du Roy.

Bel-Ami, à genoux à côté de Suzanne, avait baissé le front. Il se sentait en ce moment presque croyant, presque religieux, plein de reconnaissance pour la divinité qui l'avait ainsi favorisé, qui le traitait avec ces égards. Et sans savoir au juste à qui il s'adressait, il la remerciait de son succès.

---

1. **Harangue** : discours solennel.

Lorsque l'office fut terminé, il se redressa, et, donnant le bras à sa femme, il passa dans la sacristie. Alors commença l'interminable défilé des assistants. Georges, affolé de joie, se croyait un roi qu'un peuple venait acclamer. Il serrait des mains, balbutiait des mots qui ne signifiaient rien, saluait, répondait aux compliments : « Vous êtes bien aimable. »

Soudain il aperçut Mme de Marelle ; et le souvenir de tous les baisers qu'il lui avait donnés, qu'elle lui avait rendus, le souvenir de toutes leurs caresses, de ses gentillesses, du son de sa voix, du goût de ses lèvres, lui fit passer dans le sang le désir brusque de la reprendre. Elle était jolie, élégante, avec son air gamin et ses yeux vifs. Georges pensait : « Quelle charmante maîtresse, tout de même. »

Elle s'approcha, un peu timide, un peu inquiète, et lui tendit la main. Il la reçut dans la sienne et la garda. Alors il sentit l'appel discret de ces doigts de femme, la douce pression qui pardonne et reprend. Et lui-même il la serrait, cette petite main, comme pour dire : « Je t'aime toujours, je suis à toi ! »

Leurs yeux se rencontrèrent, souriants, brillants, pleins d'amour. Elle murmura de sa voix gracieuse :

« À bientôt, monsieur. »

Il répondit gaiement : « À bientôt, madame. »

Et elle s'éloigna.

D'autres personnes se poussaient. La foule coulait devant lui comme un fleuve. Enfin elle s'éclaircit. Les derniers assistants partirent.

Georges reprit le bras de Suzanne pour retraverser l'église.

Elle était pleine de monde, car chacun avait regagné sa place, afin de les voir passer ensemble. Il allait lentement, d'un pas calme, la tête haute, les yeux fixés sur la grande baie ensoleillée de la porte. Il sentait sur sa peau courir de légers frissons, ces frissons froids que donnent les immenses bonheurs. Il ne voyait personne. Il ne pensait qu'à lui.

Lorsqu'il parvint sur le seuil, il aperçut la foule amassée, une foule noire, bruissante, venue là pour lui, pour lui Georges Du Roy. Le peuple de Paris le contemplait et l'enviait.

Puis, relevant les yeux, il découvrit là-bas, derrière la place de la Concorde, la Chambre des députés. Et il lui sembla qu'il allait faire un bond du portique [1] de la Madeleine au portique du Palais-Bourbon.

Il descendit avec lenteur les marches du haut perron entre deux haies de spectateurs. Mais il ne les voyait point ; sa pensée maintenant revenait en arrière, et devant ses yeux éblouis par l'éclatant soleil flottait l'image de Mme de Marelle rajustant en face de la glace les petits cheveux frisés de ses tempes, toujours défaits au sortir du lit.

1. **Portique** : ici, galerie ouverte soutenue par des colonnes. L'église de la Madeleine et le Palais-Bourbon, abritant la Chambre des députés, en sont pourvus.

Arrêt sur lecture 4

Pour comprendre l'essentiel

La réception chez les Walter : un tournant décisif

❶ Fort de sa réussite, M. Walter se lance à la conquête de Paris en organisant une réception mondaine. La débauche de luxe force l'estime des invités. Relevez les procédés de la description qui le prouvent (champs lexicaux et hyperboles).

❷ La jalousie de Du Roy atteint son paroxysme face à ce luxe ostentatoire. Analysez ses différentes réactions. Montrez que cet épisode conditionne toute la suite du roman.

❸ Le tableau *Jésus marchant sur les flots* acquiert une importance symbolique. Expliquez ce que cette toile représente pour M. Walter ; puis montrez ce qui peut amuser le lecteur dans la comparaison que fait Suzanne entre le Christ et Bel-Ami.

Bel-Ami prédateur : l'élimination des derniers obstacles

❹ Les chapitres 8 et 9 mettent en évidence les stratégies qu'élabore Du Roy pour servir à la fois sa réussite et ses désirs de vengeance. Identifiez ses manœuvres, et montrez qu'elles soulignent une évolution négative du personnage.

❺ Analysez la dernière entreprise de séduction de Bel-Ami et expliquez comment il conquiert la jeune Suzanne Walter. Étudiez le contraste entre l'attitude qu'il a avec cette jeune femme et celle, violente, qu'il a avec Clotilde lors de leur dernier rendez-vous.

Un dénouement ouvert

❻ Dans ces derniers chapitres, le romancier se livre à des variations de point de vue. Relevez les plus significatives et montrez qu'elles permettent, à travers les pensées des autres personnages, de dresser un bilan du parcours de Du Roy.

❼ Le récit du mariage comporte plusieurs détails qui révèlent l'ironie du romancier tant à l'égard des mariés que des invités. Relevez-les et dégagez les critiques implicites contenues dans cet épisode.

❽ Dans les dernières lignes du roman, Bel-Ami porte son regard sur le Palais-Bourbon, mais aussi sur Clotilde. Dites en quoi Maupassant compose ainsi une fin ouverte.

Rappelez-vous !

• Ces derniers chapitres présentent les dernières entreprises de Georges Du Roy : il s'attache à lever un à un tous les obstacles qui le séparent de la **réussite** et de la **fortune** qu'il convoitait dès l'*incipit*. Cependant le parcours du personnage ne s'arrête pas là : le lecteur peut imaginer une suite à l'histoire, puisque Bel-Ami tourne son regard vers le Palais-Bourbon et projette de poursuivre son ascension sociale par une carrière politique. Il s'agit donc d'un **dénouement ouvert**.

• Salons et serre de l'hôtel particulier de Walter, tableau du Christ, mariage de Du Roy..., les descriptions ponctuent cette dernière partie de l'œuvre comme dans tout le reste du roman. La **description** constitue une pause dans le récit. Elle permet de construire la dimension réaliste du roman. Dans certains cas, elle peut aussi prendre une dimension poétique, soulignant par des procédés littéraires la beauté des choses et des êtres.

Vers l'oral du Bac

Analyse du chapitre 7, lignes 226-260, p. 328-329

☛ Montrer que la description de la serre se construit sur des contrastes

Conseils pour la lecture à voix haute

– Adoptez un rythme lent pour lire la description de la serre afin de faire ressortir l'atmosphère voluptueuse du lieu.

– Veillez à mettre en évidence l'amertume de Du Roy dans son discours rapporté.

Analyse du texte

Introduction rédigée

Dans la deuxième partie du roman, Maupassant s'attache à montrer les liens étroits qui se nouent entre la politique et le journalisme. Soucieux de reconnaissance, M. Walter affiche sa réussite aux yeux du monde en organisant une grande réception mondaine dans sa nouvelle demeure, prenant pour prétexte de faire admirer un tableau très en vogue qu'il vient d'acquérir à prix d'or. Georges, jaloux, se rend à cette réception à contrecœur. Guidé par Suzanne, il traverse les multiples salons de l'hôtel pour finalement arriver dans la serre où se trouve le tableau. C'est l'occasion pour Maupassant de faire une pause dans le récit pour décrire la profusion de richesses qui caractérise le lieu. Nous montrerons que la description de la serre se construit sur des contrastes, voire des contradictions, en analysant tout d'abord sa dimension poétique puis en mettant en évidence les faux accords qui viennent en briser l'harmonie.

Analyse guidée

I. Une description poétique

a. Le lecteur pénètre dans la serre en même temps que Du Roy guidé par Suzanne. Étudiez le point de vue adopté. Le romancier aide le lecteur à se représenter le lieu grâce à des indices spatiaux et à des comparaisons. Relevez-les.

b. La serre se caractérise par son luxe et sa sensualité. Étudiez les champs lexicaux employés pour la décrire.

c. La serre prend une dimension fantastique. Montrez que réel et irréel se confondent et que la nature prend vie. Relevez les éléments qui indiquent que le tableau se fond dans ce décor.

II. Un univers factice

a. La serre est par définition la recréation artificielle d'un milieu naturel. Identifiez ce qui met en évidence le caractère factice du lieu.

b. L'intention de M. Walter est d'exhiber sa réussite financière. Relevez tout ce qui, dans la description, souligne la grandeur du lieu et l'abondance de richesses. Montrez que M. Walter, en mélangeant les styles, crée un univers disparate. Identifiez les éléments du décor qui sont particulièrement tape-à-l'œil.

c. Le spectacle de la serre provoque plusieurs réactions chez les personnages. Analysez-les. Georges considère Suzanne comme une « marionnette ». Identifiez les passages qui prouvent que c'est cependant lui qui se laisse guider.

Conclusion rédigée

Cette description se construit donc sur plusieurs contrastes : tout dans ce milieu naturel est factice, le réel se mélange à l'irréel, l'ombre à la lumière et la chaleur à la fraîcheur dans une atmosphère fantastique. La sensualité des lieux n'inspire pourtant à Du Roy qu'un profond cynisme. Cependant, la serre allie des styles très disparates, et l'ensemble, surchargé, révèle surtout le manque de goût de son propriétaire. On perçoit donc une fois de plus l'ironie du romancier, car au-delà de sa dimension poétique, la description revêt une portée satirique.

On peut rapprocher ce texte d'une autre description de serre tout aussi étonnante et poétique, celle qui apparaît dans le roman de Zola *La Curée* : l'univers luxueux et voluptueux du jardin d'hiver y devient le théâtre de la relation semi-incestueuse qui unit la belle Renée à son beau-fils Maxime.

Les trois questions de l'examinateur

Question 1. Vous avez montré que la serre est un lieu qui prend des allures fantastiques, mais ce passage relève-t-il entièrement d'un tel registre ? Pourquoi ?

Question 2. Considérez-vous *Bel-Ami* comme un roman d'apprentissage ? Argumentez.

Question 3. Comparez le début et la fin du roman. Dites, selon vous, les réflexions que le romancier a voulu susciter chez le lecteur.

Le tour de l'œuvre en 8 fiches

Sommaire

Fiche 1

Maupassant en 18 dates

1850	Naissance de Maupassant à Tourville-sur-Arques.
1863	Étudie le latin et les mathématiques à la pension religieuse d'Yvetot.
1868	Renvoyé de la pension, il intègre le lycée de Rouen. Il rend régulièrement visite à Flaubert à Croisset et devient son disciple.
1869	Inscription à la faculté de droit à Paris.
1870	La guerre franco-prussienne éclate. Mobilisé, Maupassant assiste à l'invasion de la Normandie.
1871	Démobilisé, il s'installe à Paris.
1872	Fonctionnaire au ministère de la Marine puis au ministère de l'Instruction publique.
1875	Publication de son premier conte, *Une main d'écorché*, sous un pseudonyme.
1877	Maupassant apprend qu'il a contracté la syphilis.
1880	Publication du recueil de nouvelles d'auteurs naturalistes *Les Soirées de Médan*. Grand succès de *Boule-de-Suif*, placé en tête du recueil. Maupassant quitte son emploi au ministère et devient journaliste. Mort de Flaubert.
1881	Publication d'un premier recueil de nouvelles, *La Maison Tellier*. Il écrit pour plusieurs journaux (*Gil Blas*, *Le Figaro*...)
1883	Publication de son premier roman, *Une vie*, et des *Contes de la bécasse*. Nombreux voyages.
1885	**Publication de *Bel-Ami*.**
1887	Publication du *Horla*.
1888	Publication de *Pierre et Jean*.
1889	Mort de son frère. L'évolution de la syphilis fait souffrir Maupassant qui développe une forme de paranoïa.
1892	Tentative de suicide manquée. Interné dans la clinique du docteur Émile Blanche.
1893	Mort de Maupassant le 6 juillet, à Paris.

Fiche 2

L'œuvre dans son contexte

La Troisième République

Maupassant publie *Bel-Ami* en 1885, un roman contemporain, puisque l'action du roman se déroule entre 1880 et 1883. La guerre franco-prussienne de 1870, aboutissant à la défaite de Napoléon III à Sedan, a mis fin au Second Empire. Le régime qui lui succède est celui de la Troisième République (1870 à 1940). Elle est marquée par une grande instabilité ministérielle. Entre 1880 et 1885, un homme politique est sur le devant de la scène: **Jules Ferry**. D'abord ministre, puis président du Conseil, il oriente sa politique vers deux principaux combats: **l'instruction publique et l'expansion coloniale**.

La période se caractérise par un important **développement du capitalisme**. L'argent est au cœur des préoccupations. Politique, affaires et journalisme sont étroitement liés, et les scandales financiers se multiplient dans une société où règne l'opportunisme.

Parallèlement, on assiste dans les années 1880-1890 à une **montée de l'antisémitisme en France**, qui éclatera dans l'affaire Dreyfus entre 1896 et 1906. Maupassant souligne à plusieurs reprises les préjugés qui touchent M. Walter à cause de ses origines juives.

Les colonies

La question du Maroc est plusieurs fois évoquée dans *Bel-Ami*. Or ce sont les affaires tunisiennes qui sont à l'origine de troubles dans les années 1880-1881. À cette époque, le bey de Tunis, criblé de dettes, subit un contrôle financier présidé par la France; le pays est placé sous une tutelle occidentale. Un incident à la frontière algérienne donne à la France le prétexte d'une intervention militaire et lui permet **d'imposer un protectorat à la Tunisie** en mai 1881.

Paris en 1880

Sous le Second Empire, Napoléon III a entrepris de rénover et assainir la capitale, confiant les **travaux au baron Haussmann**, qui les poursuit sous la Troisième République. Haussmann perce ou agrandit toute une série de grands axes dans la ville.

C'est donc dans un **Paris embelli et modernisé** que se situe l'action de *Bel-Ami*. La majeure partie du roman se déroule sur la rive droite, du côté des Grands Boulevards (voir les images reproduites au verso de la couverture). Il est alors à la mode de s'y montrer et de s'y divertir dans les cafés, les grands restaurants et les théâtres. Duroy arpente ainsi les boulevards Poissonnière, Malesherbes ou celui des Italiens; il fréquente le café Riche, le café Anglais, le glacier Tortoni et les Folies-Bergère...

Fiche 3

La structure de l'œuvre

Première partie – Le temps de l'apprentissage		
L'apprentissage du métier	Chapitre 1	La rencontre inattendue de Forestier offre à Georges Duroy des perspectives nouvelles.
	Chapitre 2	Duroy découvre le milieu du journalisme au cours du dîner chez Forestier.
	Chapitre 3	Duroy rédige son premier article, initié à l'écriture par Mme Forestier.
	Chapitre 4	Duroy fait ses débuts à *La Vie Française*, initié au métier par Saint-Potin.
L'apprentissage de la vie	Chapitre 5	Duroy séduit Mme de Marelle et entretient avec elle une liaison jusqu'à leur première rupture.
	Chapitre 6	Duroy participe à deux réunions chez les Walter : il plaît à la femme du patron et se retrouve ensuite nommé chef des Échos.
	Chapitre 7	Duroy se bat en duel : il est confronté pour la première fois à la mort.
	Chapitre 8	Duroy assiste à l'agonie de Forestier : il est confronté pour la deuxième fois à la mort.

Deuxième partie – L'ascension du personnage		
Duroy se fait un nom et une place	Chapitre 1	Duroy se marie avec Madeleine et devient Du Roy de Cantel. Il rend visite à ses parents.
	Chapitre 2	Du Roy est le nouveau Forestier: il dirige la politique au journal, mais doit affronter les moqueries de ses collègues, et sa propre jalousie.
	Chapitre 3	Du Roy reprend sa liaison avec Clotilde. L'assaut chez Jacques Rival marque le début de la séduction de Mme Walter.
	Chapitre 4	Du Roy fait la conquête de Mme Walter.
	Chapitre 5	Du Roy tire parti du lien entre le journalisme et la politique pour gagner de l'argent dans l'affaire du Maroc. Une nouvelle dispute éclate avec Clotilde.
	Chapitre 6	Du Roy parvient à toucher la moitié de l'héritage que Vaudrec a laissé à sa femme.
Levée des derniers obstacles	Chapitre 7	Du Roy est invité à la réception et à un dîner chez les Walter: il met fin à sa liaison avec Mme Walter et commence la séduction de Suzanne. Il obtient la Légion d'honneur.
	Chapitre 8	Du Roy tend un piège à Madeleine: il fait coup double en brisant son mariage et en faisant tomber Laroche-Mathieu.
	Chapitre 9	Du Roy enlève Suzanne qu'il a séduite, et s'impose à M. Walter.
	Chapitre 10	Du Roy se marie avec Suzanne: il accède à la réussite et à la fortune tant souhaitées, et envisage une carrière politique.

Fiche 4

Les grands thèmes de l'œuvre

Le journalisme

Maupassant connaît bien l'univers du journalisme, puisqu'il a lui-même été reporter pour les grands journaux de son temps (*Le Gaulois*, *Gil Blas*, *Le Figaro*...). Dans *Bel-Ami*, il dresse une **satire sévère de ce monde où règnent l'illusion et l'incompétence**: derrière le bel escalier-réclame de *La Vie française*, les journalistes passent leur temps à jouer aux cartes ou au bilboquet, et n'hésitent pas à inventer la matière de leurs articles. Bel-Ami n'a aucune compétence particulière pour le métier, et pourtant il gravit tous les échelons de *La Vie française*. Walter lui-même a d'ailleurs plus de qualités d'homme d'affaires que de journaliste.

La fiction permet à Maupassant de dévoiler **l'importance que commence à prendre la presse quand elle se mêle aux affaires politiques**. Elle constitue alors un pouvoir à elle seule, puisqu'elle manipule l'opinion publique, sous-tend les spéculations financières et peut discréditer un homme d'État en quelques articles. Maupassant montre ainsi que la presse constitue bien le «**quatrième pouvoir**» sous la Troisième République.

Les femmes

Les femmes occupent un rôle très important dans le roman puisque c'est grâce à elles que Duroy parvient à évoluer socialement et professionnellement.

Mme Forestier et Mme de Marelle sont deux initiatrices, indépendantes, qui donnent au roman une **dimension féministe**. Elles aident Duroy à faire son entrée dans le monde et à découvrir la société parisienne. Madeleine, intellectuelle, femme influente et talentueuse, est responsable de la réussite professionnelle de ses deux maris (Forestier puis Duroy) puisqu'elle rédige leurs articles. Elle considère le mariage comme «une association» et entend être libre de ses actes dans cette union. Clotilde représente la femme bohème qui aime s'encanailler et n'hésite pas à avouer que sa conception de l'amour n'a rien de platonique. C'est elle qui entretient Bel-Ami au début du roman.

À l'inverse, **Mme Walter et Suzanne** représentent les victimes de Duroy. Elles sont toutes deux faciles à manipuler à cause de leur **naïveté et de leur idéalisme**. Sous des **apparences dévotes**, Virginie Walter cache un tempérament romanesque et passionné. Elle se laisse prendre au piège de Bel-Ami, cède à la tentation de l'adultère, et se rend vite ridicule et pathétique. L'image de Suzanne est moins négative dans le roman, mais elle n'est qu'une proie pour Duroy.

Enfin, l'attitude de la petite **Laurine** envers Duroy est révélatrice de l'évolution du personnage: c'est elle qui met en évidence ses talents de séducteur au cours du dîner chez Forestier en acceptant qu'il l'embrasse; elle, encore, qui le **baptise Bel-Ami**; mais une fois Georges marié, elle le salue froidement et ne l'appelle plus ainsi, ce qui apparaît comme une condamnation. Il ne mérite plus son surnom.

Le paraître

Dans *Bel-Ami*, Maupassant montre bien l'importance des apparences dans la société de son temps. À *La Vie française*, il suffit de faire semblant d'être compétent. Lorsque Saint-Potin apprend le métier à Duroy, il lui explique qu'il faut simplement donner aux articles une apparence de sérieux et écrire ce que le lecteur a envie de lire.

Les apparences règnent bien sûr aussi dans le **grand monde**. La première fois que Duroy se rend chez les Walter, **la réception lui apparaît comme une véritable mise en scène**, avec décor, entrées et sorties des personnages, discours convenus débités par les dames. Les deux autres grandes réceptions du roman, l'assaut donné par Jacques Rival et la présentation du tableau chez les Walter, sont également présentées comme des **événements mondains** auxquels il est de bon ton de se montrer.

Par ailleurs, **l'évolution de l'identité du personnage principal** est révélatrice de cette importance accordée aux apparences. Madeleine le pousse à transformer son nom pour lui ajouter une particule après leur mariage: Georges Duroy devient Duroy de Cantel, puis Du Roy de Cantel, et s'invente même un titre de baron. Quant à son surnom, Bel-Ami, il met en évidence sa beauté physique.

Enfin, le **thème du miroir** réapparaît plusieurs fois dans le roman et souligne l'intérêt que le héros accorde à sa propre apparence. Duroy voit sa propre évolution dans le miroir de Forestier qui devient son miroir: un «monsieur» en costume (I, 2), puis un «nouveau Forestier» (I, 5), et enfin le «millionnaire qui passe» (II, 6).

Un roman d'apprentissage?

Le roman d'apprentissage (*Bildungsroman* en allemand) est un genre né en Allemagne à la fin du XVIIIe siècle et qui se développe beaucoup au XIXe siècle. Il raconte **l'entrée dans la vie d'un jeune héros**, son évolution sociale, mais aussi morale et souvent amoureuse, jusqu'à ce qu'il devienne un individu accompli ayant trouvé sa place dans la société.

Bel-Ami constitue-t-il réellement un roman d'apprentissage? Certes Maupassant nous raconte l'évolution sociale, professionnelle et financière du héros, mais **moralement, le personnage n'évolue pas**, ou de façon négative, puisqu'il devient de plus en plus ambitieux, jaloux, et même odieux. De plus, Bel-Ami se laisse souvent porter par les événements, et doit l'essentiel de sa réussite aux femmes. Pourtant, il n'apprend pas à les aimer, seulement à le leur faire croire, et reste étranger au sentiment amoureux. Qu'apprend alors Georges Duroy au fil des pages du roman, si ce n'est la manipulation et l'opportunisme?

Fiche 5

Les personnages du roman

La notion de personnage

Le personnage est une création du romancier, un *être de papier*, contrairement à la personne qui est un être bien réel. Cependant le personnage est construit comme une personne : le romancier le dote d'une identité, d'une apparence, d'un caractère, de gestes et de pensées qui vont permettre au lecteur de se le représenter. En insérant le personnage dans l'univers romanesque de fiction, l'auteur nous donne à voir sa propre vision de l'homme et du monde.

C'est précisément ce que fait remarquer Maupassant dans la préface de *Pierre et Jean* au sujet du romancier réaliste : « À force d'avoir vu et médité, il regarde l'univers, les choses, les faits et les hommes d'une certaine façon qui lui est propre et qui résulte de l'ensemble de ses observations réfléchies. C'est cette vision personnelle du monde qu'il cherche à nous communiquer en la reproduisant dans un livre. »

Bel-Ami : un héros de roman

Le roman s'articule autour du personnage principal, Georges Duroy, et de son évolution. L'**évolution de son identité** tout d'abord : le Georges Duroy des premières pages devient vite Bel-Ami auprès des femmes, puis Georges Du Roy de Cantel sur les conseils de Madeleine et finit par se donner lui-même le titre de baron. Son **évolution sociale** ensuite, qui repose avant tout sur son **ascension professionnelle** : « quittant son poste d'employé de bureau aux chemins de fer du Nord » grâce à Forestier, il fait carrière dans le journalisme : d'abord chroniqueur, puis chef des Échos, il se voit ensuite confier la Vie politique et finit rédacteur en chef de *La Vie Française*. Cette évolution suit de près ses **relations avec les femmes** : c'est le mariage avec Madeleine qui lui permet de prendre la place de Forestier au journal, et la suite de son ascension dépend de ses relations avec la famille Walter (influence de la mère, mariage avec la fille). Son **évolution psychologique** enfin : Duroy se présente dès les premières pages comme un jeune homme ambitieux. Cette ambition ne cesse de croître tout au long du roman, le poussant parfois à la jalousie et au mépris, et faisant de lui un personnage égoïste, sans scrupule et de plus en plus déterminé.

À travers le héros du roman, Maupassant propose donc au lecteur d'explorer une psychologie humaine particulière. Georges Duroy incarne ainsi un type, celui du **jeune provincial ambitieux** qui vient se faire une place dans la société parisienne.

Les personnages dans *Bel-Ami*

Confronté aux personnages secondaires, le personnage principal se trouve au cœur d'un **vaste système de**

relations. C'est cette mise en relation des personnages qui construit l'intrigue et détermine l'action. Georges Duroy rencontre ainsi différentes figures qui jouent un rôle dans son évolution.

Les **femmes** sont les principaux adjuvants de Bel-Ami, elles l'aident à progresser socialement. Madeleine lui apprend son métier, Clotilde de Marelle lui fait découvrir les joies de la vie parisienne et de l'amour, et Mme Walter le fait entrer dans la haute société.

Les **hommes** peuvent, eux aussi, jouer le rôle d'initiateurs: Forestier lui permet de se sortir de sa condition misérable de petit employé de bureau; Saint-Potin lui apprend les rouages du métier de journaliste; Jacques Rival l'aide à passer l'épreuve du duel.

Si Duroy développe parfois de la haine pour certains personnages (Laroche-Mathieu influent, Forestier mort, Walter enrichi), **il rencontre cependant peu d'ennemis** (qui d'autre en effet, que le journaliste qui le provoque en duel ?). L'ensemble du roman tend à nous montrer comment il tire parti de ses relations. **Les variations de point de vue** sont à ce titre intéressantes: Maupassant choisit souvent la focalisation interne pour livrer les pensées et les émotions de Duroy vis-à-vis des différents événements qui constituent l'action, mais il introduit parfois le point de vue d'autres personnages comme celui de Madeleine ou de Mme Walter pour mettre en évidence l'influence que le héros exerce sur elles.

Une vision pessimiste du monde

Maupassant nous livre dans *Bel-Ami* une **vision du monde pessimiste**: le héros est représentatif de toute une évolution de la société, de plus en plus gouvernée par l'argent et les intérêts personnels. Bel-Ami se trouve au carrefour de deux époques dans la France du Second Empire.

L'aristocratie en perte de valeurs (morales et religieuses) voit la **bourgeoisie** prendre les rênes du pouvoir et de l'économie. Les parvenus comme Walter et Laroche-Mathieu accèdent à la réussite financière et/ou politique, tandis que la noblesse vend son nom dans des mariages de convenance: dans les réceptions fastueuses de leur père, les filles Walter sont entourées de comtes et de marquis prêts à les épouser.

Le paysage français se modifie sous l'influence de la **révolution industrielle**: la description de la ville de Rouen, où les vieux clochers gothiques de la rive droite font face aux cheminées d'usine et aux faubourgs de la rive gauche, est particulièrement représentative de cette évolution.

L'univers politique perd son indépendance pour se retrouver étroitement lié **au journalisme et au monde des affaires**. Bel-Ami le comprend vite, et parvient ainsi à briser la carrière du ministre Laroche-Mathieu en rendant publique sa liaison scandaleuse avec sa femme. À travers l'histoire de Bel-Ami, Maupassant dresse ainsi un tableau réaliste et critique de la société de son temps, qui ne laisse aucune place à l'idéalisme.

Fiche 6

Réalisme et satire sociale

Caractéristiques du genre romanesque

Le roman est un genre littéraire difficile à cerner étant donné la diversité des œuvres qu'il recouvre (roman d'aventures, d'apprentissage, épistolaire, autobiographique, fantastique, policier..., la liste est longue). Il se définit essentiellement comme un récit assez long en prose racontant des faits fictifs. Ces caractéristiques n'imposent pas de forme stricte, mais laissent beaucoup de liberté au romancier dans la façon de raconter son histoire. Maupassant a choisi le traditionnel **récit à la troisième personne** pour se placer en position d'observateur de son époque.

Le roman est un **genre complexe** qui allie plusieurs types de texte: la **narration** y côtoie la **description**, mais aussi le **dialogue**, et parfois des **réflexions argumentées** sur un sujet particulier. Il a l'étonnante capacité d'absorber d'autres genres: il peut en effet contenir des lettres, des articles, des poèmes, bref, tout type de texte que le personnage peut avoir entre les mains. Ainsi, tous les registres sont susceptibles de trouver leur place dans le roman. Certains cependant sont particulièrement présents dans *Bel-Ami*: le registre réaliste et le registre satirique.

Un roman réaliste

Bel-Ami est un roman réaliste: Maupassant y décrit la **réalité de son temps**, avec pour ambition de montrer la société telle qu'elle est, d'en donner une image fidèle et vraie. Il s'attache à construire ce que l'on nomme l'**illusion référentielle**: il s'agit de donner au lecteur l'impression que l'histoire est réelle, de lui faire oublier qu'il s'agit d'une fiction. Pour cela, le romancier ancre son récit dans un **cadre spatio-temporel précis**, au moyen par exemple de noms de lieux qui existent bel et bien: noms de grands boulevards parisiens (boulevard Poissonnière, boulevard Malesherbes...), d'établissements réputés (les Folies-Bergère, le café Riche), de monuments (église de la Trinité, église de la Madeleine)... Il ponctue également ses descriptions de détails qui n'ont pas forcément de fonction dans le récit mais permettent de construire un univers romanesque cohérent et riche. C'est ce qu'on appelle les **effets de réel**. Le récit est ainsi jalonné de descriptions très détaillées qui donnent à la fiction un caractère authentique.

La satire dans *Bel-Ami*

Le registre réaliste, parce qu'il présente la réalité telle qu'elle est en refusant l'idéalisme, s'accompagne souvent d'une **vision du monde pessimiste**. C'est le cas dans *Bel-Ami*: Maupassant met en relief les défauts de certains milieux, les vices de certaines catégories sociales, ce qui introduit souvent dans le roman le registre satirique. La **satire est une critique moqueuse** qui s'apparente au **registre comique** puisqu'elle est destinée à faire rire, et qui a une **portée polémique** puisqu'elle a pour but de dénoncer. Elle se développe souvent dans les portraits, comme par exemple celui de Laroche-Mathieu, mais aussi dans les descriptions comme celle de *La Vie française*. Maupassant n'hésite pas à se moquer des bourgeois parvenus (comme M. Walter), des femmes du monde qui dissimulent leur adultère sous des apparences de dévotion (comme Mme Walter), ou des aristocrates qui se divertissent dans les réceptions mondaines (assaut chez Jacques Rival, soirée de présentation du tableau chez les Walter).

La satire, parce qu'elle révèle le point de vue du romancier, prend souvent une **portée ironique**. L'ironie est un double discours qui consiste à dire quelque chose tout en suggérant qu'on pense le contraire. Des indices permettent au lecteur de deviner le discours implicite masqué derrière le discours apparent. Ainsi, le regard que Maupassant porte sur Georges Duroy est souvent chargé d'ironie. C'est le cas par exemple dans l'épisode du duel : en livrant les pensées du personnage, le romancier invite le lecteur à en apprécier la lâcheté.

La satire peut parfois s'étendre à d'autres registres, dont l'auteur va se moquer : Maupassant porte par exemple un regard amusé sur les élans de lyrisme de certains de ses personnages. Le **lyrisme** est un registre qui consiste en l'expression de sentiments personnels. Traditionnellement lié à la poésie, ce registre peut se retrouver dans le roman lorsqu'un personnage ressent une vive émotion. Ainsi, l'aveu d'amour de Mme Walter au chapitre 4 de la seconde partie développe un **lyrisme amoureux stéréotypé** : apostrophes, modalités exclamatives et interrogatives, lexique des sentiments, phrases rythmées par l'emploi de parallélismes et de répétitions, désignations métaphoriques de l'émotion… Toutes les caractéristiques du lyrisme se retrouvent alors dans le discours de ce personnage, mais le **cynisme** de Duroy le discrédite complètement. À l'inverse, le lyrisme du discours de Norbert de Varenne au chapitre 6 de la première partie ne fait pas l'objet d'une satire, car il fait ressentir à Duroy comme au lecteur la profonde mélancolie du poète.

Fiche 7

Réalisme et naturalisme

Le réalisme

Le réalisme en tant que courant se développe entre les **années 1850 et 1890**, mais il constitue une tendance artistique générale qui parcourt presque tout le XIXe siècle.

Dès les années 1830, **Balzac** se penche sur les mœurs de son temps dans ses récits. Influencé par la pensée scientifique, il formule le projet de « faire concurrence à l'état civil » dans l'avant-propos de *La Comédie humaine* en 1842. **Stendhal**, quant à lui, définit le roman comme « un miroir qui se promène sur une grande route » dans *Le Rouge et le Noir.*

Cependant c'est dans le milieu de la **peinture** que le mouvement naît officiellement. Le mot « réaliste » apparaît à la fin des années 1840, comme un qualificatif péjoratif attribué aux œuvres de **Courbet**. Mais des peintres et quelques auteurs, comme **Champfleury ou Duranty**, reprennent le terme à leur compte et fondent un **véritable courant artistique dans les années 1850**. Ils cherchent à représenter la réalité de leur temps sans l'embellir : ils s'intéressent ainsi à des sujets délaissés jusqu'alors par les arts, comme l'univers rustique des paysans, la classe ouvrière ou la petite bourgeoisie. On est alors en pleine révolution industrielle, les classes populaires prennent de plus en plus d'importance aux yeux du monde. L'apparition de la photographie, mais aussi les progrès scientifiques de l'époque font évoluer les mentalités et guident les artistes vers plus d'objectivité et de précision dans leurs créations.

En littérature, **les auteurs réalistes refusent l'idéalisme des romantiques** et veulent donner à travers leurs œuvres une image fidèle de la réalité. Le roman est le genre qui se prête le mieux à cette démarche. Le travail du romancier s'apparente à celui du savant : la création littéraire s'appuie sur des **recherches documentaires approfondies**, et l'auteur étudie dans ses romans **l'influence du milieu sur le comportement des individus.** Il se doit d'être particulièrement **objectif**, ce qui implique, selon Flaubert, un grand travail sur la forme. Cette exigence de vérité et cette démarche scientifique poussent le courant à évoluer vers le naturalisme.

Le naturalisme

Le naturalisme s'inscrit dans le **prolongement du réalisme**, dont il radicalise les théories. En 1880, dans *Le Roman expérimental*, **Zola** prétend appliquer à la littérature la méthode du physiologiste **Claude Bernard**. Il s'agit simplement de **transférer la démarche que le scientifique effectue sur des faits biologiques à des faits sociaux** : le romancier observe la réalité, il formule une hypothèse pour expliquer un fait social, et vérifie cette hypothèse dans le roman qui remplace les tubes à essai ou le laboratoire du savant comme lieu de l'expérience. La fonction du récit est alors de vérifier l'hypothèse. C'est ainsi que Zola étudie le rôle de l'hérédité dans le cycle des ***Rougon-Macquart***, ensemble de vingt romans qu'il définit comme l'« histoire naturelle et sociale d'une famille sous le Second Empire ».

On reconnaît donc toute la démarche réaliste dans le naturalisme, ce qui permet à Zola d'intégrer à ce groupe Balzac, Stendhal et Flaubert aux côtés des frères Goncourt et de Daudet dans son essai de 1881 intitulé *Les Romanciers naturalistes*.

Et Maupassant ?

Maupassant, à la fois réaliste et naturaliste, **refuse de s'inscrire dans l'un ou l'autre courant**. Disciple du réalisme de **Flaubert**, et dans la mouvance naturaliste de **Zola** lorsqu'il participe en 1880 à la publication des *Soirées de Médan* (le premier recueil de nouvelles naturalistes), il se méfie cependant des courants et des étiquettes. Dans une lettre à Paul Alexis de 1877, il déclare : « Je ne crois pas plus au réalisme et au naturalisme qu'au romantisme. Ces mots ne signifient rien, ne servent qu'à des querelles de tempéraments opposés. Je ne crois pas que le naturel, le réel, la vie soient une condition *sine qua non* d'une œuvre littéraire. Des mots que tout cela. [...]. Le talent seul a de l'importance. » Ne fait-il pas tenir le même genre de propos à Norbert de Varenne dans le chapitre 6 de la première partie de *Bel-Ami* ? « Essayez donc de vous dégager de tout ce qui vous enferme, [...] et vous comprendrez combien ont peu d'importance les querelles des romantiques et des naturalistes, et la discussion du budget. » Enfin, dans la préface de *Pierre et Jean*, en 1887, il se moque des prétentions réalistes à vouloir dire « rien que la vérité et toute la vérité. [...] Le réaliste, s'il est un artiste, cherchera, non pas à nous montrer la photographie banale de la vie, mais à nous en donner la vision la plus complète, plus saisissante, plus probante que la réalité même. » Le romancier, pour Maupassant, n'est donc pas un scientifique mais un illusionniste : l'artiste impose à l'humanité son illusion du monde, « avec tous les procédés d'art qu'il a appris et dont il peut disposer. »

Fiche 8

Citations

Bel-Ami

« Alors Forestier se mit à rire: "Dis donc, mon vieux, sais-tu que tu as vraiment du succès auprès des femmes? Il faut soigner ça. Ça peut te mener loin." Il se tut une seconde, puis reprit, avec ce ton rêveur des gens qui pensent tout haut: "C'est encore par elles qu'on arrive le plus vite." »

Première partie, chapitre 1.

« Son journal qui est officieux, catholique, libéral, républicain, orléaniste, tarte à la crème et boutique à treize, n'a été fondé que pour soutenir ses opérations de bourse et ses entreprises de toute sorte. »

Première partie, chapitre 4 (Saint-Potin à Duroy).

« Pour moi un homme amoureux est rayé du nombre des vivants. Il devient idiot, pas seulement idiot, mais dangereux. Je cesse, avec les gens qui m'aiment d'amour ou qui le prétendent, toute relation intime, parce qu'ils m'ennuient d'abord, et puis parce qu'ils me sont suspects comme un chien enragé qui peut avoir une crise. »

Première partie, chapitre 6 (Madeleine Forestier à Duroy).

« Les épaves de la noblesse sont toujours recueillies par les bourgeois parvenus. »

Première partie, chapitre 6 (Mme de Marelle).

« La vie est une côte. Tant qu'on monte, on regarde le sommet, et on se sent heureux; mais, lorsqu'on arrive en haut, on aperçoit tout d'un coup la descente, et la fin, qui est la mort. Ça va lentement quand on monte, mais ça va vite quand on descend. »

Première partie, chapitre 6 (Norbert de Varenne).

« Comprenez-moi bien. Le mariage pour moi n'est pas une chaîne, mais une association. »

Première partie, chapitre 8 (Madeleine à Duroy).

«Mais il avait confiance en sa fortune, confiance en cette force de séduction qu'il sentait en lui, force vague et irrésistible que subissaient toutes les femmes.»

Deuxième partie, chapitre 1.

«Tout n'est que de l'égoïsme. L'égoïsme pour l'ambition et la fortune vaut mieux que l'égoïsme pour la femme et pour l'amour.»

Deuxième partie, chapitre 2 (Duroy).

«Ce que c'est que l'habitude de se servir de la religion comme on se sert d'un en-tout-cas. S'il fait beau, c'est une canne, s'il fait du soleil, c'est une ombrelle, s'il pleut, c'est un parapluie, et, si on ne sort pas, on le laisse dans l'antichambre.»

Deuxième partie, chapitre 4.

«Il allait lentement, d'un pas calme, la tête haute, les yeux fixés sur la grande baie ensoleillée de la porte. Il sentait sur sa peau courir de légers frissons, ces frissons froids que donnent les immenses bonheurs. Il ne voyait personne. Il ne pensait qu'à lui.»

Deuxième partie, chapitre 10.

À propos de *Bel-Ami*

«Je montre dès les premières lignes qu'on a devant soi une graine de gredin, qui va pousser dans le terrain où elle tombera. Ce terrain est un journal. Pourquoi ce choix, dira-t-on? Pourquoi? Parce que ce milieu m'était plus favorable que tout autre pour montrer nettement les étapes de mon personnage; et aussi parce que le journal mène à tout comme on l'a souvent répété. [...] Il n'a aucun talent. C'est par les femmes seules qu'il arrive. Devient-il journaliste, au moins? Non. Il traverse toutes les spécialités du journal sans s'arrêter, car il monte à la fortune sans s'attarder sur les marches. [...] Voulant analyser une crapule, je l'ai développée dans un milieu digne d'elle afin de donner plus de relief à ce personnage.»

Guy de Maupassant, lettre du 1er juin 1885 au rédacteur du *Gil Blas*, publiée le 7 juin dans le journal.

« Rarement on a de plus près imité le réel, et rarement la main d'un artiste a moins déformé ce que percevait l'œil. Tout est ici, d'une fidélité, d'une clarté, d'une netteté d'exécution singulière. »

Ferdinand Brunetière, *La Revue des deux mondes*, 1er juillet 1885.

« *Bel-Ami* né au plus beau moment de la première grande période de spéculation qui ait marqué l'histoire de la Troisième République [...] mérite d'être considéré comme le chef-d'œuvre qu'ont inspiré les événements de cette période. »

André Vial, *Maupassant et l'art du roman*, 1954.

« *Bel-Ami* retrace la carrière d'un Maupassant qui n'aurait pas eu de talent littéraire. »

Jean-Louis Bory, préface de *Bel-Ami*, 1973.

« *Bel-Ami* est un roman du monde parisien, et plus encore, un roman de l'arrivisme. »

Louis Forestier, notice sur *Bel-Ami*, 1987.

Groupements de textes

Séducteurs et séductrices

Madame de La Fayette, *La Princesse de Clèves*

En 1678, Madame de La Fayette (1634-1693) publie, sous l'anonymat comme tous ses textes, *La Princesse de Clèves* qui est considéré comme le premier roman moderne de la littérature française. L'action se passe en 1558, à la cour d'Henri II. Mademoiselle de Chartres, une jeune fille de seize ans ayant reçu une éducation morale rigoureuse, a épousé le prince de Clèves sans en être amoureuse mais avec la ferme intention de lui être fidèle. Quand elle rencontre le duc de Nemours, ils tombent amoureux au premier regard. La princesse va tenter, tout au long du roman, de résister à sa passion. Le duc est un homme séduisant dont Madame de La Fayette fait le portrait dans les premières pages du roman, en le comparant d'abord à d'autres « hommes admirablement bien faits » de la cour, comme le vidame de Chartres.

Le vidame de Chartres, descendu de cette ancienne maison de Vendôme, dont les princes du sang n'ont point dédaigné de porter le nom, était également distingué dans la guerre et dans la galanterie. Il était beau, de bonne mine, vaillant, hardi, libéral ; toutes ces bonnes qualités étaient vives et éclatantes ; enfin, il était seul digne d'être comparé au duc de Nemours, si quelqu'un lui eût pu être comparable.

Mais ce prince était un chef-d'œuvre de la nature ; ce qu'il avait de moins admirable, c'était d'être l'homme du monde le mieux fait et le plus beau. Ce qui le mettait au-dessus des autres était une valeur incomparable, et un agrément dans son esprit, dans son visage et dans ses actions que l'on n'a jamais vu qu'à lui seul ; il avait un enjouement qui plaisait également aux hommes et aux femmes, une adresse extraordinaire dans tous ses exercices, une manière de s'habiller qui était toujours suivie de tout le monde, sans pouvoir être imitée, et enfin un air dans toute sa personne, qui faisait qu'on ne pouvait regarder que lui dans tous les lieux où il paraissait. Il n'y avait aucune dame dans la Cour dont la gloire n'eût été flattée de le voir attaché à elle ; peu de celles à qui il s'était attaché se pouvaient vanter de lui avoir résisté, et même plusieurs à qui il n'avait point témoigné de passion n'avaient pas laissé d'en avoir pour lui. Il avait tant de douceur et tant de disposition à la galanterie qu'il ne pouvait refuser quelques soins à celles qui tâchaient de lui plaire : ainsi il avait plusieurs maîtresses, mais il était difficile de deviner celle qu'il aimait véritablement. Il allait souvent chez la reine dauphine : la beauté de cette princesse, sa douceur, le soin qu'elle avait de plaire à tout le monde et l'estime particulière qu'elle témoignait à ce prince, avaient souvent donné lieu de croire qu'il levait les yeux jusqu'à elle.

Madame de La Fayette, *La Princesse de Clèves* [1678],
Belin-Gallimard, « Classico », 2011.

Pierre Choderlos de Laclos, *Les Liaisons dangereuses*

Choderlos de Laclos (1741-1803) est l'auteur d'une seule œuvre, un roman épistolaire, *Les Liaisons dangereuses*. Les deux personnages principaux, le vicomte de Valmont et la marquise de Merteuil, sont des libertins (et anciens amants) qui rivalisent dans leurs entreprises de séduction et manipulent leur entourage pour servir leurs intérêts. Dans sa première lettre, la marquise demande au vicomte de l'aider à se venger du comte de Gercourt en séduisant sa future femme, une jeune fille fraîchement sortie du couvent. Mais Valmont a d'autres ambitions, séduire la vertueuse Mme de Tourvel.

Lettre IV
Le vicomte de Valmont à la marquise de Merteuil, à Paris

Vos ordres sont charmants; votre façon de les donner est plus aimable encore; vous feriez chérir le despotisme. Ce n'est pas la première fois, comme vous savez, que je regrette de ne plus être votre esclave; et tout *monstre* que vous dites que je suis, je ne me rappelle jamais sans plaisir le temps où vous m'honoriez de noms plus doux. Souvent même je désire de les mériter de nouveau, et de finir par donner, avec vous, un exemple de constance au monde. Mais de plus grands intérêts nous appellent; conquérir est notre destin; il faut le suivre: peut-être au bout de la carrière nous rencontrerons-nous encore; car, soit dit sans vous fâcher, ma très belle Marquise, vous me suivez au moins d'un pas égal; et depuis que, nous séparant pour le bonheur du monde, nous prêchons la foi chacun de notre côté, il me semble que dans cette mission d'amour, vous avez fait plus de prosélytes que moi. Je connais votre zèle, votre ardente ferveur; et si ce Dieu-là nous jugeait sur nos œuvres, vous serez un jour la Patronne de quelque grande ville, tandis que votre ami sera au plus un saint de village. Ce langage vous étonne, n'est-il pas vrai? Mais depuis huit jours, je n'en entends, je n'en parle pas d'autre; et c'est pour m'y perfectionner, que je me vois forcé de vous désobéir.

Ne vous fâchez pas, et écoutez-moi. Dépositaire de tous les secrets de mon cœur, je vais vous confier le plus grand projet que j'aie jamais formé. Que me proposez-vous? de séduire une jeune fille qui n'a rien vu, ne connaît rien; qui, pour ainsi dire, me serait livrée sans défense; qu'un premier hommage ne manquera pas d'enivrer, et que la curiosité mènera peut-être plus vite que l'amour. Vingt autres peuvent y réussir comme moi. Il n'en est pas ainsi de l'entreprise qui m'occupe; son succès m'assure autant de gloire que de plaisir. L'amour qui prépare ma couronne, hésite lui-même entre le myrte et le laurier, ou plutôt il les réunira pour honorer mon triomphe. Vous-même, ma belle amie, vous serez saisie d'un saint respect, et vous direz avec enthousiasme: « Voilà l'homme selon mon cœur. »

Vous connaissez la Présidente Tourvel, sa dévotion, son amour conjugal, ses principes austères. Voilà ce que j'attaque; voilà l'ennemi digne de moi; voilà le but où je prétends atteindre:

Et si de l'obtenir je n'emporte le prix,
*J'aurai du moins l'honneur de l'avoir entrepris**.

On peut citer de mauvais vers, quand ils sont d'un grand poète.

Choderlos de Laclos, *Les Liaisons dangereuses* [1782],
Belin-Gallimard, « Classico », 2012.

Honoré de Balzac, *La Fille aux yeux d'or*

Honoré de Balzac (1799-1850) a organisé ses œuvres romanesques dans un vaste ensemble nommé *La Comédie humaine*, dans lequel il entendait explorer toutes les strates de la société et faire ainsi « concurrence à l'état civil ». *La Fille aux yeux d'or* est le troisième volet d'un groupe de trois romans réunis sous le titre *Histoire des Treize*, évoquant les agissements d'une société secrète. Le jeune dandy Henri de Marsay, qui appartient à cette société, est un redoutable séducteur. Cependant, lorsqu'il fait la rencontre de Paquita, la fille aux yeux d'or, c'est lui qui tombe sous le charme. C'est ce qu'il raconte à son ami Paul de Manerville au début du roman.

– Tais-toi donc, ou je ne te dis plus rien. Tu ris trop haut, tu vas faire croire que nous avons trop déjeuné. Jeudi dernier, ici, sur la terrasse des Feuillants, je me promenais sans penser à rien du tout. Mais en arrivant à la grille de la rue Castiglione par laquelle je comptais m'en aller, je me trouve nez à nez avec une femme, ou plutôt avec une jeune personne qui, si elle ne m'a pas sauté au cou, fut arrêtée, je crois, moins par le respect humain que par un de ces étonnements profonds qui coupent bras et jambes, descendent le long de l'épine dorsale et s'arrêtent dans la plante des pieds pour vous attacher au sol. J'ai souvent produit des effets de ce genre, espèce de magnétisme animal qui devient très puissant lorsque les rapports sont respectivement crochus. Mais, mon cher, ce n'était ni une stupéfaction, ni une fille

* Ces vers sont de La Fontaine. [*Note de Laclos.*]

vulgaire. Moralement parlant, sa figure semblait dire : – Quoi, te voilà, mon idéal, l'être de mes pensées, de mes rêves du soir et du matin. Comment es-tu là ? pourquoi ce matin ? pourquoi pas hier ? Prends-moi, je suis à toi, *et cetera* ! – Bon, me dis-je en moi-même, encore une ! Je l'examine donc. Ah ! mon cher, physiquement parlant, l'inconnue est la personne la plus adorablement femme que j'aie jamais rencontrée. Elle appartient à cette variété féminine que les Romains nommaient *fulva, flava*, la femme de feu. Et d'abord, ce qui m'a le plus frappé, ce dont je suis encore épris, ce sont deux yeux jaunes comme ceux des tigres ; un jaune d'or qui brille, de l'or vivant, de l'or qui pense, de l'or qui aime et veut absolument venir dans votre gousset !

– Nous ne connaissons que ça, mon cher ! s'écria Paul. Elle vient quelquefois ici, c'est la *Fille aux yeux d'or*. Nous lui avons donné ce nom-là. C'est une jeune personne d'environ vingt-deux ans, et que j'ai vue ici quand les Bourbons y étaient, mais avec une femme qui vaut cent mille fois mieux qu'elle.

– Tais-toi, Paul ! Il est impossible à quelque femme que ce soit de surpasser cette fille semblable à une chatte qui veut venir frôler vos jambes, une fille blanche à cheveux cendrés, délicate en apparence, mais qui doit avoir des fils cotonneux sur la troisième phalange de ses doigts ; et le long des joues un duvet blanc dont la ligne, lumineuse par un beau jour, commence aux oreilles et se perd sur le col.

– Ah ! l'autre ! mon cher de Marsay. Elle vous a des yeux noirs qui n'ont jamais pleuré, mais qui brûlent ; des sourcils noirs qui se rejoignent et lui donnent un air de dureté démentie par le réseau de ses lèvres, sur lesquelles un baiser ne reste pas, des lèvres ardentes et fraîches ; un teint mauresque auquel un homme se chauffe comme au soleil ; mais, ma parole d'honneur, elle te ressemble…

– Tu la flattes !

– Une taille cambrée, la taille élancée d'une corvette construite pour faire la course, et qui se rue sur le vaisseau marchand avec une impétuosité française, le mord et le coule bas en deux temps.

Honoré de Balzac, *La Fille aux yeux d'or* [1835],
Mille et une nuits, 1998.

Jules Amédée Barbey d'Aurevilly, « Le plus bel amour de Don Juan »

Écrivain, journaliste et polémiste, figure du dandysme, Barbey d'Aurevilly (1808-1889) a beaucoup choqué son époque. Dans la nouvelle « Le plus bel amour de Don Juan », extraite du recueil intitulé *Les Diaboliques*, le narrateur raconte à la comtesse Guy de Ruy qu'un nouveau Don Juan, le comte Ravila de Ravilès, a été convié à un souper par douze de ses anciennes maîtresses. C'est l'occasion de dresser le portrait d'un grand séducteur parvenu à la fin de sa vie.

Le comte de Ravila de Ravilès, qui, par parenthèse, avait toujours obéi à la consigne de ce nom impérieux, était bien l'incarnation de tous les séducteurs dont il est parlé dans les romans et dans l'histoire, et la marquise Guy de Ruy – une vieille mécontente, aux yeux bleus, froids et affilés, mais moins froids que son cœur et moins affilés que son esprit, – convenait elle-même que, dans ce temps, où la question des femmes perd chaque jour de son importance, s'il y avait quelqu'un qui pût rappeler Don Juan, à coup sûr ce devait être lui ! Malheureusement, c'était Don Juan au cinquième acte. Le prince de Ligne ne pouvait faire entrer dans sa spirituelle tête qu'Alcibiade eût jamais eu cinquante ans. Or, par ce côté-là encore, le comte de Ravila allait continuer toujours Alcibiade. Comme d'Orsay, ce dandy taillé dans le bronze de Michel-Ange, qui fut beau jusqu'à sa dernière heure, Ravila avait eu cette beauté particulière à la race Juan, – à cette mystérieuse race qui ne procède pas de père en fils, comme les autres, mais qui apparaît, çà et là, à de certaines distances, dans les familles de l'humanité.

C'était la vraie beauté, – la beauté insolente, joyeuse, impériale, *juanesque* enfin ; le mot dit tout et dispense de la description ; et – avait-il fait un pacte avec le diable ? – Il l'avait toujours… Seulement, Dieu retrouvait son compte ; les griffes de tigre de la vie commençaient à lui rayer ce front divin, couronné des roses de tant de lèvres, et sur ses larges tempes impies apparaissaient les premiers cheveux blancs qui annoncent l'invasion prochaine des Barbares et la fin de l'Empire… Il les portait, du reste, avec l'impassibilité de l'orgueil surexcité par la puissance ; mais les femmes qui l'avaient aimé les regardaient parfois avec mélancolie. Qui sait? elles regardaient peut-être l'heure qui était pour elles à ce front? Hélas, pour elles comme pour lui, c'était l'heure du terrible souper avec le froid Commandeur de marbre blanc, après lequel il n'y a plus que l'enfer, – l'enfer de la vieillesse, en attendant l'autre! Et voilà pourquoi peut-être, avant de partager avec lui ce souper amer et suprême, elles pensèrent à lui offrir le leur et qu'elles en firent un chef-d'œuvre.

Barbey d'Aurevilly, « Le plus bel amour de Don Juan »,
dans *Les Diaboliques* [1874],
Gallimard, « Folio classique », 2003.

Gustave Flaubert, « Hérodias »

Le troisième des *Trois contes* publiés par Flaubert (1821-1880) à la fin de sa vie, « Hérodias », réécrit le mythe de Salomé, personnage biblique ayant obtenu la tête du prophète Jean-Baptiste en dansant devant Antipas Hérode, le tétrarque de Galilée. Au début du conte, celui-ci retient prisonnier Iaokanann (autre nom de Jean-Baptiste) car il a outragé Hérodias, la mère de Salomé. Le jour de son anniversaire, Antipas Hérode reçoit la visite du Proconsul Vitellius et de son fils Aulus et fait donner un festin. C'est alors que Salomé apparaît...

Mais il arriva du fond de la salle un bourdonnement de surprise et d'admiration. Une jeune fille venait d'entrer.

Sous un voile bleuâtre lui cachant la poitrine et la tête, on distinguait les arcs de ses yeux, les calcédoines de ses oreilles, la blancheur de sa peau. Un carré de soie gorge-de-pigeon [1], en couvrant les épaules, tenait aux reins par une ceinture d'orfèvrerie. Ses caleçons noirs étaient semés de mandragores, et d'une manière indolente, elle faisait claquer de petites pantoufles en duvet de colibri.

Sur le haut de l'estrade, elle retira son voile. C'était Hérodias, comme autrefois dans sa jeunesse. Puis, elle se mit à danser.

1. **Gorge-de-pigeon** : gris-rose aux reflets changeants selon la lumière.

Ses pieds passaient l'un devant l'autre, au rythme de la flûte et d'une paire de crotales[1]. Ses bras arrondis appelaient quelqu'un, qui s'enfuyait toujours. Elle le poursuivait, plus légère qu'un papillon, comme une Psyché[2] curieuse, comme une âme vagabonde et semblait prête à s'envoler.

Les sons funèbres de la gingras[3] remplacèrent les crotales. L'accablement avait suivi l'espoir. Ses attitudes exprimaient des soupirs, et toute sa personne une telle langueur qu'on ne savait pas si elle pleurait un dieu, ou se mourait dans sa caresse. Les paupières entre-closes, elle se tordait la taille, balançait son ventre avec des ondulations de houle, faisait trembler ses deux seins, et son visage demeurait immobile, et ses pieds n'arrêtaient pas.

Vitellius la compara à Mnester, le pantomime. Aulus vomissait encore. Le Tétrarque se perdait dans un rêve, et ne songeait plus à Hérodias. Il crut la voir près des Sadducéens[4]. La vision s'éloigna.

Ce n'était pas une vision. Elle avait fait instruire, loin de Machærous, Salomé, sa fille, que le Tétrarque aimerait; et l'idée était bonne. Elle en était sûre, maintenant!

Puis, ce fut l'emportement de l'amour qui veut être assouvi. Elle dansa comme les prêtresses des Indes, comme les Nubiennes des Cataractes, comme les Bacchantes[5] de Lydie. Elle se renversait de tous les côtés, pareille à une fleur que la tempête agite. Les brillants de ses oreilles sautaient, l'étoffe de son dos chatoyait; de ses bras, de ses pieds, de ses vêtements jaillissaient d'invisibles étincelles qui enflammaient les hommes. Une harpe chanta, la multitude y répondit par des acclamations. Sans fléchir ses genoux en écartant les jambes, elle se courba si bien que son menton frôlait le plancher; et les nomades habitués à l'abstinence, les soldats de Rome experts en débauches, les avares publicains[6], les

1. **Crotales** : instruments à percussion formés de deux éléments de bois ou de métal reliés par une charnière.
2. **Psyché** : fille de roi, à la beauté légendaire, aimée du dieu Éros ; après bien des épreuves elle l'épouse et devient elle-même déesse.
3. **Gingras** : flûte phénicienne.
4. **Sadducéens** : membres d'une secte juive opposée aux Pharisiens.
5. **Bacchantes** : prêtresses de Bacchus.
6. **Publicains** : collecteurs d'impôts au service de Rome.

vieux prêtres aigris par les disputes, tous, dilatant leurs narines, palpitaient de convoitise.

Ensuite elle tourna autour de la table d'Antipas, frénétiquement, comme le rhombe[1] des sorcières ; et d'une voix que des sanglots de volupté entrecoupaient, il lui disait – « Viens ! viens ! » – Elle tournait toujours ; les tympanons[2] sonnaient à éclater, la foule hurlait. Mais le Tétrarque criait plus fort : « Viens ! viens ! Tu auras Capharnaüm ! la plaine de Tibérias ! mes citadelles ! la moitié de mon royaume ! »

Elle se jeta sur les mains, les talons en l'air, parcourut ainsi l'estrade comme un grand scarabée ; et s'arrêta, brusquement.

Sa nuque et ses vertèbres faisaient un angle droit. Les fourreaux de couleur qui enveloppaient ses jambes, lui passant par-dessus l'épaule, comme des arcs-en-ciel accompagnaient sa figure, à une coudée du sol. Ses lèvres étaient peintes, ses sourcils très noirs, ses yeux presque terribles, et des gouttelettes à son front semblaient une vapeur sur du marbre blanc.

Elle ne parlait pas. Ils se regardaient.

Un claquement de doigts se fit dans la tribune. Elle y monta, reparut ; et, en zézayant un peu, prononça ces mots, d'un air enfantin :

– « Je veux que tu me donnes dans un plat… la tête… » Elle avait oublié le nom, mais reprit en souriant : « La tête de Iaokanann ! »

Le Tétrarque s'affaissa sur lui-même, écrasé.

Gustave Flaubert, « Hérodias », dans *Trois contes* [1877], Gallimard, « Folioplus classiques », 2003.

---

1. **Rhombe** : toupie utilisée pour les enchantements.
2. **Tympanons** : instruments à cordes que l'on frappe avec des baguettes d'acier.

Albert Cohen, *Belle du Seigneur*

Belle du Seigneur est un célèbre roman d'amour: en cent-six chapitres, Albert Cohen (1895-1981) raconte la passion exaltée des deux personnages principaux, Solal et Ariane. Au début du roman, Solal, déguisé en vieillard juif, essaie de séduire Ariane, une femme mariée à un fonctionnaire médiocre, mais elle le repousse. Il enlève son déguisement et jure alors de la séduire comme toutes les autres femmes par les «sales moyens» habituels. Dans la deuxième partie du roman, au cours d'un dîner au Ritz, il lui explique dans un long discours les stratégies de la séduction, et notamment les «manèges» du séducteur.

«Oh assez. Pourquoi me donner tant de peine? Je commence la séduction. Très facile. En plus des convenances, la physique et la sociale, il n'y faut que quelques manèges. Question d'intelligence. [...]

Premier manège, avertir la bonne femme qu'on va la séduire. Déjà fait. C'est un bon moyen pour l'empêcher de partir. Elle reste par défi, pour assister à la déconfiture du présomptueux. Deuxième manège: démolir le mari. Déjà fait. Troisième manège, la farce de poésie. Faire le grand seigneur insolent, le romantique hors du social, avec somptueuse robe de chambre, chapelet de santal, monocle noir, appartement au Ritz et crises hépatiques soigneusement dissimulées. Tout cela pour que l'idiote déduise que je suis de l'espèce miraculeuse des amants, le contraire d'un mari à laxatifs, une promesse de vie sublime. Le pauvre mari, lui, ne peut pas être poétique. Impossible de faire du théâtre vingt-quatre heures par jour. Vu tout le temps par elle, il est forcé d'être vrai, donc piteux. Tous les hommes sont piteux, y compris les séducteurs lorsqu'ils sont seuls et non en scène devant une idiote émerveillée. Tout piteux, et moi le premier!

Rentrée chez elle, elle comparera son mari au fournisseur de pouahsie, et elle le méprisera. Tout lui sera motif de dédain, et jusqu'au linge sale de son mari. Comme si un Don Juan ne donnait pas ses chemises à laver! Mais l'idiote, ne le voyant qu'en situation de théâtre, toujours à son avantage et fraîchement lavé et pomponné, se le figure héros ne salissant jamais ses chemises et n'allant jamais chez le dentiste. Or, il va chez le dentiste, tout comme un mari. Mais il ne l'avoue pas. Don Juan, un comédien toujours sur scène, toujours camouflé, dissimulant ses misères physiques et faisant en cachette tout ce qu'un mari fait ingénument. Mais comme il le fait en cachette et qu'elle a un peu d'imagination, il lui est un demi-dieu.

Albert Cohen, *Belle du Seigneur* [1968], Gallimard, « Folio », 1998.

Tableaux parisiens au XIXe siècle

Honoré de Balzac, *Ferragus*

Honoré de Balzac (1799-1850) a organisé ses œuvres romanesques dans un vaste ensemble nommé *La Comédie humaine*, dans lequel il entendait explorer toutes les strates de la société et faire ainsi « concurrence à l'état civil ». *Ferragus* est le premier volet de *L'Histoire des Treize*, groupement de trois récits qui racontent les aventures de certains membres d'une société secrète. L'*incipit* du roman plonge le lecteur au cœur de la monstrueuse frénésie parisienne.

Il est dans Paris certaines rues déshonorées autant que peut l'être un homme coupable d'infamie ; puis il existe des rues nobles, puis des rues simplement honnêtes, puis de jeunes rues sur la moralité desquelles le public ne s'est pas encore formé d'opinion ; puis des rues assassines, des rues plus vieilles que de vieilles douairières ne sont vieilles, des rues estimables, des rues toujours propres, des rues toujours sales, des rues ouvrières, travailleuses, mercantiles. Enfin, les rues de Paris ont des qualités humaines, et nous impriment par leur physionomie certaines idées contre lesquelles nous sommes sans défense. [...] Ces observations, incompréhensibles au-delà de Paris, seront sans doute saisies par ces hommes d'étude et de pensée, de poésie et de plaisir qui savent récolter, en flânant dans Paris, la masse de jouissances flottantes, à toute heure, entre ses murailles ; par ceux pour lesquels Paris est le plus délicieux des monstres : là, jolie femme ; plus loin, vieux et pauvre ; ici, tout neuf comme la monnaie d'un nouveau règne ; dans ce coin, élégant comme une femme à la mode. Monstre complet d'ailleurs ! Ses greniers, espèce de tête pleine de science et de génie, ses premiers étages, estomacs heureux ; ses boutiques, véritables pieds ; de là partent tous les trotteurs, tous les affairés. Eh ! quelle vie toujours active a le monstre ? À peine le dernier frétillement des dernières voitures de bal cesse-t-il au cœur que déjà ses bras se remuent aux Barrières, et il se secoue lentement. Toutes les portes bâillent, tournent sur leurs gonds, comme les membranes d'un grand homard, invisiblement manœuvrées par trente mille hommes ou femmes, dont chacune ou chacun vit dans six pieds carrés, y possède une cuisine, un atelier, un lit, des enfants, un jardin, n'y voit pas clair, et doit tout voir. Insensiblement les articulations craquent, le mouvement se communique, la rue parle. À midi, tout est vivant, les cheminées fument, le monstre mange ; puis il rugit, puis ses mille pattes s'agitent. Beau spectacle ! Mais, ô Paris ! qui n'a pas admiré tes sombres paysages, tes échappées de lumière, tes culs-de-sac profonds et silencieux ; qui n'a pas entendu tes murmures, entre minuit et deux heures du matin, ne connaît encore rien de ta vraie poésie, ni de tes bizarres et larges contrastes. Il est un petit nombre d'amateurs, de gens qui ne marchent jamais en écervelés, qui dégustent leur Paris, qui en possèdent si bien la physionomie qu'ils y voient une verrue, un bouton, une rougeur. Pour les autres, Paris est toujours cette monstrueuse merveille, étonnant assemblage de mouvements, de machines et de pensées, la ville aux cent mille romans, la tête du monde.

Balzac, *Ferragus* [1833],
Gallimard, « La bibliothèque Gallimard », 2000.

Charles Baudelaire, « Le crépuscule du soir »

La modernité est l'un des traits essentiels de l'œuvre de Baudelaire (1821-1867). « Le crépuscule du soir », qui décrit la ville et ses habitants à la tombée du jour, apparaît dès l'édition de 1857 dans la section « Spleen et Idéal » des *Fleurs du Mal*. Cependant, dans la deuxième édition du recueil, en 1861, il est déplacé dans une nouvelle section

entièrement consacrée à Paris, « Tableaux parisiens ». Le poète, fasciné et parfois effrayé par le foisonnement de la vie urbaine, a su y exploiter les potentialités poétiques et fantastiques de la capitale.

Le crépuscule du soir

Voici le soir charmant, ami du criminel ;
Il vient comme un complice, à pas de loup ; le ciel
Se ferme lentement comme une grande alcôve,
Et l'homme impatient se change en bête fauve.

Ô soir, aimable soir, désiré par celui
Dont les bras, sans mentir, peuvent dire : Aujourd'hui
Nous avons travaillé ! – c'est le soir qui soulage
Les esprits que dévore une douleur sauvage,
Le savant obstiné dont le front s'alourdit,
Et l'ouvrier courbé qui regagne son lit.
Cependant des démons malsains dans l'atmosphère
S'éveillent lourdement, comme des gens d'affaire,
Et cognent en volant les volets et l'auvent.
À travers les lueurs que tourmente le vent
La Prostitution s'allume dans les rues ;
Comme une fourmilière elle ouvre ses issues ;
Partout elle se fraye un occulte chemin,
Ainsi que l'ennemi qui tente un coup de main ;
Elle remue au sein de la cité de fange
Comme un ver qui dérobe à l'Homme ce qu'il mange.
On entend çà et là les cuisines siffler,
Les théâtres glapir, les orchestres ronfler ;
Les tables d'hôte, dont le jeu fait les délices,
S'emplissent de catins et d'escrocs, leurs complices,
Et les voleurs, qui n'ont ni trêve ni merci,
Vont bientôt commencer leur travail, eux aussi,
Et forcer doucement les portes et les caisses
Pour vivre quelques jours et vêtir leurs maîtresses.

Recueille-toi, mon âme, en ce grave moment,
Et ferme ton oreille à ce rugissement.
C'est l'heure où les douleurs des malades s'aigrissent !
La sombre Nuit les prend à la gorge ; ils finissent

Leur destinée et vont vers le gouffre commun;
L'hôpital se remplit de leurs soupirs. – Plus d'un
Ne viendra plus chercher la soupe parfumée,
Au coin du feu, le soir, auprès d'une âme aimée.

Encore la plupart n'ont-ils jamais connu
La douceur du foyer et n'ont jamais vécu!

Charles Baudelaire, «Le crépuscule du soir», dans *Les Fleurs du Mal* [1857], Belin-Gallimard, «Classico», 2009.

Victor Hugo, *Les Misérables*

Une grande partie de l'action du roman de Victor Hugo (1802-1885), *Les Misérables*, se déroule à Paris. Au début du troisième tome, Hugo présente un type de Parisien particulier, le gamin, enfant livré à lui-même dans la capitale. Ce type s'incarnera quelques chapitres plus loin dans le personnage de Gavroche, devenu emblématique de la jeunesse populaire parisienne.

Paris a un enfant et la forêt a un oiseau; l'oiseau s'appelle le moineau; l'enfant s'appelle le gamin.

Accouplez ces deux idées qui contiennent, l'une toute la fournaise, l'autre toute l'aurore, choquez ces étincelles, Paris, l'enfance; il en jaillit un petit être. *Homuncio*, dirait Plaute.

Ce petit être est joyeux. Il ne mange pas tous les jours et il va au spectacle, si bon lui semble, tous les soirs. Il n'a pas de chemise sur le corps, pas de souliers aux pieds, pas de toit sur la tête; il est comme les mouches du ciel qui n'ont rien de tout cela. Il a de sept à treize ans, vit par bandes, bat le pavé, loge en plein air, porte un vieux pantalon de son père qui lui descend plus bas que les talons, un vieux chapeau de quelque autre père qui lui descend plus bas que les oreilles, une seule bretelle en lisière jaune, court, guette, quête, perd le temps, culotte des pipes, jure comme un damné, hante le cabaret, connaît des voleurs, tutoie des filles, parle argot, chante des chansons obscènes, et n'a rien de mauvais dans le cœur. C'est qu'il a dans l'âme une perle, l'innocence, et les perles ne se dissolvent pas dans la boue. Tant que l'homme est enfant, Dieu veut qu'il soit innocent.

Si l'on demandait à l'énorme ville : Qu'est-ce que c'est que cela ? elle répondrait : C'est mon petit.

Victor Hugo, *Les Misérables* [1862],
Gallimard, « Folio classique », 2000.

Émile Zola, *La Curée*

Poussant plus loin les théories et les ambitions de Balzac, Émile Zola (1840-1902) cherche à réaliser, à travers la série de romans réunis dans le cycle des *Rougon-Macquart*, « l'histoire naturelle et sociale d'une famille sous le Second Empire ». Son œuvre se veut « moins sociale que scientifique » par rapport à *La Comédie humaine* : Zola souhaite faire du roman le lieu d'une expérience permettant de vérifier l'influence de l'hérédité et du milieu sur l'individu. Le personnage principal de *La Curée*, Aristide Rougon, qui deviendra Aristide Saccard, vient vivre à Paris avec sa femme Angèle, gravement malade. C'est l'époque des grands travaux haussmanniens qui bouleversent le paysage parisien. Aristide Saccard fera fortune en participant à la « curée » de Paris, c'est-à-dire en spéculant sur les terrains à bâtir.

Deux mois avant la mort d'Angèle, il l'avait menée, un dimanche, aux buttes Montmartre. La pauvre femme adorait manger au restaurant ; elle était heureuse, lorsque, après une longue promenade, il l'attablait dans quelque cabaret de la banlieue. Ce jour-là, ils dînèrent au sommet des buttes, dans un restaurant dont les fenêtres s'ouvraient sur Paris, sur cet océan de maisons aux toits bleuâtres, pareils à des flots pressés emplissant l'immense horizon. Leur table était placée devant une des fenêtres. Ce spectacle des toits de Paris égaya Saccard. Au dessert, il fit apporter une bouteille de bourgogne. Il souriait à l'espace, il était d'une galanterie inusitée. Et ses regards, amoureusement, redescendaient toujours sur cette mer vivante et pullulante, d'où sortait la voix profonde des foules. On était à l'automne ; la ville, sous le grand ciel pâle, s'alanguissait, d'un gris doux et tendre, piqué çà et là de verdures sombres, qui ressemblaient à de larges feuilles de nénuphars nageant sur un lac ; le soleil se couchait dans un nuage rouge, et, tandis que les fonds s'emplissaient d'une brume légère, une poussière d'or, une rosée d'or tombait sur la rive droite de la ville, du côté de la Madeleine et des Tuileries. C'était comme le coin enchanté d'une cité des *Mille et Une Nuits*, aux arbres d'émeraude, aux toits de saphir, aux girouettes de rubis. Il vint un moment où le rayon qui glissait entre deux nuages fut si resplendissant, que les maisons semblèrent flamber et se fondre comme un lingot d'or dans un creuset.

– Oh ! vois, dit Saccard, avec un rire d'enfant, il pleut des pièces de vingt francs dans Paris !

Angèle se mit à rire à son tour, en accusant ces pièces-là de n'être pas faciles à ramasser. Mais son mari s'était levé, et, s'accoudant sur la rampe de la fenêtre :

– C'est la colonne Vendôme, n'est-ce pas, qui brille là-bas ?... Ici, plus à droite, voilà la Madeleine... Un beau quartier, où il y a beaucoup à faire... Ah ! cette fois, tout va brûler ! Vois-tu ?... On dirait que le quartier bout dans l'alambic de quelque chimiste.

Sa voix devenait grave et émue. La comparaison qu'il avait trouvée parut le frapper beaucoup. Il avait bu du bourgogne, il s'oublia, il continua, étendant le bras pour montrer Paris à Angèle, qui s'était également accoudée à son côté :

– Oui, oui, j'ai bien dit, plus d'un quartier va fondre, et il restera de l'or aux doigts des gens qui chaufferont et remueront la cuve. Ce grand innocent de Paris ! vois donc comme il est immense et comme il s'endort doucement ! C'est bête, ces grandes villes ! Il ne se doute guère de l'armée de pioches qui l'attaquera un de ces beaux matins, et certains hôtels de la rue d'Anjou ne reluiraient pas si fort sous le soleil couchant, s'ils savaient qu'ils n'ont plus que trois ou quatre ans à vivre.

Angèle croyait que son mari plaisantait. Il avait parfois le goût de la plaisanterie colossale et inquiétante. Elle riait, mais avec un vague effroi, de voir ce petit homme se dresser au-dessus du géant couché à ses pieds, et lui montrer le poing, en pinçant ironiquement les lèvres.

– On a déjà commencé, continua-t-il. Mais ce n'est qu'une misère. Regarde là-bas, du côté des Halles, on a coupé Paris en quatre...

Et de sa main étendue, ouverte et tranchante comme un coutelas, il fit signe de séparer la ville en quatre parts.

Émile Zola, *La Curée* [1872],
Gallimard, « La bibliothèque Gallimard », 2000.

Edmond Rostand, *Cyrano de Bergerac*

Hormis l'acte IV, l'ensemble de la pièce d'Edmond Rostand (1868-1918), *Cyrano de Bergerac*, racontant l'amour impossible du fier écrivain gascon au long nez pour sa cousine Roxane, se passe dans le Paris du XVIIe siècle. À l'acte I, Cyrano se trouve à l'Hôtel de Bourgogne (le plus ancien théâtre de Paris). Roxane vient lui demander un rendez-vous pour le lendemain. Fou de joie, Cyrano sent ses forces décupler, et s'apprête à aller affronter cent hommes qui ont tendu un guet-apens à l'un de ses amis à la porte de Nesle. C'est l'occasion pour Edmond Rostand d'ouvrir un instant l'espace scénique sur un beau clair de lune parisien.

CYRANO

Venez tous, le Docteur, Isabelle, Léandre,
Tous ! Car vous allez joindre, essaim charmant et fol,
La farce italienne à ce drame espagnol,
Et sur son ronflement tintant un bruit fantasque,
L'entourer de grelots comme un tambour de basque !...

TOUTES LES FEMMES, *sautant de joie*

Bravo ! – Vite, une mante ! – Un capuchon !

JODELET

Allons !

CYRANO, *aux violons*

Vous nous jouerez un air, messieurs les violons !

Les violons se joignent au cortège qui se forme. On s'empare des chandelles allumées de la rampe et on se les distribue. Cela devient une retraite aux flambeaux.

Bravo ! des officiers, des femmes en costume,
Et vingt pas en avant...

Il se place comme il dit.

Moi, tout seul, sous la plume
Que la gloire elle-même à ce feutre piqua,
Fier comme un Scipion triplement Nasica !...
– C'est compris ? Défendu de me prêter main-forte !
– On y est ?... Un, deux, trois ! Portier, ouvre la porte !
Le portier ouvre à deux battants. Un coin du vieux Paris pittoresque et lunaire paraît.

Ah !... Paris fuit, nocturne et quasi nébuleux ;
Le clair de lune coule aux pentes des toits bleus ;
Un cadre se prépare, exquis, pour cette scène ;
Là-bas, sous des vapeurs en écharpe, la Seine,
Comme un mystérieux et magique miroir,
Tremble... Et vous allez voir ce que vous allez voir !

TOUS

À la porte de Nesle !

CYRANO, *debout sur le seuil*

À la porte de Nesle !
Se retournant avant de sortir, à la soubrette.
Ne demandiez-vous pas pourquoi, mademoiselle,
Contre ce seul rimeur cent hommes furent mis ?
Il tire l'épée et, tranquillement.
C'est parce qu'on savait qu'il est de mes amis !

Il sort. Le cortège, – Lignière zigzaguant en tête, – puis les comédiennes aux bras des officiers, – puis les comédiens gambadant, – se met en marche dans la nuit au son des violons, et à la lueur falote des chandelles.

RIDEAU.

Edmond Rostand, *Cyrano de Bergerac* [1897],
Belin-Gallimard, « Classico », 2011.

Vers l'écrit du Bac

L'épreuve écrite du Bac de français s'appuie sur un corpus (ensemble de textes et de documents iconographiques). Le sujet se compose de deux parties : une ou deux questions portant sur le corpus puis trois travaux d'écriture au choix (commentaire, dissertation, écriture d'invention). Les questions sont notées sur 4 points, le travail d'écriture sur 16 points.

Sujet La satire mondaine

Le roman et la nouvelle au XIXe siècle

Corpus

Texte A	Guy de Maupassant, *Bel-Ami*
Texte B	Marcel Proust, *Le Côté de Guermantes*
Texte C	Virginia Woolf, *Mrs Dalloway*
Texte D	André Gide, *Les Faux-monnayeurs*
Annexe 1	Maupassant, préface de *Pierre et Jean*
Annexe 2	James Tissot, *L'Ambitieuse*

Texte A

Guy de Maupassant, *Bel-Ami* (1885)

On s'était tu. Une des femmes se remit à parler. Il s'agissait du froid qui devenait violent, pas assez cependant pour arrêter l'épidémie de fièvre typhoïde ni pour permettre de patiner. Et chacune donna son avis sur cette entrée en scène de la gelée à Paris ; puis elles exprimèrent leurs préférences dans les saisons, avec toutes les raisons banales qui traînent dans les esprits comme la poussière dans les appartements.

Un bruit léger de porte fit retourner la tête de Duroy, et il aperçut, à travers deux glaces sans tain, une grosse dame qui s'en venait. Dès qu'elle apparut dans le boudoir une des visiteuses se leva, serra les mains, puis partit ; et le jeune homme suivit du regard, par les autres salons, son dos noir où brillaient des perles de jais.

Quand l'agitation de ce changement de personnes se fut calmée, on parla spontanément, sans transition, de la question du Maroc et de la guerre en Orient, et aussi des embarras de l'Angleterre à l'extrémité de l'Afrique.

Ces dames discutaient ces choses de mémoire, comme si elles eussent récité une comédie mondaine et convenable, répétée bien souvent.

Une nouvelle entrée eut lieu, celle d'une petite blonde frisée, qui détermina la sortie d'une grande personne sèche entre deux âges.

Et on parla des chances qu'avait M. Linet pour entrer à l'Académie. La nouvelle venue pensait fermement qu'il serait battu par M. Cabanon-Lebas, l'auteur de la belle adaptation en vers français de *Don Quichotte* pour le théâtre.

« Vous savez que ce sera joué à l'Odéon l'hiver prochain ?

– Ah ! vraiment. J'irai certainement voir cette tentative très littéraire. »

Mme Walter répondait gracieusement, avec calme et indifférence, sans hésiter jamais sur ce qu'elle devait dire, son opinion étant toujours prête d'avance.

Mais elle s'aperçut que la nuit venait et elle sonna pour les lampes, tout en écoutant la causerie qui coulait comme un ruisseau de guimauve, et en pensant qu'elle avait oublié de passer chez le graveur pour les cartes d'invitation du prochain dîner.

Elle était un peu trop grasse, belle encore, à l'âge dangereux où la débâcle est proche. Elle se maintenait à force de soins, de précautions, d'hygiène et de pâtes pour la peau. Elle semblait sage en tout, modérée et raisonnable, une de ces femmes dont l'esprit est aligné comme un jardin français. On y circule sans surprise, tout en y trouvant un certain charme. Elle avait de la raison, une raison fine, discrète et sûre qui lui tenait lieu de fantaisie, de la bonté, du dévouement, et une bienveillance tranquille, large pour tout le monde et pour tout.

Guy de Maupassant, *Bel-Ami*, première partie, chapitre 6.

Texte B
Marcel Proust, *Le Côté de Guermantes* (1920-1921)

Les manières des Guermantes[1] n'étaient pas entièrement uniformes chez tous. Mais, par exemple, tous les Guermantes, de ceux qui l'étaient vraiment, quand on vous présentait à eux, procédaient à une sorte de cérémonie, à peu près comme si le fait qu'ils vous eussent tendu la main eût été aussi considérable que s'il s'était agi de vous sacrer chevalier. Au moment où un Guermantes, n'eût-il que vingt ans, mais marchant déjà sur les traces de ses aînés, entendait votre nom prononcé par le présentateur, il laissait tomber sur vous, comme s'il n'était nullement décidé à vous dire bonjour, un regard généralement bleu, toujours de la froideur d'un acier qu'il semblait prêt à vous plonger dans les plus profonds replis du cœur. C'est du reste ce que les Guermantes croyaient faire en effet, se jugeant tous des psychologues de premier ordre. Ils pensaient de plus accroître par cette inspection l'amabilité du salut qui allait suivre et qui ne vous serait délivré qu'à bon escient. Tout ceci se passait à une distance de vous qui, petite s'il se fût agi d'une passe d'armes, semblait énorme pour une poignée de main et glaçait dans le deuxième cas comme elle

1. Le narrateur présente les Guermantes, vieille famille aristocratique qui reste attachée à ses traditions.

eût fait dans le premier, de sorte que quand le Guermantes, après une rapide tournée accomplie dans les dernières cachettes de votre âme et de votre honorabilité, vous avait jugé digne de vous rencontrer désormais avec lui, sa main, dirigée vers vous au bout d'un bras tendu dans toute sa longueur, avait l'air de vous présenter un fleuret pour un combat singulier, et cette main était en somme placée si loin du Guermantes à ce moment-là que, quand il inclinait alors la tête, il était difficile de distinguer si c'était vous ou sa propre main qu'il saluait.

Marcel Proust, *Le Côté de Guermantes.*

Texte C

Virginia Woolf, *Mrs Dalloway* (1925)

« Le Premier Ministre », dit Peter Walsh[1].

Le Premier Ministre ? Vraiment ? Ellie Henderson était tout excitée : quand elle allait dire ça à Edith !...

On ne pouvait pas se moquer de lui. Il avait un air si ordinaire. On aurait pu le mettre derrière un comptoir, et on lui aurait acheté des petits gâteaux... le pauvre, tout attifé de galons d'or. Pour être juste, lorsqu'il fit le tour des invités, d'abord avec Clarissa, puis escorté par Richard, il s'en tira très bien. Il s'efforçait de jouer son personnage. C'était amusant à observer. Personne ne le regardait. Les gens continuaient à parler, pourtant il était clair qu'ils étaient conscients, jusqu'au plus intime de leur être, de la grandeur qui passait ; ce symbole de ce qu'ils représentaient tous, la société anglaise. La vieille Lady Bruton, qui avait très bonne allure, il faut reconnaître, toute vaillante dans ses dentelles, s'avança avec majesté, et ils se retirèrent dans un petit salon qui aussitôt devint un objet de curiosité, un sanctuaire, et la rumeur se répandit comme une houle, ouvertement : le Premier Ministre !

---

1. Dans une soirée mondaine britannique, le Premier ministre fait son apparition sous le regard amusé de Peter Walsh.

Mon dieu, Seigneur, le snobisme des Anglais ! se disait Peter Walsh, debout dans son coin. Ils adoraient se parer de galons d'or et faire la révérence.

Virginia Woolf, *Mrs Dalloway*,
trad. de l'anglais par Marie-Claire Pasquier, © Gallimard.

Texte D

André Gide, *Les Faux-monnayeurs* (1925)

Le banquet[1] était achevé. On avait desservi ; mais la table restait encombrée de tasses de café, de bouteilles et de verres. Chacun fumait ; l'atmosphère devenait irrespirable. Madame des Brousses, la femme du directeur des *Argonautes*, réclama de l'air. Sa voix stridente perçait au travers des conversations particulières. On ouvrit la fenêtre. Mais Justinien, qui voulait placer un discours, la fit presque aussitôt refermer « pour l'acoustique ». S'étant levé, il frappait sur son verre avec une cuillère, sans parvenir à attirer l'attention. Le directeur des *Argonautes*, qu'on appelait le Président des Brousses, intervint, finit par obtenir un peu de silence, et la voix de Justinien s'épandit copieusement en nappes d'ennui. La banalité de sa pensée se cachait sous un flot d'images. Il s'exprimait avec une emphase qui tenait lieu d'esprit, et trouvait le moyen de servir à chacun un compliment amphigourique. À la première pause, et tandis qu'Édouard, Bernard et Sarah faisaient leur entrée, des applaudissements complaisants éclatèrent ; certains les prolongèrent, un peu ironiquement sans doute et comme dans l'espoir de mettre fin au discours ; mais vainement : Justinien reprit ; rien ne décourageait son éloquence. À présent, c'était le comte de Passavant qu'il couvrait des fleurs de sa rhétorique. Il parla de *La Barre fixe*[2] comme d'une Iliade nouvelle. On but à la santé de Passavant. Édouard n'avait pas de verre, non plus que Bernard et Sarah, ce qui les dispensa de trinquer.

---

1. Dans le milieu littéraire parisien, un banquet est donné en l'honneur du lancement d'une nouvelle revue intitulée *Les Argonautes*.
2. Titre du roman du comte de Passavant.

Le discours de Justinien s'acheva sur des vœux à l'adresse de la revue nouvelle et sur quelques compliments à son futur directeur, « le jeune et talentueux Molinier, chéri des Muses, dont le noble front pur n'attendra pas longtemps le laurier ».

André Gide, *Les Faux-monnayeurs*, © Gallimard.

Annexe 1
Maupassant, préface de *Pierre et Jean*, « Le roman » (1887)

Le romancier qui transforme la vérité constante, brutale et déplaisante, pour en tirer une aventure exceptionnelle et séduisante, doit, sans souci exagéré de la vraisemblance, manipuler les événements à son gré, les préparer et les arranger pour plaire au lecteur, l'émouvoir ou l'attendrir. Le plan de son roman n'est qu'une série de combinaisons ingénieuses conduisant avec adresse au dénouement. Les incidents sont disposés et gradués vers le point culminant et l'effet de la fin, qui est un événement capital et décisif, satisfaisant toutes les curiosités éveillées au début, mettant une barrière à l'intérêt, et terminant si complètement l'histoire racontée qu'on ne désire plus savoir ce que deviendront, le lendemain, les personnages les plus attachants.

Le romancier, au contraire, qui prétend nous donner une image exacte de la vie, doit éviter avec soin tout enchaînement d'événements qui paraîtrait exceptionnel. Son but n'est point de nous raconter une histoire, de nous amuser ou de nous attendrir, mais de nous forcer à penser, à comprendre le sens profond et caché des événements. À force d'avoir vu et médité, il regarde l'univers, les choses, les faits et les hommes d'une certaine façon qui lui est propre et qui résulte de l'ensemble de ses observations réfléchies. C'est cette vision personnelle du monde qu'il cherche à nous communiquer en la reproduisant dans un livre. Pour nous émouvoir, comme il l'a été lui-même par le spectacle de la vie, il doit la reproduire devant nos yeux avec une scrupuleuse ressemblance.

Guy de Maupassant, Préface de *Pierre et Jean*.

Annexe 2
James Tissot, *L'Ambitieuse* (1883-1885)

➡ Image reproduite en fin d'ouvrage, au verso de la couverture.

■ *Questions sur le corpus* (4 points)

1. Quels sont les cibles et les procédés de la satire dans ces documents ?

2. Commentez les choix des points de vue adoptés dans les documents.

■ *Travaux d'écriture* (16 points)

Commentaire

Vous commenterez le texte de Marcel Proust, extrait du *Côté de Guermantes* (texte B).

Dissertation

Pensez-vous avec Maupassant que le but du romancier, quand il crée ses personnages, « n'est point de nous raconter une histoire, de nous amuser ou de nous attendrir, mais de nous forcer à penser, à comprendre le sens profond et caché des événements » (préface de *Pierre et Jean*, annexe 1) ?

Écriture d'invention

Au cours d'un bal, le regard de Georges Duroy est attiré par une femme mondaine semblable à celle que vous pouvez voir sur le tableau de Tissot, *L'Ambitieuse* (annexe 2). Rédigez le portrait satirique de cette femme tel qu'il pourrait s'intégrer au roman de Maupassant (texte A).

Fenêtres sur...

Des ouvrages à lire

Romans réalistes et naturalistes

– Faisant écho à *Bel-Ami*

- Gustave Flaubert, *Madame Bovary* (pour le rendez-vous dans la cathédrale de Rouen) [1857], Belin-Gallimard, « Classico », 2012.
- Émile Zola, *La Curée* (pour les descriptions de la serre et du Paris haussmannien) [1871], Pocket, « Pocket classiques », 2008.

– Romans d'apprentissage

- Gustave Flaubert, *L'Éducation sentimentale* [1869], Gallimard, « Folio classique », 2005.
- Honoré de Balzac, *Illusions perdues* [1837-1839], Flammarion, « GF-Flammarion », 2007.
- Stendhal, *Le Rouge et le Noir* [1830], Gallimard, « Folio classique », 2000.

Propos de Maupassant sur le roman

Guy de Maupassant, préface de *Pierre et Jean*, « Le roman » [1888], Belin-Gallimard, « Classico », 2011.

Sur Maupassant et *Bel-Ami*

- Jean-Louis Bory, préface de *Bel-Ami* [1973], Gallimard, « Folio classique », 1999.

- Armand Lanoux, *Maupassant le Bel-Ami* [1967], Grasset, « Les Cahiers rouges », 1995.
- Henri Troyat, *Maupassant*, Flammarion, 1992.
- André Vial, *Maupassant et l'art du roman*, Nizet, 1954.
- Olivier Frébourg, *Maupassant, le clandestin*, Gallimard, « Biographie poche », 2002.

Des films à voir

(Toutes les œuvres citées ci-dessous sont disponibles en DVD.)

- *Bel-Ami*, téléfilm de Philippe Triboit, 2005.
- *Bel-Ami*, adaptation à la scène créée au théâtre Antoine à Paris en 1998 par Didier Long.
- *Bel-Ami*, de D. Donnellan et N. Ormerod, 2012, adaptation américaine avec Robert Pattinson dans le rôle de G. Duroy.

Des œuvres d'art à découvrir

Histoire des arts

(Toutes les œuvres d'art citées ci-dessous peuvent êtres vues sur Internet.)

- Mihaly Munkacsy, *Le Christ devant Pilate*, 1881 (ce tableau aurait inspiré Maupassant pour *Jésus marchant sur les flots* de Marcowitch).
- Édouard Manet, *Un bar aux Folies-Bergères*, 1881-1882.
- Pierre-Auguste Renoir, *Les Grands Boulevards*, 1875.
- Jean Béraud, *La Salle de rédaction du journal des Débats*, 1889.
- Jean Béraud, *Une soirée à l'Hôtel Caillebotte*, 1878.

Des sites Internet à consulter

Sur la réception de *Bel-Ami*

- http://www.hs-augsburg.de/~Harsch/gallica/Chronologie/19siecle/Maupassant/mau_bacr.html

Sur Maupassant

- http://maupassant.free.fr/

Glossaire

Actant et schéma actantiel: le personnage est un actant, c'est-à-dire quelqu'un qui agit dans l'histoire. Chaque personnage se définit dans son rôle par rapport aux autres, et sa fonction dans l'action. C'est ce qui permet d'établir le schéma actantiel, qui comporte six fonctions: le sujet: il accomplit l'action, il poursuit un but; l'objet: c'est le but visé; l'adjuvant: il aide le sujet; l'opposant: il s'oppose au sujet, perturbe l'action; le destinateur: il incite le sujet à agir, il détermine l'action; le destinataire: il reçoit le bénéfice de l'action, il peut être le sujet lui-même.

Analepse: équivalent du flash-back au cinéma. Le romancier bouleverse la chronologie du récit et revient en arrière pour raconter des faits antérieurs à l'action. C'est l'inverse de la prolepse ou anticipation.

Description: présente les éléments du réel en les nommant et en les caractérisant. Elle constitue une pause dans le récit.

Discours direct: discours rapporté. Les propos sont introduits par un verbe introducteur suivi de deux points et d'un élément de ponctuation qui délimite le discours (tiret ou guillemets). Ils sont rapportés tels qu'ils sont prononcés (temps, pronoms, modalités).

Discours direct libre : discours rapporté. Il s'agit d'un discours direct qui n'est pas délimité (ni verbe introducteur, ni ponctuation).

Discours indirect : discours rapporté. Les propos apparaissent dans une proposition subordonnée qui suit le verbe introducteur qu'elle complète. Ils prennent donc les marques du discours citant (temps, pronoms, modalités).

Discours indirect libre : discours rapporté. Les propos prennent les marques du discours citant comme dans le discours indirect, mais ne sont pas subordonnés à un verbe introducteur. Le discours indirect libre a pour effet de brouiller les frontières entre récit et discours.

Dramatisation : effet qui consiste à rendre une scène plus vivante, plus impressionnante. Le mot vient du grec *drama* qui désigne l'action au théâtre.

Effet de réel : un élément, un détail du texte qui permet de donner l'impression que l'histoire est réelle, de construire l'illusion référentielle.

Ellipse : on passe sous silence une partie de l'histoire.

Excipit : fin du roman.

Focalisation ou point de vue interne : le narrateur ne révèle que ce que perçoit un personnage donné. L'histoire est racontée d'après ce que sait et voit ce personnage.

Focalisation ou point de vue externe : les faits sont présentés selon un regard extérieur. Le lecteur n'a pas accès aux pensées des personnages.

Focalisation zéro ou point de vue omniscient : le narrateur en sait plus que les personnages, « omniscient » signifie qu'il sait tout. Il ne se limite pas à un point de vue déterminé. Le regard extérieur se mêle aux plongées dans les consciences ou le passé des personnages.

Illusion référentielle : l'illusion référentielle est un processus qui consiste à donner au lecteur l'impression que l'histoire est réelle, à lui faire oublier qu'il s'agit d'une fiction.

Incipit: début du roman.

Narrateur: celui qui raconte l'histoire (à ne pas confondre avec l'auteur). Il peut être présent dans le récit, en tant que personnage agissant ou témoin des faits, et raconter à la première personne. Il peut aussi être extérieur à l'histoire et la raconter à la troisième personne, en révélant parfois son existence à travers certaines réflexions implicites ou explicites sur les personnages ou sur l'action.

Narration: mise en récit d'événements.

Pause: moment de l'histoire où le récit s'arrête pour laisser place à la description ou au commentaire du narrateur.

Portrait: description d'un personnage. Il peut être physique et/ou moral. Il peut aussi être dressé indirectement à travers les actions et les pensées du personnage.

Prolepse ou anticipation: récit d'une action à venir. Le romancier se projette un moment dans l'avenir des personnages, souvent pour mettre en valeur les conséquences futures d'une action ou d'un choix. C'est l'inverse de l'analepse.

Scène: moment du récit où les actions sont racontées telles qu'elles pourraient se dérouler sous les yeux du lecteur.

Sommaire: des actions ou des faits étalés sur une longue durée sont racontés en quelques lignes.

Rythme du récit: le rythme du récit met en parallèle le temps de l'histoire et le temps de la narration (c'est-à-dire le temps que l'on met à raconter l'histoire). Il existe quatre rythmes différents (scène, pause, sommaire, ellipse).

Schéma narratif: structure du récit établie d'après l'enchaînement des événements qui permet de passer d'un état à un autre état à travers différentes étapes. Les récits traditionnels (type conte de fées) comportent cinq étapes (situation initiale, élément perturbateur, péripéties, élément de résolution, situation finale), cependant il ne faut pas chercher à retrouver cette structure dans tous les récits mais plutôt voir comment le schéma est traité (ordre, omission ou large développement de certaines étapes).

Notes

Notes

Notes

Notes

Notes

Dans la même collection

CLASSICOCOLLÈGE

14-18 Lettres d'écrivains (anthologie) (1)
Contes (Andersen, Aulnoy, Grimm, Perrault) (93)
Fabliaux (94)
La Farce de maître Pathelin (75)
Gilgamesh (17)
Histoires de vampires (33)
La Poésie engagée (anthologie) (31)
La Poésie lyrique (anthologie) (49)
Le Roman de Renart (50)
Jean Anouilh – *Le Bal des voleurs* (78)
Guillaume Apollinaire – *Calligrammes* (2)
Honoré de Balzac – *Le Colonel Chabert* (57)
Béroul – *Tristan et Iseut* (61)
Lewis Carroll – *Alice au pays des merveilles* (53)
Driss Chraïbi – *La Civilisation, ma Mère !...* (79)
Chrétien de Troyes – *Yvain ou le Chevalier au lion* (3)
Jean Cocteau – *Antigone* (96)
Albert Cohen – *Le Livre de ma mère* (59)
Corneille – *Le Cid* (41)
Didier Daeninckx – *Meurtres pour mémoire* (4)
Annie Ernaux – *La Place* (82)
Georges Feydeau – *Dormez, je le veux !* (76)
Gustave Flaubert – *Un cœur simple* (77)
William Golding – *Sa Majesté des Mouches* (5)
Jacob et Wilhelm Grimm – *Contes* (73)
Homère – *L'Odyssée* (14)
Victor Hugo – *Claude Gueux* (6)
Joseph Kessel – *Le Lion* (38)
Jean de La Fontaine – *Fables* (74)
J.M.G. Le Clézio – *Mondo et trois autres histoires* (34)
Jack London – *L'Appel de la forêt* (30)

Guy de Maupassant – *Histoire vraie et autres nouvelles* (7)
Guy de Maupassant – *Le Horla* (54)
Guy de Maupassant – *Nouvelles réalistes* (97)
Prosper Mérimée – *Mateo Falcone* et *La Vénus d'Ille* (8)
Molière – *L'Avare* (51)
Molière – *Le Bourgeois gentilhomme* (62)
Molière – *Les Fourberies de Scapin* (9)
Molière – *Le Malade imaginaire* (42)
Molière – *Le Médecin malgré lui* (13)
Molière – *Le Médecin volant* (52)
Jean Molla – *Sobibor* (32)
Ovide – *Les Métamorphoses* (37)
Charles Perrault – *Contes* (15)
Edgar Allan Poe – *Trois nouvelles extraordinaires* (16)
Jules Romains – *Knock ou le Triomphe de la médecine* (10)
Edmond Rostand – *Cyrano de Bergerac* (58)
Antoine de Saint-Exupéry – *Lettre à un otage* (11)
William Shakespeare – *Roméo et Juliette* (70)
Sophocle – *Antigone* (81)
John Steinbeck – *Des souris et des hommes* (100)
Robert Louis Stevenson – *L'Île au Trésor* (95)
Jean Tardieu – *Quatre courtes pièces* (63)
Michel Tournier – *Vendredi ou la Vie sauvage* (69)
Fred Uhlman – *L'Ami retrouvé* (80)
Paul Verlaine – *Romances sans paroles* (12)
Anne Wiazemsky – *Mon enfant de Berlin* (98)

CLASSICOLYCÉE

Des poèmes et des rêves (anthologie) (105)
Guillaume Apollinaire – *Alcools* (25)
Honoré de Balzac – *Le Père Goriot* (99)
Charles Baudelaire – *Les Fleurs du mal* (21)
Charles Baudelaire – *Le Spleen de Paris* (87)
Beaumarchais – *Le Mariage de Figaro* (65)

Ray Bradbury – *Fahrenheit 451* (66)
Albert Camus – *La Peste* (90)
Emmanuel Carrère – *L'Adversaire* (40)
Corneille – *Médée* (84)
Dai Sijie – *Balzac et la Petite Tailleuse chinoise* (28)
Denis Diderot – *Supplément au Voyage de Bougainville* (56)
Marguerite Duras – *Un barrage contre le Pacifique* (67)
Paul Éluard – *Capitale de la douleur* (91)
Annie Ernaux – *La Place* (35)
Francis Scott Fitzgerald – *Gatsby le magnifique* (104)
Gustave Flaubert – *Madame Bovary* (89)
Romain Gary – *La Vie devant soi* (29)
Jean Genet – *Les Bonnes* (45)
J.-Cl. Grumberg, Ph. Minyana, N. Renaude – *Trois pièces contemporaines* (24)
Victor Hugo – *Le Dernier Jour d'un condamné* (44)
Victor Hugo – *Ruy Blas* (19)
Eugène Ionesco – *La Cantatrice chauve* (20)
Eugène Ionesco – *Le roi se meurt* (43)
Laclos – *Les Liaisons dangereuses* (88)
Mme de Lafayette – *La Princesse de Clèves* (71)
Marivaux – *L'Île des esclaves* (36)
Marivaux – *Le Jeu de l'amour et du hasard* (55)
Guy de Maupassant – *Bel-Ami* (27)
Guy de Maupassant – *Pierre et Jean* (64)
Molière – *Dom Juan* (26)
Molière – *L'École des femmes* (102)
Molière – *Le Tartuffe* (48)
Montesquieu – *Lettres persanes* (103)
Alfred de Musset – *On ne badine pas avec l'amour* (86)
George Orwell – *La Ferme des animaux* (106)
Pierre Péju – *La Petite Chartreuse* (92)
Francis Ponge – *Le Parti pris des choses* (72)
Abbé Prévost – *Manon Lescaut* (23)
Racine – *Andromaque* (22)
Racine – *Bérénice* (60)
Racine – *Phèdre* (39)

Imprimé en Espagne par Novoprint (Barcelone)
N° d'édition : 5158-05 – Dépôt légal : août 2013